KB010910

소설

방기환 저

태종 이방원

3
回天의 아침

문지사

소설 태종 이방원(太宗 李芳遠)

제3부 回天의 아침

차 례

소설·태종 이방원(太宗 李芳遠)·총목록

18. 歸化의 무리

그 해 정월 30일, 흥인문(興仁門) 밖 광장엔 거창한 식장이 설치되었다.

대마도 정벌차 출정했던 장병들을 위한 환영식장이었다.

전 왕조 고려시절에는 그런 식장이라면 궁중에 설치하는 것이 통례였으며 법도였다.

즉 귀환 장병들이 도착하기 하루 전에 상사서(尙舍署)에선 대관전(大觀殿)에 왕좌(王座)를 마련한다.

대관전 앞뜰에는 원수와 부원수 및 장병들이 정렬할 자리를 준비한다. 그리고 수궁서(守宮署)에선 대관전 문밖에 조당(朝堂)이나 숙정(宿亭)에 원수, 부원수 및 여러 대신들이 앉을 좌석을 법에 따라 정하기로 되어있지만, 오늘은 그와 같은 식장을 흥인문 밖으로 정한 것이다.

지난해 12월 초 3일 대마도 정벌군이 출정할 때 국왕 이성계는 남문 밖까지 나아가 전송하였고, 이번에 또 이렇게 멀리까지 영접차 행차하게 된 것은, 그만큼 이번 전역에 대한 이성계의 관심이 얼마나 지대하였는가를 입증하는 처사이기도 했다.

새 왕조 건국 이후 최초의 원정(遠征)이기도 하니 그럴만도 한 일이었다.

이윽고 식장 밖으로부터 유량한 군악소리가 울려오기 시작했다.

"쿵퀭퀭, 뚜떼떼."

원정군에 배속된 취타수(吹打手)들이 취주하는 흥겨운 개선곡이었

다. 취타수를 선두로 한 개선 장병들이 식장 문밖에 당도하자, 이번엔
궁정 직속 군악대인 조라치(吹螺赤)들이 대초립(大草笠)에 홍직령(紅直
領)을 떨쳐 입고, 군악대장격인 계라(啓螺)의 지휘에 따라,

"뚜떼떼, 쿵쾡쾡."

한층 더 흥겹게 화답한다.

그때 국왕 이성계는 강사포(絳紗袍)로 정장을 하고 왕좌에 앉아 있었
다.

국가의 의식을 관장하는 통례문(通禮門)의 판사(判事)가 판관(判官),
녹사(錄事), 낭장(郎將) 등 장교급 이상의 개선 용사들을 인솔하고 식장
으로 들어온다.

그리고 그들이 소정한 위치에 정렬을 마치자, 통례문 판사는 다시 오도
도통사 김사형을 인도하여 들인다.

도통사 김사형은 두 손으로 부월(斧鉞)을 높이 받쳐들고 있었다. 출정
하던 당시 국왕이 하사한 그 부월은 국왕의 권한을 대행하는 총사령관의
상징이었다.

왕좌 서편에 설치된 계단을 올라서자, 김사형은 어좌(御座) 오른편에
무릎을 꿇고 부월을 바친다. 총사령관의 권한을 반환하는 것이다.

국왕 이성계는 자리에서 내려서서 부월을 받아들고 한 옆에 시립한
상장군에게 전수한다.

이것으로 개선군의 환영식 겸 귀환 신고에 해당되는 의식 중에서 가장
중요한 대목은 끝난 셈이다. 그 다음에도 여러가지 번거로운 의식이 거행
된 후에야, 총사령관 이하 장령들에게 국왕이 내리는 주연이 시작된다.

까다로운 형식을 차리자면 말이 주연이지 그것 역시 딱딱한 절차를
밟기로 되어 있었지만 이성계는 그렇게 하지 않았다.

손수 술잔을 들고 김사형에게 건네고는 그의 손목을 잡으며 위무했
다.

"원수의 공훈으로 왜적을 굴복시키고, 뿐만 아니라 수만 장졸들이

별로 상하지도 않고 무사히 귀환하였으니, 과인은 흔쾌한 마음 이루 말할 수 없느니라."

그러자 김사형은 엉뚱한 답변을 하는게 아닌가.

"성은이 망극합니다만, 이 술잔 신이 받기엔 너무나 면구스럽습니다."

언사는 공근했지만 감사형의 그 말은 무엄한 비례(非禮)에 속하는 소리이기도 했다.

공식 석상에서 국왕이 하사하는 술잔을 사양한다는 것은 상식적으로 있을 수 없는 일이었다. 꼭 그래야만 할 곡절이 있다면 만인이 수긍할 만한 이유를 밝혀야 할 것이다.

순간 기쁨에 활짝 피어있던 이성계의 표정에 짙은 그늘이 드리워졌다.

"어째서 사양하겠다는 거요? 과인이 주는 술잔이 원수의 공훈에 비해선 지나치게 작다는 뜻이요?"

그로서는 드물게 비꼬인 소리까지 던진다.

그 자리에 참석한 여러 대신들도 심각하게 굳은 눈으로 김사형을 지켜보고 있었다.

"황공무지로소이다."

머리를 조아리며 감사형은 몸들 바를 몰라 했다.

"그 잔이 신에게는 도리어 크고 엄청나기에 이렇듯 사뢰는 것이오이다."

"과공(過功)은 비례(非禮)라고 하였거니와 지나친 겸양은 오히려 예도에 어긋난다는 사리쯤 경도 잘 알고 있을 터이니, 단순한 겸사가 아니라면 속시원히 까닭을 말해보시오."

김사형의 언동에서 이성계도 심상치 않은 무엇을 느낀 모양인지, 이렇게 촉구했다.

"성훈(聖訓)이 그러하시니 사실대로 말씀드리겠습니다. 이번 대마도 원정이 무사히 귀결을 본 까닭은 신이 어떤 공을 세운 때문이 아니오니다. 전혀 다른 분의 보이지 않는 힘이온즉, 어찌 신이 혼자서 성총을 감수할 수 있겠습니까."

이성계는 잠시 고개를 꼬다가 물었다.

"오도도통사로 과인을 대신하여 삼군을 지휘하던 경을 제쳐놓고 더욱더 큰 공을 세운 자가 누구란 말이요?"

"주상 전하의 아드님이신 정안군 나리 그분입니다."

김사형은 서슴지 않고 털어놓았다.

"방원이가?"

이성계의 안색이 착잡하게 술렁거렸다.

김사형은 곧 말을 이어 지난 경위를 설명했다.

국왕으로부터 대마도 원정군에 귀환 명령이 전해졌을 당시엔 실은 대단히 난처했다는 것.

대마도 해안을 봉쇄하는 데엔 성공하였지만 왜구들의 병선을 격침하거나 왜적들을 살상하는 구체적인 전과는 별로 거두지 못했으며, 뿐만 아니라 제발로 귀화하려던 나가온의 무리를 놓치는 실책까지 저질렀으니, 그대로 귀환했더라면 이번 원정은 용두사미격이 되고 말았으리라는 것.

그때 방원이 대마도로 건너가서 대마도주와 나가온을 설복하고 납치되어갔던 관원까지 데리고 돌아온 사실을 낱낱이 고하였다.

그보다 앞서 방원은 나가온이 내주는 울주지사 이은(李殷) 이하 여러 관원들을 거느리고 귀국하였던 것이다.

"이번 전역에서 가장 큰 전과를 들자면 대마도주 종뇌무가 심복하게 된 일과 왜구의 괴수 나가온이 굴복한 사실입니다. 그 자들이 투항한 거나 다름이 없게 되었으니, 대마도 전역을 함몰하고 왜구들을 몰살하는 군사적 승리보다도 어느 의미로는 더 큰 승전을 거둔 셈이 아니겠습니까."

대마도 정벌의 목적이 왜구들의 준동을 일소하자는 데 있는 이상, 그것은 당연한 풀이였다.

"방원이가?"

이성계는 다시 곱씹다가,

"그 애는 지금 어디 있는고?"

조급하게 물었다.

"어디 있는고?"

이성계는 거듭 물었다.

"제놈이 돌아왔으면 만사를 제쳐놓고 애비부터 찾아야 할 것이 아닌가."

"신도 그렇게 권하여 보았습니다마는, 전하의 사면이 계시기 전에는 대죄하겠다 하시면서 행오(行伍) 맨 뒤편에 처져 계십니다."

김사형이 이렇게 답변하자, 착잡한 혼자소리를 이성계는 흘렸다.

"대죄라니 새삼스럽게 무슨 대죄."

그 말엔 방원에 대한 노여움 따위는 흔적도 남아 있지 않았다.

"글쎄 올시다."

이성계의 눈치를 충분히 포착했으면서도 김사형은 말꼬리를 사렸다.

"이번 사태 수습에 가장 큰 수훈을 세우셨으면서도 정안군 나리, 그러한 공적은 염두에도 없는 것 같습니다. 다만 주상 전하께 끼친 심려만을 송구스러워 하시면서 행재소 밖 땅바닥에 부복하여 계십니다."

"어리석은 녀석."

이성계는 자리에서 몸을 일으켰다.

"과인이 몸소 나가서 제놈의 손목이라도 잡아 일으켜야 한다는 건가."

언사는 퉁명스러웠지만, 그 말 밑바닥엔 실종되었던 양의 귀환을 반가워하는 목자(牧者)의 정이 흥건히 괴어 있었다.

이성계는 마침내 계단 아래로 발길을 옮기려 했다. 식장 밖으로 몸소 걸어 나가서 방원을 영접하려는 것일까.

좌중은 술렁거렸다.

특히 정도전을 위시한 방원의 정적들은 불안한 눈길을 주고 받았다. 이성계의 그러한 행동은 방원의 지난 허물을 공적으로 사면하는 표명이 될 것이다. 뿐만 아니라 이번 대마도 사건에서 세운 공로를 만인이 주시하는 자리에서 치하하는 결과가 된다.

그리고 또 그것은 한때 불리하게 기울어졌던 방원의 세력이 전보다 오히려 강력하게 대두되는 계기를 의미하는 것이기도 했다.

"상감마마, 한말씀 올리겠습니다."

정적들을 대표해서 내시 김사행(金師幸)이 이성계의 앞을 가로막듯이 나섰다.

"지금 이 자리로 말씀 드리자면 개선 장병들을 위무하시는 엄숙한 식장이 올시다. 만조 백관들과 상하 장졸들이 지켜보고 있을 뿐만 아니오라, 숱한 백성들까지 먼 발치에서나마 엿보고 있습니다. 개국 이후 이렇듯 많은 신민들이 주시하는 자리에서, 이와 같이 거창한 식전을 치르기는 오늘이 처음이 올시다. 어찌 지존하신 나라님이 위엄을 잠시라도 잊으실 수 있겠습니까."

내시 김사행의 혀끝은 언제나 다름없이 미끄러웠다.

계하로 내려서려던 이성계의 발걸음이 주춤한다. 잠시 고개를 꼰다.

"정안군으로 말하자면 한때 동궁 저하께 칼부림을 하던 중죄인이 아닙니까. 게다가 형벌을 모면하려고 종적을 감추었던 도피자가 아닙니까. 비록 이번 사태에 사소한 일을 했다고 해서 그와 같은 큰 죄를 불문에 붙일 수는 없는 일이 아닙니까. 공로가 있다면 따로 조처하시어야 할 것이며, 죄는 죄대로 엄히 다스리셔야 국가의 기강도 바로 잡힐 줄로 압니다."

듣기에 따라서는 그럴싸한 이야기였다. 더더구나 김사행의 말이라면 팥으로 메주를 쑨다고 해도 곧이 들어온 이성계였다.

난처한 눈길로 좌중을 둘러보았다.

"그러하온즉……"

김사행은 깐죽깐죽 말을 이었다.

"정안군을 접견하시더라도 법도와 절차를 충분히 배려하심이 가할 줄로 압니다. 그렇지 아니하오면……"

"닥치지 못할까, 간사한 내시야."

김사행이 말꼬리를 맺기도 전에 호통을 치며 그의 말문을 막는 사람이 있었다.

여러 왕자들 중에서 지금은 가장 장형(長兄)에 속하는 영안군 방과(永安君 芳果)였다.

좌중은 어리둥절한 눈으로 그를 바라보았다.

언제나 어느 자리에서나 온화한 태도만 보여오던 방과였다. 누구도 그가 큰 소리를 치는 것을 들어본 적이 없다. 그런만큼 모두들 놀랄 수밖에 없었다.

"한낱 내시의 주제에 어디다 감히 주둥이를 들이미는 거냐?"

방과는 계속 호통을 쳤다.

"한동안 행방을 알 수 없어 초심하시던 그 아들이 돌아왔다는 소식을 들으시고 반겨 맞으시려고 하시거늘, 그와 같은 일에 법도가 무슨 법도이며 절차가 무슨 절차이냐."

때로는 지나치게 유약하다는 비웃음까지 받아온 방과였지만, 그의 어세엔 훗날의 군왕다운 위엄과 기개가 충만해 있었다.

"애햄!"

밭은 기침을 흘리며 김사행은 고개를 꼬아 이성계를 쳐다 본다. 힘에 겨운 상대에게 몰린 하룻강아지가 상전의 발등에 매달려 역성을 들어 달라고 애소하는 그런 표정이었다.

이성계는 거북스런 시선으로 총신 김사행과 아들 방과를 번갈아 보다가 겨우 입을 떼었다.

"내가 방원을 만나고자 하는 것은 일국의 군왕으로서가 아니라, 사사로운 어버이의 몸으로 취하려는 행동이니 과히 허물치 말라."

결국은 방과의 주장을 좇겠다는 말이었지만, 김사행의 체면도 감싸주려는 배려에서 한 소리였다.

사리의 추이에 누구보다도 민감하고 누구보다도 약삭빠르게 적응할 줄 아는 김사행이었다.

"전하의 하교 그러하오시니, 하찮은 소인이 무슨 말씀을 더 여쭙겠습니까요."

꼬리를 치면서 뒷걸음질을 쳤다.

계하에 내려선 이성계는 장병들의 행오를 누비고 식장 밖으로 나갔다. 밖에도 만 명이 넘는 군졸들이 도열하여 있었지만, 방원은 그 맨 꽁무니, 거기에서도 수십보 떨어진 땅바닥에 꿇어엎드려 있었다.

복장도 이번 난국을 승리로 매듭지은 공로자의 그것과는 너무나 거리가 먼 것이었다. 시골 선비를 방불케 하는 초라한 포의(布衣) 차림이었다.

"네가 돌아왔구나."

그 앞에 다가선 이성계는 감개무량한 한마디를 던지고는 아들의 등을 쓸어내렸다.

"아버님!"

외치면서 방원은 그 발등에 이마를 비벼댔다. 거기엔 어떠한 계산도, 어떠한 책략도 없었다. 반가움 뿐이었다. 감격 뿐이었다.

"내 여러 아들들 중에서 그래도 네놈이 가장 똑똑한 줄 알았더니, 이제 보니 형편없이 어리석은 놈이었구나."

겉으로는 무뚝뚝하게 꾸짖는 것 같은 어투였지만, 그 속엔 오히려 이성계의 간절한 부정(父情)이 넘치고 있었다.

대마도 문제의 해결 이후 정국의 판도는 완연히 변모하였다.

뒤이어 일어난 사태들은 방원에게로 유리하게만 돌아가는 듯했다.

태조 6년 2월 10일, 방원의 주장이 먹혀들어 나가온의 아들과 부하들에게 약속대로 관직을 내려주었다.

나가온의 아들 도시로(都時老)에게는 사정(司正) 벼슬을 주었으며, 곤시라(昆時羅), 망사문(望沙門) 등 부하에게는 부사정(副司正)이란 직함을 수여했다.

이렇게 되자 한때는 그토록 조선 측의 의도에 의심을 품고 매끈거리던 나가온도 귀화의 뜻을 굳힌 모양이었다.

그해 4월 1일에 병선 24척을 거느리고 남해안에 이르러 투항할 뜻을 전해 왔다.

4월 5일에는 또 다른 왜구 두목 2명이 부하 6명을 거느리고 와서, 경상도 도관찰사에게 주연을 베풀며 귀화할 뜻을 밝혔다.

그 이튿날인 6일에는 나가온이 부하 80명을 거느리고 밀양부(密陽府)에 도착하여 관찰사 이지(李至)를 만났다.

이지는 그들에게 주식(酒食)을 베풀었다. 그리고는 나가온 등 10여 명을 한양으로 호송하는 한편, 나머지 부하들은 일단 그네들의 병선으로 돌려보냈다. 한양에 당도한 나가온은 선략장군(宣略將軍)에 임명되었다.

여기까지는 일이 순조롭게 진행되었지만, 뜻하지 않은 불상사가 발생하였다. 경상전라도안무사(慶尙全羅都按撫使) 박자안(朴子安)이 큰 실수를 한 것이다.

관찰사 이지가 돌려보낸 나가온의 부하들을 박자안은 추적, 포살하려고 한 것이다. 이에 왜구들은 기급을 하고 도망을 쳤지만, 그 사건을 계기로 묘한 파동이 정국을 흔들었다.

전번에 나가온과 약속을 하고도 만나 주지 않았기 때문에, 한때 나가온의 의심을 사고 사태를 악화시킨 계림부윤 유양과 이번에 나가온의 부하들을 추격한 때문에 왜구들의 감정을 격화시킨 박자안을 탄핵하는 소리가 비등한 것이다.

유양은 하옥되어 혹독한 심문을 받았으며, 특히 박자안에겐 극형이

언도되었다.

즉 5월 18일, 국왕 이성계는 순군천호(巡軍千戶) 한을기(韓乙幾)를 박자안의 임지로 파견하여 그의 목을 군중에서 참하도록 명령하였다.

유양의 경우는 문제가 다르지만 박자안의 실책은 방원으로선 더할 수 없이 유감스러웠다.

천신만고해서 겨우 가라앉은 현해탄(玄海灘)의 파랑(波浪)을 박자안 그는 도로 휘저어 놓은 것이나 다름이 없으니 말이다.

그러한 박자안을 정부 요로에선 사형에 처하기로 결정했고, 사형 집행 자까지 현지로 파견했다.

방원의 입장, 방원의 감정으로서는 속시원한 처사로 여겨야 할 것이었 지만, 그러나 그는 가슴 속에 찜찜한 찌꺼기를 느끼고 있었다.

요 얼마 전까지만 하더라도 왜적이라고 하면 덮어놓고 적대시하고 그들을 일방적으로 증오하는 것이 정부 관료들의 태도였다. 왜적들을 무찌르는 사람은 곧 애국자였고, 그들을 두둔하는 것은 이적행위처럼 간주되어 왔다.

그러다가 대마도 사건 이후로는 왜적을 포섭하는데 실패한 유양이나 정세 판단의 미흡으로 그들을 공격하려고 한 박자안을 도리어 중죄인처 럼 다스리려고 한다.

그와 같이 가볍게 흔들거리는 관료들의 마음 자세에 방원은 불안을 느낀 것이다. 줏대없는 정부 관료들의 여론에 방원이 쓰거운 입맛을 다시 고 있는데, 의안군 화(義安君 和)를 위시한 몇몇 종친들이 찾아왔다.

의안군 화는 이성계의 이복 동생이었다. 그러니 방원에게는 서숙(庶 叔)이 된다.

방원이 대문 밖까지 나가서 그들을 영접해 들이려고 하는 때였다. 느닷 없이 한 젊은이가 달려오더니 땅바닥에 꿇어엎드리며 흐느껴 운다.

"누구냐?"

방원으로선 처음 대하는 얼굴이었다. 젊은이는 대답도 하지 못하고 울고만 있었다.

"저 젊은이는 바로 박자안의 아들이로구먼."

전부터 안면이 있었던지 의안군이 이렇게 아는 체를 했다.

"박자안의 아들이라구요?"

방원의 가슴 속에 괴어있던 씁쓰름한 찌꺼기가 다시 피어올랐다.

"무슨 일이냐?"

그 젊은이가 박자안의 아들이라면 찾아온 목적은 대강 짐작이 갔지만 방원은 물었다.

"저의 부친의 목숨을 살려주실 만한 분은 정안군 나리 한 분이시라고 들 하기에 이렇듯 하소하러 왔습니다."

젊은이는 마치 어린아이처럼 흑흑 흐느끼면서 겨우 말했다.

"이름은 뭐지?"

"실(實)이라고 합니다."

방원은 착잡한 눈으로 박실이라는 그 청년을 뜯어보았다.

말투나 행동으로 미루어 제대로 글줄이라도 읽은 사람 같지는 않다. 몸가짐을 보니 무예에 능숙한 것 같지도 않았다.

그러나 소박하면서도 절절한 순정이 대하는 사람의 가슴을 때리는 무엇이 있었다.

"글쎄 말이다. 어버이를 살리려는 네 효성만은 알 수 있겠다만, 나라고 그와 같은 국가의 중대사를 어찌 좌우할 수 있겠느냐."

우선은 그렇게 발뺌을 하고 안으로 들어갔다.

의안군과 여러 종친들을 상대로 이런 저런 얘기를 주고받는 동안에도 방원의 가슴 한구석에선 조금 전에 읍소(泣訴)하던 박실이란 청년의 모습이 꿈틀거리고 있었다.

얼마 후 종친들이 돌아가겠다고 하기에 대문 밖까지 전송하러 나가 보니, 박실은 그대로 꿇어앉아 호곡하고 있었다.

때마침 소나기가 내리고 있었지만, 박실은 그 비를 온통 맞으며 의복과 얼굴이 흙투성이가 되는 것도 개의치 않고 그저 울고만 있었다.

이젠 말 한마디 하지 않는다. 아니 구차한 애소의 언사조차 입밖에 낼 수 없을만큼 슬픔이 극에 달한 그런 몰골이었다.

방원은 눈시울이 뜨거워진다.

——내가 바로 저와 같은 처지가 된다면 어찌할 것인가?

문득 그런 생각을 해본다.

지금은 이 나라의 국왕이 되어 만민 위에 높이 군림하여 있지만, 혁명 이전에는 부왕 이성계도 숱한 모함을 받았었다. 죽음의 위기를 당한 적도 있었다. 그럴 적마다 방원은 자기 목숨을 던져서라도 부친을 구해야 하겠다고 다짐했으며, 사실상 그렇게 행동하였다.

그런 일들을 회상하자니 박실이란 젊은이가 꼭 자기 자신처럼 여겨졌다. 또 갈대처럼 흔들거리는 정부 관료들의 대일감정(對日感情)을 못마땅히 여기는 기분도 함께 작용했다. 그는 마침내 마음을 굳혔다.

"어떻습니까, 서숙. 서숙께선 박자안이 죽을 만한 죄를 저질렀다고 생각하십니까?"

문전을 떠나려는 의안군을 불러세우며 방원은 물었다.

"무슨 얘기지?"

흐릿한 얼굴로 의안군은 되물었다.

방원의 말뜻을 알아듣지 못해서 그러는 것 같지는 않았다. 딴 생각이 있는 눈치였지만 방원은 거듭 말했다.

"전번에 박자안이 왜구들을 잘못 다루었다고 해서 조정에서는 그를 극형에 처하기로 한 모양입니다마는, 지금 그의 아들이 저렇게 애걸하는 걸 보니 측은한 생각이 듭니다그려."

"그래서 어쩌자는 건가?"

"제 생각 같아선 우리 종친들이 입궐하여 박자안의 구명을 주상께 간청해 보는 것이 좋지 않을까 싶습니다."

"글쎄 말이네."

　의안군은 고개를 꼬았다.

　"그런 얘기, 나로서는 처음 듣는 일이네만, 그런만큼 그것은 국가에서 비밀히 처결한 대사가 아닌가. 만일 주상께서 그와 같은 일을 어떻게 알았느냐고 물으신다면 뭐라고 답변을 하겠나."

　의안군은 자꾸 꽁무니만 빼려고 했다.

　"그 점은 염려마십시오. 아버님께서 책망을 하신다면 제가 도맡아 책임지겠습니다."

　방원은 잘라 말했다. 여러 종친들 중에서도 의안군은 방원에게 각별히 호의를 가져온 인물이었다.

　"자네 의향이 정 그렇다면, 나도 힘자라는 데까지 거들어 봄세."

　마침내 이렇게 언약했다.

　"그러시다면 당장에 입궐하십시다. 한시라도 지체했다간 모처럼의 구명운동도 수포로 돌아갈테니까요."

　방원은 서둘러 경복궁으로 향했고, 의안군을 위시한 다른 종친들도 그 뒤를 따랐다.

　"고맙습니다, 나리. 이 은혜 반드시 죽음으로 갚겠습니다."

　방원의 뒷모습을 향하여 박실은 다짐했다.

　방원 일행이 입궐하자, 내시 조순이 그들의 앞을 가로막았다.

　"여러 종친들께서 무슨 일이신지요?"

　그는 간죽간죽한 눈길로 방원을 위시한 일행을 뜯어보며 물었다.

　조순으로 말할 것 같으면 방원이 세자에게 칼부림을 한 것처럼 농간을 부려 방원으로 하여금 한때 궁지에 몰리게 한 흉물이었다. 물론 그와 같은 비밀을 방원은 아직 밝혀내지 못하고 있지만, 그 자가 김사행의 심복으로 정적 정도전 편에 서서 암약하고 있다는 사실만은 잘 알고 있었다.

　그러나 국왕을 공식적으로 만나자면 그들 내관을 거쳐야 하는 것이 당시의 법도였다.

　사사로운 감정을 누르고 방원은 점잖게 말했다.
　"박자안의 처형 문제에 대해서 주상께 긴히 사뢸 말씀이 있어서 예궐한 터이니, 그토록 전갈하도록 하라."
　"박자안의 처형 문제라고 하셨습죠?"
　조순은 또 깐죽깐죽 곱씹다가
　"그것 참 난감한 일입니다요. 그 문제는 국가의 기밀 중에서도 으뜸가는 기밀입니다마는, 그것을 여러 종친들께서 어떻게 아시게 됐습니까요. 어느 누가 그런 비밀을 누설했는지요."
　"시끄럽다, 이놈!"
　방원은 마침내 호통을 쳤다.
　조순, 그 자의 낯짝을 본 순간부터 오장이 뒤집힐 것 같은 방원이었다. 다만 공을 위해서 사사로운 감정은 제어하려고 점잖게 대해 주었는데, 주제넘게도 야죽거리니 더 참을 수가 없었던 것이다.
　"네 놈은 말끝마다 국가의 기밀 운운하지만, 박자안의 처형 문제는 세상이 다 아는 일이 아니냐. 더더구나 한을기란 자가 그를 참하려고 달려간 터이니 어찌 그 사실이 누설되지 않겠으며, 또 어찌 우리 종친들이라고 모르고 있겠느냐."
　방원의 기세에 기가 질렸던지 조순은 더 이상 아무말도 못하고 급히 내전으로 들어갔다.
　한참 후 이성계는 방원 이하 종친들을 안으로 불러들였다.
　그 동안 조순이 뭐라고 쏙닥거렸는지 이성계의 얼굴엔 노기가 가득하였다.
　"너희들은 박자안의 일로 입궐하였다고 하거니와, 내가 죄없는 신하를 함부로 죽이려 하는 것처럼 생각하고들 있단 말이냐?"
　처음부터 위압적인 태도로 나왔다.
　"박자안의 죄상은 누구보다도 제가 더 잘 알고 있습니다. 그를 극형에 처하시고자 하시는 아버님의 심정 또한 저는 알고도 남습니다."

방원은 우선 이성계의 의향을 시인하고 들어갔다. 언사도 딱딱한 공식적인 것이 아니라, 아들이 아버지에게 통사정하는 그런 친근한 어투였다.

"실은 저도 그를 극형에 처하도록 재결하신 아버님의 뜻에 찬동하고 있었습니다. 그러면서도 이렇게 아버님을 찾아뵙고 간청하는 것은 아버님의 처사를 왈가왈부하자는 것이 아니라 순전히 인정에 끌린 때문입니다."

이론을 캐자면 할 말이 없는 것은 아니었다. 죄과에 비해서 엄청나게 가혹한 형량, 줏대없이 우왕좌왕하는 언관(言官)들의 여론, 그로 말미암아 빚어질 가지가지 부작용, 그와 같은 점을 하나하나 캐고 지적할 수도 있었다.

그러나 지금의 방원은 그런 이론에 기울고 싶지 않았다.

이 기회에 아버지와 아들의 정회를 유감없이 풀어 헤쳐보고 싶었다.

"인정에 끌렸다구? 박자안 그 자와 너희들 사이에 각별한 친분이라도 있다는 거냐?"

이성계는 역시 못마땅한 어투로 반문했다.

"그런 유의 인정이 아닙니다. 아들이 아버지를 아끼는 지성에 감동한 때문입니다, 아버님."

이렇게 말한 다음, 오늘 자기집 대문 밖에 박자안의 아들 박실이 찾아와서 읍소(泣訴)하던 사연을 감명 깊게 전했다.

"여쭙기 황송합니다마는 그 젊은이의 호소를 듣자 저는 남의 일처럼 여겨지질 않았습니다. 만일 아버님께서 그런 변을 당하셨더라면 저는 어찌할 것인가 생각하자, 그저 가슴이 찢어지는 것 같았습니다."

"그래?"

이성계는 지그시 눈을 감더니 생각에 잠긴다.

지난날 방원이 보여준 가지가지 효성을 새삼 곱씹는 것일까.

이윽고 이성계는 다시 눈을 떴다. 한 구석에 못마땅한 얼굴로 비켜서 있던 조순을 턱짓으로 불렀다.

"내 박자안의 죄를 감하고자 하니, 중추원에 이르되 말 잘타는 사람 하나를 가려뽑아 급히 입궐시키도록 하라."

조순은 역시 못마땅한 표정이었지만, 누구의 분부라고 지체하겠는가. 허겁지겁 밖으로 달려나갔다.

국왕의 명령을 전해 받은 중추원에선 심귀수(沈龜壽)란 사람을 천거하였다. 이성계는 그에게 박자안의 사형 집행을 중지하라는 명령서를 주고 형장으로 급파했다.

그 후의 경위를 그 날짜 태조실록은 다음과 같이 전하고 있다.

왕명을 받은 심귀수는 사력을 다하여 말을 몰았다.

중추원에서 가려뽑은 인재였던만큼 마술에 능한 명기수였겠지만, 어찌나 서둘러댔던지 전 여정의 반쯤을 지난 지점에서 그만 낙마하고 말았다. 크게 부상을 입어 말을 탈 수 없게 된 그는, 그곳 역리(驛吏)에게 왕의 명령서를 대신 전하도록 당부했다.

그날 형장에선 박자안의 처형을 서두르고 있었다.

그의 얼굴엔 온통 옻칠을 하고 의복을 홀랑 벗긴 다음, 서슬이 푸른 칼날을 잡은 형리가 그의 목을 노리고 있었다.

그때 광야 저편으로부터 한 사람이 달려오며 갓을 휘두른다. 그것을 본 사형 집행인은 이상히 여겨 형을 중지하고 기다리고 있자니까, 심귀수를 대신한 역리가 국왕의 명령서를 가지고 득달하여 박자안은 겨우 죽음을 면했다는 것이다.

그리고 실록은 덧붙여 박자안의 아들 박실(朴實)에 대해서 언급하고 있다.

박실은 원래 글도 변변히 배우지 못하고 무술에도 감감하였다. 그러나 그때 부친을 구출하려고 애쓴 마음씨를 기특히 여겨 훗날 방원이 등극하자 금려(禁旅), 즉·궁중을 호위하는 금군(禁軍)의 지휘관을 시켰으며 벼슬이 이품(二品)에 이르렀다고 한다.

　　어쨌든 그날 박자안 구출 운동에 성공하고 궁중을 물러나온 방원은, 근자에 드물게 기분이 좋았다. 줏대 없는 여론에 휘말려 지나친 형을 받게 된 한 인재를 살려냈다는 만족감도 그러했고, 어버이를 아끼는 아들의 효성을 관철시켜 주었다는 사실도 기쁜 일이었다.

　　그뿐이 아니었다.

　　조순을 위시한 내관들의 농간을 물리치고 방원 자기의 청을 받아들인 부왕 이성계의 심정의 변화가 무엇보다도 혼쾌하였다.

　　그것은 곧 자신의 발언권을 존중하는 부왕의 마음을 공적으로 확인하는 처사이기도 한 것이었다.

　　방원은 원래 다감한 인간에 속했다. 기쁜 일이건 슬픈 일이건 벅찬 감회를 안게 될 경우엔, 그 감정을 뜻맞는 사람과 나누고 싶어진다.

　　그는 발길을 설매의 집으로 옮겼다.

　　혀끝은 쌀쌀하면서도 가슴 속은 활짝 열려 있는 설매와 주고받을 입씨름도 즐거울 것이고, 말없이 한구석에 숨어 있는 듯하면서도 방원의 정이 차분히 스며드는 듯한 김씨를 보는 기분도 흐뭇할 게다.

　　설매의 집엘 들어서자, 또 한가지 반가운 일이 그를 기다리고 있었다.

　　"호랑이도 제말을 하면 어쩐다더니, 나리께서도 이렇게 때를 맞춰 오실 줄 아시는군요."

　　설매가 반색을 하며 수다를 떤다.

　　"허허, 내가 좋아하는 새 술이라도 마침 익었단 말인가?"

　　방원도 기분 나는 김에 흐물거리자,

　　"술이 문제이겠어요? 더 귀한 분이 와 계신걸요."

　　잠깐 정색을 하며 설매가 속삭였다.

　　"누구일까? 내가 그토록 반가워할 사람이."

　　언제나 그렇듯이 설매 등뒤에서 수줍어 하는 김씨에게 들큰한 눈길을 보내며 방원은 물었다.

　　그러자 내실로부터 칠점선이 미소를 띄우며 나타났다.

지난날과는 달리 점잖은 궁인(宮人) 차림을 하고 있으니, 한층 격이 높아보인다.

방원은 허겁지겁 그 앞으로 달려간다.

땅바닥에 꿇어엎드려 넙죽히 절을 했다.

"어머님의 육체 이렇듯 만장하심을 뵈오니 소자 그저 감축할 뿐이옵니다."

제삼자의 눈엔 지나친 연기로 비칠는지 모른다. 그러나 방원으로선 진정에 가까운 행동이었다.

몇달 전 팔조령(八助嶺)에서 작별한 이후 처음으로 있는 상봉이었다.

그 동안에도 만나고 싶은 마음은 간절했지만, 방원은 굳이 참아왔다. 정적들의 모함거리가 되지 않으려는 배려에서였다.

물론 간접적으로나마 칠점선의 동정은 소상히 파악하고 있었다. 자기를 위해서 부왕 이성계에게 얼마나 고마운 작용을 하였는가도 전해 듣고 있었다.

그러니 설매의 말이 아니더라도, 누구보다도 반가운 해후였다. 정말 친어머니라도 만난 것처럼 기뻤다.

"나리, 왜 이러십니까."

칠점선은 칠점선대로 난처한 얼굴이었다.

"저는 아직도 한낱 궁녀에 지나지 않습니다. 왕자대군 나리께서 이렇듯 지나치게 공대하여 주신다면, 천한 이 몸을 어디다 두어야 하겠습니까."

이렇게 체면을 차리긴 하는 것이었지만, 그 말투는 결코 차지는 않았다. 오랜만에 아들을 만나는 어머니의 정같은 것이 없지는 않았다.

"어쨌든 안으로들 드시어요. 아무리 누추한 집이라도 두 분을 모실 방 한 칸 쯤은 있으니까요."

그런 말로 두 사람의 실랑이를 설매는 해결해 주었다.

두 사람이 방안에 들어앉자 설매는 또 핀잔이었다. 방문 밖에 모촘히

서서 어찌할 바를 모르고 있는 김씨를 향해서였다.

"이것봐요. 몽매에도 잊지 못하던 낭군이 찾아오셨는데, 꾸어논 보리자루처럼 서 있기만 하면 어쩔래요. 그 분이 오시면 대접하겠다고 공들여 담가 놓은 술도 있을테고, 틈틈히 장만한 안주도 많지 않우? 그 정성을 보여드려야지요."

그 말에 김씨는 낯을 붉히고 부엌으로 달려갔다.

"오늘은 나리께서 큰 일을 하셨다면서요?"

칠점선이 묻는다.

박자안의 구명운동에 대한 이야기일 것이다.

"예, 처음에는 어찌될까 애를 태웠습니다만, 뜻밖에도 아버님께서 너그럽게 처결하시어 일이 잘 됐습니다."

마치 어머니에게 무슨 자랑이라도 하는 것 같은 심정으로 방원은 대답했다.

"잘 하셨습니다. 사람의 목숨은 되도록 아껴야지요."

찬사를 보내면서도 칠점선은 되도록 꼬리를 달았다.

"그런데 제가 나리께 한 가지 섭섭한 말씀을 드려야 하겠습니다."

"무슨 말씀이신지요."

방원은 고개를 꼬았다.

"그렇듯 남의 목숨을 살리고자 진력하시는 나리께서, 가장 아끼셔야 할 사람은 살리려고 하지 않으시니 이상스럽기만 하군요."

칠점선은 다시 이렇게 말했다.

"누구를 두고 하시는 말씀이신지요."

어렴풋이 짐작이 가지 않는 것은 아니었지만 방원은 되물었다.

"누군 누구이겠어요. 아기엄마지요."

칠점선을 대신해서 설매가 한마디 했다. 방원은 잠깐 침음하다가,

"제가 언제 비 어미를 죽였던가요?"

괴로운 발뺌을 시도했다.

"그야 몸은 살아 있습지요. 멀쩡히 움직이니까 남의 눈엔 산 것처럼 보일 것이어요. 하지만 여자란 몸만 움직일 수 있다고 사는 것이 아니랍니다. 정에 굶주려서 마음의 갈증이 혹심해지면, 육신이 죽는 것보다 더 비참한 일이어요."

칠점선은 마치 자기 자신의 아픔을 아파하는 것 같은 어조로 말했다.

"세상 사람들은 흔히 말하더군요. 여자로서 가장 견디기 어려운 일은 시앗을 보는 고통이라구요. 하지만 시앗노릇을 하지 않을 수 없는 여자는 그보다 몇갑절 더 불쌍한 것이어요."

"정실이 소실을 질투할 수 있다면, 소실 역시 정실에게 투기하는 마음을 가질 수도 있을 것이 아니어요?"

설매가 다시 한마디 거들었다.

"아무리 속이 상해도 정실은 그런대로 남들의 존중을 받으며 겉으로나마 떳떳이 굴 수 있지만, 시앗이란 마치 죄진 사람처럼 오들오들 떨면서 숨어 살아야 하지 않겠어요?"

"밖에서 이상한 발소리만 들려도 정실의 패거리들이 야료를 부리러 몰려오는 것이 아닌가 하고 가슴이 내려앉기 마련이지요."

칠점선이 받아서 하는 말이었다.

"이웃 아낙네들이 모여서 수군거리기만 해도 마치 자기를 비웃고·흉보는 것이 아닌가 하는 자격지심에 몸둘 곳을 찾지 못하는 것이 소실의 불안한 마음입니다."

"더더구나 비 엄마는 지금 어떠한 형편에 놓여있지요? 제대로 소실 구실조차 하지 못하고 남의 눈을 살피면서 그날그날을 보내고 있지 않아요. 정을 붙일 분이라고는 나리 한 분 뿐인데, 그 나리마저도 가뭄에 콩나듯 발길이 소원하시니 그 심정이 어떠하겠어요. 워낙 참을성이 많은 사람이라 겉으로는 내색을 하지 않지만, 남이 못보는 자리에서 숱한 눈물을 흘렸을 거예요."

설매는 좀 더 노골적으로 방원을 힐난했다.

"나리!"

칠점선은 어세를 고치며 정면으로 파고 들었다.

"이제 나리도 어지간히 자리가 잡히셨으니 아기 엄마를 댁으로 들여앉히시는 것이 어떠실는지요. 원래가 댁에 있던 사람이니 과히 생소할 것도 없겠구요."

"어머님의 하교 지당하십니다만, 제가 망설이는 까닭은 비와 비 어미를 생각하는 때문입지요. 여기서 이렇게 사는 편이 그런대로 저의 집에 들어가는 것보다는 훨씬 편할 것 같아서 말씀입니다."

입맛이 절로 써지는 것을 느끼며 방원은 말했다.

김씨가 자기 집으로 들어간다. 민씨부인의 투기는 말할 것도 없고 하찮은 하인배들까지 눈에 가시처럼 적대시할 것이다. 바늘 방석에 올라앉은 것처럼 괴롭고 불안하기만 할 것이다.

그런 고통을 덜어주기 위해서 설매에게 맡긴 것이 아닌가.

"전에는 저도 그렇게 생각했지요. 그래서 저의 집에 맡았던 것이지만요, 날이 갈수록 꼭 그런 것만도 아니라고 느끼게 되더군요."

설매의 말이었다.

"언젠가 나리께서 다녀 가시자 나리를 전송 나갔던 애기 엄마가 먼 발치에서 나리 뒤를 쫓아가는 게 아니겠어요. 이상하다 싶어서 저도 뒤따라 가보았는데 애기 엄마는 나리댁 근처까지 따라가더니 나무 그늘에 숨어서 하염없이 나리댁 대문을 바라보고 있는 거예요."

평소의 설매답지 않게 젖은 목소리가 되어 있었다.

"그 집에서 당한 일을 생각하면 이가 갈릴텐데, 뭘 그렇게 바라보고 있느냐고 물어보았지요. 그랬더니 애기 엄마는 눈물이 글썽한 얼굴로 말하는 거예요. 아무리 구박을 받더라도 낭군이 사시는 집 귀신이 되는 것이 여자의 소원이 아니냐구요."

"바로 그렇습지요, 나리."

칠점선이 받아 말했다.

"여자에겐 낭군의 정도 아쉬운 것입니다만, 그에 못지않게 집이라는 것도 소중한 것이어요. 나무가 깊이 뿌리를 내리듯이 평생을 마칠 수 있는 자기 집이라는 것 말입니다. 누가 뭐라건 죽어도 이 집에서 송장이 되어 나가겠다고 마음을 붙일 수 있는 거처가 있어야 하는 거예요. 어느 여자건 편하게 숨어 사는 신세보다도 괴로우면서도 떳떳이 살 수 있는 생활을 몇갑절 더 소원할 것이어요."

"역시 지당한 말씀입니다만, 제 내자란 사람이 워낙 극성스러워서요."

방원이 입맛을 다시자,

"제가 듣자니까 부인도 전보다 많이 달라지셨다는데요?"

설매가 이런 말을 했다.

"무엇을 깨달으셨는지 누구에게나 큰소리 한번 내시는 일이 없게 되었다고 칭송이 자자하더군요."

그 말을 듣고보니 그런 것 같기도 하지만, 그렇다고 속마음까지 달라졌으리라고는 여겨지지 않아 방원은 불안했다.

"어쨌든 부인에겐 제가 잘 말씀드려보지요. 그래서 부인이 허락하신다면 그때 가서 애기 엄마를 들여보내도록 하시면 좋을 것이 아니겠어요?"

칠점선이 이렇게 결론을 내렸다. 그렇게까지 권하는 이상 방원으로서도 더 반대할 아무 말도 없었다.

"소자, 어머님의 처분만 기다리고 있겠습니다."

모든 것을 칠점선에게 일임했다.

그런지 며칠 후 칠점선이 방원의 집을 찾아갔다.

칠점선과 이성계와의 관계, 방원이 남쪽으로 도피하였을 때, 그 집에서 신세를 졌다는 사연은 민씨도 잘 알고 있었다.

그래서 그런지 예상외로 융숭히 맞아들였다.

공식적인 지위로 따지자면 민씨부인은 왕자대군의 정실이며 어엿한 옹주마마이지만, 칠점선은 아직도 한낱 궁녀에 지나지 않는다.

그러나 방원이 그렇게 하던 것처럼 시어머니라도 모시듯이 깍듯이 굴었다. 그 태도만으로 그 동안 민씨가 내면적으로 얼마나 성장하였는가를 짐작하게 한다.

"제가 오늘만은 정녕옹주(靖寧翁主)마마께 당돌한 말씀을 여쭈러 이렇게 왔습니다."

칠점선은 불쑥 이런 말을 꺼냈다.

"무슨 말씀이신지는 모르겠습니다만, 미거한 저에게 하교하실 일이 있으시다면 서슴지 마시고 일러 주시어요."

민씨의 태도는 어디까지나 공손했다.

"얼마 전에 저는 시앗을 보았습지요."

정말 당돌한 소리를 칠점선은 던졌다.

"주상께서 굳이 원하신 때문도 아니고 누가 억지로 권한 때문도 아니었습지요. 제가 자진해서 시앗을 찾아 들여앉혔습지요."

지난 3월 6일, 전에 판사 벼슬을 지낸 김원호(金原浩)란 사람의 딸을 궁인으로 삼았다는 대목이 그 날짜 실록에 보인다. 단순한 궁녀였다면 그런 기록을 남겨두진 않았을 것이다. 명색은 궁인이었지만, 이성계의 후궁을 뜻하는 때문이었을 것이다.

"여자의 마음은 누구나 같을 것이올시다. 저 역시 상감의 총애를 독차지하고 싶은 것이 거짓없는 심정이옵니다. 하지만 상감의 은총은 하늘의 태양처럼 크고 무겁습니다. 저 혼자 감당하기엔 너무나 힘에 겹더군요. 그래서 그 짐을 나누어질 사람을 구해 드린거지요."

칠점선의 논지를 굳이 캐고 따지자면 허점이 없는 것은 아니다.

이성계가 비록 불세출의 무골이라고는 하지만 진갑 다 지난 노골(老骨)이 아닌가. 한참 농익은 칠점선의 여체가 그의 늙은 정력에 부족을 느끼면 느꼈지 힘에 겨울 이유는 없을 것이다. 그러면서도 이성계의 사랑을 독차지하려는 데는 벅차다는 말이 듣는 사람에겐 묘한 공감을 안겨준다.

"어쩌다가 상감께선 이런 말씀을 하시지 않겠습니까. 아들 딸도 둘만

큼 두었고 손자들도 많지만, 그래도 어린아기를 보고 싶으시다는 것이어
요. 우리네 여자들이 듣기엔 이상한 말씀처럼 여겨지지만, 그것이 남정네
의 마음이라는 것이겠지요."

칠점선의 얘기는 묘한 곳을 묘하게 파고 들어간다.

"제가 당장 아기님을 낳아 드린다면 오죽이나 좋겠습니까마는, 만일
끝끝내 아기님을 낳지 못한다면 상감께 얼마나 죄송스럽겠습니까. 그래
서 김씨라는 그 궁녀를 주선해 드린 것입지요."

훗날 칠점선은 딸 하나를 낳게 된다. 숙진옹주(淑愼翁主)가 바로 그렇
다.

그러나 그 시절엔 그런 우려도 가질만한 일이었다.

"당초엔 몹시 불안스럽기도 했고 마음이 괴롭기도 했습지요. 시앗이라
는 것을 가까이 하게 되면 얼마나 눈꼴이 시고 밉살스러울까 속을 태우기
도 했습지요. 하지만 정작 당하고 보니 그런 것도 아닙디다. 김씨라는
사람이 무던한 때문이기도 하겠습니다만, 마치 동생 하나 거느리게 된
것 같은 마음이 들더군요. 그만큼 저 자신이 높아진 것 같은 심정이라고
나 할까요"

그제서야 민씨도 칠점선의 저의를 어렴풋이나마 깨달은 것일까, 사뭇
심각하게 무엇인가 곰곰 생각하는 얼굴이 된다.

"이미 세상을 떠나신 분의 얘기를 하는 것은 송구스럽습니다만, 숭고
하신 중궁마마에 대해서 상감께선 이런 말씀도 하시더군요. 현비(顯妃)
가 살아 있는 동안엔 후궁이란 것은 생각도 못해 봤지만, 이제 다시 생각
하니 세상을 좁게 산 것 같으시다구요."

그리고는 정면으로 민씨를 지켜보았다.

"제가 본시 미거해서 어머님의 말씀을 얼핏 알아듣지 못했습니다만,
곰곰 새겨보니 큰 잘못을 저지른 것 같습니다."

칠점선의 시선을 마주 받으며 민씨는 앞질러 말했다.

"옹주마마의 부덕은 만인이 칭송하여 마지 않는 터인데, 무슨 잘못이

있으시겠습니까."

민씨의 말뜻을 이해 못하는 것은 아니었지만, 일부러 칠점선은 그렇게 둘러댔다.

"어머님께선 아직 낳지도 않은 아기를 위해서 후궁을 주선하시지 않으셨습니까. 그런데 저는 생남한 지 여러 해가 지난 사람을 집에 들여놓지 않고 있으니, 얼마나 소견이 좁은 여자라고 모두들 흉을 보겠습니까."

"무슨 말씀이신지요?"

칠점선은 어디까지나 딴전을 부린다.

"게다가 저는 세 아들의 어미가 아닙니까. 서자 한둘쯤 거둬들인다고 어찌될 처지도 아닐 터인데, 옹졸하게 군다고들 얼마나 뒷소리를 하겠습니까."

민씨는 아들 복이 많은 여인이었다. 초산은 늦은 편이었지만 맏아들 제를 낳게 되자 계속 생남을 했다.

태조 5년에는 둘째아들 보(補), 즉 훗날의 효령대군을 낳았으며 그 이듬해 4월 10일, 그러니까 달포 전에는 세째아들 도(祹)를 낳았다. 훗날의 세종(世宗)이다.

"옹주마마 말씀 그러하시니 여쭙겠습니다마는, 제가 이렇게 찾아온 까닭은 그 때문입니다. 비 어멈을 거두어 주십사구요."

이때까지의 연막을 걷어치우고 칠점선은 솔직이 털어놓았다.

"그야 지난날 여러 가지 실랑이가 있었다는 얘기도 알고 있습니다. 하지만 옹주님 말씀대로 지금은 어엿한 아드님을 세 분이나 거느리고 계시지 않습니까. 전과는 모든 사정이 다를 줄로 압니다."

내친 김에 다그쳤다.

민씨는 다시 생각에 잠겼다. 냉정히 현실을 저울질하자면 이 기회에 아량을 베푸는 편이 여러 모로 유리할 것이라는 계산을 충분히 하고 있겠지만, 지난날의 감정의 찌꺼기를 새기기엔 역시 괴로운 것일까.

"이건 좀처럼 입밖에 내선 안될 얘깁니다만, 장차 이 나라 종묘사직을 걸머질 분은 정안군 나리뿐이라고 저는 내다보고 있습니다. 그야 그 날이 오기까지엔 숱한 풍파를 겪어야 하겠습지요. 그런만큼 옹주마마께서는 그 분을 여러 모로 내조하셔야 할 것이 아니겠습니까. 무엇보다도 그 분의 마음을 활달하게 펴드려야 하겠습니다.”

칠점선은 사뭇 엄숙해진 태도로 이런 말까지 했다.

“잠룡(潛龍)이 장차 하늘을 날자면 사소한 일로 그 분의 날개를 묶는 일이 없어야 합니다. 아무런 거리낌없이 충분히 날개를 뻗으시도록 도와드려야 합니다.”

그 말을 남겨놓고 칠점선은 물러갔다.

대문 밖까지 전송하러 나갔다가 거실로 돌아온 민씨는 한참을 더 생각에 잠기더니 한 노복을 불렀다.

노복들 중에서 가장 신임이 두터운 소근(小斤)이란 하인이었다.

“너 지금 다녀올 곳이 있거니와, 누가 뭐라고 하든 내가 이르는대로 거행해야 하느니라.”

그리고는 몇마디 귀엣말로 지시했다.

“여봐라! 이리 오너라.”

소근이는 수선을 떨고 있었다.

설매의 집 문앞이었다. 그는 큼직한 함을 걸머지고 있었다.

잠시 후 대문이 열리며 설매가 고개를 내민다.

“누구야? 제대로 기방 출입 할만한 위인도 아닌 것 같은데.”

소근이의 아래위를 들어보며 설매는 비아냥댔다.

“정안군 나리 댁에서 온 사람이오.”

소근이는 거드름을 피우며 들어오란 소리도 기다리지 않고 문안으로 들어선다.

곧장 안마루로 다가가더니 함을 내려놓는다.

“이게 뭣하는 물건이지?”

설매는 물었다. 몰라서 묻는 말이 아니었다.

청실 홍실 곱게 묶은 함이니, 그것이 혼수함이라는 것쯤 못알아볼 턱이 없겠지만, 일부러 그렇게 딴전을 부려본 것이다.

"나리댁 옹주마마께서 보내시는 물건이오."

소근이는 더욱더 거드름을 피운다.

"섣달 그믐날도 아니고 하니, 옹주마마께서 기생집에 세찬이라도 보내신건 아닐텐데?"

설매는 꼬아대기만 한다.

"아따 말도 많네그려."

소근이의 언사는 들쑥날쑥이었다.

여느 기생이 상대라면 제 신분이 비록 노복이라 하더라도 뚝 떨어진 해라에 걸쭉한 욕설이라도 섞어 던지겠지만, 상대편은 상전 방원이 총애하는 기생이었다. 함부로 굴 수는 없고, 그렇다고 공대를 하기도 아니꼽고 해서 얼버무리는 것이다.

"그렇게 궁금하거든 어서 뚜껑이나 열어보지 그래."

"나리댁 옹주마마께서 보내신 물건이라면 설마 귀신딱지 같은 것도 아닐테니 어디 열어볼까?"

넉살을 떨면서 설매는 함 뚜껑을 열었다. 그리고는 깜짝 놀라는 시늉을 한다.

함 속에는 갖가지 패물과 옷감 그리고 그 예물들의 목록을 적은 물목(物目)과 혼서(婚書)가 들어 있었다.

"우리 비 엄마가 시집을 가게 됐구만 그래."

이번에는 진심으로 반가워한다.

민씨부인을 만나본 칠점선으로부터 교섭의 경위를 대강 듣고 있는 설매였다. 일이 제대로 돌아가고 있다는 것은 짐작하고 있었지만, 이렇게 다급히 성사될 줄은 몰랐다.

"날짜가 급해서 사주단자 생략하고 예물부터 보내시겠다는 옹주마마의 전갈이오."

소근이는 덧붙여 말했다. 비록 사주단자는 생략한다 하더라도, 이건 정식으로 혼례의 절차를 밟는 셈이다.

그런만큼 김씨의 존재를 지극히 존중하는 것일게다.

소실에는 두 가지 층하가 있다던가.

하나는 양첩(良妾)이며, 또 하나는 천첩(賤妾). 양첩이란 양가의 규수를 맞아다가 소실을 삼는 경우를 말하는 것인데, 그 혼인 의식은 정실(正室)을 취할 때와 비슷하게 치르는 것이 상례인 것이다.

그러니까 민씨부인은 김씨를 양첩으로 맞아들일 의향임이 분명했다.

"여봐요, 비 엄마. 아기엄마도 이제 어엿하게 시집을 가게 됐어요. 화관(花冠) 쓰고 활옷 입고 가마 타고 시집 가게 됐단 말예요."

덩실덩실 춤을 추며 설매는 떠들어댔다.

그 이튿날 김씨 모자는 방원의 집으로 들어왔다. 오랫동안 어수선하던 가정의 풍파는 일단 가라앉은 셈이었다.

부왕 이성계는 박자안의 감형(減刑)을 계기로 방원의 청이라면 어떠한 청이건 들어줄 심정이 되어 있다는 것을 증명했다. 정치적인 면에서는 이제 방원은 강력한 영향력을 회복한 셈이었다.

그러나 정계의 동향은 아직도 유동적이었다. 정도전 일파는 그들 나름대로 끈질긴 반격을 시도한 것이다. 국왕의 처결까지 내려진 박자안에 대해서 거듭 탄핵의 불길을 올린 것이다.

그달 27일 국왕 이성계는 일단 감형의 특혜를 베풀었던 박자안을 다시 순국옥(巡軍獄)에 가두는 한편, 판문하부사 권중화(權仲和)를 위관(委官)으로 삼아 국문케 한 것이다.

물론 정도전 일파의 책동으로 이성계의 의향이 뒤집혀진 것이다.

혹독한 고문을 못이겼던지 박자안은 몇몇 연루자를 끌어댔다. 경상도 도절제사 윤방경(尹邦慶), 유양의 뒤를 이어 계림부윤이 된 하륜(河崙)

이 옥에 갇히었다.

그리고 박자안에겐 다시 사형 선고가 내려졌다.

형세는 역전하여 원점으로 돌아간 꼴이었다. 모처럼 회복된 방원의 발언권이 여지없이 짓밟힌 것이다.

그뿐이 아니었다. 하륜은 현역 관료들 중에서 방원을 강력히 지지하는 인물의 하나였다. 그러니 이성계의 번의는 방원의 영향력을 무력화하는 동시에, 그의 세력의 일부까지 제거하는 결과를 초래하였다.

방원은 격분했다.

즉시 입궐하였다. 그는 지금 자기가 얼마나 중대한 고비에 놓여 있는가를 절감하고 있었다.

모처럼 회복했다가 다시 잃게 된 부왕의 신임을 도로 찾느냐 못찾느냐에 따라서, 인간적으로나 정치적으로나 자기의 앞날이 좌우될 것이다.

"아버님께선 저를 또 버리십니까?"

방원이 던진 첫마디가 그것이었다. 다른 때 같으면 부왕의 눈치를 세심하게 계산하고 한마디 한마디 신중히 골라서 입밖에 내는 방원이었다. 그러나 오늘은 직선적으로 나갔다. 자기의 운명을 거기다 걸고 주사위를 던지는 각오를 굳히고 있었다.

"무슨 말이지?"

이성계의 언동은 의외로 부드러웠다. 정적들의 농간에 말려 자기를 무시하거나 역겨워하는 투는 아니었다.

"모처럼 사람까지 급파하여 구출하신 박자안을 다시 죽이도록 분부하셨다면서요?"

"그 얘기 말이냐?"

이성계는 난처한 웃음을 흘렸다.

"정도전 이하 여러 대신들이 국문하자고 주장하기에 다시 국문을 시켜 보았더니 박자안의 죄상, 도저히 살려둘 수 없다고 하기에 죽이라고 했을 뿐이야."

그리고는 한동안 눈을 내리깔고 뭔가 생각에 잠기는 듯하다가 꺼지게 한숨을 내쉬었다.

"내가 등극하기 이전엔 국왕이란 절대적인 존재로 생각했었지만, 막상 왕좌를 차고 앉아보니 그런 것도 아니더라."

하더니 다시 말을 이었다.

"그야 나라일을 국왕 혼자서만 다스리는 것이라고까지 생각지는 않았지만, 적어도 국왕의 명령 일하 여러 권속들과 대신들은 수족처럼 움직여 주리라고 믿었는데 그것도 아니란 말이다."

이렇게 말하고는 이성계는 또 괴로운 한숨을 씹었다.

"오른쪽 손이 오른편으로 가자고 하면 왼쪽 손은 왼쪽으로 가자고 졸라대는 경우가 허다하단 말야. 그러니 나는 어느 장단에 춤을 추어야 한단 말이냐."

그·말에 방원은 가슴이 찡해진다.

부왕의 입장이 어떠한 것인가를 새삼 깨닫게 된다.

먼저번엔 정부 대신들이 떠들어대서 박자안을 죽이기로 결정했지만, 다음번엔 방원 자기가 졸라대서 감형 처분을 내렸다. 그러다가 이번엔 또 정도전 일파가 으르렁거리니 하는 수 없이 문제를 원점으로 돌리지 않을 수 없었다는 얘기일 것이다.

"사람에겐 두 팔이 필요한데, 나 역시 그렇단 말이다. 너희들 아들들도 지극히 소중하고 정도전을 위시한 대신들 역시 없어서는 안될 사람들이야. 되도록이면 양측을 다 만족시키는 처사가 바람직한 일이겠지만, 그렇게 안될 경우엔 어떻게 하겠느냐."

이성계는 마치 무슨 하소라도 하듯이 물었다.

또 가슴이 아파진다. 부왕에게 그런 심려를 끼치지 말고 깨끗이 양보하고 싶다. 심정적으로는 그렇다.

그러나 방원은 모질게 마음을 다잡아 먹었다.

──지금 여기서 내가 양보를 한다는 것은 영원한 패배를 의미한다.

한번 짓밟힌 고개를 다시 들기란 여간해선 어려운 법이다.

그것도 감수할 수 있다고 하자. 자기 주장이 그르고 정도전 일파의 주장이 옳다면 말이다.

박자안의 죄상이 과연 죽음에 해당되는 것이라면 자기 개인의 입장이 불리해지더라도 승복할 수밖에 없는 일이겠지만, 사실은 정반대가 아닌가.

정도전 일파는 박자안의 죄상에 대한 경중을 엄밀히 가리자는 것이 아니다. 방원 자기를 반대하기 위해서 반대하고 나서는 게 아닌가.

"제가 한 말씀 더 드리겠습니다."

방원은 역설했다.

"두 팔이 각각 다른 의견을 고집할 경우엔 정당한 주장을 하는 편의 의견을 받아들이실 수밖에 없지 않겠습니까."

"정당한 주장이라?"

이성계는 곱씹다가 심약한 웃음을 흘렸다.

"오른팔의 말을 들어보면 그것이 옳은 것도 같고 왼팔의 말을 들어보면 그것이 옳은 것도 같으니 어떡하지?"

이성계로서는 숨김없는 진심을 말하는 것이겠지만, 그런 모호한 태도는 방원에겐 오히려 듣기 어려운 장막이었다.

말문이 막힌 그는 한동안 생각에 잠기다가 겨우 입을 떼었다.

"이것은 다른 문제가 아니라 사람의 생사에 관한 문제입니다. 비유하자면 동이에 든 물을 쏟아버려야 하느냐 그대로 두어야 하느냐 망설이는 것과 같습니다. 한번 쏟아버리면 다시 담을 수는 없습니다마는, 그대로 버려둔다면 결정적인 실수는 모면할 수 있습니다. 훗날 어쩔 수 없이 버려야 할 때에 버릴 수도 있으니 말씀입니다."

"그말 잘했다."

이성계는 무릎을 쳤다.

"한번 죽인 사람은 다시 살릴 수 없을테니까."

결국 박자안에 대한 판결은 또 번복되었다.

그의 죽음을 사하는 한편, 직첩(職牒)을 회수하고 삼척(三陟)으로 장류(杖流)하는데 그쳤다. 그리고 윤방경은 광주(廣州)로, 하륜은 수원(水原)으로 각각 유배시켰다.

방원은 또한번 역전승을 거두었지만, 앞으로 정도전 일파가 어떠한 수법으로 재차 반격을 가해 올린지 그것이 문제였다.

너희들 아들들도 소중하지만 정도전을 위시한 대신들 역시 없어서는 안된다. 그래서 되도록이면 양측을 다 만족시키는 처사가 바람직하다고 부왕 이성계는 말했다.

따라서 정도전 일파가 다시 강력히 책동한다면 판도는 또 어떻게 달라질는지 예측할 수 없다.

그날도 그런 불안을 씹고 있는데, 오랜만에 남재가 찾아왔다. 음력으로 유월도 중순이니 숨막히게 더운 삼복이었다.

남재는 땀을 뻘뻘 흘리고 있었다. 그러나 남재가 흘리는 땀은 더위 때문만은 아닌 것 같았다. 그는 몹시 흥분해 있었다.

"정도전 그 사람, 엉뚱한 일을 저지를 것 같습니다."

그는 이런 식으로 말을 꺼냈다.

"나리에 대한 상감의 신임을 뒤엎을 수 없음을 깨닫게 된 때문인지, 마침내 무력을 구사해서라도 반격을 가해 올 기미올시다."

"그래요?"

방원은 고개를 꼬다가,

"그것은 남대감의 단순한 추측이십니까, 아니면 확실한 근거라도 있어서 하시는 얘깁니까?"

하고 물었다.

"어찌 근거없이 이런 일을 입밖에 낼 수 있겠습니까."

남재는 잘라 말했다.

"정도전 그 자는 의흥삼군부(義興三軍府)의 판사로 막강한 병권을 장악하고 있는 형편이 아닙니까."

의흥삼군부의 역사는 혁명 이전으로 거슬러 올라간다.

고려 우왕을 폐하고 창왕을 세운 이성계는, 그의 사병의 군영을 도총중외제군사부(都摠中外諸軍事府)라고 부르고 5군(軍)을 줄여 3군으로 개편하는 한편, 스스로 도총제사(都摠制使)가 되어 군사의 전권을 장악하였다.

그러다가 건국 이후에는 그 명칭을 의흥친군위(義興親軍衛)로 고쳤다가 건국 이듬해엔 다시 의흥삼군부로 개칭하게 되었다.

동시에 의흥친군위의 좌우 2위(衛) 및 고려말에 침체하였다가 재건된 8위를 합한 3군 10위를 통솔하게 되었으니, 그 기관의 최고장관인 정도전은 이 새 왕조의 병권을 완전히 장악한 지위에 있는 것이었다.

"어디 그뿐입니까. 이번엔 오진도(五陣圖)를 찬진(撰進)하여, 자신의 영향력을 더욱 강화하는데 급급하고 있지 않습니까."

오진도는 곧 군사훈련의 지침서와 같은 것이었다.

정도전이 만들어 바치자 국왕 이성계는 크게 칭찬하는 한편, 그것을 교본 삼아 모든 장병들을 재훈련시키도록 시달하였다.

훈도관(訓道官)을 임명하여 각 절제사, 군관, 각급 무관들로 하여금 오진도의 이론과 실기를 강습하도록 지시했다. 말하자면 정도전은 전국의 군인들을 자기의 의사대로 재교육하게 된 것이다. 즉 자기의 수족처럼 만들려는 것이다.

"거기까지는 또 좋습니다. 정도전 그 자는 한술 더 떠서 엉뚱한 모험을 하려는게 아니겠습니까."

남재의 어조는 더욱 열을 띠었다.

"전 왕조때 최영이 획책했던 것과 같은 짓을 다시 답습하려는 모양이 틀림없습니다."

"무슨 얘깁니까."

방원은 긴장했다.

"오늘 아침 내 아우 은(誾)이 시생의 집을 찾아오질 않았겠습니까."

"그래서요?"

"느닷없이 하는 소리가 정안군 나리와 손을 끊으라는 겁니다."

"그 이유는?"

"멀지 않아 정도전 일파의 세상이 될터이니, 일찌감치 속을 차리라는 얘기입지요."

"다시 말하면 멀지 않아서 나 방원이 몰락하리라는 그런 뜻이 되겠군요."

"그렇습니다."

방원은 잠시 생각에 잠기다가,

"사람의 흥망성쇠란 예측할 수 없는 것이니 나라고 몰락하지 않는다는 보장은 없겠지만, 몰락하되 어떻게 몰락한다는 겁니까."

하며 캐고 들었다.

"전 왕조 말엽, 주상전하께서 몰리셨던 궁지에, 이번엔 정안군 나리가 빠져들도록 획책하겠다는 겁니다."

"좀더 자세히 얘기해 주실 수는 없겠습니까?"

방원은 초조한 빛을 보였다.

"정도전 그 사람, 이제는 아무리 재주를 부려 보았자 명나라 측의 미움을 씻을 길은 없을 것 같고, 이대로 나가다간 정안군 나리에 대한 상감의 신임이 날로 두터워질 터이니 안에서나 밖에서나 자기네들이 설 자리가 없게 될 것이라고 전망하고 있다는 겁니다. 그래서 이 기회에 일대 모험이라도 감행해서 돌파구를 찾아보겠다고 발악을 하려는 모양입니다."

"그러니까 군사라도 일으켜서 요동 정벌이라도 하겠다는 겁니까?"

"바로 그렇습니다. 지금의 지위와 조직망을 최대한 활용해서 정부 여론이 요동 정벌로 기울게 하여 일을 저지르겠다는 속셈입지요."

"터무니 없는 수작!"

방원은 일소에 붙이려고 했다.

"이 나라는 아직 뿌리도 내리지 않은 어린 나라가 아닙니까. 그리고
또 전 왕조때 최영이 그런 야망을 품었던 사정과는 정세가 다르지 않습니
까. 명나라는 우리보다 먼저 개국을 해서 국가의 기반이 굳게 다져졌고,
국토의 규모로나 국력으로나 우리와는 비교도 되지 않게 큰 나라가 아닙
니까. 우리가 공격을 한다고 무슨 승산이 있겠습니까. 정도전 그 자가
아무리 환장을 했기로 그만한 분별도 없단 말입니까."

"물론 알고 있을 겝니다. 다만 정안군 나리를 함정에 빠뜨리고자 그런
수작을 농하는 것이겠지요."

"나를 어떤 함정에 빠뜨린다는 거죠?"

"상감께서 마침내 요동정벌책을 윤허하신다면, 그 원정군의 도원수로
정안군 나리를 임명하도록 작용하겠다는 겁니다."

다른 얘기는 대개 추측할 수 있는 일들이었지만, 자기를 도원수로 삼는
다는 계책만은 방원의 의표를 찌르는 것이었다.

"나리께서 도원수가 되기를 거절하시더라도 정도전의 술책은 성공하는
셈입지요. 국가의 대사를 외면하는 불충(不忠)의 신으로 몰자는 속셈이
니까요."

"내가 도원수가 돼서 출정을 한다면?"

방원은 쓰겁게 되물었다.

"만일 나리께서 출정을 하시더라도 역시 정도전 일파의 술수에 빠지게
되기는 매한가지입지요."

남재는 이렇게 풀이했다.

"나리는 명나라와 명천자에게 정면으로 도전하는 선봉장이 되시는
겁니다. 얼마나 지독한 미움을 사게 되겠습니까. 뿐만 아니라, 그 전역에
서 패배하신다면 패군지장의 치욕 또한 정안군 나리 한 분이 뒤집어 쓰시
게 될 게 아닙니까."

방원은 전율했다. 정도전 일파의 책략이 얼마나 간교하고 악랄한가
새삼 이가 갈린다.

싸워야 한다. 그 놈의 흉계를 미연에 분쇄하는 길만이 방원이 살아날 수 있는 유일한 길이다.

그러나 대책이 막연했다.

"시생이 한 가지 타개책을 생각해 보았습니다."

무슨 묘책이라도 강구해 놓았던지 남재는 이렇게 말했다.

"정부 대신들의 여론을 분열시키는 겁니다. 정부의 여론이 요동 공략으로 굳어지기 전에 반대 세력을 구축하는 겁니다."

그야 그럴수만 있다면 그보다 더한 상책은 없을 것이다.

"하지만 정부의 대신들이나 요인들은 거의 다 정도전의 입김이 서린 자들이 아닙니까. 정도전이 죽으라면 죽는 시늉을 하는 무리들이 아닙니까."

"그야 그렇습니다만, 그렇다고 대신들 전부가 정도전의 패거리는 아닙니다."

"누굽니까. 서슬이 푸른 정도전을 반대하고 우리 편이 돼 줄만한 사람 말입니다."

"좌정승 조 상국이 있습니다."

비장의 보검이라도 끄집어내듯이 남재는 말했다.

"좌정승 조준(趙浚)이라……."

방원은 착잡하게 곱씹었다.

"지위로 보거나 관록으로 따지거나 정부 안에서 정도전과 맞설만한 인사는 그분 뿐입니다."

정도전이 차지하고 있는 의흥삼군부 판사 자리가 군부의 최고 장관격이라면, 정승 자리는 행정부의 수상(首相)에 해당한다.

그리고 또 조준, 그 사람의 가문이나 경력은 어떠한가. 그는 전 왕조 고려때 시중을 지낸 조인규(趙仁規)의 증손이다. 가문에 있어서도 우선 정도전보다 웃길인 것이다.

우왕 즉위년 문과에 급제하여 통례문부사(通禮門副使), 전법판서(典法

判書) 등 요직을 거쳐, 이성계의 위화도 회군 後에는 대사헌(大司憲)에
까지 올랐던 인물이다. 혁명 과정에서도 정도전 못지 않게 활약하여,
개국 후에는 수상직까지 맡게 된 것이다.

"조 상국이 우리 편을 들어준다면 더할 나위없이 다행이겠지만, 그
분이 과연 그렇게 움직여 주겠습니까."

방원이 묻는 말에,

"그야 되도록이면 어느 파당에 기울려고 하지 않는 분입니다마는,
그 분의 과거로 미루어 정안군 나리의 편을 들 수도 있는 분이 아닙니
까."

남재는 자신을 보였다.

그렇게 보자면 그렇게 볼 수도 있는 과거가 조준에게 있다.

지난날 세자 책봉 문제가 대두되었을 때, 개국에 공이 많은 방원을
책봉해야 한다고 주장한 인물이 아닌가. 그리고 끝끝내 방석이 책봉되
자, 그런 처결에 불만을 품고 벼슬을 버리기까지 했던 것이 아닌가.

조준, 그 사람을 방원의 편으로 간주할 만한 요소는 또 있다.

방석의 세자 책봉을 반대한 조준은 필연적으로 강비의 미움을 샀고,
그 때문에 그는 강비의 무고로 한때 투옥된 일까지 있지 않은가.

강비와 한통속인 정도전 일파에게 반감은 있을 망정 호의는 없을 게
다. 따라서 방원의 편에 서서 투쟁할 공산도 예상할 수는 있는 것이다.

"그러니 나리께서 한번 조 상국을 찾아보셨으면 싶습니다."

남재는 종용했다.

"정도전 일파가 어떤 농간을 부릴는지 알 수 없으니, 되도록 속히 손을
써야 하겠습지요."

방원으로서도 그 이외의 타개책은 없었다.

그는 즉시 조준의 집으로 향했다.

조준의 집 대문이 저만큼 보이는 지점에 이르렀을 때였다.

──아차, 늦었구나.

방원은 어금니를 깨물었다.

정도전과 남은이 그 집에서 나오는 것이 아닌가. 방원을 따라온 남재 역시 씁쓰름한 얼굴을 하며 속삭였다.

"저 자들과 마주치지 않는 편이 좋을 듯싶습니다."

그들은 담모퉁이에 몸을 숨겼다.

"저 자들이 다녀간 이상, 우리 일은 틀어진 노릇이군요."

방원은 한숨을 몰아쉬었다.

"글쎄올시다. 그 자들이 설마 그렇게 약삭빠르게 움직일 줄은 몰랐습니다만, 그렇다고 이대로 물러갈 수는 없는 일이 아니겠습니까. 가부간 한번 부딪쳐 보아야 합지요."

남재는 희망을 버리지 않았다.

그들은 다시 무거운 걸음을 조준의 집 문전으로 옮겼다.

"우리 대감마님, 어느 누구도 만나지 않으시겠다는 분부올시다요."

그 집 청지기가 대문을 가로막듯이 버티고 서서 이런 말을 한다.

방원은 분통이 치밀었다. 청지기의 그러한 태도 역시 정도전 일파의 어떤 작용이 있었던 때문이 아닌가 의심하면서 호통을 쳤다.

"조 정승께서 아무도 만나지 않겠다는 소리는 한낱 핑계일거구, 실은 사람을 충하하는 것이 아니냐?"

"무슨 말씀이신가요."

"국가의 병권을 한손에 쥐고 흔드는 의흥삼군부 판사는 만나줄 수 있어도, 권세 없는 왕자 따위는 거들떠 보기도 싫다는 그런 속셈이 아니고 무엇이냐 말이다."

방금 그 집에서 나온 정도전을 빗대놓고 한 말이었다.

"그건 나리의 오해올시다요."

청지기는 극구 부인했다.

"조금 전에 다녀가신 정대감이나 남대감 역시 만나뵙지 못하고 허행을 하셨습지요."

"그래?"

믿어지지 않는 어투로 방원은 다시 물었다.

"조정승께 무슨 일이 있었기에 당대에 으뜸가는 권신까지 따돌려 보냈다는 거냐?"

"나리께선 아직도 모르시납쇼?"

청지기가 오히려 의아스런 얼굴로 말했다.

"우리집 대감마님의 병환이 위중하십니다요. 전신에 부기가 심해서 꼼짝을 못하실 뿐더러, 한두마디 말씀만 하셔도 혀가 타들어간다고 몹시 괴로워하시는 걸입쇼."

그 말에 거짓은 없는 것 같았다. 그런만큼 방원의 실망은 컸다.

정도전을 만나주지 않았다는 얘기는 다행스럽게 여길 수도 있는 것이었지만, 동시에 자기 자신도 만날 수 없는 중태라면 문제는 더욱 난감해진다. 조준 그 사람을 움직여서 정도전 일파의 책동을 분쇄하자는 계책이 근본적으로 와해되고 말겠으니 말이다.

"물러가는 수밖에 없겠습니다그려."

방원은 체념할 수밖에 없었다. 남재도 그 이상 뾰족한 수가 없었던지 발길을 돌리려고 하다가,

"아니, 저 사람은?"

하고 의아스런 눈길을 길 저편에 던진다.

그편으로부터 괴이한 풍모의 사나이가 다가오고 있었다. 원해였다.

몸에는 승려의 남의(襤衣)를 걸치고 있었지만, 머리는 제법 길게 자란 봉발이었다. 방갓도 쓰지 않고 그냥 손에 들고 있었다.

"그대가 웬일인가?"

반가웠다. 어려운 고비를 당할 적마다 나타나주는 심복을 대하니, 어두운 가슴이 밝아지는 것 같기도 하다.

"그 동안은 제가 할 일이 없을 것 같아서 잠시 몸을 숨겨왔습니다만, 이제 다시 왕자님을 위해서 움직여야 할 것 같아서요."

원해도 그런 말을 하더니 소리를 죽이며 말을 이었다.

"조 정승 그분의 병환이 위중해서 만나실 수 없으시다면, 제가 대신 만나보도록 하는 것이 어떻겠습니까."

그 동안 어디서 어떻게 숨어 살고 있었는지는 모르지만, 시국의 움직임만은 예리하게 탐지하여 온 것일까.

"제 본업이 의업이 아닙니까. 신병으로 면회를 거절하는 분이라면 의원만은 반가워할 듯싶습니다그려."

원해는 이렇게도 말했다.

범연한 소리 같았지만, 지금의 방원의 처지로선 묘안이기도 했다.

우선 원해를 시켜서 조준의 진맥을 하게 하고 기회를 보아 자기 의향을 전하게 한다면 길이 트이지 말란 법도 없을 것 같았다.

남재와 몇마디 더 귀엣말을 주고 받은 다음, 아직도 문밖에 버티고 서 있는 청지기에게로 방원은 다가갔다.

"조 정승의 병환이 위중하시어 잡인을 만나실 수 없으시다면 내가 뵙기를 더 고집하지는 않겠거니와, 내 마침 잘 아는 용한 의원을 만났으니 진맥이라도 시켜보는 게 어떠하신가 여쭈어보도록 하라."

그러나 청지기는 원해의 몰골을 뜯어보며 고개를 꼰다.

"이 사람 행색은 초라하지만, 천하에 드문 신의(神醫)라고 할 수 있지. 연전에 명나라 황후의 중환을 치유한 명의라고 전한다면, 조 정승께서도 잘 아실 게다."

청지기는 여전히 고개를 꼬면서도 일단 안으로 들어갔다.

잠시 후 그는 허둥지둥 뛰어나왔다.

"대감마님께 여쭈었더니, 그런 대의(大醫)라면 즉시 만나보시겠다고 하십니다."

원해는 뜻깊은 눈길을 방원에게 남기고 청지기를 따라 안으로 들어갔다.

"어떻게 하시겠습니까. 댁에 돌아가서 하회를 기다리시겠습니까."

남재가 물었다.

"여기서 좀더 기다려보는 것이 좋을 듯싶습니다그려."

막연하나마 일이 제대로 풀릴 것 같은 기대가 방원의 가슴 속에선 고개를 들고 있었다.

한편 조준은 퉁퉁 부은 얼굴로 누워 있었다.

"내 정안군 나리께 한 일이 없거늘, 이렇듯 일부러 의원까지 보내주다니."

사뭇 감격스런 어투였다.

"소인이 비록 특별한 재주는 없습니다마는, 정성껏 진맥은 해보겠습니다, 정승님."

원해는 조준의 손목을 잡았다.

그러나 잠깐 동안이었다. 그러면서도 그는 손바닥이라도 들여다보듯이 조준의 증세를 낱낱이 짚어냈다.

"소변이 붉으실 겝니다. 식욕도 물론 없으실테구요. 그리고 두통과 복통이 있으실 게고 갈증과 구토증과 설사도 겸하실 줄로 압니다. 그렇지 않습니까, 정승님."

"바로 맞았어. 그게 무슨 병일까?"

조준은 감탄하며 물었다.

"콩팥이 좋지 않으십니다. 원래 이같은 증세는 오래 정양을 하셔야 하겠습니다만, 우선 급한대로 손을 써봅지요."

원해가 침 한 대를 놓고 잠시 지난 후였다.

"거참 신기한 일이로고. 뒷골이 빠개지듯 아프더니 씻은 듯이 맑아졌고 복통도 멎었어. 혓바닥이 말라붙은 것처럼 바삭바삭하더니 금방 이렇게 물기가 도는 것 같구."

혀끝을 내밀어 입술을 핥으며 조준은 좋아했다.

그렇게 보아서 그런지 얼굴의 부기도 사뭇 내린 것 같다.

"내 이렇게 신세를 졌으니 정안군 나리 댁을 찾아가서 인사라도 여쭤어야 하겠는데, 이젠 기동을 해도 좋을까."

입에 발린 소리가 아닌 진정을 보이며 조준은 말했다.

그러니까 방원과 남재가 지금 문밖에 와 있다는 사실을 청지기는 전하지 않은 모양이었다.

그 기회를 원해는 놓치지 않았다.

"정승님께서 왕자님을 만나실 의향이시면 굳이 기동을 하시지 않아도 좋을 거 올시다."

그 말을 조준은 다른 각도에서 받아들였다.

"고마운 말씀을 드려야 할 내가 그 분을 오십사고 할 수도 없는 노릇이 아니겠나."

"정승님의 말씀 그러하시니 말씀 드리겠습니다만, 실은 정안군 나리, 이 댁 대문 밖에서 기다리고 계십니다."

원해는 지체않고 털어놓았다.

"정승님께 긴히 여쭐 말씀이 있어서 찾아오셨다가, 환후가 위중하시다는 얘기를 듣고 소인만 들여보내신 거올시다."

"뭐라구?"

조준은 펄쩍 뛰었다.

"왕자대군께서 친히 왕림하셨다면 그 무슨 결례일꼬?"

그는 급히 청지기를 불렀다.

"정안군 나리께 저지른 네놈의 소행, 따로 엄히 다스리겠거니와 어서 달려가서 그 분을 모셔오도록 하라."

기급을 해서 뛰쳐나간 청지기가 방원과 남재를 인도해 오자, 조준은 엉금엉금 기면서도 마루 끝까지 마중을 나갔다.

주객이 자리를 잡고 앉자 조준이 먼저 물었다.

"의원이 하는 말을 들었습니다만, 나리께서 시생에게 긴히 하실 말씀이 있으시다구요?"

"예, 좌상대감의 환후 이렇듯 위중하신 줄 모르고 뵙고자 했습니다마는……"

방원은 일부러 말꼬리를 흐렸다.

"무엇인지 말씀하시지요. 여간한 일로 저를 찾아주실 정안군 나리도 아니실터인데요."

조준이 오히려 독촉을 했다.

"그야 종묘사직을 위해서 긴히 여쭈어야 할 중대사이긴 합니다만, 그렇다고 대감의 병환에 좋지 않은 영향이라도 끼쳐드린다면 어쩌겠습니까."

겉으로는 꽁무니를 빼는 것 같으면서도, 실은 상대편을 슬슬 끌어당기는 그런 구기였다.

"정안군 나리답지도 않은 말씀이십니다."

아니나 다를까, 조준은 열을 올리며 바싹 다가앉았다.

"내 비록 죽을 병이 들었기로 국가의 좌각(左閣 : 좌정승의 별호) 자리를 더럽히고 있는 몸이 아닙니까. 종묘사직의 중대사를 어찌 외면할 수 있겠습니까."

고기는 이제 낚시바늘을 물고 흔들어대는 격이었다. 방원은 그 낚시대를 바싹 당겼다.

"정도전의 무리가 이 나라를 송두리째 불더미 속으로 던져넣을 요량인 모양입니다."

"방금 그 자들이 다녀갔다는 얘기를 들었습니다만, 짐작컨대 그 불장난에 좌상대감을 끌어들이려는 속셈에서였을 겝니다."

남재도 이렇게 부연했다.

"무슨 말씀이신지요. 좀더 자세히 얘기해 보십시오."

"그 사람들이 무슨 꿍꿍이 속을 꾸미고 있는지는 모르겠습니다만, 명나라를 치겠다는 겁니다. 요동으로 출병을 하겠다는 겁니다. 전 왕조때 최영이 획책했던 무모한 짓을 정도전 그 사람 일파가 되풀이하겠다는 거올시다."

잠시 조준은 침음했다. 한동안 곰곰히 생각에 잠기더니 꺼지게 한숨을 몰아쉬었다.

"필부가 나라를 망친다는 얘기가 있지만, 방자한 책사가 잔꾀를 부리다 못해서 나라 안을 크게 그르치려 드는구먼."

씹어뱉듯이 뇌까렸다.

"그 자들이 어째서 그런 무모한 짓을 저지르려고 드는 것일까요?"

남재가 시치미를 뚝 떼고 떠본다.

"그야 뻔한 노릇이 아니겠소. 이왕 버린 몸 어쩐다는 식으로 정도전 그 자는 명나라의 미움을 잔뜩 사고 있는 형편이니, 이대로 가다가는 언젠가는 단단히 화를 당할 것을 미리 염려한 나머지 선수를 써보겠다는 수작이 아니고 무엇이겠소."

이편이 원하는 그대로 조준은 풀이했다.

"그야 정도전 그 사람의 입장으론 어쩔 수 없는 모험일는지 모릅니다만, 그렇다고 그 사람 하나를 위해서 종사(宗社)를 희생할 수도 없는 노릇이 아니겠습니까."

이렇게 방원은 말했고,

"그렇기는 합니다만, 이 나라의 병권은 정판사 그 사람 손에 쥐어 있는 실정이 아닙니까. 그 사람이 하고자만 한다면, 그리고 그 사람의 진언이라면 어떠한 말이건 상감께선 물리치지 않으시고 윤허하시는 것이 상례이니, 일은 어쩔 수 없이 벌어진 것이나 다름이 없지 않겠습니까."

남재는 은근히 부채질을 가했다.

"정도전이 비록 군국의 대사를 쥐고 흔드는 권신이라고는 하지만, 또 정부의 대소 관료들이 거의 다 그 자의 콧김을 엿보고 있는 형편이지만, 그렇다고 그 자를 꺾을 만한 사람이 전혀 없지는 않을 거요."

조준은 과연 불길을 올렸다.

"누굽니까. 누가 그 자와 맞서서 싸워 주겠습니까."

방원은 바싹 다그쳤다.

"내가 하겠습니다. 내 비록 용렬하지만 좌정승 자리값은 해야 할 것이
아닙니까."

"고마우신 말씀입니다만 대감은 이렇듯 환후가 위중하신 분이 아닙니
까."

방원이 짐짓 우려의 빛을 보이자,

"무슨 말씀."

조준은 자리를 차고 일어섰다.

"내 기어서라도 가겠습니다. 기어가다 몇 번을 쓰러지는 한이 있더라
도 기어이 상감을 뵙고 이 일만은 저지하고 말겠습니다."

바로 그 이튿날 아침 경복궁 사정전(思政殿)엔 국왕 이성계 입석하에
좌정승 조준, 우정승 김사형을 위시하여 정도전 등 여러 대신 등이 참집
하여 있었다. 병골(病骨)을 이끌고 급히 입궐한 조준의 요청으로 소집된
것이다.

"듣자하니 삼군부에선 요동을 공략할 계획이라는 풍문이 자자한데,
사실이시오?"

정도전을 향하여 조준은 곧장 캐고 들었다.

"사실입니다."

정도전도 서슴지 않고 시인했다.

"그러지 않아도 좌상대감의 찬동을 얻고자 시생이 예방했었습니다만
병환이 위중하시다기에 허행을 하였는데, 그 동안 많은 차도가 있었습니
까?"

자기를 만나 주지 않은 처사를 은근히 꼬집는 어투였다.

"국가의 대사가 위급한 터에 나 한 사람의 신병이 문제이겠소."

가볍게 그 말을 물리친 다음, 조준은 물었다.

"이유를 듣고 싶소이다. 지금 이 판국에 요동에 출병을 해야 할 필요성
이 무엇인가 알고 싶소이다."

"이유야 간단하지 않습니까. 우리 국토가 너무나 비좁으니 널찍이 늘려보자 그것 뿐입지요."

"이웃에 빈터가 놀고 있는데, 구태여 좁은 마당에서 복닥거릴 필요가 무엇이겠습니까."

남은도 한마디 정도전을 거들었다.

"빈 땅이라니요."

"요동 벌판 말씀입니다. 명색으론 명나라 영토로 되어 있습니다만, 실제로는 임자 없는 빈터나 다름이 없지 않습니까. 그 곳엔 명나라 사람들보다도 여진의 오랑캐들이나 원나라의 잔당들이 더 많이 들끓고 있는 실정이니, 우리가 손을 써서 우리 땅에 편입한다고 대단한 장애는 없을 겁니다."

"여보시오, 정판사!"

조준은 언성을 높였다.

"바른 정신으로 그런 말을 하는 거요? 지난날 요동 문제로 명나라에서 얼마나 트집을 잡았는가 벌써 잊으셨단 말씀이요? 그 곳에서 여진인들이 준동하는 사실만을 가지고, 우리 정부에선 그들을 충동하였다고 트집을 잡고 국교까지 끊었던 명나라가 아니오. 만일 우리의 관군이 진주한다면 그대로 버려둘 것 같소?"

"그때와 지금은 정세가 다릅니다."

정도전도 지지 않고 역설했다.

"명나라라는 말만 들어도 감히 우러러볼 수도 없는 초강대국처럼 흔히들 벌벌 떨고 있습니다만, 내정을 캐고 본다면 종이에 그린 사자의 껍질을 뒤집어 쓴 허수아비에 불과합니다. 내가 수집한 정보에 의하면 명나라의 창업주 주원장은 돌이킬 수 없는 중병으로 누워있다고 합니다. 앞으로 더 산댔자 한두 해를 넘기지 못할 겁니다."

근거 없는 소리는 아니었다. 명나라 천자 주원장은 그 이듬해, 즉 태조 7년 5월에 사망하게 되는 것이다.

"주원장의 뒤를 이을 후계자는 어떠한 인물입니까. 젖비린내나는 어린 황손이 아닙니까. 그러나 지금 명나라 조정에선 제위 계승권을 둘러싸고 피비린내나는 골육의 암투가 한창이올시다. 우리가 요동에 출병을 한다고 무슨 힘으로 그들이 저지하겠습니까."

"그래요?"

조준은 고개를 꼬다가 코웃음을 쳤다.

"정판사의 그 말을 들으니, 지난날 최영이 떠들어대던 소리를 다시 듣는 것만 같구료."

최영(崔瑩)이란 한마디에 좌중은 아연 긴장했다.

"그때 최영은 역설합디다. 명나라가 아직 자리를 잡지 못했으니 이 기회에 요동을 공략한다면, 옛적 고구려가 차지했던 국토를 회복할 수 있을 것이라고 말이외다."

비장의 보검을 뽑아드는 기세로 조준은 몰아댔다.

"그 당시의 형세는 어떠하였소. 원나라의 국력이 비록 내리막길에 접어들었다고는 하지만 지금보다는 훨씬 강성하였고, 반대로 명나라의 국기(國基)는 지금과 비교도 안될만큼 허술하였던 것이 사실이 아니오. 그런 정세하에서도 뜻있는 인사들은 최영의 무모한 불장난에 반대하였던 것이 아니겠소. 아마 정판사, 귀공도 요동 출병엔 반대하던 분으로 기억하고 있소이다."

조준의 논봉은 갈수록 정도전의 급소만 파고 들었다.

"그러한 정판사가 지금에 와서 갑자기 요동 정벌을 주장하다니, 그 저의를 헤아릴 수 없소이다."

정도전은 잠시 말문이 막히는 듯 했지만, 그러나 녹녹히 굴복하려 들지 않았다.

"전 왕조 고려때와 새 나라를 창건한 지금의 정세를 동일시한다는 것부터가 잘못이 아닐까요? 그 당시의 우리의 급선무는 곪고 썩은 구 왕조를 타도하고 새 왕조를 건설하는 대사업이 아니었습니까. 그러기에 주상전하께서는 위화도(威化島)까지 진군하셨다가 회군하시질 않았습니까."

정도전이란 사람은 누구보다도 두뇌가 명석한 존재였다. 그러나 그에겐 한 가지 결함이 있었다. 흥분하면 언동이 과격해진다. 논리적으로는 충분히 타당한 주장이라도 표현이 지나치게 모가 나는 수가 많았다. 그가 종종 지탄을 받고 궁지에 몰리는 이유도 그 점에 있었다.

지금 역시 그렇다. 그가 위화도 회군을 예로 들자 덤덤한 얼굴로 두 사람의 논쟁을 듣고만 있던 이성계의 표정이 돌연 굳어진 것이다.

그 눈치를 재빠르게 곁눈질로 포착하며 조준은 일격을 가했다.

"그렇다면 주상전하의 위화도 회군이 오직 고려조를 타도하시기 위한 처사였단 말이요?"

이성계의 저의는 그러했는지 모른다. 하지만 명분은 따로 세우고 있었다.

즉, 소국(小國)이 대국에 거역한다는 것은 무모한 일이다.

여름철 농번기는 시기적으로 적당치 않다.

거국적 원정의 틈을 타서 왜구가 침입할 것이 우려된다.

무더운 장마철이라 궁노(弓弩)의 아교(阿膠)가 풀어지고 대군이 역질(疫疾)에 걸릴 염려가 있다.

이것이 출병 반대 이유였으며, 위화도 회군을 단행할 때에는 '군측(君側)의 악(惡)을 제거하여 생령(生靈)을 편케하겠노라고'고 선언하였다.

어디까지나 국가, 즉 고려 왕조의 안보를 우려해서 요동 정벌에 반대한다는 것이 표면적인 명분이었다.

그런데 지금 정도전은 그와 같은 명분을 무시하고 숨기고 싶은 저의, 이성계의 야망을 폭로한 셈이었다. 이씨왕조와 이성계의 치부를 끄집어내 흔들어댄 격이 되었다.

이성계의 안색이 불쾌해질 수밖에 없었다.

이성계는 두 눈을 내리깔았다. 거대한 암석같은 마음의 문을 닫아버린 것이다.

여러 대신들은 고개를 떨구고 숨을 죽였다. 정도전도 그렇게 했다. 그러나 조준 혼자만은 달랐다. 그는 계속 정도전의 옆 얼굴을 쏘아보며 캐고 들었다.

"분명히 답변을 하시오, 정판서."

그로서는 있는 힘을 다해서 외치는 것이겠지만, 바삭바삭 혓바닥에 말라붙는 무엇을 안간힘을 쓰며 긁어던지는 그런 소리였다.

신장병 환자란 몇마디 말만 해도 입이 마르고 입술이 탄다. 급한 고비는 넘겼다고 하지만, 조준은 신장병의 중환자가 아닌가. 말을 한다는 것이 무엇보다도 견딜 수 없는 고역인 것이다. 그래도 그는 그 고통 속에서 사력을 다하고 있는 것이다.

그런만큼 그의 말을 듣는 사람에겐 비장한 압력을 안겨주게도 된다.

"위화도 회군 당시, 그때는 아직 우리 주상전하께서 고려 왕조를 타도하실 의향이 없으셨던 것으로 나는 알고 있소. 오히려 기울어가는 전 왕조를 보전하시고자 심혈을 경주하신 것으로 알고 있거늘, 정판서는 그렇지 않다고 주장한단 말이요?"

조준의 논지는 눈가리고 아웅하는 명분의 껍데기만 흔들어대는 격이었지만, 그렇다고 그 말을 누구도 정면으로 반박할 수는 없다.

만일 사실을 사실대로 꼬치꼬치 캐고 든다면 그것은 곧 위화도 회군의 표면적인 명분을 벗겨버리는 것이나 다름이 없다. 그 당시 취한 이성계의 행동을 야심가의 반란으로 간주하는 것이 되기 때문이다.

"정판사, 어서 말씀하시오. 이와같은 중대한 문제는 분명히 해명하고 넘어가야 할거외다."

김사형도 조준의 말을 거들었다.

정도전은 목에 걸린 가시 같은 잔기침만 흘릴뿐 입을 열지 못했다. 논리의 영역을 벗어난 지점에서 정도전은 자기 자신이 파놓은 함정 속에 굴러 떨어진 셈이었다.

그리고 다음 순간 함정에서 허덕이는 그의 머리를 호되게 찍어누르는 사태가 벌어졌다.

국왕 이성계가 바위처럼 내리깔았던 두 눈을 활짝 뜨더니, 자리를 차고 나가버린 것이다. 회의의 주제자 이성계가 자리를 뜬 이상 회의를 더 계속할 수는 없었다. 패배의 쓴잔을 씹으며 정도전 일파는 비실비실 물러 갔다.

그날 저녁 방원은 원해를 대동하고 다시 조준의 집을 찾아갔다. 조준의 거실엔 우정승 김사형도 마침 와 있었다.

"그토록 병환이 위중하심을 무릅쓰고 입궐하시어 노고가 많으셨다고 들었습니다. 무엇보다도 대감의 신병이 염려되어서 이렇게 또 의원을 데리고 왔습지요."

그것은 방원의 진심이었다.

사력을 다하여 정도전의 계책을 분쇄한 노력도 고마웠지만, 조준 그 사람의 건강을 염려하는 우정도 간절하였다.

"대단치 않은 신병 따위가 문제이겠습니까. 이제 시생의 몸은 나리의 품에 던진거나 다름이 없으니, 앞으로 당해야 할 사태가 오히려 염려스럽 습니다그려.

조준은 각도가 다른 소리를 던졌다.

"그렇습지요."

김사형도 장단을 맞추어 한마디 했다.

"좌상대감이나 시생이나 어제 일을 계기로 정도전 일파의 미움을 단단 히 사게 됐으니, 따라서 그 자들이 옹립한 세자 역시 우리를 역겨워하게 될 것이 아니겠습니까. 지금은 그런대로 좋습니다. 어느날엔가 세자가 대위를 계승하게 된다면 우리는 어떠한 지경에 몰리겠습니까. 자칫 잘못 하다간 멸족의 참화를 당하게 될 우려도 없지 않지요."

"그러니 앞으로 믿고 의지할 언덕은 진안군 나리뿐이올시다. 자중자애

하시기 바랍니다."

조준이 다시 말을 이어 하는 소리였다.

── 자중자애하라.

방원은 속으로 그 말을 새겨본다.

액면대로 받아들이자면 정도전 일파로부터 모해를 받지 않도록 조심하라는 말 같지만, 그 말의 이면에는 다른 뜻이 내포되어 있을 것이다. 세자를 능가할 만한 강한 세력을 구축해서 어떠한 공격에도 대비해야 한다는 시사가 느껴진다. 은근히 부채질을 하는 반어(反語)라고 풀이할 수도 있다.

"나리께서 이와 같이 뜻을 굳히시고 매사를 그런 방향으로 몰고 가신다면, 시생이 비록 무력합니다만 분골쇄신 견마지로를 다하겠습니다."

조준은 또 이렇게 덧붙여 말했다.

"시생 역시 좌상대감과 같은 심경이며 각오올시다."

김사형도 말했다.

그것은 방원에 대한 기대와 청탁과 요구를 함께 묶어서 던진 말인 동시에, 지금으로부터 방원의 당인(黨人)이 되어 충성을 다하겠다는 맹세이기도 했다. 조준과 김사형은 그후 그 언약을 현실적으로 충실히 이행하였다.

우선 방원 일파의 은연한 이기(利器)라고도 할 수 있는 귀화 왜인들에 대해서 가지가지 특혜를 베풀었으며, 그들의 관계(官界) 진출을 극력 주선해 주었다.

태조 6년 7월 19일, 항왜(降倭) 나가온의 아들 도시로(都時老)가 사망했다. 조준은 즉시 국왕을 움직여 그를 후히 장사지내도록 하였으며, 따로 사람을 파견하여 제사까지 지내주게 하였다.

그달 21일 항왜 망사문(望沙門)이 새로운 부하 3명을 거느리고 오자, 그들에게 각각 값비싼 의복을 하사하도록 하였다.

특히 방원의 수하 왜인들 중에서도 가장 핵심적인 활약을 한 심복

원해에겐 파격적인 은전을 베풀었다.

8월 25일 그를 전의박사(典醫博士)라는 관직에 임명하였다. 원해는 이제 그토록 갈망하던 조선왕조의 정식 관원이 된 것이다.

그뿐이 아니었다.

그 때까지 성씨조차 없었던 그에게 평(平)가라는 성을 지어주기도 했다.

평가라면 일본에선 전통이 오래고 가장 격이 높은 성씨였다. 그러기에 이씨조선에선 두고두고 일본의 귀인이라면 평씨로 통칭하는 경우가 많았다. 훗날 임진왜란 당시, 일본의 실질적인 통치자였던 풍신수길(豊臣秀吉)을 평수길(平秀吉)이라고 부르게 되는 것이 대표적인 예인 것이다.

원해에게 베푼 은전은 또 있다. 멀리 대마도에 두고온 처자까지 불러들여서 함께 살도록 특혜를 베풀어 주었던 것이다.

그와 같은 처사로 항화 왜인들의 마음을 사고 방원에 대한 충성심을 더욱 고무하려는 배려인 것은 말할 나위도 없다.

19. 大王 병들다

　조준과 김사형은 다른 측면에서도 방원의 세력 강화에 진력했다.

　지난날 정도전 일파의 책동으로 유배 당한 하륜(河崙)과 윤방경(尹邦慶)을 석방케하여 방원의 우익(羽翼)을 강화하였다. 10월 12일의 일이었다.

　해가 바뀌어 태조 7년 정월 7일에는 강비를 대신해서 궁중의 직접적인 여주인이 된 칠점선을 정식으로 옹주에 봉하는데 성공하였다. 일컫되 화의옹주(和義翁主)이다.

　국왕 이성계의 바로 머리맡에 방원을 가장 강력히 지지하는 세력을 공식적으로 들어앉힌 셈이 되었다.

　그와 같이 방원측의 당세가 날로 팽창해가는 반면, 상대적으로 정도전 일파에겐 찬서리가 덮여졌다.

　칠점선이 옹주에 봉해지기 20여일 전인 태조 6년 12월 16일, 정도전이 장악하고 있던 병권이 조준에게로 넘어간 것이다. 즉 정도전이 의흥삼 군부판사(義興三軍府判事) 자리에서 쫓겨났고, 조준은 좌정승 자리에 눌러앉아 있으면서 의흥삼 군부판사를 겸하게 된 것이다.

　정도전이 새로 임명된 직책은 동북면도선무순찰사(東北面都宣撫巡察使)로서 임무야 그럴싸 하기는 했다.

　목조(穆祖)의 능인 덕릉과 그의 부인 효공왕후의 안릉을 수치(修治)할 것, 성보(城堡)를 보수보완하여 그곳 주민의 안전을 도모할 것, 그리고 또 주군(州郡)의 경계를 구획하여 분쟁을 해소시키자는 것이었지만,

추위가 한창 맹위를 떨치고 있는 삼동에 북쪽 변경으로 몰아냈다는 사실은 허울 좋은 추방이나 다름이 없었다.

사태가 그대로만 발전하였다면 정계의 판도는 방원 측에 유리하게 굳혀졌을지도 모른다. 그러나 그때 그러한 방원의 세력에 강력한 쐐기를 박으려고 나선 인물이 있었다.

무학대사 자초였다.

그날 오랜만에 이성계를 찾아 입궐한 자초는 묘한 물건을 들고 있었다. 저울대 같이 만든 막대기 양쪽 끝에 넓적한 대접 같은 그릇이 각각 달린 물건이었다.

그리고 그 두 그릇 대접에는 물이 반반씩 채워져 있었다.

"이런 물건을 보신 적이 있으십니까, 전하."

마치 저울질이라도 하듯이, 막대 한중간에 달린 손잡이를 잡아보이며 자초는 자못 진지하게 물었다.

"글쎄, 처음 보는 물건이외다, 대사."

이성계로선 그렇게 답변할 수밖에 없었다.

"어허, 무슨 말씀을 하십니까. 전하께서 거느리시는 종친들과 대신들을 처음 보시다니요."

자초는 해괴한 소리를 던지며 혀를 찼다.

"전하, 빈도가 이제부터 하는 말을 귀담아 들으셔야 합니다."

왕사(王師)답게 훈계조로 전제한 다음, 자초는 말을 이었다.

"이 편에 달린 이 물그릇은 정안군을 위시한 신의왕후(神誼王后 : 한씨) 계열의 여러 왕자들과 정안군을 추종하는 사람들이 올시다."

그제서야 이성계는 자초가 하고자 하는 말의 실마리가 잡혔던지 고개를 끄덕이며 물었다.

"그러니까 다른 편에 달린 물그릇은 세자와 봉화백 정도전 일파를 뜻한단 말이요?"

"그렇습니다. 그리고 이 두 그릇에 담긴 물은 그들에게 베풀어지는 주상 전하의 은총이 올시다."

자초는 이렇게 설명했다.

"그래서?"

그런 비유에 바야흐로 관심이 기우는 모양이었다. 이성계는 다음 말을 재촉했다.

"전하의 은총이 이 두 그릇에 담겨진 물과 같이 공평히 베풀어진다면 저울대는 이렇듯 반듯한 균형을 유지할 수 있습니다. 하지만 전하의 은총이 한쪽으로 기울어진다면 어찌 되겠습니까."

자초는 한쪽 그릇의 물을 다른쪽 그릇에 쏟아 부었다. 그리고 다시 손잡이를 잡았다. 평형을 잃은 나머지 물이 가득 채워진 그릇은 기울어져서 그 속에 담긴 물 역시 쏟아졌다.

"얼핏 생각하기에 한쪽 물을 쏟아버리면 나머지 한쪽 물은 홀로 만수(滿水)의 영광을 누릴 수 있을 것 같습니다만, 보시는 바와 같이 멸망하기는 매한가지 올시다."

이성계는 한동안 생각에 잠기다가 되물었다.

"대사의 말씀은 내가 방원의 그릇에 지나치게 특혜를 베풀었다 그런 뜻이구료."

자초는 대답대신 고개를 끄덕였다.

"그리고 방원 측을 지나치게 두둔했다간, 되려 그쪽의 자멸을 초래할 수도 있다 그 말씀이구료?"

자초는 또 고개만 끄덕였다.

"그렇다고 이제 와서 세자쪽 그릇에 물을 더 채우자니 실제적인 방도가 막막하외다. 누구를 어떻게 후대해야 옳을는지 교시해 주시오."

이성계는 난감하다는 얼굴을 했다.

"세자 측에서 가장 중심되는 인물은 봉화백 정도전이 아닙니까. 전하께선 그 사람을 지나치게 냉대하셨습니다."

"동북면 변경으로 파견한 사실을 두고 하는 말씀이오?"

"그렇습지요. 그 사람, 요동 정벌을 주장하고 어쩌고 했으니 병권을
거두신 처사는 지당하겠습니다만, 그렇다고 먼 변방으로 추방하신 처분
은 너무 하셨습니다. 정도전 그 사람, 개인을 동정해서 하는 말이 아니올
시다. 방금 말씀드린대로 세력 균형에 지대한 영향이 있으니 말씀이지
요."

"옳은 말씀이오이다만, 그런대로 그 사람은 요긴한 사명을 띠고 갔는
데 임무를 다하기도 전에 소환한다는 것도 경솔한 처사일듯 싶소이다그
려."

"봉화백 그 사람을 소환하는 일만이 그 사람을 후대하시는 처분은
아닐 겁니다. 기왕에 파견하셨으면 그 고장에 머물러 있으면서도 충분히
빛이 나도록 하실 수 있는 방도가 있지 않겠습니까."

"예를 들면?"

"동북면 일대는 아직 주군의 경계가 불분명할뿐 아니라 명칭조차도
제대로 정해져 있지 않습니다. 가령 안변(安邊) 이북, 청주(靑州 : 북청)
이남은 무슨 도(道)로 이름을 붙이고, 단주(端州 : 단천) 이북, 공주(孔州
: 경흥면 길읍동) 이남의 명칭은 어떻게 정하는가 그런 일을 모두 봉화백
에게 일임하신다면, 그 사람은 그 고장으로 파견된 보람도 느낄 것이고
따라서 다른 관원들이 그 사람의 위치를 훨씬 높이 볼 것이 아닙니까."

그건 그럴 것이다. 국토의 중요한 부분에 정도전이 명칭을 정하게 된다
면 현재는 말할 것도 없고 후세에까지 그의 이름은 길이 기억될 것이다.
여간한 사람은 누릴 수 없는 영광에 속한다.

이성계는 즉시 공조전서 이화상(李和商)을 급파하여 술과 음식을 하사
하는 한편, 무학대사 자초가 진언한대로 시달하였다.

태조 7월 2월 3일, 정도전은 종사관 최긍(崔兢)을 한양으로 보내어
자기가 명명한 동북면 각도의 명칭을 보고했다.

안변 이북 청주(靑州 : 북청) 이남을 영흥도(永興道), 단주(端州) 이

북, 공주(孔州) 이남을 길주도(吉州道)라고 명명했다는 것이다.

또 길주도엔 길주목(吉州牧), 단주군(端州郡), 경성군(鏡城郡), 경원부(慶源府), 청주부(靑州府), 갑주군(甲州郡 : 갑산), 홍원군(洪原郡)을 두고 각 참로(站路)의 원리(貝吏)들을 임명하였다는 것이다.

그리고 또 단주, 영흥 등지에서 매장량이 풍부한 금광(金鑛)을 발견했다는 보고도 아울러 전해 왔다.

한때 실의에 빠져 있던 정도전이 생기를 되찾은 흔적이 그의 보고문엔 역력하였다. 빈 물그릇에 제법 물이 괸 것이다. 그 그릇에 이성계는 몇 바가지 특혜의 물을 더 부어 주었다.

2월 4일, 그는 좌승지 이문화(李文和)를 넌지시 불러 말했다.

"전 왕조 충숙왕이 예천군 권한공(權漢功)에게 글을 보낼 때 거사(居士)라고 칭하였다면서?"

권한공은 그 당시 세도가 등등하던 권신이었다. 일찍이 원나라로 들어가서 원제(元帝)의 총애를 받고 있었기 때문에 충숙왕은 한낱 신자(臣子)를 대하듯 대하기가 어려웠던 것일까. 그에게 보내는 편지엔 충숙왕 자신을 아무개 거사라고 자처하고 그렇게 서명하였다는 것이다.

말하자면 신하로 대한 것이 아니라 붕우(朋友)로 대접한 셈이었다.

"여(予)도 봉화백의 이번 공로를 치하하는 뜻에서 아무개 거사라고 서명한 글을 보내고 싶은데, 그러자면 호(號)가 있어야 할 것이 아닌가."

이성계는 다시 이런 말을 했다.

이문화는 입을 딱 벌리고 대답을 못했다.

충숙왕이 권한공을 그렇게 대접한 데엔 그럴만한 이유가 있었다. 강대국 원나라라는 배경을 잔뜩 걸머지고 있었던 권한공이었던만큼, 그의 비위를 거슬리면 국왕 자신의 위치까지 위태로왔으니 말이다.

실상 충숙왕은 한때 권한공의 횡포를 보다 못하여 그를 구금하고 장류(杖流)한 적이 있었다. 그러자 원나라 황제는 즉각 압력을 가하여 권한공을 석방하게 하였으며, 그 일에 앙심을 품은 권한공은 심양왕 고(瀋陽王

稿)를 옹립하여 충숙왕을 폐위시키려고 책동한 일까지 있었던 것이다.

하지만 이성계와 정도전의 관계는 다르다. 이성계로선 정도전을 두려워해야 할 아무런 요인도 없었다. 뿐만 아니라 정도전은 바로 얼마 전에 이성계의 역겨움을 사고 변방으로 추방된 몸이 아닌가.

그러한 그에게 친구 대접을 하겠다고 하니, 이문화가 놀라는 것도 무리는 아니었다.

"봉화백으로 말할 것 같으면, 여가 등극하기 이전부터 자별하게 지내온 고우(故友)일 뿐더러 개국 이후 국가에 공이 누구보다도 크니 친구 대접을 한다고 이상할 것은 없지 않겠는가."

물론 이성계의 속셈은 딴 데 있었지만, 이문화에겐 그저 그렇게 무난한 설명을 해주었다.

그 당시 이문화는 중립적 위치에 있었다. 특별히 정도전을 적대시해야 할 처지도 아니었으므로 왕의 의견에 굳이 반대할 필요는 없었다. 그리고 또 국왕의 호를 정하는데 참여한다는 것은 이문화 개인으로서도 영광된 일이었다.

"글쎄올시다."

이문화는 한동안 생각에 잠기다가,

"선비라면 대개 호를 갖기를 즐깁니다만, 호를 정하는 일처럼 까다로운 노릇도 없습지요. 너무 기발하면 품위가 없으며, 지나치게 길하다는 글자만 주워 맞추면 진부하게 여겨집지요. 또 엄청나게 거창한 것을 택하면 오히려 발돋음을 하는 것 같아 궁상스러울 수도 있습지요."

하면서 이문화는 망설이기만 한다.

"그러기에 당대의 석학인 경에게 자문하는 것이 아닌가."

이성계는 치켜세웠다.

이문화, 그 사람은 일찍이 우왕 6년에 문과에 장원으로 급제한 준재였다. 여러 관직을 역임하기도 했지만, 이씨왕조의 정치사상의 바탕이 된 유학의 진흥에도 큰 힘을 쏟은 대유(大儒)였다.

"호라고 하는 것은 자기 몸에 입고 다니는 옷이나 다름이 없다고 신은 생각하고 있습니다. 그러니 전하께서 정하시는 호 또한 전하의 옥체에 가장 잘 어울리는 것이라야 하겠습니다."

"가장 잘 어울리는 옷이라면?"

"전하와 인연이 깊은 무엇에서 따시는 것이 어떠할는지요."

"여와 가장 인연이 깊은 것이라면 여가 태어난 고장이라든가, 여가 자라난 집이라든가 그런 것이 아니겠는가."

"함주(咸州 : 함흥)땅 본궁 뜰에 송헌(松軒)이란 정자가 있다고 신은 들었습니다. 그 헌호(軒號)를 그대로 따서 정하시는 것이 가장 합당한 줄로 압니다."

이문화는 결국 이렇게 결론을 내렸다.

본궁이란 함주 동남 시오 리 지점에 있는 이성계의 구저(舊邸)를 지칭하는 말이다.

이성계가 등극한 이후 그 집을 중수하고 본궁이라 일컫게 되었는데, 그 집 뜰에는 이성계가 손수 심은 소나무 한 그루가 있었다.

그가 즐겨하는 활을 쏘다가 지치면 그 나뭇가지에 걸어두었다고 하며, 그래서 세상 사람들은 궁현송(弓懸松)이라고도 부른다. 그 소나무 곁에 한 정자를 짓고 이성계는 송헌이라 명명하였던 것이다.

이문화의 의견을 받아들여 이성계는 자기 호를 송헌(松軒)이라고 결정했다. 그리고 그 이튿날 중추원부사 신극공(辛克恭)을 동북면도선위사(東北面都宣慰使)에 임명하는 한편, 송헌거사라고 서명한 편지를 정도전에게 보냈다. 아울러 궁온(宮醞 : 임금이 내리는 술)을 하사하였다.

그 편지의 내용도 간곡한 우정이 넘치는 글발이었다.

그 날짜 태조실록이 전하는 문면은 이렇다.

"우리가 서로 작별한 이후 해를 넘겼으니 그리운 정은 날로 깊어만 가노라. 이제 신 중추(中樞)를 파견하여 봉화백의 노고를 치하하고자 하며, 아울러 유의(褕衣 : 옷저고리) 1령을 보내니 풍로(風露)에 대비하도록 받아주면 천행인 줄 아노라. 이 참찬(정도전과 함께 도병마사가 되어 떠난 李芝蘭) 등에게도 각각 유의 1령을 보내니 여가 그리워하는 정을 전해 주기 바라노라."

그 편지 한 통은 정계의 세력 균형에 막중한 작용을 했다.

국왕 이성계가 한낱 신료에게 친구 대접을 하는 편지를 보냈다는 사실은 정도전의 위치를 일약 부각시켰다. 어떠한 원로 대신에게도 그와 같은 파격적인 은전을 베푼 사례는 없었으니 말이다.

두 개의 물그릇은 다시 팽팽한 균형을 되찾게 된 것이다.

국왕 이성계의 돈독한 우정의 표시는 한때 기울어졌던 정도전 일파의 세력을 크게 만회시켜 주었다. 양대 세력은 다시 평형을 되찾았으며, 그러한 평형하에 정계는 바야흐로 안정을 보이는 듯했다. 물론 양대 세력의 정상에 군림하고 앉은 국왕 이성계가 단단히 고삐를 잡고 있다는 사실이 크게 작용한 때문이기도 했다.

그러나 그와 같은 안정 추세에 뜻하지 않은 그늘이 드리워지기 시작했다.

그 무렵부터 이성계의 건강이 눈에 띄게 쇠약해진 것이다. 얼마 전까지만 해도 육십 노골이라고는 믿어지지 않을만큼 정정했던 이성계였다.

여력(膂力)을 자랑하는 장정도 당기기 힘겨워한다는 철궁(鐵弓)을 여전히 가볍게 다루던 그였다. 말을 몰면 내노라 하는 마상재(馬上才)의 명수들도 무색할 정도의 기능을 보이던 그였다. 산야를 달릴 적이면 비호처럼 날렵하기도 했다.

그렇던 그의 체력이 요 몇달 사이에 완연히 쇠약을 보인 것이다. 빈몸을 추스리는 데에도 힘들어 했다. 또 국사를 논의하는 회의가 오래 끌기만 해도 무척 가빠했다. 툭하면 누울 자리만 찾는다.

육신이 쇠약해지자 반석 같던 그의 정신력에도 금이 갔다. 전에 없던 신경질이 부쩍 늘어난 것이다.

지난해 10월 2일이었다.

건강에 이상을 느껴 외관들을 불렀다. 연락이 제대로 되지 않았던지 의관들의 예궐이 약간 늦었다. 그러자 이성계는 노발대발했다. 담당 의관들을 유배형에 처한 것이다.

즉 그 다음 다음날인 24일엔 전의감관(典醫監官) 오경우(吳慶祐)를 청해(靑海)로 귀양보냈으며, 김지연(金之衍)을 옹진(饔津)으로, 장익(張翼)을 영해(寧海)로, 양홍달(楊弘達)을 축산(丑山)으로 각각 유배시켰던 것이다. 그러다가 그 신경질이 약간 가라앉자 양홍달을 다시 불러올리기도 했다.

궁중은 말할 것도 없고 바깥 세상에까지 구구한 풍문이 유포되었다.

'이미 환갑을 지내신 노체(老體)에 젊은 후궁들을 가까이 하시게 되었으니 그럴 수밖에 없지 않겠느냐.

하나도 아니고 셋씩이나 되는 후궁이 서로 다투어 진을 빨아먹고 골을 빼먹는 형편이니, 육체가 무쇠라도 녹아나지 않겠느냐.'

등극 이후 유일한 여성이었던 강비가 별세한 지 만 2년도 못되는 동안에 이성계의 후궁은 세명으로 불어난 것이다.

칠점선(七點仙)을 위시하여 그 칠점선이 주선한 궁인 김씨(金氏) 그리고 전에 밀직(密直) 벼슬을 지낸 유준(柳濬)이란 사람의 딸을 또 후궁으로 불러들였던 것이다.

건강이 쇠약해지자 그의 고질인 신경통이 더욱더 자주 도졌다. 신경통이 재발해서 시달리게 되면, 이성계는 만사를 제쳐놓고 온천으로 요양차 떠났다. 주로 전부터 이웃집처럼 왕래하던 평주온천(平州溫泉)이었다.

그해(태조 7년) 이른 봄에 접어들자 또 신경통 때문에 고생을 하게 되었으며, 평주온천을 향해 한양을 떠났다. 수행하는 면면은 칠점선을 비롯한 세 후궁과 좌승지 이문화를 위시한 몇몇 근신들이었다.

일행이 장단(長湍) 고을 접경에 당도했을 때였다.

이성계는 불쑥 해괴한 소리를 꺼냈다.

"내 잠깐 대덕산엘 들러갈까 하니, 그리로 행방을 돌리도록 하라."

이문화를 향해서 이성계는 이렇게 지시했다.

이문화는 잠깐 고개를 꼬다가,

"전하께선 그 고집장이를 찾아가실 의향이십니다그려."

내키지 않는 투로 투덜댔다.

"바로 알아맞혔느니라. 오늘은 내 어떠한 손을 쓰더라도 그 고집장이의 고집을 기어이 꺾고야 말겠다."

이성계의 말의 액면은 제법 강경한 듯 했지만, 그의 표정은 자못 즐거운 일을 기대하고 있는 것처럼 밝고 부드러웠다.

"전하께서 그토록 인재를 아끼시는 성덕은 감축하여 마지 않습니다마는, 옥체 불예(不豫)하신 지금 험한 산길을 행행하시는 일은 어떨까 싶습니다. 뿐만 아니라 원상(元床)이란 그 한사(寒士), 여러 차례나 전하의 성은을 거절하여 온 위인이 아닙니까."

원상이란 대덕산 기슭에 숨어 사는 한 인물을 두고 하는 말이었다.

고려조 때 군기시소윤(軍器寺少尹)을 지내다가 공양왕 원년 변안열(邊安烈)의 옥사에 연루되어 광주(光州)로 유배된 적이 있었다.

그 후 국대비(國大妃)의 생일을 맞아 특사로 석방되긴 하였지만, 워낙 고고한 그로서는 모함과 암투 속에서 지새우는 관계(官界)에 신물이 났다.

그 때부터 세상을 등지고 대덕산 기슭에 숨어 살고 있는 것이다.

이성계는 일찍부터 원상의 사람됨과 덕망을 높이 평가하고 있었다. 조선왕조가 개국되자 그는 여러 차례 원상을 기용하려고 애를 썼다. 때로는 몸소 그의 운둔처를 찾아가서 새 왕조의 요직을 맡아줄 것을 종용하였지만, 그때마다 번번이 거절 당하였던 것이다.

대덕산 기슭에 이르자 이성계는 가교에서 내렸다. 거기서부터 도보로 가겠다는 생각일 게다.

"아무리 길이 험준하기로 전하 한 분을 모실 수야 없겠습니까. 더더구나 환후 그러하시니 승교를 타시도록 하십시오."

이문화가 강권했다.

"내 국가를 위해서 절실히 요청되는 인재를 찾아가는 길이거늘, 어찌 승교에 몸을 싣고 거드럭거리겠는가."

이성계는 한마디로 거절했다.

지난날 중국의 삼국시대, 유현덕(劉玄德)이 제갈공명(諸葛孔明)의 초려(草廬)를 찾아갔을 때 취했던 겸허한 태도를 본받아야 하겠다는 구기였다.

"더더구나 원상 그 사람은 세상을 버리고 숨어 사는 은자이니만큼, 국왕의 위세 따위는 시답지 않게 여기고 있을 것이 아닌가. 차라리 옛 친구를 찾아가는 마음으로 우의를 표시하는 편이 인간적으로도 좋을 게고 결과적으로도 유리할 게야."

그리고는 왕관과 곤룡포마저 벗어놓고 수수한 선비의 복장으로 갈아입은 다음, 이문화 한 사람만 거느리고 산길을 누벼갔다.

원상의 거처는 나지막한 언덕밑 후미진 숲속에 있었다. 남의 눈에 좀처럼 띄지 않는 호젓한 위치가 특색이라면 특색이라고나 할까, 다른 은사들의 그것처럼 산수가 수려한 것도 아니었다.

집도 겨우 눈비를 가릴 정도가 고작인 모옥(茅屋)이었다. 통나무를 되는대로 이어 세우고, 지붕에는 흔한 볏짚도 잇지 못하고 억새풀을 얹어놓은 멧집이었다.

따로 마당도 없었으며, 따라서 사립문도 없다. 방으로 직통하는 통나무 문짝이 하나 달려 있을 뿐이었다.

앞장서서 그 모옥으로 다가간 이성계는 그 문짝을 두드려보았다. 아무런 대답이 없다.

한번 큰기침을 하고는,

"이리 오너라."

하고 불러보았다.

역시 대답은 없었다.

"두문불출, 움직일 줄 모른다는 그 고집장이가 오늘 따라 외출이라도 한 모양입니다, 전하."

이문화가 이맛살을 찌푸리며 투덜거리고 있는데, 집 뒤 언덕으로부터 한 젊은 총각이 내려왔다. 땔나무 한짐을 잔뜩 지고 있었지만, 그 총각의 얼굴은 마치 묘령의 처녀처럼 해맑고 화사했다.

그는 모옥 앞 빈터에 나뭇짐을 내려놓는다. 그러고보니 이 모옥의 주인 원상이 부리는 머슴일까.

"이것봐, 원공은 댁에 계신가?"

이문화가 물었다. 그제서야 총각은 두 사람에게 번갈아 시선을 던지며,

"댁들은 어디서 오신 어떠한 분들이시지요?"

되물었다. 목소리도 여자처럼 곱고 가냘팠다.

"황공하옵게도 이 나라……"

이문화가 무심코 이성계의 본색을 소개하려고 하자, 그의 옆구리를 이성계는 쿡 찌르며 말렸다. 그리고는 이문화를 대신해서 둘러댔다.

"우리는 어린 시절 원공과 글공부를 같이 하던 옛 친구야. 하도 적조했기에 이렇듯 찾아온 것이니, 원공께 그렇게 여쭈도록 하라."

"우리 아버님의 옛 친구분이시라구요?"

총각은 고개를 꼬았다.

"아버님이라니? 그렇다면 총각은 원공의 자제로구면."

이성계가 반색을 했다.

"예, 저…… 그렇지요. 저의 아버님이십니다."

총각은 웬일인지 몹시 당황하는 눈치였다.

"그렇다면 마침 잘 됐네. 어르신네 댁에 계신가?"

"출타중이신데요."

총각은 이내 당황한 빛을 거두고 쌀쌀히 응답했다.

"어딜 가셨나? 좀처럼 외출하시는 적이 없는 분이라고 알고 있는데?"

"몇 달 동안 두문불출하시더니 왠일인지 오늘 새벽에 황급히 출타하시더군요. 한나절쯤 되면 귀찮은 사람들이 찾아올테니 몸을 피하셔야 하겠다고 말씀하시면서요."

"귀찮은 사람들이라?"

쓴웃음을 흘리면서도 이성계는 속으로 혀를 찼다. 자기가 찾아올 것을 미리 추측하고, 그런 행동을 취한 원상의 통찰력에 새삼 놀란 것이다.

"어딜 가셨는지 모르겠나?"

"글쎄올시다."

총각은 말꼬리를 흐렸다.

"여보게, 나좀 보세."

그때까지 한 옆에 물러서 있던 이문화가 총각에게로 다가갔다. 두어마디 귀엣말을 속삭였다.

총각의 두 눈이 휘둥그래졌다. 그리고 그 눈이 이글이글 탔다.

총각의 태도가 일변하였다. 그리고는 땅바닥에 엎드려 이성계를 향해 머리를 조아렸다.

"경이 공연히 쓸데없는 소리를 한 모양이로구먼."

이문화의 귀엣말의 내용이 자신의 본색을 소개한 것으로 짐작하며 이성계는 입맛을 다셨다.

"다소 짐작하는 곳이 있습니다만, 분부가 어떠하신지요."

총각은 땅바닥에 이마를 박은 채 물었다. 원상을 불러와야 하겠느냐, 그리고 직접 안내해야 하겠느냐 지시해 달라는 뜻일 게다.

"그 사람 내가 오란다고 문문히 올 사람이 아니니, 이 편에서 찾아가야지."

이성계는 이렇게 말하고 총각의 어깨를 두드렸다. 그제야 총각은 겨우 몸을 일으키고 앞장서서 뒷산으로 향했다.

총각이 인도한 그 나지막한 능선 너머는 전망이 활짝 트인 양지바른 비탈이었다.

누구의 무덤일까, 떼가 곱게 깔린 분묘 앞에 원상은 서 있었다.

일행이 다가가는 발소리라도 들릴 터인데도 그는 이 편에 등을 보인 채 움직이질 않았다.

총각이 그리로 달려갔다. 뭐라고 황망히 속삭였다. 그제서야 원상은 고개를 돌리더니, 이성계를 향하여 가볍게 머리를 숙였다.

이 나라의 어떠한 백성이건 어떠한 고관이건 어떠한 귀골(貴骨)이건 국왕 이성계의 앞에서는 꿇어엎드려 경배를 하는 것이 법도이며 예도이며 도리였다. 하지만 그는 그렇게 하지 않았다.

"원로에 이렇듯 찾아주시니 시생 죄송할 뿐입니다."

그는 겨우 이렇게 말했다. 용어도 신자(臣子)가 군왕을 향해 쓰는 것 치고는 부족한 구석이 없지 않았다.

그러나 이성계는 개의치 않고 그의 손목을 덥석 잡았다.

"내 마침 이 근처를 지나던 길에 공이 생각나서 찾아온 거요."

이성계의 용어도 임금이 신하에게 쓰는 어투가 아니었다.

"모처럼 찾아주셨는데 이런 장소가 돼서 제대로 대접도 못하겠으니 민망스럽습니다그려."

입으로는 그렇게 말하면서도 원상의 표정엔 추호도 미안스러워하는 구석이라곤 없었다.

"내가 대접을 받겠으면 구태여 공과 같은 은사를 찾아오겠소."

소탈하게 응수하며 이성계는 잔디 위에 털썩 주저앉았다.

"어떻게 하시겠습니까. 누추한대로 시생의 초막으로 내려가실까요?"

역시 마음에도 없는 구기였다.

"여기가 좋지 않소. 이렇게 내려다보니 속이 탁 트이는 것 같구료."

이성계는 진정으로 흐뭇한 얼굴이었다.

"다른 사람들 눈에는 어떻게 보일는지 모르겠습니다. 산도 물도 그저 평범한 전망입니다만, 시생은 이곳이 마음에 들어 답답할 적이면 이렇게 와서 한동안 소일합지요."

정말 평범한 경치였다.

멀리 나지막한 산이 하나 앉아있고 그 기슭을 가느다란 냇물이 꾸불꾸불 흐르고 있으며, 밋밋한 평지엔 잡초가 우거지고 간간이 초라한 초가집들이 박혀있어, 그저 그런 이 나라 어디엘 가나 흔히 볼 수 있는 풍경이었다.

그런 범경(凡景)이 마음에 든다는 원상의 마음의 갈피엔 무엇이 숨겨져 있는 것일까.

"시생의 됨됨이가 궁상맞아 그런지는 모릅니다만, 세상 사람들이 떠들어대는 명승절경이라는 것이 시생에겐 오히려 역겹기만 합니다. 고산준봉이라든가, 기암절벽이라든가, 광막한 해변이라든가, 세상 사람들이 감탄하는 색다른 경치를 대하면 공연히 마음에 짐이 되는 것만 같아서 고달프기만 합니다그려."

그 말만은 원상의 진심에서 우러나오는 소리인 듯 싶었다.

"모나고 특출한 것이 싫다 그 말이겠구먼."

이성계는 호의적으로 해석하다가,

"이 무덤의 임자 역시 원공과 비슷한 성품의 소유자인 듯 싶은데, 누구의 묘소요? 보아하니 묘비도 석물(石物)도 보이지 않는구료."

약간 의아하다는 기색을 보였다.

"바로 시생의 무덤이 올시다. 시생이 죽으면 이곳에 묻히고 싶어서 미리 만들어 놓았습지요."

이성계는 실소를 흘렸다.

"공은 어디까지나 세속 사람들과는 다르단 말야."

"남들의 눈엔 시생이 괴팍해서 이렇게 사는 것처럼 보이겠습니다만, 뭐 중뿔난 생각이 있어서가 아닙지요. 그저 못나고 주변이 없어서 세상 사람들과 어울려 사는게 힘에 겹고 두려울뿐입지요."

원상은 덤덤히 이런 소리를 흘렸다.

"한마디로 말하자면 욕심이 없다 그 얘긴데, 그게 귀하단 말이요. 야욕과 허욕에 찬 무리들이 날뛰는 세상에선 말이오."

한숨섞인 소리로 이성계는 말했다.

"나라를 다스리다 보니 무엇보다도 아쉬운 것이 청렴하고 결백한 인재입니다. 겉으로 빛이 날 것을 원하지 않고 무던히 나라의 기둥을 받쳐주는 초석같은 고사(高士)말이오. 내 곁을 감도는 소위 조신(朝臣)이란 무리들을 보면 각각 재간도 있고 능력도 없지 않지만 너무들 욕심이 과하단 말야. 눈에 보이는 영화, 당장 배가 부르는 물욕에만 혈안이 돼서 그것을 독차지 하려고 으르렁거리고 있으니, 도대체 나라 꼴은 어찌 되겠소. 한편 기둥이 다른편 기둥을 밀어내려고 기를 쓰는가 하면 서까래들은 서까래대로 서로 물고 뜯고 야단이니 어찌 그 나라 그 집이 온전할 수 있겠소. 그런 판국일수록 위에서 다스리는 대들보와 밑에서 떠받치는 주춧돌이라도 든든해야 할 터이거늘, 나 대들보는 노쇠하여 언제 부러질는지 모르는 형편이고, 주춧돌다운 주춧돌도 별로 없고 보니 요즈음은 그저 조바심만 나는구료."

이성계의 탄식은 방원 일파와 정도전 일파와의 암투에 지친 비명이었다. 그리고 또 그 양대 세력 밖에 초연히 위치하여 국가 사직을 떠받쳐줄 진정한 주석지신(柱石之臣)을 열망하는 목마름이었다.

돌연 원상이 몇걸음 물러가더니 땅바닥에 꿇어엎드렸다.

"전하의 말씀 그러하오니, 신의 가슴 메어지는 것만 같습니다."

언사도 비로소 신사(臣事)하는 그것으로 바꾸어졌다. 그만큼 이성계가 지금 토로한 말이 그의 가슴을 아프게 흔들어 놓은 것일까. 고고한 처사(處士)이니만큼 고독한 군왕의 심사에 동정이 인 것일까.

원상은 거듭 이마를 비벼대며 가슴 아프게 말을 이었다.

"전하의 심려 그토록 망극하신 줄은 미처 몰랐습니다. 만일 신에게 나라의 주춧돌이 될만한 힘이 있다면 지금 당장 떼를 쓰고 간청하여서라도 전하를 보필하고 싶습니다. 그런 심정입니다만 안타깝게도 신에게 그러한 힘이 없습니다. 그저 무르고 엉성한 한 줌의 흙덩이뿐이올시다."

"무슨 소리."

이성계는 크게 고개를 흔들었다.

"여는 그렇게 생각지 않기에 이렇듯 경을 찾아온 게 아닌가."

그의 언사도 비로소 신하를 대하는 군왕의 그것으로 바뀌어졌다.

"신의 됨됨이는 신 자신이 잘 알고 있습니다. 전하께선 신을 과대평가하고 계십니다. 주춧돌이란 원래 기둥이나 서까래가 아무리 놀아나더라도 미동도 없이 제자리를 지킬만한 강한 기백과 굳은 의지를 지녀야 하겠습니다마는, 신은 그렇지를 못합니다. 기둥이 잠깐 흔들리기만 해도 그저 짐스럽고 귀찮아서 도망칠 구멍만 찾을 거올시다. 그러기에 지난날 약간의 재앙을 당했다 해서 세상을 등지고 숨어 사는게 아니겠습니까."

그것은 굳이 자기를 낮추려는 소리만은 아닌 듯 싶었다. 퇴영적이며 도피적인 어쩔 수 없는 자기 성격을 분석하고 토로하는 말이었다.

그런만큼 이성계도 더 강권할 생각을 포기한 것일까, 꺼지게 한숨을 몰아쉬다가 문득 원상의 아들로 여겨지는 총각을 돌아보았다.

"경이 정 사관(仕官)할 의향이 없다면 경의 혈육이라도 여에게 맡겨주오. 내 가까이 부리며 경을 대하듯 대하리다."

그 말이 떨어지자 젊은 총각의 눈이 또 이글이글 불을 뿜었다.

"다른 사람 아닌 경의 핏줄을 타고난 젊은이라, 경을 닮아 강직하고 청고(淸高)한 인재가 될게요."

기대에 찬 눈으로 이성계는 그 젊은 총각을 뜯어보았다. 그러나 원상은 고개를 숙인 채 말이 없었다.

"설마 그만한 소청까지 물리칠 의향은 아니겠지?"

이성계는 다그쳤다.

"성은이 망극합니다, 전하."

원상은 다시 이마를 비벼댔다.

"하오나 전하, 신은 또 전하의 분부를 거역할 수밖에 없는 형편이올시다."

쥐어짜는 듯한 소리를 흘렸다.

"뭣이?"

이성계의 안색이 불쾌하게 굳어졌다.

"그대는 끝끝내 여와 여의 왕조를 백안시할 심산인가?"

원상은 괴로운 눈으로 총각을 돌아보았다. 총각은 그 이글이글한 시선을 마주 보내며, 무슨 말을 꺼낼듯 하다가 입을 다물어버린다.

"저 애가 아들이라면 어찌 전하의 분부를 받들지 않겠습니까."

탄식 섞인 소리로 원상은 괴상한 말을 꺼냈다.

"무슨 뜻이지?"

이성계도 비로소 심상치 않은 무엇을 느끼며 물었다.

"신에게는 본시 아들 자식이 없습니다. 저 애는 남복을 하고 있습니다만, 실은 딸아이 올시다."

마침내 원상은 이렇게 털어놓았다.

"저 총각이 경의 여식이라구?"

이성계는 놀란 눈으로 그 총각을, 아니 원상의 고백이 사실이라면 그 '처녀'를 새삼 뜯어보며 고개를 꼰다.

그런 말을 들어서 그렇게 여겨지는지 화사한 생김생김, 가냘픈 목소리는 여성 특유의 것인듯 싶기도 하다.

"여식이라면 어째서 저렇게 남복을 시켰는고?"

이성계는 물었다. 당연한 질문이며 당연한 의혹이었다.

"신이 변변치 못한 때문입지요."

원상은 잠깐 떨떠름한 표정을 짓다가 말을 이었다.

"아마 혼자서 기른 탓인지 어려서부터 선머슴애처럼 굴기를 좋아했습니다. 바느질이나 부엌일 같은 것은 질색을 하면서도 산 속을 뛰어다니며 산짐승들을 잡거나 땔 나무를 해오거나 그런 힘드는 일은 오히려 더 잘하질 않겠습니까. 그래서 아예 남장을 시켜버린 거올시다."

"이유는 그뿐인고?"

"이유를 찾자면 또 있습지요. 보시다시피 신의 거처가 후미진 산 속이 아닙니까. 그리고 여복을 한 처녀아이가 산 속을 쏘다니다가 무지막지한 도둑의 무리라도 만나서 봉변을 당하면 어쩌나 하는 염려도 없지 않았습지요."

이성계의 표정에 실망의 그늘이 드리워진다. 그것을 재빠르게 간취한 이문화가 한마디 했다.

"여자라면 하는 수 없는 노릇이 아니겠습니까. 과거를 보일 수도 없을 것이고 따라서 벼슬을 줄 수도 없을게 아닙니까."

그 말이 떨어지자 그때껏 고개를 숙이고 한 옆에 서 있던 원처녀가 맵싼 눈으로 이문화를 쏘아보았다. 그리고 날카롭게 반박했다.

"여자라고 나라님께 충성을 바치지 말란 법은 없는 줄로 압니다."

뜻하지 않은 소리에 이문화도 그리고 이성계도 어안이 벙벙해진 얼굴이 된다.

"제가 배운 것은 없습니다만, 궁중에는 많은 내명부(內命婦)가 있다고 들었습니다."

내명부란 궁중에서 일을 보는 여관(女官)들을 의미한다. 말하자면 여자 공무원들이다.

"어디 그뿐이겠습니까. 나라님을 가까이 모시는 내관(內官)들은 어떠합니까. 남자로 태어난 것이 오히려 임무 수행에 방해가 된다고 해서 남자이면서도 남자 구실을 못하는 사람들만 가려서 채용한다고 하지 않습니까."

남성을 거세한 내시들을 두고 한 말이었다.

"그러하오니 저라고 어찌 궁중에 들어가서 다른 내명부처럼 일을 하지 못하겠습니까."

결국은 이성계의 측근에서 한 몫을 담당하겠다는 자원(自願)이며, 또 만만치 않은 자신의 피력이기도 했다.

"무슨 소리를 하는 거냐?"

누구보다도 놀란 것은 처녀의 부친 원상이었다.

그러나 그때 이성계의 뇌리엔 번개같이 떠오르는 한 계책이 있었다. 그는 전부터 정계뿐만 아니라 후궁의 세력 균형에도 부심하여 왔다.

지금의 후궁은 방원측 일색으로 짜여 있다. 칠점선은 말할 것도 없고 김씨나 유준의 딸도, 어느 측인가 하면 방원 편에 속한다.

──세자와 정도전 편에 서서 방원측을 견제할 세력이 필요하다.

문무재신(文武宰臣)들이나 왕족귀족들로 형성된 정계의 판도가 양성적인 세력이라면, 국왕의 측근을 감돌며 밤낮으로 생활을 같이 하는 후궁들이나 궁인(宮人)들은 음성적인 세력이라 할 수 있다. 겉으로 보기엔 양성적인 세력이 국사를 좌우하는 것 같지만, 경우에 따라서는 음성적인 세력이 보다 더 뿌리 깊고 올찬 작용을 하는 수가 많다.

그런 의미에서 후궁의 세력 균형은 절실히 요청되는 것이며, 그러자면 방원 일색의 후궁 속에 들어가서 그 힘을 견제할 새 세력을 키워야만 무학대사 자초가 말한 저울대의 평행이 고루 유지될 것이다.

──저 처녀의 생김생김, 몸가짐, 그리고 방금 이문화를 향해 던진 몇마디 말이 모두 다 녹녹하지 않단 말야. 저만한 처녀라면 여가 바라는 임무를 충분히 감당해낼 게야.

이런 생각을 곱씹다가 이성계는 활짝 웃으며 말했다.

"내가 한 나라를 다스리는 군왕이면서도 여자의 요긴한 바를 미처 생각지 못했구먼."

원처녀가 한 말에 맞장구를 치는 소리였다.

"아무렴. 궐내에는 많은 내명부들이 있느니라. 직위에 따라서는 웬만한 남자 벼슬아치보다도 훨씬 품계(品階)가 높은 여관도 없지 않지."

그것은 사실이었다.

이 소설의 시점에선 여관들의 직제가 아직 확립되지 않은 듯 싶지만, 훗날 정비된 직제를 보면 이렇다.

국왕의 총애를 받아 부실(副室) 구실을 하는 빈(嬪 : 정1품), 귀인

(貴人 : 종1품), 소의(昭儀 : 정2품) 등은 말할 것도 없고, 순수한 공무원 격인 정5품 상궁(尙宮) 이하 각 여관들에게도 상당한 품계가 수여되었던 것이다.

상궁이 누리는 정5품 벼슬이라면 그 당시의 지방장관격인 군수보다 겨우 한 품계가 낮은 벼슬이었다. 그리고 만일 왕의 총애를 받아 정1품의 빈이 된다면 장관격인 육조의 판서보다 그 계급이 높아지며, 수상격인 좌우 정승과 맞먹는 최고위 관직에 오르게 된다.

"어쨌든 여에게는 여러 대신들 보다도 오히려 각급 여관들이 더욱 요긴한 존재라고도 할 수 있느니라."

이성계는 말을 이은 다음, 원상에게로 얼굴을 돌리며 물었다.

"어떤가. 경의 딸을 여에게 맡겨주지 않겠나?"

"글쎄올시다."

난처한 그늘을 새기며 원상은 말꼬리를 흐렸다.

"그것도 싫단 말인가?"

이성계는 일부러 노기를 띠는 체하며 다그쳤다. 역시 원상이 얼핏 대답을 못하자, 처녀가 다시 나섰다.

"아버님께선 항상 말씀하시지 않으셨습니까. 나라님의 간곡하신 부르심을 받고도 응하지 못하는 자신이 몹시 괴로우시다고 하시지 않았습니까. 만일 제가 남자로 태어났다면 기꺼이 나라님께 받치겠다고 하시던 말씀도 들었습니다. 이제 상감마마께서 여자라도 관계치 않으시고 쓰시겠다고 말씀하시는데 아버님은 무엇을 주저하십니까?"

그 이글이글한 눈총을 쏘아대며 이젠 노골적으로 졸라댔다.

"그것 보라니. 당사자까지 저렇게 말하는데, 경은 그래도 여의 간청을 물리치겠는가."

이제 이성계는 닥달까지 했다.

"황공무지로소이다."

원상은 이마를 비벼댔다. 결국 국왕의 요청에 승복하겠다는 의사 표시나 다름이 없었다.

이성계의 안색이 활짝 밝아졌다.

"이제 일은 결정됐으니 당장 여를 따라오도록 하라."

조급히 서둘렀다.

"아무리 하찮은 여관이라도 상감을 모실 궁녀가 되어 입궐하자면, 응분한 준비와 절차를 밟아야 할 것이 아닙니까."

이문화가 못마땅한 얼굴로 충고했다.

"준비는 무슨 준비이며, 절차는 무슨 절차! 공연히 시일을 끌다가 원공 저 사람의 마음이 또 달라지면 어쩌려구."

이성계는 거듭 서둘러대다가,

"그렇지. 지금 입고 있는 남복 차림 그대로 따라온다면 무방할 게야. 여가 지나는 길에 한 인재를 발견해서 데리고 가겠노라고 수행원들에겐 일러놓은 다음, 온천에 들렀다가 환궁한 연후에 소정의 절차를 밟으면 될 것이 아닌가."

국왕 자신이 그렇게까지 나오는 이상 이문화 역시 어쩔 수 없는 모양인지 입을 다물었다. 원상도 몹시 섭섭한 기색이었지만 반대하지는 않았다.

이성계는 즉시 수행원들이 기다리는 산밑으로 내려갔고, 원상의 딸은 그 뒤를 따라갔다.

그와 같은 경위가 태조실록 7년 2월 9일조엔 다음과 같이 간단히 기재되어 있다.

'원상의 딸, 남의(男衣)를 착복하고 수가(隨駕)하다.'

이성계는 그 길로 평주온천을 향해 직행한 것이 아니었다. 양주(楊州) 회암사(檜巖寺)에 머물러 있는 왕사 자초를 찾아갔다.

"대사가 염려하시는 저울대의 균형을 잡기 위에서, 오는 길에 제법 합당한 저울추 하나를 주웠소이다."

자초를 대할 적이면 선머슴애처럼 순진해지는 이성계였다.

경애하는 스승에게 무슨 자랑이라도 하는 학동(學童)처럼 원상의 딸을 얻은 경위를 자세히 보고했다. 그러나 자초의 반응은 의외로 신통치 않았다.

"그야 후궁에서도 한편으로 기울어진 세력을 바로잡을 저울추가 필요는 하겠지요. 그렇긴 합니다만, 과연 그 처녀가 가벼운 쪽의 저울대에 중량을 더할 만한 힘과 정성이 있을지 의심스럽습니다만……"

"그렇다면 그 처녀를 만나보시오, 대사."

밖에서 대기하고 있던 원처녀를 이성계는 즉시 불러들였다.

무학대사 자초는 보는 둥 마는 둥한 눈으로 처녀를 슬쩍 훑어보고는 다시 밖으로 내보낸 다음 말했다.

"그 처녀, 과연 전하께서 모처럼 주으신 저울추이니만큼 남달리 영리한 것같기도 하고 속셈도 제법 올차 보입니다마는, 빈도가 느낀 바로는 두 가지 흠이 있는 듯 싶습니다."

"어떠한 결함을 보시었단 말씀이오."

콧대 식은 어린아이처럼 이성계는 멀쑥해진 구기로 물었다.

"첫째로 그 처녀, 색정이 너무 짙은 듯 싶습니다. 상감께서 노체에 지나치게 탐닉되지 않으실까 우려됩니다그려."

"또 한 가지 흠은?"

"지조 높은 원공의 혈육이라고는 합니다마는, 원공이 지닌 굳은 절개는 별로 물려 받은 것같지 않습니다. 한번 투신한 측에 끝까지 충실하리라고는 장담하기 어렵다는 말씀입니다. 사세가 기울어지면 무거운 측으로 미끄러져 내려갈 우려도 없지 않은 듯 싶습니다그려."

자초는 이렇게 예언했다.

자초의 예언은 훗날 사실로 증명되는 것이지만, 이성계는 풋된 자신을 과시하며 장담했다.

"내 기필코 그렇게 되지 않도록 손을 쓰겠소이다. 여가 비록 노쇠하였기로 풋내나는 산골 꽃 한송이 휘어잡지 못하겠소?"

"글쎄올시다."

자초는 불안스레 도리질을 했다.

"승하하신 신의왕후 그 분도 출신은 두메 산골이 아닙니까. 그러한 분입니다만, 전하께선 과연 휘어잡을 수 있으셨던가요. 황공한 말씀입니다만, 그분 앞에선 백을 못쓰시지 않으셨습니까."

왕사 자초는 서슴지 않고 이성계가 가장 아파하는 급소를 찔러댔다.

"내 여간한 일엔 대사의 견해에 반대한 적이 없었소이다마는, 이번만은 생각이 다르외다."

이성계는 떼라도 쓰듯이 고집을 피웠다.

"두고 보시오. 대사의 노파심이 적중할 것인가 여의 판단이 정확한가 얼마 후면 사실로 판명될 거요."

회암사를 출발한 이성계는 역시 평주온천으로 직행하지 않고 중도에 개경엘 들렀다.

거기서 그는 국왕의 행동을 비판하고 충고하는 임무를 맡은 대간(臺諫)에 속한 몇몇 관원들을 한양으로 돌려보냈다. 원처녀를 가까이 하게 된 내막을 눈치챘던지, 그들 사이에 심상치 않은 기미가 감돌고 있기 때문이었다.

이성계 일행은 개경에 도착한 후 열흘 동안이나 그곳에 머물러 있었다. 비록 신병을 요양하러 떠나는 길이었지만, 국왕 이성계에겐 처리하지 않으면 안될 용건이 그렇듯 가로놓여 있었던 것이다.

그에 앞서 개경유후(開景留後) 이원굉(李元紘)과 부유후 이옥(李沃)에게 전 왕조 때의 궁전이었던 수창궁(壽昌宮) 및 성곽의 보수를 명한 바 있었다. 그러나 그들은 왕의 눈이 미치지 못하는 지점인 것을 기화로, 번들번들 놀면서 임무를 게을리했던 것이다.

진노한 이성계는 그들을 즉시 파면시키고 중추원사 최유경(崔有慶)을 유후에, 중추원부사 신극공(辛克恭)을 부유후에 새로 임명하였다.

늙고 병든 몸 하나 편히 쉴 틈도 없이 국사에 시달려야 하는 것이 국왕

이라는 것을 새삼 절감하며, 목적지인 평주온천에 도착한 것은 3월 13
일 저녁나절이었다.

　무럭무럭 김이 나는 온천물을 대하니 만사를 제쳐놓고 흥건히 잠기고
싶었다. 손수 의복을 벗어던지고 탕에 들어가려고 하자 칠점선이 따라붙
는다.

　그럴 경우 총애하는 후궁이나 궁녀가 가까이 때도 밀어주고 허리도
주물러 주고 하며 시중을 드는 것이 상례였기 때문에, 칠점선으로선 당연
하고 자연스런 행동이었다. 하지만 이성계는 비릿한 웃음을 흘리며 흐물
거렸다.

　──내 아무리 늙고 병들었기로 벌거벗은 몸으로 그대와 같이 요염한
여성을 가까이 하면 시들었던 욕정이 발동할 것이 아닌가. 신병을 치료하
고자 왔으니 몸조심해야지.

　그 때까지도 칠점선은 이성계가 어떤 엉큼한 저의를 품고 있는가 상상
도 못하고 있었다. 혼자 탕에 들어가겠다는 이성계를 근심스런 눈으로
바라보기만 했다.

　"건강하고 건장한 사람이라도 지친 몸으로 탕에 들어가면 몹시 탈진하
기 마련이 아닙니까. 하물며 상감의 환후 그러하신데, 홀로 들어가셨다가
무슨 변이라도 계시면 어찌하시겠습니까."

　칠점선은 그렇게 말했고 그것은 또 진심이기도 하였다.

　"누가 혼자 들어간다고 했나. 욕정을 부채질하는 가인과 함께 알몸을
마주 비비면 곤란하다는 얘기지."

　"그러시다면 저를 제쳐놓고 다른 후궁과 들어가시겠다는 말씀이어요?"

　칠점선의 눈꼬리가 드물게 쌜룩해진다.

　"아니 우리 화의옹주께서도 투기를 하시는 일이 있나?"

　능글능글 웃으며 이성계는 비아냥거렸다.

　"그 일에는 부처님도 돌아앉으신다고 하지 않았습니까. 저라고 마음이
편하겠습니까."

칠점선이 거듭 그렇게 말하자 이성계는 홍소를 터뜨렸다.

"여자를 데리고 들어갈 바에야 어찌 우리 화의옹주마마를 제쳐놓겠는가. 시중들 사람을 데리고 들어가되 여자 아닌 남자를 택하겠다는 거지."

그리고는 원처녀를 불러서 함께 들어갔다.

그들 일행 중에서 남복을 한 원처녀가 여성이란 내막을 알고 있는 사람은 이성계와 이문화뿐이었다. 칠점선은 육감적으로 불안한 무엇을 느끼는 눈치였지만, 그 이상 캐고 들지는 않았다.

온수(溫水)에서 무럭무럭 피어오르는 김이 탕안엔 자욱하였고 따라서 시야도 불투명했지만, 이성계는 실오라기 한올가리지 않은 알몸이었다. 또 그는 남성이었다.

어려서부터 산속에서 선 머슴애처럼 자라온 원처녀였지만, 그리고 지금도 남장을 하고 있지만 에누리없는 여성이 아닌가. 아직 남성을 모르는 숫처녀이기도 했다. 그러니 수줍음이 없을 수 없었다.

고개를 위로 꼬며 눈길 보낼 곳을 몰라 한다. 그 자태를 이성계는 짓궂게 뜯어보며 찝적거렸다.

"이것봐, 그대가 여를 따라 오려고 할때 뭐라고 말했던가. 남자들에게 지지 않을만큼 충성을 다하겠노라고 큰소리를 치지 않았던가. 그러하거늘 나 국왕이 늙고 병든 몸으로 탕에 들어가겠다는데 부축도 해주지 않으려 하는고?"

마치 솜방망이에 바늘을 꽂아가지고 의뭉스럽게 두드려대는 소리를 툭 던진다. 이럴 수도 없고 저럴 수도 없는 궁지에 몰린 원처녀는, 그저 가쁜 숨만 몰아쉬고 있었다.

"어서……"

이성계는 원처녀에게로 다가갔다. 돌처럼 굳어 있는 잔허리를 쿡쿡 찌르면서 어리광이라도 부리듯이 졸라댔다.

"황공합니다, 상감마마."

다 기어드는 소리를 씹으며, 원처녀는 두 손으로 이성계의 한쪽 겨드랑

밑을 치받들었다.

지나친 긴장 때문일까, 싸늘한 손끝이 바들바들 떨리고 있었다. 그것이 이성계에겐 일찍이 맛보지 못한 쾌감을 안겨준다.

——남장의 가인이란 과시 별미로구나.

전 왕조때 공민왕이 미소년들을 가까이 거느리며 도착된 성희(性戱)에 탐닉하였던 그 기분을 다소나마 이해할 수 있을 것 같았다.

한 탕 푹 잠기고 나니 심신이 거뜬하다. 피로도 말끔히 씻겨진 것 같고 고질병 신경통도 깨끗이 가셔버린 듯하다.

그대신 야릇한 욕정이 꿈틀거린다.

"어이구 허리야."

아프지도 않은 잔허리를 두드리며 이성계는 엄살을 떨었다.

"이게 탈이란 말야. 조금 전까지도 말짱하던 허리가 끊어질 듯 쑤시니, 어디 견딜 수가 있어야지."

그는 탕 밖에 준비되어 있는 침상에 몸을 뉘고 끙끙거렸다.

이번엔 어떻게 해달라는 요구를 직접적으로 제시한 것은 아니었지만, 그렇게 죽는 시늉을 하는 수작은 어떤 강요보다도 더 지독한 강요였다.

왕의 시중을 드는 것이 유일한 직분이나 다름없는 원처녀로선 그냥 있을 수 만은 없는 노릇이었다.

안절부절 못한다. 그 표정을 곁눈으로 훔쳐보며 이성계는 이죽댔다.

"이럴 때 보들보들한 손끝으로 슬슬 주물러주면 우화등선(羽化登仙), 선경에서 노는 기분이겠건만."

그리고는 짓궂게 한마디 더했다.

"하지만 그대는 아직 남자의 몸에 손끝 하나 대본 적이 없는 깨끗한 처녀일 터이니, 그런 일을 시키기도 안됐구⋯⋯"

자못 능글맞게 꼬아대는 그 말이 남달리 반발심이 강한 원처녀를 자극한 것일까.

"상감의 분부시라면 무슨 일인들 못하겠습니까."

벼랑에서 내려뛰기라도 하는 것 같은 어투로 말하고는, 여전히 떨리는 손끝을 이성계의 허리께로 가져갔다.

그러면서도 두 눈은 잔뜩 감고 있었다.

이성계는 심술궂은 웃음을 씹으며 긁적댔다.

"왜? 무서운가? 그도 아니면 징그러운가?"

그 말이 또 반발심을 자극한 모양이었다.

"어찌 그런 무엄한 생각을 감히 먹을 수 있겠습니까. 하늘 아래 다시없는 귀하신 옥체가 아니십니까."

눈을 떴다. 손끝에 힘을 준다. 그러한 반응이 팔딱팔딱 뛰는 신선한 물고기처럼 이성계의 식욕을 돋우어 준다. 그러나 그는 그런 욕정을 지그시 눌렀다.

──천하의 진미를 질금질금 삼켜버리는 촌부(村夫)가 되면 못쓰지. 진미는 진미답게 서서히 음미해야 하느니라.

입맛을 다시며 다시 눈을 감았다.

수줍어하는 여성일수록 오히려 감각은 예민하다던가. 처음 대하는 사나이의 맨살을 주무르는 동안, 원처녀의 감각엔 야릇한 불이 키워진 모양이었다.

얼음덩이처럼 차기만 하던 손끝에 차차 열이 오르는 듯하다. 이젠 그것이 떨리지도 않는다.

여전히 눈을 감고 이성계는 모르는 체했지만 불이 켜진 손끝에 자극되는 나신이 평온할 수는 없다. 한창 젊은 시절 못지 않은 육(肉)의 격랑이 높이 치솟았다.

그는 야수의 외마디 소리같은 소리를 지르며 벌떡 몸을 일으켰다. 야수의 앞발이 높이 쳐들렸다. 여린 고깃덩이를 한 입에 집어삼킬 기세였다.

그러지 않아도 고깃덩이는 흥분에 상기된 상태였다. 야수의 입속으로 자진해서 뛰어들진 못하더라도, 고분고분 먹이가 되어 줄 것이라고 이성계는 넘보고 있었다. 그러나 사실은 예상과는 판이하였다.

원처녀는 가볍게 몸을 날리는 것이 아닌가. 욕실 한구석으로 피신하더니 군침만 삼키는 이성계를 빤히 바라보고 있었다.

"왜, 싫단 말이냐?"

목마른 소리로 이성계는 힐문했다.

"큰 벼슬을 하나 해보겠다는 야망을 품고 여를 따라온 줄로 알거니와, 그러자면 어떠한 공을 세워야 하지? 여는 이미 그 방책에 대해서 너에게 암시한 바 있었던 걸로 기억하고 있는데?"

최소한도 종4품 이상의 고급 내명부가 되자면, 국왕의 총애를 받는 이외엔 다른 길이 없다는 사실을 두고 하는 말일 게다.

"저도 벼슬은 하고 싶습니다. 되도록 높은 벼슬을 얻고 싶습니다."

차분히 가라앉은 소리로 원처녀는 응수했다.

"그렇긴 합니다만, 다른 여자들처럼 색(色)을 팔아서까지 영화를 누리고 싶지는 않습니다."

대담한 발언이었다. 국왕의 사사로운 총애의 그늘에서 얻어지는 고위 고관은 달갑지 않다는 뜻일 게다.

"허허허."

이성게는 혀를 찼다.

"그렇다면 무슨 일을 해서 벼슬을 얻겠다는 거냐. 더더구나 여자의 몸으로 말이다."

"비록 여자이긴 합니다마는 남자들 못지않은 떳떳한 공을 세우고 그 공에 응분한 관직을 얻고 싶을 뿐입니다."

당돌하다면 당돌하고 무엄하다면 무엄하고 오만하다면 오만한 방언(放言)이었다. 그러나 이성계는 불쾌하지 않았다. 오히려 대견하고 기특한 생각이 들었다.

——역시 저 처녀에 대한 안목은 무학대사보다도 내가 웃길이었어. 후궁의 저울대를 충분히 바로잡을 만한 올찬 저울추란 말야.

창업주 이성계에겐 개인적인 욕정보다도 국가의 이익이 언제나 선행한다. 원처녀의 발언을 통해서 그 처녀가 후궁의 세력 균형에 충분한 작용을 할만한 소지(素地)를 지니고 있다고 판단하게 되자, 그는 혼연히 일시적인 정욕을 포기하였다.

"좋거니."

만면에 쾌소(快笑)를 활짝 피웠다. 그리고는 언명하였다.

"너의 마음가짐이 그러하고 너의 각오가 그러하다면, 어느 남자도 해내기 어려운 사명을 너에게 맡겨주리라."

이성계의 그와 같은 약속이 구체적으로 현실화되는 것은, 평주온천에 도착한 지 꼭 한 이레째 되는 3월 20일이었다.

그날 동북면도선무순찰사 정도전과 도병마사 이지란이 귀환 보고차 평주온천에 도착한 것이다. 그리고 정도전의 오른팔격인 의성군(宜城君) 남은도 그들을 따라왔다.

공식적인 임무는 귀환 보고였지만, 그들의 표정엔 심상치 않은 무엇이 수런거리고 있었다.

정도전 일행을 맞이한 이성계는 그들의 공로를 최대한으로 포상하였다. 정도전과 이지란에게 각각 준마 한 필과 안장 하나씩을 하사하는 한편, 성대한 환영연을 베풀어 주었다.

그 자리에서 이성계는 특히 정도전의 업적을 극구 찬양하였는데, 그 내용을 그 날짜 태조실록은 이렇게 전하고 있다.

'경의 공훈은 전 왕조때의 윤관(尹瓘)의 업적을 훨씬 능가하는 대공이니라. 윤관은 다만 구성(九城)을 구축하고 비(碑)를 세운데 그쳤거니와, 경은 주군참로(州君站路)를 구획하였으며, 관리의 명분(名分)에 이르기까지 정제(定制)하지 않음이 없으며 삭방도(朔方道)로 하여금 다른 제도(諸道)와 다름이 없게 정비하여 놓았으니 어찌 그 공을 크다 하지 않으리요.'

윤관이라면 고려 시절 역시 동북면 개척에 진력하였던 대공신이었다.

예종 2년, 그때 동북면 지방을 시끄럽게 하던 여진족을 정벌하는 사명을 띠고 17만 대군의 원수가 되어 용전 분투, 마침내 적을 평정하는 한편, 함주(咸州), 영주(英州), 웅주(雄州), 복주(福州), 길주(吉州), 공험진(公嶮鎭), 숭녕(崇寧), 통태(通泰), 진양(眞陽) 등 아홉 지구에 이른바 구성(九城)을 쌓아 적의 재침에 대비하는 대사업을 이룩한 영재였다.

정도전의 업적을 그보다 더 높이 평가한다는 것은 지나친 과장으로도 볼 수 있지만, 한편 그런 언사 속에는 열세에 몰린 정도전 일파의 사기를 고무하여 정계의 세력 균형을 꾀하는 이성계의 고충이 숨어 있었다.

그러니 정도전은 그런 찬사를 듣고도 그다지 고마워하지 않는 얼굴이었다. 그보다도 뭔가 절실히 호소하고 싶어하는 기미를 보이고 있었다.

"충성된 말은 비록 귀에 거슬리기는 하지만, 그 말을 받아들여 행동한다면 이롭다고 하지 않는가. 또 귀에 거슬리는 말은 대간(臺諫)에서만 진언할 수 있는 것으로 흔히들 생각하거니와, 국가에 충성된 신하라면 어찌 대간에게만 미루겠는가. 여가 원래 성미가 급해서 때로는 너그러이 받아들이지 못하는 흠이 없지 않지만, 경들은 두려워말고 소신껏 바른 말을 하도록 하라."

이렇게 앞질러 촉구했다.

"전하의 하교 그러하시니 신이 한 말씀 올리겠습니다."

남은이 말을 꺼내다가 문득 입을 다물고 연회석 한구석에 경계하는 시선을 던졌다.

그 자리엔 남장을 한 원처녀가 끼여 있었던 것이다.

"저 젊은이 말이오?"

이성계는 정도전과 남은을 가까이 불렀다. 소리를 죽이고 몇마디 귀엣말을 속삭인 다음 말을 이었다.

"그런즉 저 젊은이는 여와 경들 사이를 이어줄 설렁줄이나 다름이 없느니라. 여가 경들에게 비밀히 전할 말이 있으면 저 젊은이를 통할 것이며, 경들이 여에게 비밀히 알릴 일이 있으면 역시 저 젊은이를 통하도록 하오."

　어떤 돌발 사태가 발생하거나 남의 이목을 피해야 할 용무가 생겼을
경우 원처녀를 연락원으로 삼겠다는 얘기였다.

　그러고 보니 그 자리엔 방원측에 속하는 후궁들이나 다른 신하들은
참석하여 있지 않았다.

　"전하께서 종묘사직을 위하시는 성려, 심골 깊이 새기고 있습니다만,
국가의 안태를 기하시자면 무엇보다도 긴급히 조처하셔야 할 일이 있습
니다."

　남은이 하던 말을 계속했다.

　"긴급히 손을 써야 할 일이 있다?"

　"그렇습니다. 한 채의 집이 반듯하게 서고 든든하게 유지되려면 요소
요소의 재목들의 힘이 고루 안배되어야 하지 않겠습니까. 기둥만 굵고
서까래가 가늘어도 아니될 것이며, 그와 반대로 서까래만 굵고 기둥이
가늘어도 내려앉을 위험성이 있습니다. 더더구나 한편 기둥은 지나치게
비대하고 한편 기둥은 깎이고 저미어져서 앙상하게 간당거린다면 그
집은 당장에 도괴될 거올시다."

　이성계가 항상 염두에 두는 국가 요인들의 세력의 균형을 남은은 역설
하고 있는 것이다.

　이성계는 크게 고개를 끄덕였다.

　"그 점에 대해서 여도 주야로 부심하고 있거니와 어떤 좋은 방책이라
도 있소?"

　"방책을 말씀드리기 전에 우리 왕조의 세력의 불균형이 어떠한 양상을
띠고 있는가 그 점을 사뢰겠습니다."

　"말해 보오."

　"기둥이나 서까래가 그 집을 위해서 있는 것이라면 대들보를 중심으로
긴밀히 짜여져야 합니다. 기둥은 기둥대로 따로 놀고 서까래는 서까래대
로 허공에 들뜨는 그런 집이라면 어찌 집꼴이 되겠습니까."

　"그렇게 모호한 비유로만 말할 것이 아니라, 구체적인 사실을 들어보

도록 하오."

이성계는 조급히 캐물었다. 그런만큼 남은의 발언은 국왕의 관심을 강력히 끌고 있는 증좌이기도 했다.

"분부대로 여쭙겠습니다."

남은도 말머리를 구체적인 방향으로 돌렸다.

"전하께서 잠저(潛邸)에 계실 당시엔 전하의 휘하 병력이 부족했던 까닭에 혁명에 가담하는 문무장상(文武將相)들이 장악하고 있던 사병을 활용하실 필요가 있었습니다. 그러하오나 지금은 전하께서 등극하신 지 7년이나 지나지 않았습니까.

공신들이나 왕족들이 사사로이 거느리고 있는 사병들을 마땅히 국가에 속하도록 하셔야 합니다. 어디 그뿐이겠습니까. 각 지방에 파견된 절제사 들이 거느리는 장병들 역시 그들이 키워 온 사병들입니다. 만일 이와 같은 상태를 그대로 방치하셨다가 어떤 불상사라도 발생하면 어찌 되겠 습니까."

"어찌 되겠는가?"

"병력이 우세한 기둥이나 서까래는 다른 재목들을 때려부술 것이오 며, 그렇게 되는 날이면 우리 왕조는 자멸하고 말 거올시다."

요컨대 공신이나 왕족들이나 각지방 절제사가 장악하고 있는 사병들을 관군에 편입시켜야 한다는 주장이었다.

이론적으로는 지극히 타당한 말이었다. 그러기에 이성계도,

"그 말은 실로 처음부터 끝까지 여를 깨우쳐 주는 충언이니라."

이렇게 수긍하고 치하하였다고 실록은 전하고 있다.

그러나 그 발언의 액면 밑바닥에 깔린 의도는 그렇게 단순한 것만은 아니었다. 정도전이 병권을 빼앗긴 이후 열세에 몰린 그들 일파의 군사력 을 만회하려는 계책임에 틀림없었다.

지금 이 상태로 방원 측과 정도전 측 사이에 무력 충돌이라도 야기된 다면, 정도전 측은 어이없이 참패하고 말 것이다.

그러나 양측의 병력을 국가에서 장악한다면 양상은 사뭇 달라진다. 양측 사병들이 관군에 편입될 경우, 그때는 강자도 없고 약자도 없다. 대들보가 굳게 장악한 재목들은 굵건 가늘건 제멋대로 놀지 못한다. 지금은 아무리 우세한 방원 측의 병력이라도, 그때 가선 정도전 측을 위협하지 못한다.

남은이 진언한 그와 같은 계책은 교묘한 방법으로 실천에 옮겨졌다. 전국의 군사력을 정도전의 이론에 맞추어 재훈련시키는 방안을 한층 강력하고 면밀하게 추진시킨 것이다.

지난번 정도전이 작성하여 국왕에게 바친 진법(陣法)을 익히도록 전 장병에게 강요한 것이다. 그러나 별다른 효과는 거두지 못했다.

각 개인이 보유하고 있는 사병들은 말할 것도 없고, 각 지방 절제사 휘하의 장졸들까지도 정도전의 진법을 배우려 하지 않았던 것이다.

물론 그 진법대로 훈련을 한다면 자기네들의 전략과 전법이 정도전의 이론을 따르게 될 것이며, 그 결과는 정도전 측을 여러 모로 유리하게 만들 것이었기 때문이다.

상부에서 시달이 내리면 강습을 하는 체하다가도 이내 포기하곤 했다. 초조해진 정도전 측에선 비열한 술책까지 서슴지 않고 행했다.

국왕 이성계를 졸라대서 국왕의 측근에서 시중을 드는 내시들로 감사반을 편성케 하여 진법 강습의 여부를 내사하도록 하였던 것이다.

방원 측에 속하는 좌정승 조준과 우정승 김사형이 장악하고 있는 일반 공무원을 파견해 보았자 정확한 보고를 할 것 같지 않았기 때문이었다.

감사 결과는 예상했던 이상으로 성적이 불량했다.

그해 8월 4일조 태조실록에 의하면, 삼군절도사, 상장군, 대장군 등 229명이 정도전 진법 강습을 게을리하였다고 해서 탄핵을 받았다고 기록되어 있다.

정도전 일파는 다급할대로 다급해졌다. 더더구나 그 해 여름도 가고 초가을에 접어든 7월 하순부터 이성계의 건강이 갑자기 악화된 것이다.

육십이 넘은 노구의 중병이었다. 언제 어떤 일을 당할는지 예측하기 어려웠다.

송현(松峴) 기슭에 있는 남은의 소실집에선 그날도 정도전을 위시한 그들 일파의 요인들이 모여서 밀의를 하고 있었다.

"사태는 이제 마지막 고비에 접어든 것 같소이다. 봉화백 대감의 진법도 좀처럼 먹혀들지 않고 상감께선 저렇듯 환후가 위중하시니, 만일의 경우 방원 일당의 칼부림을 맞고 우리 측은 떼죽음을 면치 못할 것이외다."

이집 주인 남은이 낙태한 고양이 상이 되며 뇌까리는 말이었다.

"그렇습지요. 얼마전 명천자 주원장이 사망하자, 황태자 윤문(允炆)이 제위를 계승하긴 했습죠만, 여러 황자들이 그 자리를 넘보고 들먹거린다는 소문이니까요. 무슨 일에나 대국 명나라의 흉내만 내는 우리 조선 사람들, 그런 엉큼한 흉내까지 내지 않으리란 보장은 없습지요."

역시 그 자리에 참석한 내시 김사행(金師幸)이 수염 한올 없는 턱을 만지작거리며 이죽댔다.

그 해 윤5월 명제국의 창업주 주원장은 파란 많은 생애를 마쳤던 것이다.

"최후의 수단을 강구하는 수밖에 없겠소이다그려."

정도전이 무거운 입을 떼었다.

"그야 최후의 수단이라도 신통한 계책이 있다면 사양할 것이 무엇이겠습니까요, 대감."

김사행이 나풀나풀 맞장구를 쳐댔다.

"이열치열, 적의 무기로 적의 목줄띠를 졸라대는 거요."

남달리 부리부리한 눈알을 희번덕거리며 정도전은 말을 이었다.

"요동 출병안도 실패로 돌아간 지금, 그러한 묘책이 또 있을까요?"

남은이 고개를 꼬며 하는 소리였다.

"그 안은 일이 너무 거창해서 실패로 돌아갔소이다마는, 이번 안은 과히 힘들이지 않고 관철될 수 있을 것 같소이다."

정도전은 사뭇 자신이 있는 구기였다.

"장자방(張子房)도 울고 갈 봉화백께서 궁리에 궁리를 거듭하신 비책일 것이니 어련하시겠습니까요. 어서 시원하게 말씀이나 해줍쇼."

김사행은 알랑알랑 부채질만 하기에 바빴다.

"다름 아니라 명천자 주원장이 살아 있을 때 취한 전례를 따르자는 것이외다. 방원 일파는 명나라에서 하는 일이라면 오금을 못쓰는 사대(事大)의 무리들이니, 대국의 전례를 따르겠다면 내놓고 반대는 하기 어려울 처지가 아니겠소. 말하자면 그 자들의 손으로 그 자들의 목을 졸라매게 하는 방책이라 할 수도 있을 게요."

"주원장이 취한 방책이라면 왕자 분봉책을 두고 하시는 말씀인가요?"

김사행이 앞질러 물었다.

명제국을 세운 지 3년째인 홍무 3년(서기 1370년) 명천자 주원장은 둘째아들로부터 열째아들까지 아홉 황자를 각 지방의 번왕(藩王)으로 봉했던 것이다.

방원과 특별한 인연을 맺은 네째아들 주태(朱駘)가 연왕(燕王)이라고 칭하며 북경에 왕부(王府)를 설치한 것도 그 때문이었다.

원래 의심이 많은 주원장은 만리장성을 방위선으로 삼는 국경지대에 충분한 경비병을 배치할 필요성을 절감하면서도, 그 경비대의 사령관에 여느 장성들을 임명하는 것을 꺼려했었다. 그들 사령관의 병력이 강해지고 그 세력을 이용하여 반란을 일으키면 어쩌나 하는 의구심 때문이었다.

그래서 자기의 피를 나눈 아들들을 그 지방 사령관 겸 번왕으로 각각 임명했던 것이다.

"우리나라 여러 변방엔 아직도 왜구의 침노가 잦은 실정이니, 상감께서 가장 믿을 수 있는 여러 왕자들을 각 지방 절제사에 임명한다면 얼마나 마음 든든할 것이냐고 둘러대자는 것이외다. 상감께서 들으시기에도

그럴싸한 얘기고, 방원을 위시한 여러 왕자들도 굳이 반대할 구실을 찾기
어려울 것이 아니겠소."

"과시 봉화백 대감다운 묘책입니다요. 말하자면 약을 주는 체하면서
병을 주는 격이구만요."

김사행은 좋아라고 깐죽거렸다.

"방원이 변방으로 쫓겨나면 방원 일파들은 지리멸렬이 될 게고, 그러
다가 죄를 뒤집어 씌워 제거한다면 최후의 승리는 어렵지 않게 우리에게
돌아오겠소이다그려."

남은도 이렇게 말하며 정도전의 안에 찬동하였다.

"죄를 뒤집어 씌우기도 어렵지는 않소이다. 누구를 막론하고 벌떼처럼
극성스런 왜구를 소탕하기란 어려운 일이니, 트집을 잡자면 얼마든지
잡을 수 있을 것이 아니겠소."

정도전의 작전은 폭이 넓고 치밀했다.

"그렇다면 일은 다 성취된거나 다름이 없지 않습니까."

양어깨를 들먹들먹 김사행은 신바람을 피웠다.

"그렇지도 않을게요. 왕자들을 변방으로 몰아내자면 현실적으로 몇
고비 난관을 넘겨야 할게요."

남은이 신중한 우려를 표시했다.

"무엇보다도 선결 문제는 상감의 윤허가 아니겠소. 이런 일을 내놓고
진연하였다가 상감께서 허락하지 않으시거나 조준을 위시한 대신들이
반대 공작을 펴게 된다면 일이 사뭇 난감하게 될터인즉, 비밀리에 어느
정도 진척시켜 놓아야 할게요."

"의성군 대감의 말씀이 옳소이다. 우선 상감의 내락(內諾)을 얻어두어
야 하겠는데, 그러자면 상감의 신임이 누구보다도 두터운 가락백 대감의
진력에 기대할 수밖에 없겠소이다그려."

정도전은 말하면서 강한 시선을 김사행에게 보냈다. 가락백이란 김사
행의 작호였다.

"이를 말씀이겠소이까. 좌우 정승들도 마음대로 들어갈 수 없는 궁중에 가락백 대감만은 승교에 높이 앉아 출입하는 처지가 아니시오. 대감의 한마디라면 상감께서도 쾌락하실게요."

남은도 슬슬 추켜세웠다. 싫지 않는 얼굴을 하면서도 정도전을 흘끔 훔쳐 본 김사행, 격에도 맞지 않는 겸양을 떤다.

"주상 전하의 신임으로 말하자면 나보다야 봉화백 대감이 몇갑절 위가 아닙니까. 지난번 동북면에 가 계실 때만 해도 어떠했습니까요. 절친한 친구에게 하시듯이 간곡한 글월까지 상감께선 보내시지 않으셨던가요."

"그야 내가 나서도 좋기는 하오만, 내가 움직인다면 자연히 방원 일파의 눈에 띄게 되고 그렇게 되면 기밀이 누설될 우려도 없지 않은즉, 밤낮으로 상감을 곁에서 모시는 가락백이 가장 적임자일 게요."

꽁무니를 뺄래야 뺄 수 없는 곬으로 정도전은 김사행을 끌고 들어갔다.

"정 그렇게 말씀하신다면 저 역시 노고를 아끼지 않겠습니다마는, 요즘 환후가 환후이시니만큼 비록 내관이라도 상감 신변에는 접근하지 말라는 분부올시다요."

김사행의 그 말은 굳이 꽁무니를 빼려는 능사만은 아닌 듯했다.

"그렇다면 항상 곁에서 모시는 사람은 누구이지요?"

남은이 묻는 말이었다.

"그야 상감의 총애가 두터운 후궁들이지요."

"후궁이라면 칠점선인가 하는 기생 출신의 여자일까, 혹은 김씨일까 유씨일까. 그 여자들은 모두 방원 측과 내통하고 있는 자들이니 손을 쓰기 어려울게구."

혼잣말처럼 뇌까리면서 정도전은 쓴 입을 다셨다.

"그 여자들도 아니올시다. 지난번 상감께서 행행하셨을 때 데리고 환궁하신 원상의 딸이올시다."

평주온천에서 환궁한 지 얼마 후부터 원처녀는 남복을 벗어버리고 어엿한 여자로서 궁인 노릇을 하고 있었던 것이다.

"그 여자가 원씨라면 염려할 것은 없겠소이다."

오히려 다행하다는 어투로 정도전이 하는 말이었다.

"지난번 상감께서 하신 말씀이 있지 않소."

그는 남은을 돌아보며 희소를 피웠다.

"원궁인 그 여인, 그때는 아직 남복을 한 총각 행세를 하고 있었소이다만, 장차 상감과 우리를 이어줄 설렁줄이나 다름이 없다고 말씀하시지 않았소."

"그렇습지요. 상감께서 우리들에게 비밀히 전할 말씀이 계시면 그 젊은이를 통하겠노라고 하셨고, 우리들이 상감께 은밀히 아뢸 일이 있거든 역시 그 여인을 통하라고 분부하셨지요."

남은이 곁들어 말했다.

"그런 일이 있었구만요."

그때 그 자리엔 없었던 김사행이 고개를 까딱까딱 하더니 주워섬겼다.

"그래서 그런지 원씨라는 그 궁인, 저를 대하는 태도가 어쩐지 다릅디다요. 다른 후궁들은 사사건건 눈알에 쌍심지를 곤두세우고 아옹거리는데 말씀입니다요. 새로 후궁에 들어온 그 원씨만은 사뭇 다르지를 않겠습니까요. 아직 몇마디 말도 나눌 기회는 없었죠만, 저를 볼 적이면 오랜 세월을 두고 친숙히 지내온 사이와 같은 기색을 보이기도 하고, 또 때로는 믿고 매달리는 것 같은 그런 얼굴도 하는 것 같습디다요."

"그러니 말씀이요, 이렇게 하는 것이 어떻겠소."

그 부리부리한 눈길을 김사행에게로 곧장 던져보내며 정도전이 제의했다.

"차라리 원궁인을 통해서 상감을 설득하도록 하자는 거요. 원래 베갯밑에서 속닥거리는 소리엔 약하신 분일 뿐더러, 그 궁인을 먼저 통하게 한다면 만의 하나 일이 실패로 돌아가더라도 두번 세번 손을 쓸 수 있을 것이 아니겠소."

"옳은 말씀입니다. 우리가 섣불리 나서서 서둘렀다가 상감께서 딱 잘라 거절하신다면, 다시 손을 쓸 길이 영영 막혀버릴 것이 아니겠습니까."

남은도 즉각 그 안에 찬성했다.

"그렇다면 그 궁인을 슬슬 구슬러 볼깝쇼?"

내시답지 않게 비릿한 냄새를 피우며 김사행이 야죽거렸다.

"잘해 보시오, 가락백."

정도전도 드물게 흐물흐물 느물거렸다.

"원래 여자들이란 수염이 더부룩한 사내들을 오히려 경계하고 경원하는 법이지만, 자기네 여인네들과 가까운 데가 있는, 그러니까 뭐라고 할까."

잠깐 어색한 헛기침을 흘린다.

'고자'라는 말을 차마 입밖에 내기 어려운 모양이었다.

"그러니까 그렇습지요. 여인네들처럼 자상하고 유하고 또 접촉이 잦은 내관들의 말이 훨씬 쉽게 먹혀들겠습지요."

남은이 한마디 거들었다.

"내가 하고 싶던 말이 바로 그거요. 가락백의 그 능숙한 언변과 은근한 손길로 잘 주물러 댄다면, 산골에서 기어나온 풋내나는 젊은 여자쯤 이내 녹신녹신 녹아버릴 것이 아니겠소."

빼대대한 눈에 교활한 그늘을 피우며 정도전과 남은을 번갈아 훔쳐보다가, 김사행은 또 비릿한 입김을 뿜어대며 촐랑거렸다.

"아무리 녹신녹신 녹아 떨어지는 계집이라도 나 같은 고자놈, 그 이상은 어쩌겠습니까요. 이빨이 있어야 씹어삼킬 것이 아닙니까요. 그렇다고 그냥 삼켜버리려고 들다간 단단히 체할테구요."

경복궁 안 아미산은 왕후가 거처하던 교태전 후원에 쌓아올린 아담한 인조(人造) 동산이다.

그 아미산 이마에는 육각형으로 쌓아올린 굴뚝이 솟아 있는데, 곱게 채색한 그림들이 새겨져 있다.

한 가인이 거기 기대서서 먼 하늘에 골똘한 시선을 띄우고 있었다.

요즈음 국왕 이성계의 총애가 가장 두텁다는 소문이 자자한 원상의 딸 원궁인이었다.

먼 발치에서 그 자태를 바라보는 눈이 있다면, 날로 극성스러워지는 삼복 더위를 견디다 못하여 잠시 바람이라도 쐬는 한가한 모습으로만 비칠 것이다.

아미산 서남쪽 일대엔 시원한 연못이 있었고, 그 연못 여기저기엔 하얀 물오리들이 목욕을 하고 있었다.

"내가 길을 잘못 든 것이 아닐까."

자기 혼자에게만 들리는 나직한 소리를 원궁인은 흘렸다.

"상감의 분부는 세자편을 들라는 것이지만, 과연 그런 태도가 나를 위하는 길이 될까, 아니면……"

하다가 원궁인은 급히 입을 다물었다.

문득 어떤 인기척을 느낀 것이지만, 그러나 그것을 겉표정에까지 나타내지는 않았다.

그 시선은 조금 전과 다름이 없었다. 먼 하늘만 바라보고 있었다.

이윽고 아미산 너머에 한 사나이가 상반신을 내밀었다. 체구나 옷차림은 틀림없는 사나이였지만, 코밑이나 턱밑엔 수염 한 올 없다. 남자의 몸으로 가장 자유스럽게 금중(禁中)을 누비고 다닐 수 있는 내시 김사행이었다.

그는 발소리를 죽이며 다가오더니 원궁인이 기대고 서 있는 굴뚝 반대편에 찰싹 몸을 붙인다. 마치 숨바꼭질이라도 하는 선머슴아이처럼 장난스런 얼굴을 빠끔히 내밀었다가 호들갑스런 소리를 지르며 원궁인의 어깨를 탁 쳤다.

"요놈의 버러지!"

그럴 경우 여느 여인이라면 어머나 소리라도 지르며 기급을 했을 것이다. 그러나 원궁인은 눈썹 하나 까딱하지 않았다.

"지독한 사람이로구만. 그만하면 기절 경풍을 할 줄 알았더니……"

혀를 차는 시늉을 하며 김사행은 원궁인의 앞으로 돌아가서 그 얼굴을 빠안히 들여다 본다. 원궁인 역시 김사행을 마주 보는 것이었지만, 입가에 잔잔한 미소만 새길뿐 입을 떼진 않았다.

"상감께서 특히 가려뽑아 데려오신 규수이니 범인스런 여인이 아닌 줄은 알았지만, 이렇듯 담대할 줄은 미처 몰랐구만."

그래도 원궁인이 아무런 응수도 하지 않자, 김사행은 혼자 부르고 쓰기에 바빴다.

"됐어요. 그만한 사람이라면 태산처럼 턱 믿고 어떠한 비밀이라도 주고 받을 수 있단 말씀야."

"저에게 긴한 볼 일이 있으신 것 같은데, 어째서 그렇게 요긴한 얘기는 제쳐놓으시고 허튼 소리만 하시는 거죠? 가락백 어른."

처음으로 입을 열고 던지는 원처녀의 말은 매콤했다.

"내가 또 당했구만."

체신머리 없게 김사행은 뒤통수를 탁 쳤다.

"그러지 않아도 말씀야, 내가 원궁인 힘을 꼭 입어야 할 일이 있는데 말씀야. 원궁인이 과연 그런 엄청난 일을 해낼 만한 사람인지 어쩐지 염려가 돼서 말씀야, 한번 시험을 해봤다 그 말씀야."

"그래서요?"

이젠 어느 여자보다도 여자답게 고이 다듬어진 아미를 원궁인은 살며시 말아올리며 되물었다.

"미리 생각했던 것보다 엄청나게 간이 큰 데엔 딱 질렸단 말씀야. 그만하면 호랑이 쓸개라도 빼내고 남을 것 같으니 말씀야."

입에 침도 바르지 않고 김사행은 알랑댔다.

"저에게 부탁할 용무라는 것이 호랑이를 잡는 일인가요?"

넌지시 원궁인은 꼬아댔다.

"하하앙, 그게 무슨 무엄한 소리."

화닥닥 놀라며 혀를 차는 김사행의 말꼬리를,

"호랑이보다 더 무서운 걸 잡으란 말씀이어요?"

원궁인은 또 잡아뗀다.

"호랑이가 아니라니까. 이것 봐요, 원궁인."

돌연 음성을 낮추더니 김사행은 그 수염 한 올 없는 턱주가리를 원궁인의 귀밑에 바싹 들이댔다.

"상감마마의 쓸개를 말씀야. 아차 그게 아니라 상감마마께서 꼼짝없이 윤허하시도록, 그 어른의 그것을 단단히 휘어잡아 달라 그 말씀야."

"윤허라니요? 밑도 끝도 없이 무슨 말씀이지요?"

"이것 또 한 대 먹었구만. 내가 원래 성미가 급해서, 여자로 태어났다면 바늘 허리에 실을 동여매고 바느질을 하려 들게야."

김사행은 그저 해롱거리기만 한다. 남성을 거세당한 고자들에게도 못견디게 타는 정화(情火)는 있다던가. 아니 육체가 말을 듣지 않으면 않을수록 정욕은 심골 마디마디에 박히고 맺혀서 광란한다고 한다.

김사행의 들뜬 언동도 그것이 어쩔 수 없이 발산되는 일종의 매연(煤煙)일는지도 모른다.

"어서 하시고자 하는 말씀이나 하시라니까요."

김사행의 입김에 절로 느글거리는 비위를 누르며 원궁인은 재촉했다.

"다름이 아니라 말씀야."

김사행은 깐죽깐죽 같은 소리를 두번 세번 곱씹으면서 그런대로 남은의 소실집에서 꾸민 계교를 옮기기는 했다.

"원궁인이 이 일을 성취해 놓기만 하면 말씀야, 나도 두 팔 걷어붙이고 그 노고에 보답하겠다 그 말씀야. 내가 한번 용을 쓰면 옹주마마는 고사하고 그보다 더한 자린들 못 따주겠나."

다시 소리를 죽이며 덧붙여 말했다.

"칠점선인가 하는 퇴기(退妓) 따위는 비교도 안될 게야. 암 그렇구 말구. 상감의 총애가 누구보다도 두텁것다, 판내시부사 가락백 김사행 대감이 뒤를 밀것다. 이것 봐요 원궁인, 종국에 가선 말씀야, 교태전의 안주인 자리라도 돌아오지 말란 법은 없지. 말하자면 이 나라의 어엿한 중궁마마 행세를 하게 된다 그 말씀야. 알겠지?"

그리고는 원궁인의 옆구리를 콕 찔렀다.

──내가 바로 저 전각의 안주인이 된다구?

교태전 용마루를 내려다보며 원궁인은 쓴웃음을 씹었다.

그야 지금 그 자리, 왕후의 보좌(寶座)는 공석 중이다. 칠점선도 김씨 도 육씨도 국왕 이성계의 신뢰나 애정이 어떠하든, 공식적으로는 부실들에 지나지 않는다.

만일 국왕에게 왕후 자리를 채울 의향이 있고 묘당(廟堂)의 공론이 그렇게 돌아간다면, 누가 그 자리를 차지할 것인지 아무도 단정하기는 어렵다.

원궁인 자기가 일약 왕후에 책봉되지 말란 아무런 제약도 없다. 국왕과 살을 마주댄 후궁들 중에서는 원씨 자기의 지체가 가장 높은 편이다.

그러나 그것은 어디까지나 머리끝에서 굴려보는 자기 본위의 계산에 불과하다. 좀더 냉혹히 현실을 분석한다면, 원궁인은 그런 들큰한 주판 앞에서 손을 뗄 수밖에 없을 것이다.

첫째, 칠점선이다. 요즈음 이성계는 비록 원궁인만을 거의 곁에 끌어당 기어 놓고 크고 작은 시중을 전담시키다시피 하고 있는 형편이지만, 그것 이 곧 진정한 신임이나 총애의 척도가 될 것이라고 안이하게 좋아할 수는 없다.

새로 빚은 술에 얕은 구미가 당겨서 항상 맛을 다시고 있을는지 모르 지만, 무겁고 깊은 정의 뿌리는 보다 더 칠점선에게 내려지고 있다.

그 점을 영리한 원궁인은 예리하게 간파하고 있었다.

또 한가지 문제는 육십이 넘은 노골인데다가 병고에 시달리고 있는 이성계의 건강 상태다. 한창 고통에 허덕이며 볶아칠 적이면 당장에 숨이 넘어갈 것 같은 위험을 느끼게 한다.

그런 저런 문제점을 냉정히 파헤치고 검토해 보니, 김사행이 나풀거리던 것 같은 영화는 현실적으로 누릴 공산이 희박하다.

—— 상감께서 승하하신 연후엔 어찌될 것인가?

그것이 가장 중요한 열쇠였다.

김사행이 속닥거린 정도전 일파의 음모 내용을 듣기 이전부터, 원궁인은 원궁인대로 정계의 기상도(氣象圖)를 대강은 파악하고 있었다.

한마디로 요약한다면 세자를 등에 업고 칼을 가는 정도전 일파가 득세할 것이냐, 방원을 맹주로 하는 일파가 승리를 거둘 것인가, 그 귀추에 따라 매사는 판가름이 난다.

후궁들의 운명 역시 예외는 아닐 것이다.

물론 정도전 일파가 승리한다면 교태전의 안주인은 못되더라도 그에 가까운 권력은 구축할 수 있을 게다. 그러나 그와 반대로 결과가 낙착된다면 큰일이다. 원궁인 자기에겐 멸망이 있을 뿐이었다.

문득 조약돌 두 개를 집어들고 두 손에 각각 나누어 무게를 달아본다.

'이것이 세자측.'

오른손에 들고 있던 조약돌의 무게를 헤아려 본다.

'이것이 정안군측.'

왼손에 들고 있던 조약돌을 만지작거린다.

'백중지세란 말은 바로 이런 형세를 두고 하는 말이 아닐까.'

혼잣소리를 흘리다가 원궁인은 문득 긴장한다.

"그것은 오해올시다, 궁인님."

그 굴뚝 뒤로부터 다가오는 발소리와 함께 이렇게 속삭이는 사나이가 있었다. 이제는 제법 조선왕조의 관원 차림이 어울리는 원해였다.

이성계가 발병한 이후 그는 줄곧 그의 특기인 침술로 치료를 해왔다. 그래서 자연 원궁인과 얼굴을 마주칠 기회도 잦았다.

오늘도 이성계가 그의 침을 맞고 있는 틈을 타서 원궁인은 잠시 병석에서 빠져나왔던 것이다.

그 동안에 치료가 끝나서 돌아가는 길일까, 그는 두 손에 침통을 받쳐들고 있었다. 어쨌든 지금 그가 속삭인 말은 해괴한 소리였다.

원궁인이 혼잣소리처럼 흘린 백중지세 운운한 말은 바로 곁에 사람이 있어도 들릴까 말까한 낮은 독백이었다. 그런데 그것을 먼 발치에서 청취한 그의 청력도 놀랍지만, 그것을 오해라고 한 그의 말이 원궁인의 독백에 대해서 언급한 것이라면 당돌한 개입이다. 원궁인으로선 경계의 눈총을 쏘아보내지 않을 수 없었다.

그러나 원해는 상관 않고 말을 이었다.

"백중지세란 명(名)과 실(實)과 양(量)이 막상막하, 우열을 판가름할 수 없게 비등한 형세를 두고 하는 말이외다. 하지만 지금 궁인님이 저울질한 두 세력은 결코 백중지세라고 단정할 수는 없을 것이외다."

그렇다면 이 괴이한 왜의(倭醫)는 김사행과 원궁인이 주고 받은 밀담을 어느 구석에선가 숨어서 엿듣기라도 한 것일까. 아니 김사행이 소리를 죽이고 속삭인 정도전 일파의 밀계(密計)까지 놓치지 않고 청취한 것일까. 그리고 어쩌면 원궁인이 마음 속으로 곱씹은 내용까지 재빠르게 추리(推理)하고 있었는지도 모른다.

등곬에 소름을 느끼며 원궁인은 입을 다물고 있었다. 그가 다름아닌 방원의 심복이란 사실을 잘 알고 있기 때문이기도 했다.

"유약한 아녀자 천 명과 기골이 장대한 장졸들 천 명과 마주 싸운다고 그것을 누가 백중지세라고 하겠소이까. 손에 익은 창검을 갈고 닦아 꼬나잡은 만 명의 정병과 맨손으로 몰려든 만 명의 오합지졸이 대결하였다고 해서 과연 백중지세라고 말할 수 있겠소이까."

더 긴 설명을 듣지 않아도 새겨들을 수 있는 말이었다. 형식적인 세력의 판도는 방원 측이나 정도전 측이나 각각 일장일단을 지니고 있지만, 구체적인 역량은 판이하다는 소리일 게다.

특히 무력 충돌이라도 발생할 경우 장비면에서 우세하고 훈련된 병력으로도 월등한 방원 측에 비하여, 정도전 측은 아녀자나 오합지졸 같이 무력하다는 소리로 들을 수도 있다.

"그런즉, 궁인님. 저울질을 하겠거든 한층 더 신중히, 한층 더 정확히 저울눈을 살펴본 다음에 행동해야 할 것이외다."

원해는 이렇게 말을 맺고는 유유히 사라졌다. 그 뒷모습을 바라보며 원궁인의 가슴은 착잡하게 술렁거렸다.

한동안 무엇인가 잡힐듯 잡힐듯 하면서 잡히지 않는 안타까움에 애를 태우다가 마침내 결단을 내린 것일까. 결연한 걸음걸이로 왕의 병실을 향해 옮겼다.

"어딜 갔었는고? 여를 혼자 버려두다니."

원궁인이 병실에 들어서자 국왕 이성계는 소년처럼 칭얼댔다.

"잠시 긴한 볼일이 있어서 자리를 떴사오니 너그러이 보아주시어요."

콧소리를 섞어가며 원궁인도 소녀처럼 응석을 떨었다.

서로 성격적으로 죽이 맞는다고나 할까. 혹은 어느 편이 그렇게 연기를 하고 다른 편이 거기 말려들어 그런 분위기를 조성하게 되는 것일까.

그들 두 남녀만 호젓이 있는 자리에선 국왕과 후궁 사이라기보다도 어린 동남동녀가 이마를 마주대고 소꿉장난이라도 하는 정경을 방불케 한다.

"긴한 볼일이라니, 후원 어느 구석에 수염 달린 꿀단지라도 파묻어 두었단 말이냐?"

지엄하고 지존하신 나라님답지 않은 농지거리였다.

"뭐라구요?"

원궁인은 발끈하더니 이성계의 허리밑을 콕 찔렀다.

"어구구, 나 죽는다."

이성계는 수선을 피우며 사뭇 즐거운 얼굴이었다.

이렇게 신경을 풀고 허물없이 굴 수 있는 것은 원궁인이 손녀딸 밖에 안되는 나이인 때문인지도 모른다. 늙으면 차라리 어린아이라야 벗이 될 수 있다는 말이 영걸 이성계의 경우에도 적용되는지 모른다.

그리고 그가 어느 후궁보다도 요즘 원처녀를 자주 가까이 하는 이유도 병든 몸엔 차라리 천진한 동심이 아쉬운 때문일는지도 모른다.

"수염 달린 꿀단지가 아니면 무엇일까?"

이성계는 아무런 타의도 없는 표정으로 고개를 꼬았다.

"뺀들뺀들한 기름단지가 자꾸 달라붙질 않겠어요?"

장난스런 눈웃음을 치며 그런대로 원궁인은 사실에 가까운 말을 했다.

"기름단지라?"

"가락백 대감 말씀이어요."

"김사행이?"

"예, 정도전 대감의 전갈이라고 하면서, 꼭 상감마마의 윤허를 받아 달라고 하지 뭐예요."

말투는 여전히 어리광스러웠지만, 말의 내용은 제법 사무적인 방향으로 돌고 있었다.

"봉화백의 전갈이라? 말해 보라."

이성계도 사무적으로 가라앉는 구기가 되며 물었다.

"무슨 뜻인지 저로선 잘 이해가 가지 않지만요, 들은대로 말씀드리겠어요. 여러 왕자님네들을 변방으로 쫓아버려야 나라일이 잘 되겠으니, 그렇게 하도록 상감께서 윤허해 주십사 그런 얘기더구만요."

'아' 다르고 '어' 다르다는 말이 있다.

원궁인이 정도전 측에 충실할 생각이 있고 그들의 계책을 원하는 방향으로 성취시켜 줄 마음이라면 그런 투로 말하지는 않았을는지 모른다.

이성계의 귀가 솔깃해질 만한 수사(修辭)는 얼마라도 있을 것이다.

그러나 원궁인은 무책임하게 내어던지듯 그렇게 말을 전한 것이다.

원해가 귀띔을 한 것처럼 저울눈을 재확인하고 심경에 변화라도 일으킨 것일까. 그런 원궁인의 표정을 이성계는 강하게 뚫어보았다. 이때까지 보이던 소년 같은 장난기는 이미 자취도 없었다.

20. 시새우는 저울대

"그 말만 하던가."

이성계는 계속 강한 시선을 쏘아보내며 물었다.

"제가 들은 얘기는 그뿐이어요. 가락백이 말한대로 상감마마께 사뢰었을 뿐이어요."

원궁인은 천연덕스럽기만 했다.

"그래?"

이성계는 두 눈을 내리깔았다. 바위 같은 마음의 문을 닫고 한동안 무거운 침묵에 잠기다가, 그 눈을 다시 떴다.

"김사행을 불러라."

원궁인의 안색이 한순간 착잡하게 파도쳤지만, 이내 그것을 지워버리고 밖으로 나갔다.

잠시 후 원궁인은 다시 들어왔고 그보다 조금 늦어서 김사행이 해뜩해 뜩거리며 나타났다.

"전하께서 모처럼 은근히 재미를 보시는 자리에 제가 끼여들어 관계치 않을깝쇼."

"허튼 수작 말고 내가 묻는 말에 대답이나 하란 말이다."

얼핏 듣기엔 깝죽거리는 김사행의 콧대를 호되게 후려치는 호통 같은 어투였다. 그러나 그러면서도 그 구기엔 어느 누구에게도 보인 적이 없는 친근감이 서리어 있었다.

강력한 지배자에겐 그의 신임이나 총애를 독점하려고 안달을 하는 무리들이 감돌기 마련이다. 그리고 그런 무리들은 상전의 눈짓 하나 웃음살 하나, 문득 흘리는 한마디 말 혹은 그 말의 억양에서까지 상전의 신임이나 호의를 캐내려고 바둥거린다.

상전의 태도가 간곡하고 언사가 점잖고 대접이 융숭할 경우엔, 자기를 극진히 존중하고 높이 평가하는 것처럼 착각하고 좋아한다. 하지만 그것은 서먹서먹한 거리감을 느끼기에 취하는 이면치레일 경우가 많다.

오히려 진정으로 살뜰히 여기고 가깝게 느끼는 상대에겐 말도 함부로 나가기 쉽고 대접도 소홀한 것처럼 보이기 쉽다. 신경을 막 푸는 때문이다.

김사행에 대한 이성계의 태도가 바로 그러했다.

"너 요즈음……"

칭호부터 달랐다. 다른 신료들에게서처럼 '경'이니 뭐니 그런 점잖은 윤색은 걷어치우고 '너'라고 불렀다.

"또 앙큼한 장난을 하고 다닌다면서? 내 아들들을 쫓아버리려는 수작을 농하고 있다면서?"

"사람 잡을 소리 작작 하세요, 상감마마."

펄쩍 뛰는 김사행의 말투 역시 무엄할 정도로 흉허물이 없다.

"쫓아내자는 것이 아닙니다요. 곱게 모시자는 것입지요."

"두루치나 메치나 한가지가 아니냐, 이놈."

이젠 점잖지 못하게 '놈'자까지 놓는다.

"어째서 같습니까요, 상감마마."

겉으로는 딱딱거리는 것 같으면서도 속으로는 웃고 있는 상전의 발등에 꼬리를 치며 매달리는 강아지처럼, 김사행은 졸랑졸랑 이성계의 머리맡으로 다가갔다.

"명나라 천자께서 취하신 선례를 따르십사 하는 것입지요. 왜구들의 극성으로 후미진 변방은 항상 소란스럽지만요. 다른 장수들을 파견해 보았자 별로 신통한 성과를 올리지 못하고, 그런 실정이니 차라리 상감께

서 가장 믿고 계시는 왕자님네들을 보내시는 것이 상책이라 그런 말씀입
지요."

어투는 해롱해롱 했지만 빤지레하게 김사행은 둘러댔다.

"듣기 싫다, 이놈아."

이성계는 또 핀잔이었다.

"네놈이 요즘 정도전이랑 남은과 붙어다니면서 한씨 소생의 내 아들들
을 적대시하고 있다는 사실쯤은 나도 잘 알고 있어."

머리맡에 바짝 붙어서서 이성계의 콧등이라도 핥을 것 같던 김사행의
빤질한 입언저리가 약간 머쓱해진다.

"그야 네놈이나 정도전 등의 입장으로선 그럴 수도 있겠지. 전부터
내 아들들, 특히 방원이 그애 하고는 여러 가지 사정으로 틈이 벌어져
왔으니 말이다."

농지거리를 섞어 말하던 이성계의 어투가 바야흐로 진지해진다.

"또 너희들이 적당히 방원의 기세를 견제하는데 그친다면, 나는 한편
으론 바람직하게 생각도 한다. 여러 모로 힘이 부치는 세자를 위해서
그것도 필요한 방편이긴 하지. 하지만 이번 일은 너무하지 않으냐 말이
다. 나의 혈육들을, 내 아들들을 내 곁에서 멀리 쫓아버리려고 하다니
말이다."

"황공합니다, 상감마마."

김사행도 사뭇 곤곤한 태도로 바뀌어지며 말했다.

"상감의 말씀 그러하시니 말씀 드리겠습니다만, 당세(黨勢)로 따지거
나 병력으로 보거나 동궁마마 측에 비하여 월등히 강력한 신의왕후 소생
의 네 왕자님네들을 그대로 방치한다면 어찌 되겠습니까. 상감마마께서
건승하신 지금은 그래도 무사할 수 있을지 모릅니다마는, 황공하오나
상감께 어떤 변고가 계실 경우 강성한 왕자님네들이 어리고 여리신 동궁
마마를 그냥 두겠습니까?"

"그래서 일찌감치 멀리 쫓아버리라는 거냐?"

"쫓아버리는 것이 아니올시다. 지나치게 비대한 세력을 분산시키자는 거올시다. 정안군 나리는 전라도에, 영안군 나리는 경상도에, 익안군 나리는 동북면으로, 회안군 나리는 서북면으로, 이렇게 각각 나누어 배치하신다면, 만일의 사태가 발생하더라도 한데 뭉쳐서 동궁마마를 해치기는 어려울 것이 아니겠습니까?"

김사행의 어투는 제법 간곡하기까지 했다.

"흐음."

이성계는 잠깐 신음같은 소리를 흘리다가 무겁게 고개를 가로저었다.

"너나 정도전 등은 그럴 수도 있을 게다. 세자만 생각하고 세자에게만 충성을 다 하는 것이 명분으로나 정분으로나 마음 편할 수도 있을 게야. 하지만 나는 다르단 말이다."

그는 두 손을 들어 김사행의 눈앞에 들이대고 열손가락을 활짝 펴보였다.

"강씨 소생의 방번이나 방석이나 한씨 소생의 방과나 방의나 방간이나 방원이나 다같이 내 혈육임엔 틀림이 없지 않겠느냐. 어찌 왼편 손가락만 끼고 돌고 오른편 손가락들은 멀리 떼어 던질 수 있겠느냐 말이다."

이성계가 한마디를 하면 열마디를 지껄여도 시원치 않아 하던 김사행이 이번엔 좀처럼 입을 열지 않는다.

그뿐이 아니었다. 고개를 외로 꼰 그의 두 눈에서 뜨거운 것이 떨어져 이성계의 목덜미를 적셨다.

"울기는 왜 우는고? 아무리 수염 없는 고자기로 명색이 사내놈이 아니냐. 계집처럼 홀짝거리다니."

또 농조로 바뀌어 핀잔을 주는 것이었지만, 오히려 거기엔 총신(寵臣)을 아끼는 이성계의 살뜰한 정이 맺혀 있었다.

"이 세상에 울고 싶어서 우는 사람이 따로 있습니까요? 슬픔이 복받치면 눈물이란건 저도 모르게 쏟아지기 마련입지요."

이제 내놓고 흐느끼면서 김사행은 쫑알댔다.

"뭐가 그리 슬프단 말이냐, 이놈아."

칭얼대는 어린아이를 달래보려고 애쓰는 어버이의 입장에 이성계는 몰린 격이었다.

"어찌 슬프지 않겠습니까요."

소매끝으로 눈물과 콧물을 함께 문질러대며 김사행은 주워섬겼다.

"손이 들이굽는다는 속담이 있읍죠만, 상감께서도 역시 당신의 피를 나누신 아드님들만 아끼시는구만요. 저 같은 인간은 길바닥에 굴러다니는 돌멩이만도 못하게 보시는구만요. 세상 사람들은 말씀입니다요, 제가 혼자서 상감의 총애를 독차지 한다고 눈에 쌍심지를 밝히고 으르렁거립니다만요, 지금 하신 상감마마의 말씀을 듣고 보니 찬바람만 쌩쌩 돕니다요."

"허허, 고놈 참."

이성계는 떨떠름한 실소를 씹었다.

"이놈아, 너는 언제부터 그렇게 아둔한 맹추가 됐느냐. 사람의 몸에 손가락만 있다더냐? 손가락이 있으면 발가락도 있을 것이 아니냐?"

"무슨 말씀입니까요, 상감마마."

김사행은 발끈한다.

"제가 발가락이란 말씀입니까요? 고작 비유하시는 말씀이 고린내나는 발가락입니까요?"

"이놈아, 끝까지 말을 들어. 사람에겐 또 눈도 있고 코도 있고 귀도 있고 입도 있지 않으냐. 그렇지?"

그때까지 한옆에 비켜서서 두 사람의 수작을 구경만 하고 있던 원궁인에게 시선을 돌리며 동의를 촉구했다.

원궁인은 소리없는 미소만 흘릴뿐 입을 열진 않았다.

"눈도 있고 코도 있고 귀도 있고 입도 있다는 말씀이라면 말씀입니다요, 저는 뭡니까요, 상감마마."

"무엇에 비유해야 네 속이 후련해지지?"

귀여운 강아지를 놀려대는데 한창 재미를 붙인 얼굴과 구기로 이성계는 흐물댔다.

"빈대새끼가 방금 빠져나간 것 같은 빼대대한 네 눈깔을 내 눈이라고 할 수도 없겠고, 굶주린 생쥐가 잘라먹다 남긴 것 같은 귓볼을 내 귀라고 할 수도 없겠으며, 거꾸로 훑어보아야 걸릴 것이 없는 들창코도 그렇고 소쩍새처럼 나풀거리기만 하는 주둥이는 더욱 그렇지."

"알겠습니다요. 그러니까 저는 아무짝에도 쓸모 없는 쓰레기 같은 인간이라 그런 말씀이지요?"

김사행은 후닥닥 몸을 날리더니 밖으로 뛰쳐나가 버렸다. 그 뒷모습을 장난스런 눈으로 바라보고 있는 이성계에게 원궁인이 한마디 했다.

"너무 하시지 않습니까, 상감마마. 내시부(內侍府)의 어른이며 원로 대신들까지 절절매는 가락백 대감을 어린아이 다루시듯이 어쩌면 그렇게 희롱을 하십니까."

"그래? 내가 너무 했을까? 귀염둥이 어린것을 볼때, 자꾸 헐뜯고 긁려주고 싶은 심정이 과연 옳지 못한 것일까?"

곱씹다가 이성계는 문득 심각해진다.

"한편 저울대가 가벼운 듯 싶기에 약간 무게를 더해 주었더니, 이번엔 자칫 잘못했다간 그 편으로 아주 기울어 버리는 것이 아닐까?"

이성계는 혼잣소리를 흘리다가 원궁인을 돌아보며 지시했다.

"방원을 불러들이도록 하라."

"정안군 나리 말씀입니까?"

원궁인은 고개를 꼬았다. 지금 한창 그의 일파를 몰아내려는 공작이 극성스럽게 진행되고 있는 판국에, 그를 접견하려는 이성계의 심산이 얼핏 이해가 가지 않는 얼굴이었다.

그러나 어쨌든 지엄한 국왕의 명령이었다.

"사람을 시켜서 댁으로 보낼까요?"

하고 물었다.

"그럴 필요까지는 없을 게다. 내가 발병한 이후 방원이 그 녀석, 너무 걱정이 되는 지 아침마다 입궐해서 궐내를 서성거리고 있다는 얘기를 들었으니, 어디 가까운 데 있을 게다."

"그러시다면 알만한 사람더러 궐내를 찾아보도록 이르겠습니다."

"아니야. 다른 사람을 시키면 시끄러워지지. 내 은밀히 그 애를 만나고 싶으니, 네가 직접 나가서 찾아보도록 하라."

이성계는 이렇게 덧붙여 지시했다.

비록 궁인이라고는 하지만 국왕의 극진한 총애를 받는 후궁이었다. 하찮은 잔심부름꾼 노릇을 하게 된 데에 약간의 저항이라도 느낌직했지만 원궁인의 심정은 그렇지도 않았다.

강렬한 호기심이 고개를 든 것이다.

방원에 대해서는 산골에 묻혀 살 때부터 많은 소식을 들었다. 주로 그런 얘기를 들려준 것은 부친 원상이었다.

"창업의 공훈으로나 영도력으로나 앞으로 이 나라의 종묘사직을 걸머질 동량은 정안군 그 분뿐일 터인데, 그 분을 제쳐놓고 어리석은 서자를 세자에 책봉했으니 나라의 앞길이 사뭇 어수선해지겠구먼."

언젠가 원상은 그런 말을 했다.

"신하를 통어(統御)할 천운을 타고난 비룡(飛龍)이, 잠시 다리 밑에 몸을 의지하고 있다고 해서 영영 이무기가 되고 말겠느냐."

이런 말도 했다.

"장차 그 잠룡(潛龍)이 깃을 치고 등천(登天)하려드는 날이면, 이 나라 이씨왕조는 피바람으로 헝클어질게다. 한심한 일이야."

그렇게 말하면서 땅이 꺼지게 한숨을 내쉬기도 했다.

──어떤 분일까. 지금은 날개를 접고 때를 기다리고 있다는 그 잠룡의 기상은 과연 어떠할까.

원궁인은 그저 궁금하기만 했다.

아직 방원과 대면한 적은 없다. 그러니 숱한 왕족들과 귀인들이 오가는

넓은 궁궐 안을 헤매며 그를 찾는다는 것은 쉽지 않은 일이었지만, 원궁
인에겐 자신이 있었다.

——비록 어떠한 구석에 묻혀 있기로 용의 기상이 광채를 잃을라구?
한 번 보면 이내 알 수 있을 거야.

궁궐 안을 이리저리 돌아다니다가 원궁인은 문득 걸음을 멈추었다.
조금 전에 홀로 서서 착잡한 사념에 잠겨 있었던 그 아미산 기슭 연못가
를 배회하는 한 귀인을 발견한 것이다.

첫눈에 방원이라고 추정했다.

원궁인은 조심조심 그에게로 다가갔다. 연못 수면을 향하여 선 방원의
얼굴은 원궁인에겐 보이지 않았다. 그래도 그가 방원일 것이라고 추정한
것이다.

별다른 이유가 있어서가 아니었다. 일종의 육감이라고나 할까. 그러나
그 육감은 확신에 가까운 것이었다.

원궁인이 오륙보 거리에까지 가까이 가도 방원은 움직이지 않았다.
그는 혼잣소리 같은 말을 중얼거리고 있었다.

"이럴 때 사람들은 신불(神佛)을 찾게 되는 것일까. 나도 그렇다. 신불
에 매달려서 이루어질 수 있다면 매달리고 싶다. 아버님의 병환이 쾌차하
여지신다면 말이다."

부왕 이성계의 쾌유를 희구하는 일종의 기도와 같은 소리였다.

아들이 어버이의 병고를 가슴 아파한다는 것은 상식 이전의 본능에
속하는 심정이다. 신기할 것은 조금도 없다. 그러면서도 그와 같은 지성
을 행동이나 말로 나타내는 것을 접할 적이면 사람들은 흐뭇한 감동을
받게 된다.

원궁인도 가슴 속이 절로 뿌듯해지는 것을 느끼며 입을 떼었다.

"정안군 나리시지요?"

그제서야 방원이 조용히 고개를 돌렸다. 대답대신 가볍게 고개를 끄덕
였다.

원궁인은 자기도 모르게 숨을 들이켰다.

이때껏 갖가지로 공상의 날개를 펴고 그려보았지만, 막상 그 얼굴을 대하니 격렬한 충격이 심골을 때린다.

장차 천하를 통어할 인물이라고 부친 원상이 하던 말 그대로, 영위(英偉)한 제왕의 기상을 접하고 거기 위압되어 그런 것은 아니었다. 보다 인간적인 충격이었다. 구차한 언사 따위로 표현할 수 있는 성질의 감명이 아니었다. 구태여 말을 만들어 옮긴다면 꼭 만나야 할 사람을 만났다는 절실한 심회였다.

"저는 상감을 모시고 있는 궁인이 올시다. 상감께서 나리를 부르시기에 이렇듯 모시러 왔습니다."

지극히 사무적인 말을 지극히 사무적으로 옮기면서도 원궁인의 가슴은 떨고 있었다.

"아버님께서 나를?"

이때까지 차분히 가라앉아만 있었던 방원의 안색이 당장에 변한다.

"혹시 환후가 악화되신 것은 아닌가?"

이렇게 물으면서 그의 발길은 벌써 침전 쪽을 향하여 바삐 움직이고 있었다.

그와 같은 태도가 갸륵히 여겨지면서도 원궁인은 어쩐지 허전해진다. 종종걸음으로 그 뒤를 급히 따르면서 한마디 덧붙였다.

"환후는 오히려 쾌하신 편입니다만, 정안군 나리의 신변이 염려되시어 보시고자 하시는 듯 싶습니다."

그 말에 방원이 잠깐 걸음을 멈추었다.

"무슨 뜻이지?"

"나리를 모해하려는 자들이 준동하고 있습니다. 그래서 상감께서는 몹시 심려하고 계십니다."

원궁인의 처지로선 소홀히 입밖에 낼 수 없는 기밀이었다. 그것을 거의 반사적으로 누설한 것이다.

지금 이 순간 어떤 저의나 계산이 있어서 한 말도 아니었다. 방원 그 사람에겐 왠지 그런 말이 줄줄 나가는 것이다.

"나를 모해하는 자가 있다구?"

방원의 양미간에 날카로운 그늘이 새겨졌다. 그러나 그것은 한순간 뿐이었다.

"그야 나를 잡아먹지 못해서 안달을 하는 자들이 하도 많으니까."

호탕한 웃음을 날리며 다시 걸음을 재촉했다.

"너 왔느냐?"

이성계는 침상에 누운 채 고개도 제대로 돌리지 않고 툭 한마디 했다. 그는 원래 말이 적은 편이지만 다른 사람들이나 방원을 제외한 아들들에겐 무거우면서도 부드러운 인사를 건네는 것이 상례였다.

하지만 방원에게는 다르다. 때로는 지금처럼 무뚝뚝하게 구는가 하면, 때로는 사뭇 자상하고 살뜰해진다. 더러는 흐물흐물 농지거리도 한다.

김사행을 대하는 것과 색채는 다르면서도 일맥상통하는 점이 있다. 깊은 신뢰와 친애감의 표출이었다.

"아버님 환후가 많이 가벼워지셨다구요?"

방원으로선 무엇보다도 그 점이 반가웠다.

반듯이 누운 채 지그시 눈을 내리깔고 이성계는 한동안 말이 없다가,

"아프기는 매한가지로구나."

이런 말을 했다.

"또다른 증세라도 생긴 겁니까, 아버님?"

방원은 가슴이 내려앉았다.

"글쎄 그런 것도 증세라고 할 수 있을까."

조용히 눈을 뜨고 비로소 아들의 얼굴을 건너다 보았다. 한번 뜨면 봄볕이 활짝 드리우는 것 같다는 그 눈에 어두운 우수가 잔뜩 담겨져

있었다.

"어디가 어떻게 편찮으십니까?"

일종의 병발증이라도 발생한 것으로 믿고, 방원은 숨가쁘게 물었다.

"그 증세는 내 몸에 나타난 것이 아니다. 차라리 너의 신변에 깃들이고 있다고 하는 편이 옳겠지."

그제서야 조금 전에 밖에서 원궁인이 귀뜸해준 말이 생각났다.

"내 걱정보다도 너는 네 몸을 조심해야 할 것 같다."

그리고는 정도전 일파의 공작 내용을 이성계는 간추려 들려준 다음, 이렇게 덧붙여 말했다고 실록은 전하고 있다.

"외간에 떠도는 소리가 그러한즉, 너희들도 알아두기는 해야 할 게 다. 네 형들에게도 잘 얘기해서 특히 경계하도록 일러라."

이성계의 언사는 간략하고 덤덤했지만, 방원과 그의 동복 형제들을 아끼는 부정(父情)만은 남김없이 표현되어 있었다.

──우리 사형제를 변방으로 몰아내겠다구.

곱씹으면서 방원은 색다른 감정이 움트는 것을 느낀다.

정도전 일파가 자기를 적대시하고 모해하려는 움직임은, 여러 차례에 걸친 경험에 비추어 조금도 새로울 것은 없다.

하지만 동복 형제들을 한두름에 엮어서 추방하려고 하는 공작은 처음 이다. 자기네들 동복 형제와 세자측 이복 형제 사이에 가로놓인 장벽이 얼마나 험준한가를 새삼 절감하게 된 것이다.

가락백 김사행의 사저(私邸).

어떠한 재신(宰臣)들보다도 국왕 이성계와 인간적으로 가장 밀착하고 있는 김사행의 저택은 궁전을 방불케 할만큼 웅장했다.

기둥 하나, 서까래 하나, 창살 하나에 이르기까지 범연한 구석이라고는 없었다. 최고의 자재를 아낌없이 투입하고 최고의 기술진을 유감없이 동원하여 사치를 극한 건물이었다.

물론 김사행이 한낱 내시의 몸으로 그러한 호화주택을 쓰며 거드럭거리 수 있는 데엔 또다른 이유가 있다. 그는 일찍부터 토목 공사에 눈을 떴고 국가에서 대 역사를 경영할 적마다 그 공사에 깊이 관여해 온 것이다.

그가 내시들의 장관격인 판내시부사 자리를 차지한 것은 전 왕조 공민왕 때부터였다.

아쉽게 세상을 떠난 왕비 노국공주를 위해서 공민왕은 웅장한 능[正陵]을 만들었고, 다시 공주의 영정(影幀)을 그려 간직할 영전을 짓는 대공사를 일으켰다. 그 때문에 국력을 소모하고 민생을 괴롭혀 원성이 자자하였지만, 그 이면엔 김사행의 강력한 충동질이 작용하고 있었던 것이다.

그러기에 공민왕이 죽고 우왕이 즉위하자 그는 된서리를 맞았다.

그 공사를 일으킨 죄로 가산이 몰수되었고 익주(益州 : 익산)로 유배되는 한편, 계급도 최하로 강등되어 관노(官奴)로 떨어진 일까지 있었다.

하지만 통치자의 급소를 쥐고 늘어지는 데엔 비상한 김사행이었다.

이성계가 개국하여 왕위에 오르자 재빠르게 판내시부사 자리에 복귀한 그는, 다시 국가의 토목공사의 노른자위를 쥐고 늘어졌다.

태조 2년 2월 계룡산 일대를 새 서울의 후보지로 지목하고 국왕 이성계가 친히 현지 답사를 했을 때엔, 그 일대의 측량을 김사행이 도맡아 한 일도 있었다.

그해 6월 3일에는 수창궁 화원(花園)의 팔각정을 증수하는 공사도 맡았다. 팔각정은 전 왕조 우왕이 국력을 물쓰듯 탕진하며 유흥의 나날을 보내던 호화판 정자였다.

그 후 한양에 새 서울을 건설하게 되자, 대소 공사에 김사행은 강력한 발언권과 영향력을 구사하는 이권을 취득하였던 것이다.

그러니 기회 있을 적마다 그에게 얼마나 막대한 재물이 떨어졌을 것인가. 호화주택 한두 채쯤은 문제도 아니었을 것이다.

그 집 후원 으리으리한 누각엔 주인 김사행을 위시하여 그의 일당의
영수인 정도전, 남은 그리고 예문관 대제학 심효생(沈孝生) 등이 모여
있었다.

"왕자들을 변방으로 몰아내자는 우리 측의 진언을 상감께서 탐탁하게
여기시지 않는다는게 사실이오?"

심각한 얼굴로 정도전이 묻고 있었다.

"그렇게 생각할 수밖에 없겠습지요. 봉화백의 말씀도 계시고 해서
요즈음 상감의 총애가 가장 두터운 원궁인을 통해 그 얘기를 말씀드리도
록 했구 말씀입니다요. 이 사람이 직접 상감을 뵙고 간곡히 진언해 보았
습죠마는요, 상감께선 글쎄 이런 말씀을 하시지 않습니까요."

그리고는 한번 잔기침을 하더니, 이성계의 음성을 그대로 흉내내며
김사행은 노닥거렸다.

"강씨 소생의 왕자들이나 한씨 소생의 왕자들이나 다같이 내 혈육임에
는 틀림이 없지 않겠느냐. 어찌 왼편 손가락만 끼고 돌고 오른편 손가락
들은 멀리 떼어 던질 수 있겠느냐."

침울한 공기가 좌중을 뒤덮었다. 그런데도 나풀나풀 조잘대는 것은
김사행 뿐이었다.

"대감들은 그 자리에 계시지 않았으니 속이라도 편하시겠지만 말씀
야, 이 사람은 울화통이 터져서 견딜 수가 있어야지요. 창피한 얘기 같습
죠만 눈물이 쏟아집디다요. 그 심정 아무도 이해하지 못할 겁니다요."

일을 제대로 성사시키지도 못했으면서 김사행은 자기 생색만 내려고
바둥거렸다.

"어디 그뿐입니까. 주상께선 오히려 은밀히 방원을 불러들이시고, 우리
의 공작을 경계하라는 말씀까지 하셨다면서요?"

남은이 하는 말이었다.

"그 얘기도 자세히 들었습니다요."

김사행이 다시 말끝을 가로챘다.

"아무리 생각해도 일은 틀어지는 것만 같습니다요. 사람의 손은 원래 안으로 굽는다고 합죠만 말씀입니다요, 상감의 손도 예외는 아닌 것 같습니다요."

단쟁개비란 말이 있다. 속이 얕은 인간일수록 일이 제대로 돌아갈듯하면 열을 올리고 설쳐대지만, 약간의 난관에 부딪치기만 해도 이내 까부러져서 꽁무니를 뺀다.

김사행 역시 사태가 불리하게 돌아갈듯 하니까 책임 회피를 꾀하려는 것일까.

"더더구나 요즈음 심상치 않은 풍문이 항간에 유포되고 있는 듯싶소이다."

심효생이 한마디 했다. 심효생은 세자 방석의 장인이었다.

공민왕 6년, 성균시(成均試)에 합격하고 9년에는 문과에 급제하여 전 왕조때에 이미 사헌부 장령을 지낸 바 있다.

조선왕조의 출신지였던 전주가 고향이었던만큼, 개국 이전부터 이성계 편에 서서 활약하였고, 그가 등극하자 개국공신 3등이 되었다.

특히 병기 제작의 기술에 정통한 때문에 정도전 일파 중에선 군사면에서도 중요한 인물로 꼽히고 있는 것이다.

"어떠한 풍문이지요?"

정도전이 묻는 말에 심효생은 쓰거운 얼굴을 하며 말을 이었다.

"방원이 그 자의 집 추녀에 백룡(白龍)이 나타났다나요? 그래서 장차 그 자가 대위를 계승할 것이라는 입방아를 찧고 다니는 자들이 있다는 겁니다."

그 일화에 대해선 태종실록(太宗實錄) 총서(叢書)에 이렇게 기재되어 있다.

——어느 날 이른 새벽, 하늘의 별들도 차츰 자취를 감추기 시작할 무렵, 방원의 침실 밖 추녀 끝에 백룡이 나타났다. 크기는 서까래만 했고 등에는 비늘이 있었으며 광채가 찬란한데, 꼬리는 칭칭 감았지만 머리는

곧장 상(上 : 방원)이 누워 계신 쪽으로 향하고 있었다. 시녀 김씨가 처마 밑에서 그것을 발견하였다. 김씨는 경령군(敬寧君) 비(裶)의 모친이다. 즉시 달려가서 김소근(金小斤) 등 여덟 사람에게 알려주었고, 소근 등 역시 뛰쳐나와 그것을 보았다. 잠시 후 자욱한 안개가 내려 덮이더니 백룡은 어디론지 자취를 감추었다.

"그런 소문은 소인도 들었습지요. 소인네 점장이들 사이엔 그 얘기를 놓고 의견이 분분합디다요."

안식(安植)이란 맹인이 한마디 했다. 김사행이 항상 끼고 도는 점장이였다.

"가소로운 수작."

남은이 코웃음치는 것이었지만, 그 웃음은 그의 코끝에서 얼어붙는 듯했다.

"사세가 다급하니까 못하는 짓이 없구먼. 덜 익은 감을 따다가 침을 담그는 것도 답답해서 나뭇가지에 매달린 놈을 통째로 삼키겠다는 수작이로구먼."

"그렇게 만만히 보아넘길 문제는 아닐거요."

다른 사람과는 달리 정도전은 침통하게 말했다.

"그런 소문까지 퍼뜨리는 이상, 방원 일당도 최후의 각오를 굳힌 듯 싶소이다. 먹느냐 먹히느냐, 사생결단을 하고 덥벼들 기세 같소이다."

"설마 그렇게까지 마구 나올깝쇼?"

겁에 질린 눈알을 깜빡거리며 김사행은 불안스러워했다.

"아직 상감께서 생존하여 계신 터에 최후의 수단을 농하려 들깝쇼?"

"설마가 사람을 죽인다는 속담도 있소이다만, 최후의 결단을 굳히지 않고서야 어찌 그런 풍문을 퍼뜨리겠소이까. 발도 없는 말은 천리 만리 달립니다. 급기야는 상감께서도 듣게 되실 게고, 그 풍설을 상감께서 들으시면 어찌되겠소?"

정도전의 안색은 굳어만 갔다.

"그야 상감께선 진노하시겠습죠. 여러 조신(朝臣)들의 반대를 물리치시고 책봉하신 동궁마마 그 분을 몰아내고, 방원이 그 자가 그 자리를 탈취하려는 음모가 아닙니까요. 당장에 엄한 벌책을 내리시게 되겠습지요. 방원이 그 자는 스스로 무덤 구멍을 파는 짓이나 다름이 없지 뭡니까요."

김사행이 또 마주 받아 나풀거렸다.

"그것은 곧 군부(君父)의 뜻을 거역하고 종묘사직을 뒤엎으려는 대역무도한 반역입니다."

심효생도 세자의 장인이라는 입장이 입장이니만큼 핏대를 올렸다.

"또 말씀하시오."

정도전은 남은을 돌아보았다.

좌장답게 좌중의 의견을 고루 청취하겠다는 신중성을 보였다.

"명분으로 따지거나 현실적인 여건으로 보거나 도저히 용납될 수 없는 만행입니다. 그 풍문의 출처를 철저히 규명한다면, 오히려 이 기회에 방원 일당을 소탕할 수 있는 구실이 될 수 있지 않겠습니까."

남은은 남은대로 신바람을 피우고 있었다.

"답답들 하시구료."

정도전은 무거운 한숨을 몰아쉬었다.

"방원이 그 자가 어떤 인간이라고 그만한 사태를 미리 전망하지 못하겠소. 내 생각은 이렇소."

정도전은 잠깐 말을 끊고 동석한 당료(黨僚)들의 얼굴에 하나하나 깊은 시선을 꽂아갔다. 남은도 김사행도 심효생도 들뜨던 기분을 가라앉히고 정도전의 다음 말을 기다렸다.

"방원은 그 모든 것을, 상감의 진노도 대소 신료들의 지탄도 다 각오하고 마지막 난동을 일으키려는 것일 게요. 주먹 앞에 법통이나 명분이 무엇이냐는 배짱일거요. 아직도 저희들에게 우세할 것이라고 여겨지는 무력을 구사해서 세자와 우리들을 타도하려는 속셈일 게요. 그런즉…

…"

하다가 그는 문득 말허리를 끊고 벌떡 일어섰다.

"누구냐?"

정도전은 대갈했다. 그리고는 그 누각과 연결되어 있는 별실 문을 활짝 열어젖혔다.

"아니, 저 여성은?"

가뜩이나 부리부리한 눈알이 튕겨져 나올 지경으로 부릅떴다. 그 별실에는 원궁인이 앉아 있었던 것이다.

"어찌된 일이요."

이집 주인 김사행을 돌아보며 힐문했다.

"대감네들께 미리 말씀드리지 못해서 죄송합니다만요, 상감께서도 분부하신 바와 같이 원궁인은 우리와 상감을 잇는 설렁줄이나 다름 없지 않습니까요. 미리 와서 기다리게 한 거올시다."

말하면서 김사행은 홀끔 원궁인을 돌아보았다. 아무래도 배릿한 욕심을 버리지 못하는 눈치였다.

"어험!"

정도전은 헛기침을 뱉으면서 원궁인의 속살까지 갈피갈피 뜯어보는 것 같은 눈길을 보내다가,

"그렇다면 무관하겠지."

말을 이었다.

"방원 측의 속셈이 그러할진대, 우리라고 팔짱을 끼고 그냥 당하고만 있어야 하겠소? 앉아서 날벼락을 맞아야만 하느냐 말이오."

남은과 김사행과 심효생은 한동안 서로 떠보는 것 같은 눈길만 주고받았다. 그들 세 사람 중에서 먼저 입을 연 것은 그들 일파의 부수령격인 남은이었다.

"만일 무력으로 정면 충돌을 하게 될 경우, 아무리 따져봐도 우리에겐 승산이 없을 것 같습니다."

"그 점을 누가 모른다고 그런 말씀을 하시오?"

정도전은 드물게 짜증 섞인 소리를 쏘아붙였다.

"승산이 없다는 것을 뻔히 알면서도 마주 붙을 수도 없는 노릇이고 말씀야."

김사행은 살살 꽁무니를 뺄 구멍만 찾는 구기였다.

"그렇게 미리부터 겁을 먹고 역도들을 버려둘 수도 없는 노릇이 아닙니까. 싸워야만 한다면 힘 자라는 데까지 싸울 뿐입지요."

가장 강경한 반응을 보인 것은 심효생이었다. 세자의 멸망은 누구보다도 세자의 장인인 심효생 자신과 직결하기 때문일 것이다.

"여러분은 어째서 그토록 외곬수로만 생각들을 하시오."

정도전은 또 핀잔을 던진다.

"저편에서 무력을 행사하고자 칼을 갈고 있으면, 사전에 그 칼을 잡은 손목을 부러뜨리면 될 것이 아니겠소."

"글쎄올시다."

고개를 꼬며 김사행이 밭은 기침을 뱉었다. 말은 쉽지만, 그런 일을 어디 그렇게 떡먹듯이 해치울 수 있겠느냐는 기색이었다.

"칼 잡은 놈의 손목을 자르자면 그놈보다 몇갑절 더 강하고 예리한 칼날이 있어야 할 것이 아니겠습니까."

입밖에까지 내어 이런 말을 했다.

"방원이 그 자들, 비록 칼은 갈아두었겠죠만, 아직 그 칼날은 칼집에 꽂혀 있단 말이오. 그러니 이 편에서 계교만 잘 쓴다면, 그 칼날을 뽑기 이전에 해치울 수도 있을게요."

정도전은 말하더니 남은의 귀에 입을 대고 몇마디 더 속삭였다. 남은의 얼굴이 활짝 밝아진다. 그는 다시 심효생에게 귀엣말을 전했고, 심효생은 김사행에게, 김사행은 원궁인에게 차례로 그 말을 옮겼다.

대덕산 산골짝 원상이 사는 초려를 오랜만에 원궁인이 찾아들었다.

아버지와 딸이 단 둘이서 살다가 헤어진 지 반년만의 해후였다. 그러나 그들 부녀의 표정엔 재회의 반가움조차도 끼여들 여유가 없는 팽팽한 긴장이 굳어 있었다.

"정도전 일파가 선수를 써서 정안군과 여러 왕자들을 몰살하려는 흉계를 꾸미고 있다구?"

원상은 이렇게 되묻고 있었다.

"상감의 병환이 위중하시니 어느 누구도 접근하지 못하게 하라는 것이어요. 특히 신의왕후 소생의 왕자님네들을 만나시지 못하도록 절더러 손을 쓰라는 것이어요."

"그리고는?"

"그리고 며칠이 지난 연후에는 상감의 병세가 더욱 악화되어 운명이 임박했다는 핑계를 대고, 왕자님네들을 불러들이도록 하라는 것이어요."

"그때 무슨 수를 써서 왕자들을 해치우겠다는 흉계로구면."

"그 다음 일에 대해선 자세한 얘기가 없었습니다만, 그렇게 추측할 수밖에 없지 않겠어요?"

원궁인의 얘기는 김사행의 집에서 정도전이 귀엣말로 속삭이던 계책을 간추려 옮긴 것이었다.

"그건 그렇구, 너는 또 무슨 일로 나를 찾아왔지?"

"제가 어떠한 태도를 취해야 할지 결단을 내리기 어려워서 아버님의 가르치심을 받으려구요."

"내 의견을 들으려구?"

원상은 떫게 웃었다.

"네가 얼마나 아비의 의향을 존중했기에 이제 와서 그런 소리를 하는 거냐. 상감을 따라서 평주온천엘 갈 때만 해도 어떠했지? 내가 극력 제지하고 싶어하는 눈치를 잘 알면서도, 외로운 아비를 떨쳐버리고 네 고집대로 하지 않았느냐."

그 말에 원궁인은 민망스런 얼굴이 되며 얼핏 응수를 못했다. 그러나

아무리 야속한 감정이 맺혀 있어도 어버이의 가슴이란 무르고 약하기만
한 것일까.

"네 입장은 뻔하지 않으냐."

원상은 제풀에 꺾이며 앞질러 말했다.

"정도전 편에 서서 다른 후궁의 세력을 견제하라는 것이 상감의 분부
였다면서?"

그와 같은 사실을 원궁인은 아직 제대로 알고 있지 못했지만, 딸을
생각하는 아버지로서 산골에 묻혀 살면서도 그만한 정보는 수소문해
듣고 있었던 모양이었다.

"상감의 분부는 그러하지만, 저는 정도전 일파에게 전적으로 운명을
의탁하고 싶지는 않아요."

얼마 전부터 가슴 속에서 싹트고 익어온 생각을 원궁인은 마침내 밝혔
다.

"그래?"

착잡한 눈길로 딸의 표정을 뜯어보다가,

"그 까닭은?"

원상은 물었다. 이 말에 원궁인은 귀밑을 불그레 물들이며 얼핏 대답을
하지 못했다.

"무엇이 부끄럽단 말이냐? 아무리 저울질을 해 봐도 정도전 일파에겐
승산이 희박하니까 정안군 측으로 돌아버릴 생각을 갖게 된거냐? 그런
이악스런 처신이 부끄럽단 말이냐?"

원상은 그렇게 추리하였지만, 원궁인은 더욱 더 낯을 붉히기만 했다.

원궁인도 자기 마음을 분명히 자각하고 있는 것은 아니었다. 무엇인가
잡힐 듯 잡힐 듯 하면서도 좀처럼 잡히지 않는 안타까움, 그러나 한 가지
확실한 점은 있다.

그것이 방원을 만나게 된 이후부터 싹튼 감정임에는 틀림없었다. 그러
기에 부친의 추궁을 들으면서 방원을 생각했고, 그러기에 절로 귀밑이

붉어진 것이다.

"딸의 마음은 아비가 잘 안다. 네가 여느 여자와는 달리 엄청난 야망을 감추고 있다는 것을 상감께서 이곳에 왕림하셨을 때 확실히 알게 됐어. 그렇지? 너는 방원 측으로 돌아서고 그럼으로써 장차 높이 뛰어보려는 거지?"

꼭 그런 것만은 아니다. 적어도 원궁인의 감정면에선 원상의 풀이는 빗나가고 있다. 하지만 원궁인의 또다른 면, 냉철한 계산알을 튀기는 이성면에선 전혀 등이 닿지 않는 소리는 아니다.

그 점을 자인하면서 원궁인은 말했다.

"그렇다면 아버님은 어찌 하시겠어요. 저의 행동을 막으시겠어요?"

원상은 침울했다.

심골 깊은 곳에서 무엇과 싸우는 것 같은 착잡한 술렁임을 보이다가 씹어뱉듯 말했다.

"싫구나. 너의 그런 야박한 심사가 정이 떨어지게 싫구나."

"그러니까 이대로 정도전 일파에게 달라붙어 있으란 말씀이어요? 장차 정안군 측의 공격을 받을 경우 빛도 못보구 개죽음을 당하란 말씀이어요?"

원궁인은 이젠 사뭇 도전이라도 하듯이 캐고들었다.

"내 마음대로 말하라면 그렇게 권하고 싶다. 아니 강요라도 할게다. 정도전 일파가 당당하고 정당하다면 말이다. 하지만 그들의 행동은 처음부터 나의 견해와는 어긋나는 짓들이다. 강씨 소생의 서자를 왕세자에 책봉하려고 책동한 그것부터가 옳게 여겨지지 않았단 말이다. 명분상으로나 국가의 현실적인 이해로나 잘못된 일이야. 네가 만일 정도전 측에 속하지 않고 처음부터 어느 편에 속하느냐 망설인다면, 아비는 서슴지 않고 정안군 측에 투신하라고 권할 게다.

"아버님께서도 정도전 일파를 그렇게 보신다면 문제는 간단하지 않습니까. 타의에 의해 잘못 든 길이 아닙니까. 상감의 강요에 마지못해 끌려든 궁직을 벗어나려고 하는 저의 무엇이 못마땅해서 그러시어요."

"자의건 타의건 사람이란 한번 몸을 맡기면 그 편에 충실해야 하는 게야. 나중에 가서 태도를 표변한다는 것은 이유 여하를 막론하고 변절이 아닐 수 없다, 배신이야."

"결국 절더러 죽으란 말씀이군요. 마음에도 없고 옳지 못한 진흙 구덩이에 파묻혀서 버러지처럼 썩어버리란 말씀이군요."

그 말에 원상은 대답을 하지 않고 훌쩍 자리에서 몸을 일으켰다.

"너는 이미 내 딸이 아니야. 아비를 버리고 상감을 따라 나섰을 때부터 나는 그렇게 마음을 굳혔느니라. 네가 모처럼 찾아와서 의견을 묻기에 몇마디 말했을 뿐, 딸도 아닌 너에게 이래라 저래라 강요할 입장은 아니다."

그 뒤를 몇걸음 좇다가 원궁인은 걸음을 멈추었다.

"고맙습니다, 아버님. 아버님은 예나 다름없이 저의 부친이십니다."

좀처럼 보이지 않는 눈물까지 글썽이며 원상이 사라진 방향을 원궁인은 지켜보았다.

대덕산 산골을 떠나 궁으로 돌아오자 원궁인은 마침내 마음을 굳혔다.

──나는 결국 정안군의 편으로 돌아서야 한다. 분명히 말씀은 하지 않았지만, 아버님도 그렇게 하기를 원하고 계셨어.

방원의 편에 서자면 행동으로 그런 뜻을 표시해야 한다. 그래야만 훗날 방원 측이 득세하였을 경우, 응분한 보답을 기대할 수 있다. 하지만 그 방법이 문제였다. 지금의 원궁인의 입장으로선 섣불리 그런 행동을 표면화할 수는 없다.

정도전 측에 위치하는 저울추 노릇을 하라는 것이 국왕 이성계의 지시가 아니었던가. 방원의 편을 들되 방원 측만이 알고 정도전 측은 감쪽같이 모르게 움직여야 한다.

그야 가장 손쉬운 방법은 있다. 정도전 측의 음모를 방원 측에 밀고하는 거다. 그러나 그것 역시 문제다. 구체적으로 어떻게 행동을 해야 할 것인가.

——내가 직접 정안군을 만나보면 어떨까.

답답한 마음에 그런 생각을 가져보다가 원궁인은 제풀에 가슴이 화끈해진다. 단 한번 만나본 데 지나지 않는 남성이었다. 더더구나 그 남성은 자기가 지존하게 받들어야 할 유일한 상전인 동시에, 자기의 여성을 처음으로 남김없이 바친 정군(情君)의 혈육이 아닌가.

수줍은 처녀처럼 피를 끓여야 할 아무런 이유도 없다. 그러나 원궁인의 감정은 명분이나 윤리나 상식을 초월한 차원에서 설레이고만 있는 것이다.

그러한 자기 감정이 원궁인은 은근히 무서워진다. 크낙한 비극의 불씨가 심골 깊은 곳에서 검은 연기를 피우는 것만 같다.

——아니다.

스스로 채찍을 가하듯 자기 자신을 꾸짖는다.

그렇다면 간접적인 방법이 남아 있을 뿐이었다.

궁중에 들어온 지 반년 남짓한 처지로선 필요할 경우에 잡고 매달릴 연줄이라는 것이 많지 않다. 특히 정도전 측에 자리를 굳힌 몸이어서 방원 일파 누구하고도 생소하다.

결국 이러지도 못하고 저러지도 못하고 애만 태우고 있는데, 이성계의 병세가 돌연 악화되었다. 팔월달에 접어들면서부터 늦장마가 들어 구질구질 궂은 비가 내리는 그런 기후도 작용한 것일까. 고질병인 신경통이 바짝 도졌다.

팔월 한가위를 하루 앞둔 14일날 초저녁부터 다리 팔과 허리가 쑤신다고 몹시 괴로워했다.

일찍부터 신무(神武)라는 칭송까지 듣고 있는 영걸 이성계였던만큼, 다른 종류의 고통엔 눈썹 하나 까딱하지 않았다.

그러한 그가 고질병인 신경통에 대해서 만은 저항력이 약했다. 한창 고통을 호소할 적이면 숫제 어린아이와 같았다. 소리소리 지르기도 하고 침상 위를 뒹굴며 방안을 돌기도 하고, 시중을 드는 궁녀들이 조금만 못마 땅하게 굴면 닥치는대로 집어 던지기도 했다.

그러한 환자를 달래고 구스릴 수 있는 사람은 오직 원궁인 뿐이었다. 따라서 원궁인의 짐은 무거웠다. 그날밤도 어린애처럼 보채는 이성계를 간호하느라고 좋은 달밤을 꼬박 새웠다.

새벽녘에 이르러서야 고통이 다소 누그러졌던지 이성계는 겨우 잠이 들었다. 원궁인도 몹시 피로했다. 이 기회에 잠깐 눈이라도 붙일 생각으로 침전을 빠져 나왔다. 자기 거처로 향하려는데, 기다리고 있었다는 듯이 김사행이 조르르 따라 붙었다.

"어젯밤 상감마마 환후가 대단하셨다면서?"

그의 어투엔 국왕의 변고를 염려하는 것이 아니라, 되려 그것을 다행스럽게 여기는 기색이 완연했다. 그 옆얼굴을 곁눈질로 흘겨보며 원궁인은 대답도 하지 않고 걸음만 재촉했다.

"이것봐요, 원궁인. 나만 보면 왜 그렇게 서릿바람만 피울까? 겨우 초가을에 접들었는데, 등골이 오싹오싹 얼어붙는 것만 같단 말씀야."

자기 딴에는 애교를 떤답시고 해들거리는 모양이었지만, 원궁인으로선 지겹고 귀찮기만 했다.

"나 지금 몹시 피곤해서 쉬려고 가는 길예요. 얘기가 있거든 이 다음에 하도록 해요."

쌀쌀히 따돌리려고 했다.

"고단하다구? 암 고단하겠지."

워낙 집요한 김사행은 거머리처럼 깐죽깐죽 달라붙기만 한다.

"환자에 따라선 그 병이 도질수록 고통을 잊어보려고 그 일을 더 바치는 수가 많으니까 말씀야. 상감께서도 아마 밤새도록 원궁인을 못살게 들볶은 모양이지?"

노닥거리고는 제풀에 어디가 근질근질한지 비릿한 웃음을 피웠다.

"말조심 해요. 함부로 무엄한 말을 입밖에 냈다간 상감께 고해 바치겠어요."

하도 귀찮은 김에 원궁인은 한번 엄포를 쏘아댔다.

"아갸갸갸."

김사행은 금방 죽는 시늉을 하다가,

"그러지 맙쇼, 마마. 저는 그저 마마만 의지하고 사는 인생이 아닙니까요."

엉뚱한 칭호까지 붙이며 호들갑을 떤다.

"이젠 아주 환장을 하셨수?"

김사행이 알랑거리면 알랑거릴수록 원궁인의 언동은 반대로 거칠게만 나간다.

"한낱 궁녀를 지나치게 공대한다는 것도 죄가 된다는 법도쯤 가락백께선 잘 알고 계실텐데요."

"아암. 모르시는 말씀. 장차 우리 일이 재대로 성취되면 말씀야, 나 김사행이 발벗고 나서서 크게 보답하겠다고 몇번이나 말하지 않았느냐 말씀야. 원궁인에게 옹주를 봉하도록 만들어 놓으면 말씀야, 누구나 다 마마, 마마를 떠받들면서 설설 길것이 아니냐 그 말씀야."

"듣기 싫다니까요."

계속 핀잔만 주면서도 원궁인의 발목은 어느새 김사행의 수작에 묶여 있었다.

"참말이라니까. 내 손에 장을 지져도 좋지. 그러니 말씀야, 원궁인은 곧 그 일을 서둘러야 해요. 상감의 환후가 위중하시니 어느 누구도 접근하지 말랍시는 분부가 내렸다는 말을 퍼뜨리란 그 말씀야. 그러다가 기회를 보아 내가 다시 연락을 취할테니, 그때는 한씨 소생의 왕자들을 급히 불러들여서……"

하다가 그는 문득 말꼬리를 흐리고 그 빼대대한 눈에 독기를 피운다.

빈틈없이 좌우를 살펴본다. 그럴 적이면 김사행의 눈은 적의 띤 사람이 된 것처럼 날카로워진다.

하다가 고개를 꼬며 다시 혜식은 웃음을 웃는다.

"이상한 걸, 틀림없이 누군가 우리 얘기를 엿듣는 자가 있는 것 같은 기척이 있는데, 고놈이 땅바닥을 뚫고 숨어들어갔나 하늘로 날아가 버렸나."

한동안 고개를 꼬다가,

"어쨌든 한잠 푹 자고 나거든 내가 말한대로 하도록 해요. 그야말로 우리가 이 나라의 임자가 돼서 만조백관을 호령하게 되느냐, 아니면 역적의 오명을 쓰고 능지처참을 당하느냐 중대한 고갯마루에 선 셈이니까."

제법 심각한 한마디를 남겨놓고는 간들간들 사라졌다.

김사행의 말을 빌지 않더라도 원궁인은 지금 자기가 운명의 분수령에 위치한 긴장을 느낀다.

지금이다. 방원 측으로 돌아서고 그와 같은 전신(轉身)을 행동으로 표시할 때는 바로 지금이라고 생각한다.

정도전 일파의 계책을 방원 측에 밀고하여 그들이 함정에 빠져드는 위기를 미연에 제거하여 주는 동시에, 그들에게 단단히 부채를 안겨줄 절호의 기회는 왔다. 하지만 그와 같은 비밀을 전달해 줄 연락원을 물색할 수가 없는 것이다.

"답답하오이다그려, 원궁인."

돌연 이런 소리가 원궁인의 귓전을 때렸다.

"등잔 밑이 어둡다는 이 나라 속담이 있지 않소."

왜의 원해였다.

그렇다면 조금 전에 김사행이 인기척을 느낀 것은 이 왜의 때문이었을까. 원해가 어디에 몸을 숨기고 김사행의 말을 도청한 것일까. 그리고 그 대화를 통하여 원궁인의 속마음까지 재빠르게 간파한 것일까.

"정안군 나리께 긴한 말씀이 있다면 연락을 취하기는 어렵지 않소이다."

그는 마침내 딱 깨놓고 말했다.

"다름아닌 나 원해가 전해 드릴 수도 있소이다만, 그렇게 하면 원궁인은 닭쫓던 개모양으로 아무 소득도 없을 터이니 다른 사람 하나를 구해 보내도록 하겠소. 거실에 가서 잠시만 기다리시오. 그 사람이 곧 찾아갈 테니 말이오."

이런 말을 단숨에 속삭이고는 원해는 급히 종적을 감추었다.

그 동안 원궁인은 한마디 말도 입밖에 내지 않았지만, 원해의 교사를 그대로 받아들일 자세를 보이고 있었다.

원궁인은 거실로 돌아갔지만, 자리에 누울 생각도 하지 않고 꼿꼿이 앉아 있었다. 피로를 풀고 어쩌고 할 계제가 아니었다.

원해가 말한 연락원이 찾아오기만 기다렸다.

이윽고 나타난 것은 칠점선이었다. 등잔불 운운한 원해의 말은 곧 칠점선을 두고 한 말일까.

그러나 칠점선의 표정은 언제나 다름없이 담담하였고, 꺼낸 말도 그저 상식적인 말이었다.

"어제는 상감을 간호하느라고 밤을 꼬박 새웠다면서?"

상대편에서 그렇게 나오는 이상, 이 편에서 앞질러 내색을 하기도 조심스러웠다.

"예, 퍽 심한 편이었어요."

원궁인도 상식적인 대답으로 거리를 두고 말했다.

"미안해요, 원궁인."

말하면서 칠점선은 원궁인의 두 손을 꼭 쥐었다.

"나나 원궁인이나 상감을 모시고 돌봐드려야 할 책무는 매한가진데, 원궁인 혼자만 고생을 시키다니 그저 민망할 뿐이구료."

서로 같은 처지라는 그 말에 원궁인은 어떤 시사를 느꼈다.

"형님이나 저나 다 같이 상감을 모시는 몸이라면 역시 다 같이 상감의 뜻을 받들어야 할 것이 아니겠어요."

슬며시 이렇게 떠보았다.

"무슨 뜻이요, 원궁인."

칠점선은 딴청을 하며 반문하는 것이었지만, 개의치 않고 원궁인은 자기가 할 말만 계속했다.

"언젠가 상감께서는 말씀 하셨어요. 왼손에 달린 손가락이 당신의 손가락이라면 오른손에 달린 손가락도 당신의 손가락이라구요. 그러니 어느 한편만 들 수는 없지 않겠느냐고 그러시더군요."

"왜 갑자기 그런 말을 꺼내는 거요."

칠점선의 눈길이 날카롭게 번뜩인다.

"내가 정안군네 형제분과 가깝다고 해서 비꼬는 말이요? 그렇다면 원궁인은 원궁인대로 세자측 사람이니 피장파장이 아니오?"

"방금 내가 한 말을 잊으셨나요? 형님이나 저나 다 같이 상감을 모시는 몸이니까 상감의 뜻을 받들어야 하지 않겠느냐는 그 말을요."

원궁인도 지지않고 빈틈없는 시선을 보내며 응수했다.

"형님은 나를 오해하고 계시는 것 같아요. 그야 상감께선 나더러 세자측과 연락을 취하는 설렁줄이 되라고 분부하셨지만 말예요. 그렇다고 꼭 세자편에 매달려서 죽어야 할 것은 없지 않겠어요?"

"원궁인은 어째서 그렇게 말머리를 빙빙 돌리기만 하지? 좀 더 깨놓고 얘기해 줄 수는 없을까?"

마침내 칠점선이 마음의 문고리를 잡고 흔들었다.

"그건 바로 내가 하고 싶은 말예요. 형님은 오시는 길에 원해라는 왜의를 만나셨지요? 그 왜의가 하는 얘기를 들으셨다면 더 이상 내 속을 떠보지 않더라도 짐작이 가실 것이 아니겠어요."

원궁인도 마음의 빗장을 뽑아 던졌다.

"좋아요. 나도 털어놓고 말하겠소. 원해라는 왜의가 하는 말을 듣기는 했지만 그게 참말일까. 원궁인이 우리 편에 서서 정안군을 위한 요긴한 정보를 제공할 것이라는 얘기가 사실일까?"

"사실이어요, 형님."

이번엔 원궁인이 칠점선의 손목을 마주 잡았다. 그리고 정도전 일파의
계교를 폭로했다.

국왕의 병세가 위중하다는 것을 핑계로 종친들과 여러 대신들의 접근
을 우선 금했다가, 그랬다가 갑자기 운명할 때가 임박했으니 왕자들을
부르신다고 수선을 피우려는 교묘한 술책을 소상히 전했다.

"그러니까 잔뜩 막았던 못물을 활짝 터놓으면 막혔던 물이 분별없이
쏟아져 내려가듯이, 얼마 동안 상감을 뵙지 못하게 하고 애를 태우게
했다가 다시 부르면 앞뒤를 가릴 여유도 없이 뛰어들 것이라는 엉큼한
속셈이로구만."

칠점선은 입술을 깨물었다.

칠점선은 걸음을 재촉하고 있었다. 목적지는 의안군 화(和)의 집이었
다.

정도전 일파가 방원 형제들을 모해할 계책을 꾸미고 있다는 정보를
전하여 듣자, 조급한 마음 같아선 곧장 방원의 집으로 달려가고 싶었다.
그러나 그러한 행동을 취하였다가 혹시 정도전 일파에게 꼬리를 잡히지
않을까 하는 신중한 배려에서 발길을 돌려 의안군을 찾아 가기로 한 것이
다.

앞에서도 잠깐 언급했지만 의안군은 국왕 이성계의 서형제(庶兄弟)
인 동시에 방원의 서숙에 해당된다.

초록은 동색이라는 속담이 움직일 수 없는 진리라면, 의안군은 마땅히
서출(庶出)에 해당되는 세자 방석 편을 드는 것이 자연스런 심정일 것이
다.

그러나 그는 그렇지 않았다. 오래 전부터 방원에게 은근한 호의를 보여
왔다. 그 점을 잘 알고 있었기에 칠점선은 그를 이번 정보의 연락원으로
지목한 것이다.

방원에게 은근한 호의를 보이고는 있지만 유별난 당색(黨色)을 아직 노출하고 있진 않으니만큼, 칠점선이 일단 그를 찾아가서 연락을 취하고 그가 다시 방원에게 제보를 한다면,제아무리 정도전 일파가 눈알을 까뒤집고 감시망을 피더라도 감쪽같이 속여 넘길 수 있으리라는 계산에서였다.

"형수씨께서 웬일이십니까. 귀하신 몸으로 이렇듯 누추한 집을 찾아주시니 말씀입니다."

마치 이성계의 정실부인 대하듯 하며 의안군은 반겨 맞았다.

"의안군 나리, 댁은 종실들의 저택 중에서도 가장 조망이 희한한 곳에 자리를 잡으셨으니 추석달 구경이나 할까 해서요."

칠점선은 엉뚱하게 둘러댔다. 의안군의 집은 인왕산 동편 기슭 후미진 골짝에 파묻혀 있었다.

그러니 조망이 좋으니 어쩌니 하는 소리는 가당치도 않았지만, 굳이 그렇게 말하는 데에는 칠점선의 은근한 저의가 숨겨져 있었다.

그 뜻을 의안군도 이내 알아차린 모양이었다.

"모두들 그렇게 말합니다만 달구경을 하시자면 가장 조망이 좋은 시원한 방이 있습지요."

마주 받아 흐물거리며 달은 고사하고 총총한 별들도 제대로 보이지 않는 밀실로 안내하였다.

"오늘은 나리께 어려운 청을 드리러 왔습니다."

누구도 엿들을 염려가 없는 밀실에 자리잡고 나자 칠점선은 곧장 용무로 들어갔다. 그러나 하고자 하는 말을 직선적으로 털어놓지는 않았다.

"과부의 설음은 과부라야 안다는 말이 있지 않습니까. 그런 식으로 따진다면 후실(後室)이나 부실(副室)들은 서로 한데 뭉쳐서 정실과 맞서야 마땅할 터인데, 예로부터 그런 사람들일수록 서로 대립이 돼서 물고 뜯고 으르렁거리는 예가 허다하니 알 수 없는 노릇이로군요."

비록 방원에게 호의를 보이고는 있지만, 그래도 만일의 경우를 염려해서 의안군의 속마음을 분명히 타진해 보려는 포석이었다.

"나도 서출인만큼 서왕자(庶王子) 출신의 세자 편을 들어야 할 것이 아니냐 그런 말씀이지요."

의안군도 지지 않고 앞질러 말했다.

"하지만 그것은 형수씨께서 모르신 말씀이올시다."

흐물거리던 안색을 의안군은 바로잡았다.

"좀 이악스러운 얘기를 해야겠습니다. 좋겠습니까, 형수씨?"

의안군은 심각하게 다짐했다. 칠점선은 잠자코 고개만 끄덕였다.

"안타까운 일이긴 합니다만, 서출이나 부실이나 후실이라고 하지만 냉정히 따지고 보면 한 나무의 곁가지에 지나지 않습니다. 원줄기는 어디까지나 적출이며 정실입니다. 만일 그 나무가 병들었거나 양분이 부족할 경우 곁가지를 잘라버리는 수는 허대해도 원줄기는 자르지 못합니다. 다시 말하면 곁가지는 원줄기에 기대서 살아야만 할 슬픈 운명을 타고난 거올시다."

의안군의 어세엔 칠점선의 공감을 부르고도 남는 침통한 무게가 있었다.

"어느 한때 어느 곁가지가 영양이 왕성해서 무성한 잎을 폈다고 해서 그 곁가지를 믿고 원줄기에 적대행위를 취한다면 어찌되겠습니까. 언제고 전지될 운명에 있는 그 곁가지가 잘 되는 날이면, 같은 칼날에 끊기고 말 것이 아닙니까."

다시 말하면 자기가 방원 측에 서려고 하는 것도 일종의 보신책에 지나지 않는다는 얘기였다. 그리고 최후의 승리는 방원 측에게로 돌아갈 것이라고 확신하는 말이기도 했다.

이젠 그 속마음을 그 이상 떠볼 필요도 없다.

"나리의 말씀, 내 생각과 꼭 일치되는군요."

칠점선은 이렇게 동의하면서 말을 이었다.

"그런데 그 원줄기를 제거하려고 책동하는 무리들이 있어요. 뿌리

깊지 못한 오얏나무(李)가 아닙니까. 원줄기를 끊어버리면 어찌 되겠습니까. 말라 죽을 수밖에 없을 것이구요. 그렇게 되면 우리네 곁가지라고 따로 살아날 뾰족한 재간이 있겠습니까."

그리고는 원궁인에게서 들은 정도전 일파의 모략을 낱낱이 전하였다.

의안군은 입을 다물고 한동안 말이 없었다. 그의 안색엔 자기 내부에서 대립하고 있는 어떤 감정을 정리하고 새기려고 애쓰는 것 같은 진통이 보였다. 계산상으로는 적왕자들의 편을 드는 것이 유리할 것이라고 판단하고 있겠지만, 감정적으로는 역시 빛깔이 같은 초록의 아픔을 아파하고 있는 것일까.

"하는 수 없겠지요. 형수씨나 나나 살고 봐야 할테니까요. 다른 곁가지의 아픔까지 나누어 가질 수는 없겠습니다그려."

그는 그 즉시 방원의 집으로 달려갔다. 밤이 제법 으슥하여 있었지만, 추석날의 달밤은 여느날의 대낮보다 홍청거리기 마련이다.

새 서울거리도 그러했고 방원의 집 역시 예외는 아니었다.

민무구 형제들과 몇몇 권속들이 모여서 술자리를 벌이고 있었다. 의안군을 맞은 방원은 반가워하면서도 약간 의아스런 얼굴이었다.

"정안군도 알다시피 내 집은 골짝에 푹 파묻혀서 제대로 달구경이나 할 수 있어야지, 하도 답답해서 이렇게 찾아왔다네."

칠점선과 주고 받던 말과는 전혀 다른 소리를 했다.

"달구경을 하시자면 가까운 인왕산에만 올라가셔도 충분하실 터인데, 굳이 제 집을 찾아주시니 고맙습니다, 서삼촌."

의안군의 말을 액면대로 받아들이고 하는 인삿말 같았지만, 거기엔 의안군의 속마음을 궁금해 하는 그늘이 서리어 있었다.

"그 달은 말일세, 인왕산 꼭대기엔 올라가도 보기 어려운 달이라네."

착잡한 웃음을 피우며 의안군이 말하자, 그때껏 터질듯이 둥글던 중추 보름달에 돌연 검은 구름이 몰려들기 시작했다.

"저걸 보게나. 저렇듯 먹구름이 달을 가리는데 웬만한 산꼭대기엘 올라간다구 제대로 볼 수 있겠나?"

　호물호물 농지거리만 노닥거리는 듯 하다가 의안군은 문득 정색을
한다.

　"그야 추석 달에 잠깐 구름이 낀다고 아쉬워할 것은 없네만, 만일 이
나라 천지가 저런 먹구름에 뒤덮여 암흑 세상이 되어버린다면 어쩌겠
나. 우선 그 구름부터 제거해야 할 것이 아닌가. 그리고 내가 알기엔 그
구름을 헤칠 수 있는 사람은 정안군 자네 뿐이란 말야. 그래서 이렇게
찾아온 게야."

　그리고는 그 자리에 동석한 민무구 형제들에게 잠깐 경계의 시선을
보낸다.

　"아저씨께서 긴히 하실 말씀이 있으신 모양이니, 자네들 잠깐 자리를
피해 주게."

　민무구 형제들을 위시한 권속들을 방원은 방에서 몰아냈다.

　"말씀해 보십시오. 무슨 일이 있었습니까?"

　방원은 적이 조급해지는 무엇을 느끼며 깨놓고 물었다.

　"바로 엊그제였지? 작고한 강비 그 분의 대상날 말일세."

　그보다 이틀 전인 태조 7년 8월 13일, 강비의 태상제(太祥祭)가 흥천
사(興天寺)에서 있었으며, 세자 방석은 상복을 벗는 즉길(即吉)의 절차
를 밟았었다.

　"그때를 기다리고 참고 있었던지, 요즘 정도전 일파가 엄청난 일을
저지르려구 바싹 서두는 모양일세."

　이렇게 운을 튼 다음, 칠점선으로부터 전하여 들은 정도전 일파의 흉계
를 소상히 털어놓았다.

　"화의옹주 그 분이 아저씨댁을 찾아가서 그런 말을 전하더라구요?"

　방원은 고개를 꼬았다.

　화의옹주(和義翁主)란 칠점선을 두고 하는 말이었다. 그해 정월 7일,
칠점선은 숙망의 옹주자리를 차지하게 된 것이다.

"그 분이 누구한테서 그런 정보를 입수했다는 겁니까. 그 분은 전부터 저를 아끼고 두둔하여 오신 분이니만큼, 정도전 일파로선 몹시 경계하고 있을 터인데요."

방원은 무엇보다도 그 점이 궁금했다.

"요즈음 상감의 총애가 한창 두터운 원상의 딸 말일세. 그 궁인이 칠점선에게 귀띔을 해 주었다는 걸세."

"원궁인이라구요?"

원상의 딸이라면 정도전 편을 드는 유일한 후궁이라는 것은 뒤늦게나마 방원도 알게 되었다.

물론 그러한 위치라면 그와 같은 정보도 입수할 수 있겠지만, 원씨가 구태여 그것을 칠점선에게 누설한 저의는 무엇일까. 방원은 의아스러웠다.

지난날 경회루 후원 연못가로 자기를 찾아왔다가 흘리던 말이 문득 생각났다.

──나리를 모해하려는 자들이 준동하고 있습니다.

그 말이 새삼 귀청에 걸린다.

"원궁인에 대해선 저에게도 다소 짐작이 가는 바가 있습니다."

그때 방문 밖으로부터 뜻하지 않은 소리가 들려왔다. 원해의 목소리였다.

방원은 방문을 열고 그를 불러들였다.

"말해 보게. 원궁인이 어째서 그 기밀을 누설했는가, 그 까닭이 궁금하이."

"김사행과 원궁인이 주고 받는 말을 제가 엿들었습지요. 그런데 말씀입니다. 김사행이 아무리 쏙닥거려두 원궁인의 태도는 냉랭하질 않겠습니까. 그래서 김사행이 사라진 다음에 넘겨짚어 보았습지요. 왕자님께 전할 말씀이 있거든 마땅한 사람을 거실로 보내겠노라구요."

"그랬더니?"

"솔깃한 눈치를 보이더군요. 만일 그 궁인에게 그런 마음이 없었더라면 좀더 다른 반응을 보였을 거올시다."

"내가 궁금한 것은 어째서 그 궁인이 나에게 그 정보를 전하려고 했느냐, 그 점이야."

"글쎄올시다."

원해는 잠깐 장난스런 미소를 피우다가,

"언젠가 원궁인이 왕자님을 뵌 적이 있다면서요? 그때 별다른 눈치는 없었습니까?"

반문했다.

"모르겠는 걸."

방원은 그렇게 대답할 수밖에 없었다.

원해는 다시 캐고 들었다.

"외람된 소리 같습니다만, 가령 왕자님을 사모하는 것 같은 그런 눈치는 보이지 않던가요?"

"무슨 소리를 하는가?"

방원은 일갈했다.

"그 궁인은 다름아닌 아버님의 총애가 두터운 후궁이 아닌가."

"죄송합니다, 왕자님."

원해는 자라모가지가 되다가,

"그도 아니면 이악스런 계산을 한 때문이겠습지요. 최후의 승리는 왕자님에게 돌아갈 것이 예상되느니만큼, 훗날을 위해서 보신책을 강구하자는 것이겠지요. 제가 보기에 그만한 계산을 할만큼 영리한 여성이더군요."

"그렇습니다. 나리께서 정도전 일파의 술책에만 말려들지 않으신다면, 최후의 승리는 나리께로 돌아가구 말굽죠."

원해의 말꼬리를 받아 이렇게 맞장구를 치는 소리가 들려오더니 방문이 열렸다. 일단 그 방에서 물러갔던 민무구였다.

그 옆얼굴을 역거운 눈으로 흘겨보며 방원은 생각에 잠기더니 의안군에게로 시선을 돌렸다.

"한낱 궁인도 그만한 계산을 하고 있다면, 정도전 그 자라고 스스로 묘혈을 파는 만행을 저지르겠습니까, 아저씨. 설혹 그 자들이 우리들 형제를 죽이는 게 성공한다손치더라도 그렇습니다, 그 자들이라고 편할 수 있겠습니까. 우리 아버님께서 그 자들을 버려두실 것 같습니까."

자기네들 동복 형제들에 대한 부왕 이성계의 부정(父情)을 믿어 의심치 않는 방원이었다.

며칠 전 일부러 자기를 불러들여 정도전 일파의 암약을 경계하라고 암시하던 부왕이 아닌가.

"그러니까 상감의 환우가 위중하신 틈을 타서 난을 일으키자는 것이 아니겠습니까. 입밖에 내기 황공스런 말입니다만, 만일 상감께서 승하하시게 되면 어쩌겠습니까. 대위는 즉각 세자 자리를 차고 있는 방석이 계승할테니 누가 정도전 일파를 배반하겠습니까. 오히려 두둑한 상이라도 안겨주겠지요."

독기를 피우며 민무구가 떠들어댔다.

"있을 수 없는 일입니다만, 아저씨."

여전히 민무구에겐 외면을 하고 의안군을 향해서 방원은 입을 열었다.

"정도전 일파가 끝내 일을 저지를 경우, 그 술책을 봉쇄하기도 어려운 일이 아니겠습니까. 아버님의 환후가 위중하시어 우리 형제들을 부르신다는 기별이 올 경우, 그래도 정도전 그 자들의 모해만 두려워하고 입궐하지 않을 수 있겠습니까? 아들된 도리로서 아버님의 임종을 외면하는 불효를 저지를 수 있겠습니까."

"길은 한가지 뿐이외다."

그 자리에 뛰어드는 또 한 사나이가 있었다. 요즈음 얼마동안 얼굴을 보이지 않던 평도전이었다.

"졸자의 경험으로 미루어 승부에 이기자면 오직 든든한 힘이 있어야 할 것으로 여겨집니다. 상대편에서 어떠한 술책을 동원하더라도 넉넉히 분쇄할 만한 만반의 태세만 갖춘다면 무엇이 두렵겠소이까. 적이 창검으로 덤빈다면 창검으로 물리칠 뿐이외다. 궁시로 공격해 온다면 궁시로 격퇴할 뿐이외다."

말하자면 만일의 경우에 대비해서 준비를 강화하자는 제안이었다.

타당한 얘기다. 하지만 방원은 거기 동의할 생각이 일지 않는다. 심정의 근원으로부터 본능적인 저항을 느낀다.

그는 입을 다물고 먹구름이 뒤덮인 창밖 하늘만 응시하고 있었다. 달은 빛을 잃어도 한가위란 역시 흥겨운 명절인 때문일까, 예상치 않았던 객이 또 찾아들었다.

"박공, 웬일이시오?"

착잡한 시선을 방원은 그 객에게 던졌다. 그 사나이의 성명은 박포(朴苞). 조선왕조가 개국되자 대장군에 임명되었으며, 이듬해에 사헌중승(司憲中丞)이 되었다가 다시 황주목사(黃州牧使)로 전출된 인물이었다.

일찍부터 방원에게 접근하려는 기색을 자주 보였지만, 방원은 그의 사람됨이 탐탁치 않았다. 글도 곧잘 했고 무략(武略)에도 정통한 편이었지만, 인간으로 탁 믿어지지 않는 구석이 있었다. 툭하면 설익은 술사처럼 혹설(惑說)을 농하였다.

하늘에 어떠어떠한 기운이 서리었으니 장차 이러이러한 변이 발생할 것이라고 예언자연하는 태도도 싫었다. 제발로 찾아오면 굳이 푸대접은 하지 않았지만, 마음의 문을 열어 젖히고 대한 적은 없었다.

그래서 그런지 근자에는 발길이 뜸한 편이며, 소문에 의하면 정도전 일파, 특히 남은의 집을 자주 드나든다는 얘기도 있는 인물이었다.

"공은 황주땅에 있는 줄로만 알았는데 언제 올라오셨소."

그가 아직도 황주목사에 재임 중이니 그런 인사도 던져 봄직했지만,

방원의 말엔 어쩔 수 없는 가시가 번득이고 있었다.

"정안군 나리께만 드리는 말씀입니다만……"

박포는 제법 음성을 죽이며 말하는 시늉을 한다. 그렇다고 방원 한 사람에게만 들리는 그런 소리는 아니었다. 그 자리에 참석한 다른 사람에게도 다 들리는 목소리로 말하면서도, 굳이 그렇게 유난을 떠는 데에 박포다운 연기의 냄새가 코를 지른다.

"시생이 며칠 전 천기를 보았더니 말씀입니다. 심상치 않은 징후가 완연하질 않겠습니까."

그는 이렇게 말을 이었다.

"누구보다도 천후(天候)에 밝으신 박 사또의 말씀이시니 어련하시겠소만, 어떠한 징후가 나타났지요?"

민무구가 수선스럽게 얼레발을 쳤다.

"한마디로 말해서 요 며칠 사이에 한양 한복판에서 피바람이 회오리치리라는 그런 징후이외다. 그러니 국가의 운명을 염려하는 장부라면 어찌 시골 구석에 편안히 파묻혀 있을 수 있겠소이까."

제법 우국지사연하며 박포는 거드름을 피웠다.

"그래서 이런 중추가절에 명절 잔치도 외면하시고 정안군 댁을 곧장 찾아오셨나요?"

박포의 상대는 민무구 자기가 도맡겠다는 듯이 그는 설치고 있었다.

"천만에 말씀이지요."

약간 사팔눈이 진 눈알을 히번덕거리며 박포는 도리질을 했다.

"국가의 변란을 우려하는 술객(術客)이라면 마땅히 그 환란의 진원지를 캐내고, 그 재앙을 미연에 방지할 대책을 강구해야 할 것이 아니겠소이까. 그래서 다시 천기를 보았습지요."

"그랬더니요?"

"송현(松峴) 어느 집에 요기가 서려 있질 않겠습니까."

"남은의 첩의 집 말씀이겠군요."

"바로 맞히셨소이다."

박포는 야단스럽게 무릎을 탁 치고는 말을 이었다.

"의성군 남은의 그 소실 집을 찾아갔더니 말씀이외다. 주인 의성군을 위시해서 봉화백과 부성군(심효생), 홍성군(장지화)과 성산군, 그리고 홍안군(이제) 등이 모여서 술타령을 벌이고 있지 않겠습니까. 시생은 생각한 바 있어 얼마 전부터 그 사람들과 상종해 온 터라, 별로 경계하는 기색도 없이 그 자리에 끼워주더군요."

"그 자리에서 무슨 밀담이라도 쑥덕거립디까?"

"밀담 정도가 아니외다. 중대한 정보를 그 자들은 누설하지 않겠습니까. 내가 정안군 나리께 얼마나 극진한 충성심을 가지고 있는 줄도 모르고 말씀이외다."

"우리 형제들을 모살하겠다는 그런 소리를 지껄입디까?"

그때껏 그들 두 사람의 대화에 무관심한 얼굴만 보이고 있던 방원이 비꼬인 한마디를 던졌다.

"그 정도의 얘기라면 시생은 눈썹 하나 까딱하지 않았을 겁니다. 그러한 흉계를 꾸미고 있다는 정보쯤은 나리께서도 이미 입수하고 계실테니까요."

박포는 한번 헛기침을 하며 사팔눈을 또 희번덕거렸다.

"그 이외에 또다른 정보라도 탐지했다는 거요?"

의안군이 바싹 긴장하며 박포에게로 다가앉았다. 방원도 숨을 들이쉬며 박포의 다음 말을 은근히 기다렸다.

"어험······"

박포는 거듭 헛기침을 터뜨리고는 사팔눈을 휘둘러 좌중을 둘러보았다. 그리고 일부러 느릿느릿 노닥거렸다.

"왕자님네 발등에 날벼락이 떨어지는 거나 다름없는 기막힌 소식이올시다."

좌중은 더욱 더 긴장할 수밖에 없었다.

"전번에 왕자님네들을 각도로 몰아내고자 정도전 그 자들이 책동한 적이 있지 않소이까. 아마 김사행이란 내시를 시켜서 상감께 주청하였던 것으로 알고 있소이다만, 그 진언을 상감께서 불윤(不允)하시자 그 자들은 차선의 방책을 추진하였다는 거올시다."

다시 입을 연 박포는 이런 소리를 했다.

"이번엔 산기(散騎) 변중량(卞仲良)을 선동해서 상소를 올리게 했는데 말씀이외다. 변 산기는 이렇게 역설했다나요. 여러 왕자님네들을 변방으로 몰아내시기가 어버이되신 심정에 언짢으시다면 왕자님네들의 사병(私兵)을 해산시키고 병기를 소각하도록 합시사, 그렇게 강권했다는 거올시다. 왕자님네들의 병권을 거세한다면 세자의 지위가 더욱 튼튼하여지리라는 것이 그들이 내세운 명분이었다나요."

"그래서 어찌 됐다는 겁니까? 설마 상감께서 윤허하시진 않았겠지요."

민무구가 불안스럽게 물었다.

박포는 잠깐 침통한 표정을 짓는 시늉을 하더니, 유난스런 한숨을 섞어가며 말끝을 맺었다.

"워낙 환후가 위중하신 상감이신즉, 끝끝내 그 등살을 물리치실 기력이 부치셨던지 마침내 윤허하셨다는 거올시다. 아마 오늘이나 내일 안으로 여러 왕자님네들께 그런 시달이 있으실 줄로 압니다."

"이럴 수가 있을까, 정말 이럴 수가 있담!"

땅바닥을 치며 민무구는 장탄식했다.

그의 태도엔 다분히 유난을 떠는 구석이 없지 않았지만, 그와 같은 심정만은 좌중의 누구나 비슷하였을 것이다.

의안군은 앓는 사람같은 신음을 씹으며 넋을 잃고 있었다. 평도전과 원해는 심각한 눈길을 서로 주고 받으며 혀가 짧은 왜말로 수군거리고 있었다.

다만 방원 혼자만은 별다른 표정의 변화를 보이지 않았다.

"이젠 더 참고 기다릴 수도 없는 노릇이 아닙니까, 나리."

민무구가 발딱 몸을 일으키더니 주먹을 휘둘러댔다.

"상감의 분부대로 왕자님네들의 병원(兵員)을 해산하고 병기를 소각하게 된다면 우리에겐 무엇이 남겠습니까. 손발이 끊어진 등신처럼 옴짝달싹도 못하게 될 것이 아닙니까. 정도전 일파가 공격해 올 경우, 무엇으로 막아내고 무엇으로 격퇴합니까."

"옳은 말씀이외다."

민무구 형제들과는 몇차례나 실랑이를 거듭해왔으며 그들의 의견엔 항상 반대되는 입장을 취하여 온 평도전이, 그가 지금 한 말만은 지지하고 나섰다.

"정도전 일파의 흉계가 확실해진 이상 왕자님네들의 병권까지 빼앗기게 된다면, 우리에겐 죽음만이 기다리고 있을 뿐이외다."

"그렇습지요. 그것도 욕된 죽음입지요."

원해도 한마디 했다.

"오히려 그들은 뒤집어씌울 겁니다. 왕자님네들께서 역모를 했기에 주살하였다고 말입니다. 자손 만대까지 그 오명을 벗지는 못할 겁니다."

"듣기 싫으이."

방원이 겨우 입을 떼며 대갈했다.

"아버님의 분부시라면 나는 그저 순종할 뿐일세. 그것이 내가 취할 수 있는 유일한 길이란 말이야."

자기 내부의 무엇을 타이르고 깨우치는 것 같은 어투로 방원은 다짐했다.

"아저씨께서는 어떻게 생각하십니까?"

방원은 또 의안군을 건너다 보았다. 지금 이 자리에서 변변한 말상대가 될 만한 사람은 의안군 뿐이라고 그는 보고 있었다.

민무구는 언제나 귀찮기만 한 존재였고 박포도 달가운 인물은 아니었으며, 그렇다고 평도전이나 원해는 권속들이 합석한 자리에서 대등한 상대로 취급하기도 무엇했다.

어쨌든 그들은 수하 사람이며 더구나 이방인이다. 그래서 결국 의안군 만을 상대로 하는 자세로 말을 이었다.

"우리네 형제를 믿게 보셔서 아버님께선 그런 진언을 받아들이셨을까, 아닐 겁니다. 언제나 아버님께서 말씀하신 것처럼 왼편 손가락들이나 오른편 손가락들이나 다같이 아끼고 사랑하시기에 그와 같은 단을 내리셨을 겁니다. 그렇지 않습니까, 아저씨?"

"글쎄 말일세."

의안군은 마음 약한 웃음을 씹으며 흐릿한 소리만 했다.

"정안군, 자네 의견을 좀더 들려주게나."

"지금의 형세를 사심없이 객관적으로 저울질한다면 어떻습니까. 세자 형제의 병력에 비해서 우리네 형제들의 병력이 지나치게 강성한 것만은 사실입니다. 우리네 입장에서 계산한다면 물론 다행한 일이겠지요. 하지만 아버님께선 다르게 보시고 계실 겁니다. 한편 손의 손가락들은 손톱도 제대로 자라지 못한 채 앙상하기만 한데, 다른 한편 손의 손가락들은 마디도 굵고 사나운 손톱이 번득이고 있을 것으로 그렇게 보실 수도 있지 않겠습니까. 그러니 양 손의 힘이 서로 균형이 잡히도록 우리네의 손톱을 깎아 주시겠다는 그런 충정이 맺혀 있는 것으로 저는 알고 있습니다."

"그 말에도 일리는 있는 듯 하네만……"

의안군은 여전히 마음 약한 눈을 껌뻑거리다가 민무구를 돌아보았다. 민무구가 또 핏대를 올리며 무슨 소리를 지껄여댈 기세를 보이자,

"이제 그만해 두게."

방원은 자리를 차고 일어섰다.

"누가 뭐라고 하든 나중에 어떤 일을 당하건, 나는 아버님의 분부를 따르겠네. 내 수하 무변들을 해산하라고 하신다면 즉각 해산할 것이며, 창검이고 궁시고 없애버리라는 분부만 떨어지면 지체없이 태워버릴 걸세."

그리고 훌쩍 나가버렸다. 그 뒷모습을 앙칼질 눈으로 쏘아보다가 민무

구는 내실로 뛰어들어갔다.

누이 민씨와 마주 앉아서 밤이 깊도록 무엇인가 호소하고 있었다.

그가 방원의 집을 물러갈 때엔 의안군도 박포도 평도전도 원해도 뿔뿔이 흩어진 뒤였다.

자정이 훨씬 넘어서였을까. 보름달을 잔뜩 가리고 있던 먹구름이 한바탕 소용돌이를 치더니 천둥 번개가 요란스럽게 울려퍼졌다. 심야의 천둥 번개는 어지간히 담대한 사나이에게도 겁을 주기 마련인데, 민씨부인은 어떤 절박한 사정이라도 생긴 것인지 혼자 내실에서 빠져 나왔다. 몹시 경계하는 것 같은 시선을 주위에 보내고는 김씨의 거실로 들어갔다.

언제나 부지런한 김씨는 아직도 자리에 들지 않고, 까무락거리는 촛불 아래서 바느질을 하고 있었다.

"이것봐요, 아우님. 나를 도와야겠어. 아니 우리들이 힘을 합해서 나리를 도와드려야 하겠어."

김씨의 손목을 잡아끌고 민씨부인은 한동안 무슨 말인가 속삭였다.

"저를 뭐라고 부르셨습니까, 옹주마마."

놀라움에 터질 것 같은 눈을 하고 김씨는 물었다.

"내 말이 잘못 됐나, 비 엄마? 아우님을 아우님이라고 부르는 것도 허물이 된다는 말인가?"

응수하는 민씨부인의 구기는 지극히 담담했다.

"아우라구요? 절더러 아우라고 하십니까."

김씨의 목소리는 신음처럼 가빴다.

"그렇지 않나, 아우님."

그 손목을 잡은 손에 힘을 주며 민씨부인은 말을 이었다.

"내가 먼저 나리를 모셨으니 형뻘이 되는 셈이구, 자네가 뒤미처 나리를 모시게 됐으니 아우뻘이 되지 않겠나."

그러자 김씨의 눈언저리가 흥건히 젖어든다.

고맙다. 빈말이라도 정말 고맙다.

　어느 절대적인 존재가 있어서 김씨에게 단 한가지 소망을 이루어 주겠
으니 말하라고 묻는다면, 김씨는 서슴지 않고 대답할 것이다. 하루라도
한시라도 좋으니 남의 손가락질을 받지 않는 떳떳한 생활을 하고 싶다고
대답할 것이다. 육체적인 안일보다도 물질적인 풍족보다도 인간적인
대접을 받는 생활을 목이 타게 갈구하여 온 김씨였다.

　비첩(卑妾)이란 천시와 오욕 속에서 헤어날 수만 있다면, 무엇과도
바꾸겠다고 울부짖은 밤과 낮이 몇날이었는지 모른다. 그런데 민씨부인
은 지금 뭐라고 말했는가. 국왕의 왕자치고도 적출왕자(嫡出王子) 정안
군 나리의 정실부인 정녕옹주(靖寧翁主) 마마께서 형제와 같은 언사와
우애를 보여주었다. 감격하지 않을 수 없었다.

　그렇게 눈물짓는 김씨를 측은한 눈으로 민씨부인은 바라보았다. 사람
의 마음은 간사하다던가. 특히 여자의 마음은 그렇다고들 한다. 이해
(利害)나 기분에 쉽게 표변하는 주체성이 취약한 여성의 어느 단면을
두고 하는 말일 게다.

　또 악(惡)에 강한 자는 선(善)에 강하다는 말도 있다. 역시 변하기
쉬운 사람의 심정(心性)의 일면을 두고 하는 말이지만, 그것은 대개 사나
이의 마음에 적용하는 경우가 많다. 여성에 대해선 그렇게 보는 예가
드물다. 하지만 민씨부인의 심경의 변화는 그런 드문 예의 하나일 것이
다.

　이가 갈리도록 미워하던 김씨를 다른 눈으로 보게 되자, 자기도 모르는
동안에 친동생을 대하는 것 같은 친근감이 싹을 튼 것이다.

　김씨의 겸손하고 안온한 몸가짐도 그런 정을 불러일으킨 이유의 하나
일는지 모르지만, 진정한 요인은 보다 근원적인 바닥에 있었다. 자체적인
인간성의 변혁에 기인한다고 보는 편이 옳을 게다.

　"이봐요, 아우님."

　문득 민씨부인의 어조에 착잡한 그늘이 서린다.

　"아우님은 나와 형제가 되는 것을 기뻐하는 눈치지만, 그것은 그렇게

고마워할 일이 못돼. 나는 오히려 민망스럽게 여기는 때가 많아요. 특히 지금이 더욱 그래요. 어쩌면 엄청난 불행의 구렁 속에 아우님을 끌고 들어가려고 하니까 말야. 그래도 아우님은 나와 형제가 되는 것을 달갑게 여기겠나."

속모를 소리를 민씨는 꺼냈다.

"무슨 말씀을 하시는 거예요."

그 말뜻을 얼핏 새기지 못했던지 김씨는 잠깐 착잡한 기색을 새기다가 그것이 차차 원망에 가까운 눈길로 변했다.

"형님, 이렇게 불러도 괜찮겠지요?"

다짐하고는,

"형님의 분부라면 어떠한 일이건 저는 순종할 뿐입니다. 지금 당장 저를 죽여 주시어도 한이 없습니다. 천하고 죄많은 저를, 형님은 이토록 과만하게 위해 주시는 걸요."

맹세라도 하듯이 잘라 말했다.

"참말이지, 아우님?"

민씨부인은 심각하게 캐고 물었다.

"어떠한 일이라도, 죽음보다 더 괴로운 일이라도 내가 하자고만 한다면 나를 따르겠나?"

"따르겠어요, 형님."

천진한 동녀(童女)처럼 김씨는 깊이 고개를 끄덕였다.

"그렇다면 말하겠네. 내가 아우님에게 권하고자 하는 일은 아우님을 그 전보다도 더 슬프고 괴롭게 만들는지도 몰라요. 좀더 자세히 말하자면, 우리 나리의 역겨움을 사고 이 집에서 쫓겨나게 될는지도 모르는 그런 엄청난 일을 저지르게 하자는데, 그래도 좋겠나?"

김씨의 안색이 한순간 착잡하게 파도쳤지만, 그러나 이내 그것을 가라앉히고 결연히 대답했다.

"형님께서 하라고 하신다면 어떠한 일이라도 하겠다고 말씀드리지 않았어요."

"고마워요, 아우님."

김씨의 손등에 민씨부인은 자기 뺨을 비벼대기까지 했다. 누구보다도 냉정하던 민씨로서는 평생 처음 보이는 격한 감정의 노출일 게다.

때마침 천둥 번개가 한층 요란스러워졌다. 폭풍우의 노호까지 동반하였다.

민씨부인은 계속 김씨의 귀에 무슨 말인가 속삭이고 있었지만, 일부러 음성을 죽인 때문인지 천둥 벽력과 폭풍우의 굉음 때문인지, 어쨌든 그 소음에 파묻혀 버렸다.

잠시 후 민씨부인은 김씨의 곁에서 몸을 떼었다. 아까보다는 높아진 소리로 말끝을 맺었다.

"이 일은 다른 누구에게도 맡길 수 없는 일이야. 우리 둘이만 알고 누설하지 말아야 할 기밀이니까, 우리 둘이서 해치우는 수밖에 없어요."

"저 혼자라도 좋아요, 형님. 만일 나리께서 꾸중을 하시더라도 저 혼자서 다 듣겠어요. 모든 허물을 저 혼자서 감당하겠어요."

김씨는 다짐하고 방문 밖으로 뛰쳐나갔다. 폭우가 쏟아지는 마당으로 뛰어내렸다. 그 뒤를 민씨부인이 따랐다.

김씨와 민씨는 앞서거니 뒤서거니 앞마당을 가로질러 후원으로 돌아갔다.

방원의 집 후원 한편엔 넓은 광장이 있었으며, 그 광장 입구엔 목책으로 간막이가 되어 있었다. 방원의 사병들이 주둔하고 있는 사설 병영이 그 저편에 설치되어 있었던 것이다.

그 영문 앞에는 폭풍우를 흠뻑 맞으며 두 명의 파수병이 지켜 서 있었다. 그것만으로도 방원의 휘하 사병들의 군기가 얼마나 엄하게 확립되어 있는가를 짐작케 한다.

앞장 서서 달려간 김씨와 뒤미쳐 달려간 민씨부인이 그들 파수병에게 무슨 말인가 초조하게 속삭이고 있었다.

그 이튿날은 전날밤 그렇듯 심한 폭풍우가 있었으리라고는 믿어지지
않을 만큼 청명한 날씨였다. 그러나 방원의 거실에 만은 격동하는 여파가
계속 휘몰아치고 있었다.

우선 이른 새벽부터 방원의 바로 윗형 방간(芳幹)이 박포를 대동하고
달려들었다.

방원의 동복네 형들 중에서 가장 터울이 가까운 사이였지만, 인간적으
로는 가장 거리가 먼 형이었다. 무슨 일이 있을 적마다 동기로서의 도리
와 법도를 다하기 위해서 방원은 곧잘 그의 집을 찾아갔지만, 방간이
자진해서 이렇게 찾아주는 예는 없었다.

그런만큼 그의 돌연한 내방엔 이유가 있어야만 했다. 그래도 방원은
군이 그의 내의(來意)를 캐묻지는 않았다.

형님 갑자기 웬일이십니까 하고 타의없이 묻더라도 방간은 순수하게
받아들이지 않을 것이다. 자기가 찾아온 것이 못마땅해서 비꼬는 소리로
곡해할 우려도 있다.

그렇게 비뚱그러진 방간이었지만,

"내가 어째서 너를 찾아온 줄 아느냐?"

오늘은 그가 먼저 이렇게 입을 연다. 똑 떨어지게 '해라'를 붙여 말하는
언사였다.

방간보다 터울이 위인 둘째형 방과나 세째형 방의도 그토록 바라지게
해라는 하지 않는다.

둥글둥글 '허게' 정도로 얼버무리는 융통성을 보였으며, 그것이 점잖은
형제들간의 상례이기도 했지만 방간은 달랐다. 너는 손아래 동생이며
나는 손위 형이니까 너는 나를 공대해야 하고 나는 너를 하대하는 것이
당연하다는 야박한 금을 긋고 대하기가 일쑤였다.

"무슨 일이 있으시면 저를 부르실 일이지, 형님께서 이렇게 왕림하시
다니 죄송합니다."

방원은 방원대로 스스로운 거리감 속에서 몸을 사리지 않을 수 없었

다.

"형이 오죽 못났으면 이른 새벽부터 숨이 턱에 닿게 헐떡거리면서 동생집을 찾아오겠느냐."

방간은 계속 비둥그러진 소리만 날리다가 박포를 돌아보았다.

"자네가 말해 보게나."

자기 자신의 입으로 직접 말한다면 체면이 깎이기라도 하는 것 같은 기색이었다.

"나리의 분부 그러하시다면 심히 외람된 일입니다만, 시생이 대신 말씀 드리겠습니다."

언제나 다름없는 거드름을 피우며 박포가 말을 꺼냈다.

"시생이 어젯밤 드린 정보가 마침내 적중하였습니다그려. 전하께서 드디어 교(敎)를 내리셨습지요. 왕자님네들의 사병을 해산하고 병기를 소각하라는 분부가 회안군 나리댁으로 전하여졌습니다마는, 정안군 나리 댁엔 그 전교가 이르지 않았습니까?"

아직 방원의 집엔 그런 왕명이 전하여지지 않고 있었지만, 방간에게 전하여졌다면 오래지 않아 득달할 것은 분명한 일이었다.

"어찌하시겠습니까, 나리. 어제도 여러 사람이 주창하였습니다만, 병기 와 병원(兵貝)들을 잃게 된다면 맨주먹이나 다름없는 무방비 상태에 놓일 것이 아니겠습니까. 정도전 일파의 공격을 미연에 방비할 수 있는 어떤 대책을 강구해야 할 것이 아니겠습니까."

박포는 핏대를 올렸다.

"내 견해는 어젯밤에도 분명히 밝혔거늘, 어째서 그런 소리를 되풀이 하는 거요, 박공."

절로 불쾌한 어투가 되며 방원은 쏘아 주었다.

"공적으로 나는 주상 전하의 신민인 동시에, 사적으로도 나는 그 분의 아들이란 말이오. 어떠한 분부라도 달게 순종하는 것이 신자(臣子)의 도리라고 몇번이나 되풀이해야 알아듣겠소."

"옳은 말이다."

방간은 즉각 그 말에 찬동하는 것 같은 소리를 던졌지만, 그 구기는 그 말의 액면과는 사뭇 다른 느낌을 풍기고 있었다.

"당대에 둘도 없는 충신이자 효자인 정안군이 하는 말이니 어련하겠느냐만, 비록 못난 형이라도 따로 생각하는 바가 있는 터이니 한마디 해 볼까?"

오뉴월 칡덩굴이 비틀리고 꾀며 감겨드는 것 같은 깐죽깐죽한 입김을 방간은 뿜어댔다.

"말씀해 보십시오, 형님."

방원도 정면으로 받아들일 수밖에 없었다.

"너는 말끝마다 군부(君父)의 분부에는 순종해야 한다고 내세운다마는 어쩔 수 없는 사연이 있어서 겉치레로 하달되는 형식적인 지시를 따라야 할 것이겠느냐, 가슴 깊이 간직하고 계신 어버이의 정을 가슴 아프게 흘리신 그 말을 따라야 할 것이냐, 우선 그것부터 따지고 넘어가자꾸나."

"무슨 뜻이신지요? 좀더 알아듣기 쉽게 말씀해 주십시오."

방원의 언성도 절로 거칠어졌다.

"내 혀끝이 짧아서 말이 헛도는 건지 네 귓속에 더께가 앉아서 제대로 들리지 않는건지 잘은 알 수 없다만, 못 알아들었다면 좀더 분명히 말하겠다. 이번엔 잘못 듣는 일이 없도록 명심해 듣거라."

이건 동복 형제들이 다같이 겪게 될 공통의 위기를 타게 하려고 찾아왔다기 보다는, 숫제 생트집만 잡는 것 같은 기세로 방간은 떠들어댔다.

"전번에 아버님께서 뭐라고 말씀하시더냐. 방석과 정도전의 패거리들의 움직임이 심상치 않으니 우리 형제들은 십분 경계하고 만반의 대응책을 강구 하라고 분부하셨다고 하지 않았느냐."

부왕의 말에 과장된 꼬리까지 방간은 달았다.

"바로 너 방원이 그 말씀을 직접 듣고 우리에게 전갈했으면서, 까맣게 잊어먹기라도 한 것 같은 그런 수작을 농한단 말이냐?"

"아버님의 뜻은 그것이 아니었습니다. 우리네 형제들이나 세자측 형제들이나 아버님께는 다같은 손가락이나 다름이 없으시니, 골육이 서로 상잔하는 불상사가 없게 하라는 훈계셨지요."

방원은 반박했다.

"이런들 어떠하고 저런들 어떠하냐고 죽은 정몽주를 주물러대던 그 말솜씨가 얼마나 엉큼한가는 일찍부터 내 잘 알고 있거니와, 나에게만은 그런 실없는 말재주는 걷어치우도록 하라. 방석 형제를 생각하시는 마음과 우리네 형제를 생각하는 정이 같으시다고 하자. 그렇다고 하더라도 아버님께서 우리네 형제들의 병력을 말소케하는 처분을 내리셨겠느냐. 어째서 우리만 죽고 방석이 그놈들만 멋대로 날뛰고 설치게 일을 처리하시겠느냐."

차라리 방간 자신이 묘한 말재주를 농하며 감겨들고 있었다.

"지당하신 말씀이오이다, 나리."

한마디라도 끼여들 틈만 노리고 있던 박포가 재빠르게 방간을 지지하고 나섰다.

"봉화백 그 사람들도 상감의 진의에 불안스러워하고 있으니까요. 주위에서 하도 졸라댄 나머지 왕자님네들의 병력을 축소 하자는 강청(強請)을 윤허하시기는 하셨소이다마는, 언제 그 분부를 철회하실는지 모르니 조마조마해서 못견디겠다는 거올시다."

"적당들도 그렇게 불안스러워하는 상감의 분부라면 오래지 않아 철회될 것이 분명한즉, 더욱더 우리의 태세를 굳혀도 무방하지 않겠느냐."

이젠 비꼬는 어투까지 던져버리고, 방간은 설치기 시작했다.

"옳습니다. 옳습니다요, 나리."

이럴 때면 익지도 않은 음식에 날아드는 쉬파리처럼 영락없이 뛰어드는 민무구 형제들이 나타났다.

"부질없이 지레 겁을 먹고 때를 놓칠 것이 아니라, 눈 딱 감고 해치우는 겁니다요."

하다가 민무구는 **황황히** 말꼬리를 끊고 방문 밖을 쏘았다.

거기엔 방원의 하인들 중에서 가장 감때 사나운 김소근이가 험상궂은 눈알을 부라리고 있었다.

"무슨 일이냐?"

방원이 묻는 말에,

"이상한 놈이 뛰어들었습니다요, 나리."

주먹을 불끈 쥐고 대문쪽을 흘겨보며 김소근은 투덜댔다.

"김사행이란 내시놈이 아닙니까요. 정도전의 패거리에 달라 붙어서 알랑대던 그놈이 무엇에 눈이 멀었던지 우리 집엘 뛰어들지 않았습니까요."

"용무는 뭐라더냐?"

"뭐 상감마마의 분부를 전할 일이 있어서 왔다납쇼. 그런 소리만 하지 않았더라도 한주먹에 때려죽였을 텐뎁쇼, 에이참!"

김소근이는 가래침을 칵 뱉으며 홍두깨 같은 팔목을 문질러댔다.

"상감의 분부를?"

민무구는 독이 오른 눈알을 회번덕거렸다.

"역시 시생이 보는 눈엔 틀림이 없었소이다."

박포는 또 제 자랑이었다.

"웬만한 내관을 시켰다면 잘 먹혀들지 않을테니, 내시놈 중에서 으뜸가는 불여우놈이 자청해서 나선 모양이로구먼."

방간은 떨떠름한 웃음을 씹었다.

"어쨌든 들여보내도록 하라. 아버님께서 보내신 사람이라면 말이다."

방원은 조용히 김소근에게 지시했다.

잠시 후 김사행이 들어오는데, 그 광경을 주시하고 있던 방간 이하 모든 객들은 격분하였다.

제아무리 세도가 등등한 고관이라도 방원의 친형들까지도 대문에서부터는 도보로 걸어들어오는 것이 예도이며 상식이었다. 하지만 김사행은

지금 교자 위에 빳빳이 올라 앉아서 주위를 내려다보며 중문 안까지 들어
오고 있는 것이 아닌가.

"너 이놈!"

성미 급한 민무구가 욕설을 퍼부어대며 버선발로 뛰어내렸다.

"이 댁이 어느 댁이라구 이렇듯 무엄하고 방자하게 구느냐."

그는 김사행의 목덜미를 잡았다.

"썩 내려오지 못할까, 발칙한 고자놈!"

끌어내리려고 했다.

"썩 물러나지 못할까."

표독스런 호통 소리가 김사행의 입에서 마주 떨어졌다.

모두들 어안이 벙벙해졌다.

김사행의 처지가 어떠한 처지이며 이 집은 누구의 집인가. 손끝만
서로 부딪혀도 당장에 작렬할 것 같은 적의가 부푼대로 부푼 반대 세력의
본거지가 아닌가. 그런 사지(死地)에 뛰어들어 왔으면서도 김사행 그는
그렇게 호통을 치고 있는 것이다.

대담하다고나 할까, 앙큼하다고나 할까.

일반이 김사행에 대해서 품어온 선입견은 또 어떠한가. 상전이나 강자
에겐 강아지처럼 알랑거리는 간사한 소인이라는 것이 중평이 아닌가.
그런데 그는 지금 호랑이의 소굴 같은 이 집에 뛰어들었으면서도 당돌한
기세를 올리고 있는 것이다.

"나 판내시부사 가락백 김사행으로 말할 것 같으면, 지존하신 주상전
하께서 군림하시는 지밀하고 지엄한 궁중 깊숙이까지도 승교에 높이
앉아 출입하는 몸이며, 또 주상전하께서는 그와 같은 행동을 나무라시기
는 고사하고 어여삐 여기사 오히려 권장하시는 터이거늘, 네놈이 누구라
고 감히 나를 끌어내리려고 드느냐."

그리고 그는 방원을 위시한 방안의 여러 적수들에게 독한 시선을 쏘아
던지며 비양댔다.

"설마 네놈들은."

그는 이제 발악이 극에 달하여 환장이라도 한 것일까, 놈자까지 놓아가며 퍼부어댔다.

"지존하고 지엄하신 주상전하보다도 더 대단한 놈들이라고 자처하고 있는 것은 아니겠지?"

보기에 따라서는 궁한 생쥐가 호랑이 소굴에서 발광하는 몸부림처럼 여겨지기도 했지만, 김사행이란 인간의 처지나 그에 대한 선입견을 씻어버리고 순수한 눈으로 바라본다면 제법 당당한 위세로 간주할 수도 있는 기백이 없지도 않았다.

그 위세에 눌렸던지 방간도 민무구도 얼핏 응수할 말을 찾지 못했다.

더더구나 양다리를 걸치고 왔다 갔다 하는 박포는 방문 뒤에 몸을 숨기고 숨을 죽이고 있었다. 결국 입을 열고 응대한 것은 이집 주인 방원이었다.

"아버님의 분부를 전하려고 오셨다고 들었는데, 그것이 사실이오, 김판서?"

전과는 달리 사뭇 조심스런 언사까지 골라 쓰며 방원은 물었다.

"나 판내시부사 가락백 김사행은 조선국 주상전하의 엄하신 분부를 받자와 주상전하를 대신하여 주상전하의 어사(御使)로서 그대 방원에게 어명을 전하고자 하니 예도를 갖추어 삼가 봉명하도록 하라."

여전히 승교에 올라앉은 채 감사행은 거드름을 피웠다. 그러자 방원은 방원대로 해괴하게 여길만큼 유난스런 행동을 취했다. 그는 그때까지 자기 방에 깔아두었던 화문석을 손수 끌어다가 마당에 깔았다.

그리고 자기 자신은 맨 땅바닥에 꿇어엎드려 공손히 말하였다.

"어사께서는 잠시 노여움을 푸시고 정좌하시어 어명을 전하여 주시기 바랍니다."

"애햄 햄!"

김사행은 밭은 헛기침을 연발하면서 신발을 신은 그대로 화문석 위로 내려섰다.

어울리지도 않는 거드름을 피우며 김사행이 전한 왕명의 요지는 미리 예상했던 그대로였다. 즉시 방원이 보유하고 있는 사병을 해산하고 무기를 소각하라는 지시였다.

"주상전하의 분부 그러하시니, 신자(臣子) 방원은 삼가 봉명하여 즉각 하교대로 실행하겠다는 뜻을 어사께선 주달하여 주시기 바랍니다."

이렇게 말한 방원은 김사행의 발밑에 다시 한번 이마를 조아린 다음 후원으로 달려갔다. 그러자 김사행은 뻬대대한 눈꼬리를 깜빡거리며 방원의 뒷모습을 주시했다.

방간과 박포는 어안이 벙벙한 얼굴로 고개를 꼬았다. 민무구 형제들은 서로 이마를 마주 비비고 수군거리다가 급히 방원의 뒤를 따랐다.

"어느 누구도 영문 안엔 얼씬도 못하도록 하라."

그리고는 방원은 곧장 안으로 들어가버렸다.

뒤미처 민무구 형제들이 달려오자, 파수병은 지시대로 그들을 제지했다.

"너 이놈, 우리가 누군줄 몰라서 가로막는 거냐?"

성깔 사나운 민무구는 욕설까지 섞어가며 퍼부어댔다.

"우리는 바로 이댁 정안군 나리의 정실 부인이며 나라로부터 옹주마마에 봉하여진 그 분의 형제되는 사람들, 그 점을 잘 안다면 네가 이러지는 못할 게다."

민무질은 깐죽깐죽 엄포를 놓았다.

"댁들이 어떠한 분이시건 우리네 장졸들이 지켜야 할 본분은 우리의 군주(軍主)이신 정안군 나리의 분부에 복종하는 일이올시다. 댁들도 들으셨겠지만, 나리께선 방금 엄명하셨습니다. 어느 누구를 막론하고 영문 안엔 얼씬도 못하도록 제지하라고 하명하시지 않았습니까."

파수병의 어투는 공근하였지만 그의 태도는 완강하였다.

"방자한 졸개놈이."

앙칼진 민무회가 주먹을 불끈 쥐고 높이 들었다.

"썩 비키지 못할까. 네놈이 끝끝내 우리를 가로막는다면 당장에 박살을 내줄 거다."

그야말로 당장에 때려뉘기라도 할 것 같은 기세로 울려댔다.

그러나 파수병은 막무가내였다. 그 자리를 한치도 물러서지 않을 뿐만 아니라, 손에 꼬나잡고 있던 장창을 높이 휘두르며 일종의 신호같은 소리를 질렀다. 그러자 영문 안으로부터 십여 명의 병졸들이 달려왔다.

모두들 서슬이 푸른 장창을 번득이며 민무구 형제의 가슴을 겨누었다.

"방자한 놈들."

"무엄한 졸개들."

"어디 두고 보자. 네놈들의 모가지가 성할 줄 아느냐?"

발을 동동 구르면서 안달들을 했지만, 병졸들은 깎아 세운 석물(石物)들처럼 미동도 하지 않았다.

그런 동안 민무휼이 헤식은 소리를 툭 던졌다.

"저게 뭘까? 웬 연기가 저렇게 오르지? 불이 났나배."

한가위 이튿날 청명한 아침 하늘에 검은 연기와 함께 불길이 치솟고 있었다.

"어느 얼빠진 사람이 추석 이튿날 아침부터 불을 낸담?"

자기 자신 얼빠진 소리만 지껄이고 있는 민무휼을 막내동생 민무회가 호되게 쏘아준다.

"모르면 형님은 입이나 다물고 있어요. 저 곳은 무기고가 아니우? 틀림없이 병기들을 태우고 있을 게요."

"무기고라구?"

민무질이 되묻다가,

"그렇구나, 무기고로구나."

엉덩방아를 찧으며 땅바닥에 주저앉는다.

"망했구나, 망했어."

민무구는 콩 튀듯이 발을 굴렀다.

"주제넘은 벼락 왕자에게 분수에 넘는 왕관 하나 씌워주자고 벼르고 별렀더니, 글쎄 제 발로 복을 걷어 차다니."

"그뿐이면 또 참을 수도 있지만, 이제 우리 집안은 떼죽음을 당하게 되지 않았소. 누이 하나 시집 잘 갔다고 우쭐거리다가 도리어 멸족을 당하게 됐으니, 이런 기막힐 데가 어디 있어요."

민무질은 땅바닥을 치며 한탄이었다.

뒤늦게나마 불길이 오른 것을 발견한 때문인지 가인들이 아우성을 치며 영문을 향해 달려 오고 있었다. 그러나 정작 이 집의 안주인인 민씨부인과 그리고 김씨만은 의미 깊은 눈길을 주고 받으며 움직이질 않았다.

그때까지 김사행은 방원이 깔아놓은 화문석에 올라 서서 애햄애햄 헛기침만 연발하다가, 집안 공기가 불온하게 돌아가는 것을 보자 조금 겁이난 것일까, 눈짓으로 교꾼을 부르더니 급히 승교에 올라탔다.

"가자."

급히 대문을 빠져 나갔다.

그러다가 방원의 집에서 얼마쯤 떨어진 언덕 위에 이르자 승교를 멈추게 하고 불타는 무기고를 내려다 보았다.

"아무리 생각해도 뜻밖이란 말씀야. 방원이 그 자가 이토록 호락호락하게 우리네 술책에 말려들 줄은 미처 몰랐단 말씀야."

수염 한 올 없는 턱밑을 만지작거리며 해들해들 좋아 하다가,

"가만 있자."

그는 문득 고개를 꼬며 불안스런 그늘을 피운다.

"방원이 그 자가 진심으로 저러는 것일까. 아무리 부왕의 분부가 중하기로 저희들의 목숨줄이나 다름 없는 병기를, 그것도 왕명을 전달하자마자 즉각 불태워버리다니 그럴 수가 있을까. 저렇게 피어오르는 저 검은

연기처럼 컴컴한 속셈이 감추어져 있는 것이 아닐까."

빼대대한 눈꼬리를 말아올린다.

그러한 그의 모습을 훔쳐보는 사람이 있다면, 항상 가면의 너울만 쓰고 깝죽거리는 김사행과는 전혀 다른 깊은 얼굴을 발견할 것이다. 그러나 그것은 잠깐 동안이었다. 그의 얼굴엔 또다시 어릿광대의 가면이 씌워졌다.

"애햄, 햄, 애해햄."

헛기침을 뱉으며 교꾼들에게까지 들리는 소리로 노닥거렸다.

"제놈의 속이 깊다한들 몇길이나 될라구. 고작 깊어야 만수산 칡넝쿨에 두레박이라도 매달아 훑으면 바닥이 나고 말텐데 말씀야."

21. 山南王 溫沙道

"방원이 무기고에 불을 질렀다구?"

그 이글이글한 눈알을 부라리며 정도전은 되물었다. 그들 일파의 비밀 장소 격인 송현(松峴)에 있는 남은의 소실집 밀실이었다.

그 방엔 정도전, 남은 두 영수를 위시하여 홍안군 이제(李濟), 친군위 도진무(親軍衛都鎭撫) 박위(朴威), 좌부승지 노석주(盧石柱), 우부승지 변중량(卞仲良) 그리고 복장은 조선의 사대부의 그것을 걸치고 있으면서도 머리에는 괴상한 관을 얹은 이방인이 끼여 있었다.

그 자리에 뛰어든 김사행이 방원의 집에서 목격한 사실을 전달한 것이다.

"듣던 중에 반가운 희소식이외다그려. 한씨 소생의 왕자들 중에서도 방원의 군장비가 가장 강력하고 두려운 편이었는데, 이제 제 풀에 그것을 태워버렸다고 하니 그야말로 제 손으로 어금니를 뽑아버린 거나 다름이 없구먼."

이집 주인 남은이 싱글벙글 신바람을 피우며 수선을 떤다.

"이렇게 좋은 소식을 듣고 그냥 있을 수는 없는 노릇이지요. 내 특별히 감추어 둔 천하 명주가 있으니 축배나 들도록 합시다."

"떡도 익기 전에 김칫국부터 마시자는 게요?"

쓰거운 입맛을 정도전은 다셨다.

"사납고 표독한 야수들, 어금니쯤 빠졌다고 그것들이 그냥 죽어버린답디까? 어금니가 빠지면 아래 위 이빨이 있을 게고, 그것들도 빠지면 손톱

발톱이라도 곤두세워 덤벼들려 하지 않겠소. 축배를 들겠으면 그 자들의 숨통을 끊어버린 연후에 들도록 합시다."

정도전은 이제 마지막 결의를 굳힐대로 굳힌 것일까, 철저한 투지를 보였다.

"그야 그럴 수만 있다면 더 바랄나위가 있겠소이까마는……"

남은이 약간 머쓱해진 얼굴로 반문했다.

"봉화백의 말씀마따나 아직 아래 위 이빨이 멀쩡한 그 자들을 어떠한 방법으로 요절을 내지요?"

"그렇습니다. 그 자들을 참살하는 것이 우리의 마지막 목표이긴 합니다만, 구체적인 방법이 문제올시다."

이제도 한마디 했다.

그는 강비 소생의 경순공주(慶順公主)의 남편이었던만큼, 오래 전부터 정도전 일파에 가담하고 있었던 것이다.

"방원이 그의 군장비를 제 손으로 소각해 버린 이상, 그 자들을 토벌하는 방법도 간단하지 않습니까. 만일 시생에게 맡겨주신다면 친군위 장졸들을 총동원해서 맨주먹이나 다름없는 방원 일파쯤 개미새끼처럼 밟아 죽이겠습니다."

핏대를 올리며 호언장담하는 것은 박위였다.

그로 말할 것 같으면 정도전 일파 중에서도 가장 장략(將略)이 출중한 무장의 하나였다. 일찍이 이성계가 본의 아닌 요동 정벌차 출정하였을 당시엔 그를 따라 종군하였으며, 이성계가 위화도에서 회군하여 최영 일파를 타도했을 때엔 적지 않은 공을 세우기도 했다.

특히 그의 무명을 떨치게 한 것은 우왕이 폐위되던 해 2월, 도순문사(都巡問使)로 대마도 정벌차 출정하였을 때였다. 그때 그는 전함 1백여 척을 거느리고 적선 3백여 척을 불태우는 엄청난 전공을 세웠던 것이다.

그러니 그와 같은 큰소리도 칠만한 장골(將骨)이었지만, 정도전은 고개를 가로 저었다.

"당치도 않은 소리. 전투라고 다 동일한 성질의 것은 아니며, 적수라고 다 같은 것은 아니외다."

정도전은 우선 박위의 콧대부터 꺾은 다음 말을 이었다.

"잘 생각해 보시오, 박 진무. 우리의 적당은 대마도의 도적들이 아니외다. 바다 건너 이방의 도적들이라면 포탄을 퍼부어 불태워 죽이건 창검을 휘둘러 씨를 말리건 누구도 탓하지 아니하겠소만, 방원을 위시한 그 자들은 이 나라 국왕의 적자(嫡子)들입네다. 어엿한 왕자들이란 말씀이오. 만일 내놓고 군사를 동원하여 그 자들을 공살(攻殺)한다면, 세상 사람들은 우리를 어떻게 보겠소. 이 나라 왕실을 뒤엎으려 드는 난신이라고 지탄을 할 것이 아니겠소?"

"봉화백답지도 않은 말씀이올시다."

박위는 불끈하며 반박했다.

"참새들의 등쌀이 시끄럽다고 벼농사를 포기한단 말씀입니까. 추수만 하고 나면 그까짓 참새들, 한 그물에 잡아서 구워먹을 수도 있지 않겠습니까. 더더구나 우리에겐 장차 이 나라의 대위를 계승할 세자의 보위를 보호하려 한다는 떳떳한 명분이 있습니다. 승산만 확실하다면 무력이건 무엇이건 행사하는데 주저해야 할 이유가 어디 있겠습니까."

정도전은 쓰디 쓰게 웃었다.

"일전에 상감이 말씀하시더라고 가락백이 전한 사연을 벌써 잊었소? 세자네 형제분이나 방원이네 형제들이나 다같은 당신의 손가락이라고 다짐하시던 상감이 아니오. 더구나 방원 일당을 제압하려는 우리들의 움직임을 눈치 채시고 경계하라는 귀띔까지 하셨다는 분이 아니오. 우리가 내놓고 그 자들을 죽인다면 상감의 진노가 어떠하겠소. 어쩌면 우리들 역시 죽음을 면치 못할 게요."

"봉화백의 말씀 지당하십니다요."

그 동안 제법 입을 사리고 듣고만 있던 김사행이, 역시 그 입이 간지러워 못견디겠다는 듯이 끼여들었다.

"여러분네들과는 달라서 나는 항상 가까이서 모시는 몸이라 잘 알고 있습니다만요, 어쨌든 방원 일파를 죽였다는 사실이 상감께 알려지면 끔찍한 형벌이 내려질 겁니다요. 그러니 그 자들을 제거하자면 쥐도 새도 모르게 감쪽같이 뎅겅뎅겅 모가지를 잘라 버려야 할텐데, 그것도 쉽지 않다 그 말씀야."

얘기는 빙빙 맴돌다가 결국은 교착상태에 빠져들고 말았다. 누구 하나 뾰족한 묘안을 제시하지 못하고 있는데, 괴상한 관을 쓴 그 이방인이 유달리 짙은 수염에 싸인 입을 쫑긋쫑긋했다.

그의 입에서 흘러나온 소리는 일본말 같기도 하고 다른 어느 나라 말 같기도 한데, 보통 사람에겐 좀처럼 알아듣기 어려운 말이었다. 그러나 박식하기로 당대에 으뜸간다는 평을 듣고 있는 정도전만은 그 말을 알아들은 모양이었다.

"허어, 산남왕(山南王)께서 거들어 주시겠다구요?"

다른 사람들에게 통역을 겸하는 어투로 반문했다.

그 괴이한 이방인은 좌중을 한바퀴 둘러보더니 손바닥으로 두어번 자기 가슴을 두드렸다. 그리고는 그 손을 높이 들어 마치 칼날로 목을 베는 시늉을 거듭했다. 자기에게 맡겨준다면 왕자들의 모가지쯤은 문제 없이 베어버리겠다는 시늉일까.

산남왕이라고 불리는 사나이는 계속 괴상한 손짓 발짓을 보이고 있었다. 손끝을 마치 비수처럼 놀리며 찌르는 시늉을 하는가 하면, 높이 도약하며 두 발로 적수를 차는 시늉도 한다.

"옳거니. 유구 사람들은 창검이 없어도 맨손으로 적을 타살하는 권법(拳法)을 잘 안다는 얘기가 있지."

정도전은 혼잣소리처럼 풀이하였다.

그 이방인은 다름 아닌 유구(琉球 : 지금의 오키나와)에서 망명해 온 귀골이었던 것이다.

태조 실록 7년 2월 16일조에 의하면,

──유구국 산남왕 온사도(温沙道)가 그 무리 15명을 거느리고 내조하다. 온사도는 중산왕(中山王)에게 쫓기어 와서 진양(晉陽 : 경남 진주)땅에 거처하게 되었는데, 왕(李成桂)은 그가 나라를 잃고 유랑하는 것을 가련히 여기어 의복과 미곡을 하사하였다.

라고 기재되어 있다.

그보다 70여년 전인 서기 1326년 경부터 유구국은 국토가 세 동강으로 분열되어 분쟁을 거듭하고 있었다.

북부지방을 점유한 세력의 두령을 산북왕(山北王)이라고 불렀으며, 중부지방의 두령은 중산왕(中山王), 남부지방의 두령은 산남왕이라고 했는데, 그것은 주로 중국인이 사용하던 칭호였다.

산(山)이란 섬(島)을 뜻하는 것이다.

마치 우리나라의 삼국시대를 연상케하는 세 갈래 세력의 분쟁에서 승리를 거두게 된 것은 중산왕 상파지(尙巴志)였지만, 그의 공세에 밀려 국토를 상실한 온사도는 멀리 조선국으로 망명해 온 것이다.

"권법이란 본시 중국에서 성행되던 무술로서 위(魏)나라 때 소림사(小林寺)의 달마대사(達磨大師)가 천축(天竺)으로부터 역근(易筋)과 세수(洗隨)라는 두 권의 무술서를 들여다가 제자들에게 가르친 것이 시초였다던가. 그 후 송나라 시절엔 멀리 유구에까지 전파되어 비상한 발달을 보았다고 들었거니와 그와 같은 비법에 정통한 무예가가 있다면 피 한 방울 흘리지 않고 방원 일당을 처치할 수도 있겠구먼."

유식을 떨면서 정도전은 고개를 끄덕였다.

말하자면 시끄러운 창검이나 궁시 대신, 오늘의 태권도와 비슷한 권법으로 방원 일당을 타살하겠다는 것이다.

"그것 참 희한한 묘안입니다마는, 그와 같은 비법의 명수를 구할 수가 있겠습니까. 유구땅도 아닌 이 나라에서 말씀입니다."

남은이 회의를 보이자 산남왕 온사도는 또 자기의 가슴을 두드렸다.

그리고는 새끼손가락을 들어보이다가 다섯 손가락을 세번 쥐었다 폈다 했다.

"그 사람이 거느리고 온 15명의 낭당들은 모두 다 권법의 명수라는 거요."

정도전이 또 이렇게 해설을 붙였다.

"하지만 말씀입니다."

박위가 못마땅한 어투로 투덜거렸다.

"제아무리 신묘한 무술의 명수들이기로 겨우 열다섯명 정도로 방원과 그밖의 왕자들의 소굴을 공격할 수 있겠습니까. 비록 병기를 소각했다고는 하지만 방원의 휘하에만도 숱한 장골(將骨)들이 득실거리고 있을텐데요."

"박 진무는 곰 사냥을 해본 적이 있으시오?"

정도전은 엉뚱한 방향으로 화제를 돌렸다.

"곰을 잡으려고 할때 그놈들이 서식하는 굴 속에 뛰어들어 고지식하게 싸우는 어리석은 사냥꾼은 없을 거요. 그 곰이 사나우면 사나울수록 그놈의 만력(蠻力)을 제어하는 사전의 조심성을 취한 연후에 잡는 것이 통례가 아니겠소."

"그렇습지요. 나도 소싯적에 곰사냥을 해본 적이 있읍죠만."

김사행이 또 나불나불 끼어들었다.

"그 곰이란 놈, 힘으로 말할 것 같으면 범이나 승냥이 못지 않게 억센 놈입니다만요, 워낙 미련하고 우둔해서 약간의 술수만 쓰면 쉽게 빠져들기 마련이지요. 겨울철 그놈이 숨어 사는 굴 입구를 굵은 통나무를 얽어서 막아놓은 다음, 긴 장대를 들이밀어 톡톡 건드리면 놈이 신이 나서 입구로 뛰쳐나온단 말씀이어요. 그때 죽창 같은 것으로 급소를 찌르기만 하면, 그렇듯 사나운 맹수도 쉽게 잡을 수 있다 그 말씀입니다요."

"가락백, 말씀 잘 하셨소."

정도전이 다시 받아 말했다.

"그러니 먼저 방원 일당을 그 자들의 소굴로부터 유인해내는 거요. 그런 다음 산남왕의 휘하 무골(武骨)들을 시켜서 신묘한 권법으로 타살하도록 한다면, 우리는 손끝에 피 한방울 묻히지 않고 소망을 이룰 수 있는 것이 아니겠소."

"제가 한마디 할까요."

변중량이 고개를 꼬면서 이의를 제기했다. 일전에 국왕 이성계를 설득하여 왕자들의 병권을 파하는 지시를 내리게까지 한 인물이니만큼 그의 논리는 명석하고 예리했다.

"우리가 이때까지 방원 일파를 지탄하여 온 중요한 명분이 무엇입니까. 그 자들이 향화 왜인들을 회유하고 그 왜인들을 부려서 갖가지 술책을 농한다는 그 점이 아니겠습니까. 다시 말하면 우리는 외세를 배척하여 온 처지인데 이제 와서 이방인의 힘을 빌려서 일을 치른다면, 스스로 우리의 주장과 명분을 짓밟아버리는 꼴이 되지 않겠습니까?"

"외세라?"

정도전은 떨떠름하게 웃었다.

"손바닥만한 섬나라에서 쫓겨온 몇몇 이방인의 손을 잠깐 빌리는 방편을 외세에 의존하는 것이라 할 수 있을까?"

그는 산남왕을 돌아보았다.

이 땅에 들어온 지 반년 남짓한 동안에 그런대로 우리말을 알아들을 수는 있게 되었던지, 산남왕은 또 손짓 발짓 섞어가며 뭐라고 지껄여댔다.

"우리가 그들의 힘을 빌리는 게 아니라 그들이 이 기회에 한번 공을 세워서 미관말직이나마 벼슬 한 자리 얻어보겠다는 것이 소망이라는 거요. 그리고 만의 하나 일이 실패로 돌아갈 경우 모든 책임은 자기들이 질 것이며, 비록 혓바닥이 끊어지는 한이 있어도 비밀은 고수하겠다는 거요."

산남왕의 말을 정도전은 이렇게 요약하여 옮겼다.

"그러니 문제는 방원 일당을 소굴에서 유인해 내는 일인데, 그 일은 가락백이 맡아 주어야 하겠소. 소싯적부터 곰사냥을 많이 했다는 가락백이니, 그만한 일쯤 어렵지 않게 해내실 것으로 믿고 있소."

슬슬 추켜올리며 정도전은 지시했다.

날이 밝았을까. 밝았으면 오늘은 8월 26일.

나른한 하품을 씹으며 원궁인은 눈을 떠본다. 멀리 민가에서 새벽 닭이 울고도 한참이 됐으니, 지금쯤 아침 해가 동천 높이 솟아있을 게다. 그러나 두터운 방장을 둘러친 원궁인의 침실은 심야처럼 침침하였다.

누비이불 사이로 손을 내밀어 영창 안에 드리운 방장을 들춰보려고 하다가 원궁인은 그만 둔다.

——새삼 햇빛은 찾아서 어쩌자는 거냐. 어둠 속에 홀로 누워보는 것도 오랜만이다. 국왕 이성계의 병구완을 하느라고 밤이면 꼬박 그의 머리맡에서 새우는 것이 요즈음 일과처럼 되어버렸다. 겨우 어제밤에 이성계는 이례적으로 원궁인을 놓아주었다. 칠점선과 조용히 상의할 일이 있으니 너는 물러가서 쉬라고 했다.

후궁들의 세계는 바깥 세상과는 판이한 특수 사회였다. 해바라기가 태양을 바라보고 맴돌듯이 궁인들의 보람, 궁인들의 기쁨은 오직 국왕이 방사(放射)하는 여광(餘光) 속에만 있다. 따라서 국왕의 총애를 다투는 시새움은 맹목적이었고 비정상적이기까지 했다.

인간적으로 아무리 가까운 사이라도 국왕의 총애를 사이에 두고 경합하게 될 경우엔 이를 갈고 미워하는 적수가 된다. 그러나 자기를 몰아내고 이성계와 하룻밤을 오붓이 지내게 될 칠점선에게 견딜 수 없는 시새움이 치밀어야 할 것이었지만, 원궁인에겐 그보다도 시원한 해방감이 앞선다.

그만큼 지루한 병구완에 기진한 때문일까. 마음 푹놓고 다리 팔 쭉 펴고 실컷 자고만 싶었다. 그러나 막상 자기 방에 호젓이 누워보니 예상과는 달랐다. 사지는 늘어지게 나른하면서도 잠은 오지 않았다. 가슴 한복판이 휑하니 뚫린 것처럼 허전하기도 했다.

역시 대왕의 곁을 떠나온 아쉬움 때문일까 하고 생각도 해보았지만, 꼭 그런 것 같지도 않았다. 자신의 젊음을 버티어 줄 든든한 기둥이 쑥 뽑혀버린 것 같은 느낌이었다.

이성계를 가까이 하게 되고 그의 애무의 손길을 통하여 원궁인이 여성으로서의 눈을 뜬 것은 사실이었다. 하지만 여성으로서의 그 무엇을 흐뭇하게 충족하여 본 적은 없었다는 사실을 새삼 깨닫게 되었다.

육십이 넘는 노골일 뿐만 아니라, 만난 그날부터 병고에 시달려 온 그였던만큼 그것은 오히려 당연한 일이었는지 모르지만, 그래도 그의 곁에서 시중을 드는 동안은 대왕의 휘황한 광채에 현혹되어 그런 자의식을 갖지 못했었던 것이다.

혼자 하루밤을 조용히 보내는 동안, 젊은 여성 본연의 뜨거운 피가 생동하게 되었는지도 모른다.

갖가지 망상이 꼬리를 이어 피어올랐다. 환상은 젊고 싱싱하고 억센 남성이었다. 그 남성이 다름아닌 방원이라는 것을 알게 되자, 원궁인은 자신이 깊이 갈구하여 온 샘줄기를 발견한 심정으로 탐욕스럽게 목을 축였다.

그러나 그 꿈이 깨고 이렇게 생시에 돌아와 보니 허무했다. 그런 아쉬움을 아쉬워하고 있는데, 방문 밖에서 밭은 기침소리가 들려왔다.

원궁인은 절로 이맛살이 찌푸려진다. 그 기침소리만으로도 누가 찾아왔는지 이미 짐작이 간다.

아니나 다를까,

"옹주마마 기침하셨습네까."

간작간작 귓전에 달라붙는 특이한 쇳소리는 틀림없는 김사행의 것이었다. 일부러 대꾸도 하지 않고 누비이불 자락에 얼굴을 파묻었다.

"간밤에 무슨 좋은 꿈을 꾸셨기에 이토록 기침이 늦으셨습니까요.

상감마마 환후가 급변하시었다고 궐내가 발끈 뒤집혔습니다요."

아무리 귀찮은 김사행의 목소리라고 흘려버릴 성질의 말은 아니었다. 소스라쳐 뛰쳐 일어날 수밖에 없었다.

속적삼도 제대로 여미지 못하고 헝클어진 머리 그대로 영창문을 열었다. 그 문틈으로 김사행은 뺀질한 턱주가리를 쓰윽 들이밀었다. 기급을 하게 급한 소식을 전하러 온 사람답지 않게 야실야실 웃으며 원궁인의 속살 갈피갈피를 파헤쳐 보는 것 같은 눈으로 뜯어본다. 그리고는 허튼 소리만 노닥거린다.

"잘 피어난 꽃이란 언제 보나 어여쁘단 말씀야. 이슬에 흠뻑 젖어두 좋구 바람에 나부껴서 헝클어져두 좋구."

울화가 치밀었다.

"쓸데 없는 농지거리는 작작하고 좀더 자세히 말해 봐요. 상감께서 어찌 되셨다는 거예요."

"오랜만에 화의옹주마마와 꿈같은 하룻밤을 보내시더니, 오뉴월 뭣처럼 축 늘어져 계시다 그 말씀야."

김사행은 딴 소리만 지껄여댔다.

"그럼 환후가 위중하시단 말은 허튼 소리로구만."

영창문을 닫아 버리려고 하자, 김사행은 재빠르게 방안으로 뛰어들었다.

"이게 무슨 짓이요. 여자 혼자 자는 방엘 함부로 뛰어들다니."

원궁인은 힐책했지만, 김사행은 넉살좋게 간들거리기만 했다.

"하앙, 무슨 말씀. 명색이 사내라지만 사내 구실 못하는 고자놈이기에 지밀한 내전 어느 곳이고 거침없이 드나들 수 있는 게 아닙니까요. 나 같은 병신에게 새삼스럽게 내외는 무슨 내외라고."

그러면서도 그는 비릿한 눈길을 징글맞게 쏟아붓는다.

"내시건 고자건 별일 없으면 썩 물러가요."

덕적스런 버러지를 내팽개치듯 원궁인이 쏘아주자,

"여봐요, 원궁인."

해롱거리던 웃음을 거두고 김사행은 정색을 했다.

"이제 때가 온 거요. 원궁인이 옹주마마 자리를 차고 앉느냐, 아니면 흉도들의 발 아래 밟혀 죽느냐 판가름해야 할 날이 마침내 도래한 거요."

그의 심상치 않은 기세에 원궁인도 긴장하지 않을 수 없었다.

"일전에도 단단히 얘기해 두었소만, 바로 오늘 밤이오. 상감마마 침전을 단단히 지키고 있다가 해가 떨어지는 즉시로 우리의 계책을 단행하는 거요. 상감마마의 환후가 위급하시니 여러 왕자들을 들라 하신다고 그말 한마디만 전하면 되는 거요. 물론 상감께선 눈치 채시지 못하게 은밀을 기해야 하오."

"상감의 윤허도 없이 그런 일을?"

"여러 말 할 것없이 나머지 일은 내가 알아서 처리할테니, 시키는대로만 해요."

빼대대한 눈알에 독기를 피우며 못을 박고는 김사행은 총총히 사라졌다.

가슴이 떨린다.

여간한 일엔 불안을 느낀 적이 없는 담대한 원궁인이었지만, 김사행이 남기고 간 한마디에 야릇한 충격이 느껴진다. 평소에는 어릿광대처럼 해롱거리기만 하던 그가, 매섭게 독이 오른 소리를 던졌다는 사실도 사태의 심각성을 반증하는 것이었다.

──오늘 밤 왕자님네들을 불러들여 어쩌자는 것일까.

정도전 일파의 음모의 내용을 아직 자세히는 모른다. 하지만 방법은 어떠하건 한씨 소생의 왕자들을 해치려는 것이 기본 계책일 것이라는 점만은 충분히 짐작이 간다.

국왕 이성계에게도 알리지 말고 그와 같은 교지(教旨)를 날조하여 전하라고 김사행은 강요했다.

그의 말을 빌지 않더라도 자기가 지금 얼마나 중대한 고비에 놓여 있는가를 절감한다. 그렇다고 어느 편을 들어야 장차 자기에게 유리하고, 어느 편을 들면 불리해질까 하는 이악스런 계산알은 튀겨지지 않았다.

이 사태에 대한 감정적인 반응이 앞을 선다.

그것은 원궁인의 성격이나 이성계를 따라서 후궁에 들어온 동기와는 사뭇 거리가 멀어진 변화였지만, 그런 변화를 스스로 회의할 여유도 없을 만큼 절박한 감정에 빠져 있었다.

──그 분은 어찌될 것인가. 정도전 일파가 왕자들을 해치게 된다면 제일 먼저 화를 당할 사람은 바로 그 분이 아닌가.

불안의 요인은 바로 방원에 대한 감정에 있었다. 엄밀한 제삼자의 눈에는 어처구니 없이 들큰한 기분으로 비칠 수도 있을 것이다.

도대체 방원과 얼마나 살뜰한 인간적 관계가 맺어져 있기에 이러는 것일까. 언젠가 경회루 후원에서 잠깐 만나서 사무적인 몇마디를 주고받은데 불과하다. 차라리 깊은 구석을 찾자면 정치적인 이해득실을 저울질하다가 그 편으로 기울게 된 계산 속에서나 발견할 수 있을 것이다.

하지만 원궁인은 지금 그 계산을 뛰어넘은 감정면에서 방원에게 깊이 기울고 있는 것이다.

어젯밤의 부끄러운 꿈이 그 요인일 수는 없다. 굳이 이유를 캐내자면 원궁인의 일그러진 생활이 젊음의 분출구를 그런 방향으로 뚫은 때문이라고나 할까.

어쨌든 원궁인은 불안스러웠고, 그 불안의 진원은 방원의 신변을 염려하는데 있었다.

──이러고 있을 수는 없다. 그 분에게 급히 알려드려야 한다.

이전에 왕자들을 변방으로 추방하려고 하는 음모를 탐지했을 때와는 비교도 되지 않는 초조감이 원궁인을 흔들고 있었다.

이번 음모는 방원의 생명과 직결되는 것 같은 예감이 든 것이다. 그리고 전번과 똑같은 난관에 봉착해 있었다.

──무슨 방법으로 어떻게 이 기밀을 그 분에게 알려드려야 할까.

요전처럼 칠점선에게 귀띔을 한다면 문제는 간단하겠지만, 오늘은 그러고 싶지 않았다. 어젯밤을 이성계와 단 둘이 지낸데 대한 얄팍한 시새움 때문일까.

──그 분에게 알리자면 좀더 자세한 내용을 캐내야 한다.

적절한 연락 방법을 포착하지 못한 답답함에, 원궁인은 우선 이런 잠정적인 결론을 내렸다.

급히 단장을 하고 이성계의 침실로 향했다. 그 곳에선 어떤 구체적인 기미가 태동하고 있을 것만 같았다.

이성계의 침전 주변에선 김사행이 몇몇 낯선 사나이들과 수상한 수작을 하고 있었다.

한 사나이는 머리에 괴상한 관을 쓴 산남왕이었다. 그리고 다른 사나이들은 이 나라의 궁노(弓奴) 차림을 하고 있었지만, 그 옷이 사뭇 어색해 보인다.

원궁인은 나무 그늘에 몸을 숨기고 그들의 동정을 주시하여 보았다. 김사행은 산남왕에게 손짓 발짓으로 무슨 지시를 한다. 산남왕이 궁노차림을 한 한 사나이에게 괴상한 소리를 지른다.

그러자 그 사나이가 침전 뒷마루 밑으로 기어든다.

김사행은 고개를 끄덕이고는 산남왕에게 또 무슨 지시를 했고 산남왕이 다른 사나이에게 소리를 지르자, 그 사나이는 침전 한옆으로 돌아가서 창문 기둥에 몸을 붙인다.

또다른 사나이는 해묵은 노송 가지 위로 기어 올라갔고, 어떤 사나이는 추녀밑에 박쥐처럼 매달리기도 했다.

"좋아요, 좋아."

김사행이 손뼉을 치자 사나이들은 나는 듯이 몸을 날리더니, 산남왕의 앞으로 몰려 와서 무릎을 꿇는다.

산남왕이 김사행을 향하여 역시 손짓으로 어떤 의사 표시를 하자, 김사

행은 소매 속에서 금붙이 같은 것을 한움큼 꺼내어 산남왕에게 건네준
다.

산남왕이 그것을 사나이들에게 나누어 준다. 그러자 사나이들은 껑충
껑충 춤을 추면서 손끝으로 무엇을 찌르는 시늉도 하고 발길로 무엇을
차는 시늉도 한다.

하다가 한 사나이가 몸을 솟구치더니 한 손을 칼날처럼 휘두르며 소나
무 가지를 친다. 굵기가 사람의 팔뚝보다 더한 소나무 가지가 예리한
도끼로 찍어내린 것처럼 동강이나 떨어진다.

놀라운 위력이었다.

원궁인의 불안은 한층 더 심각해진다. 그들의 수작의 구체적인 내막은
알 수 없었지만, 그것이 왕자들을 해치려고 하는 음모와 밀접한 관계가
있으리란 추측은 할 수 있었다.

"역시 그 분에게 알려드려야 한다."

원궁인은 자기 거실로 발길을 돌렸다. 거울 앞에 앉아서 한참 동안
골똘히 생각에 잠기다가, 그때까지 입고 있던 궁인의 의상을 훌훌 벗어버
렸다. 그리고는 장롱 깊숙이 처박아 두었던 남복 한 벌을 꺼냈다.

지난날 대덕산 기슭에서 이성계를 따라 나설 때 입고 온 그 옷이었
다. 오랜만에 남장을 한 원궁인은 거실을 빠져나갔다.

후원 으슥한 숲속으로 숨어들어갔다가, 남의 눈에 띄지 않는 한 담모퉁
이에 이르러 궁장을 뛰어 넘었다.

소녀 시절을 산야에서 산짐승을 쫓으며 자라온 원궁인으로선 어렵지
않은 동작이었지만, 그러나 뜻하지 않은 이변이 일어났다. 담장 너머로
내려뛴 원궁인이 땅바닥에 주저앉은 체 좀처럼 일어서질 못하고 있었던
것이다.

방원의 집에선 요즈음 문턱이 닳게 드나드는 박포가 찾아와서 또 천기
타령을 늘어놓고 있었다.

"아무래도 큰 변이 일어날 조짐이 뚜렷하외다. 지난 스무날에는 금성(金星)과 목성(木星)이 서로 범하는 것이 보였고, 스무하룻날에는 폭우가 쏟아져서 한양 바닥이 온통 물바다가 되지 않았습네까. 어디 그뿐이옵네까. 스무이틀날에는 적기(赤氣)가 동방으로부터 발생하더니 한양 성시(城市)를 가로질렀고, 스무사흘날에는 난데없는 우박이 쏟아져서 밭을 갈던 황소가 쓰러져 죽는 괴변까지 있었지 않았습네까."

그것은 사실이었다. 태조실록 그 당시의 대목에도 그와 같은 천변지괴(天變地怪)에 대한 기록이 보이며, 그러기에 오대산 상원사(上院寺)와 금강산 표훈사(表訓寺)에 법석(法席)을 마련하고 천후가 안정되는 것을 기원하였다는 기록이 있다.

그러나 방원은 박포의 수다를 귓전에도 담지 않고 흘려버리고만 있었다. 그가 쌓아온 합리적인 교양이 천기(天氣)니 전조니 하는 혹설(惑說)에 저항을 느낄 뿐만 아니라, 도시 박포 그 사람이 지껄이는 소리엔 좀처럼 관심이 가지 않는 것이다.

"천기도 그러합니다마는 항간에 떠도는 풍설도 심상치 않더군요."

역시 아침부터 찾아와서 턱을 받치고 있던 민무구가 끼여들었다.

"어디서 어떻게 흘러나온 소리인지 분명치 않습니다만, 금명간 정도전 일파가 난을 일으킬 기세라는 풍문입니다. 정도전의 집에는 한량들과 역사(力士)들이 밤낮으로 드나든다는 소문도 있습니다."

"민심은 천심이라, 아니 땐 굴뚝에서 연기가 날 리 없으니, 이 편에서도 지체말고 대응책을 강구해야 할 것이 아니겠습니까."

형 민무구와 동행하여 와 있던 민무질도 한마디 했다.

"사태는 심히 난감하게 됐소이다그려."

박포는 우거지상이 되며 한숨을 씹었다.

"우리가 누구보다도 믿고 의지하던 정안군 나리께서 비록 어명이라고는 하지만 너무 서둘러서 병기를 소각하셨으니, 일을 당하게 될 경우 무엇으로 적당들과 대결할 수 있겠소이까."

그러자 이럴 때면 앞질러 호들갑을 떠는 민무구가 야릇하게 자신 있는
웃음을 피우며 아우 민무질을 돌아보았다.

"전 왕조 고려 태조가 혁명을 일으킬 때, 태조 부인 유씨의 도움이
컸다는 사실은 널리 알려진 얘기입니다만, 지금 생각하니 우리 누님의
공로야말로 태조 부인과는 비교도 아니될만큼 크다 할 수 있겠지요."

어금니에 무엇을 잔뜩 끼고 한마디 한마디 흘려내는 것 같은 소리를
민무구는 노닥거렸다.

고려 건국 직전 궁예의 포악이 날로 심하여져서 뜻있는 인사들이 혁명
을 종용했으나 왕건은 끝끝내 망설이고 있었는데, 그의 부인 유씨(柳氏)
가 갑옷을 내다주며 강권하였기 때문에 왕건도 마침내 궐기하였다는
고사를 두고 하는 말이겠지만, 민씨부인이 어떠한 큰 일을 해놓았기에
민무질은 그렇게 수선을 떠는 것일까.

"고려 태조 부인 유씨는 겨우 갑옷 한 벌을 내놓은데 그쳤지만, 우리
누님은 어디 갑옷 한 벌뿐입니까. 갑옷으로 말할 것 같으면 수백 벌은
될 거고 게다가 여차하면 창검이다 궁시다, 숱한 병기까지 조달할 수
있을 터이니, 그 내조의 공이야말로 청사에 길이 빛나고도 남을 겁니다."

민무질은 자꾸 해괴한 수다만 늘어놓았다.

"무슨 말씀이시오?"

박포는 이해가 가지 않는다는 얼굴을 하고 되물었다.

"그 동안에 이댁 옹주께서 그토록 많은 무기를 구입해 놓으셨다는
뜻인가요?"

"이제 두고 보면 알 거올시다."

민무질은 희소를 피우며 형 민무구를 돌아보았다. 민무구도 흐물흐물
웃음을 마주 보내다가, 그 눈길을 방원에게로 돌리며 기색을 살폈다.

말 같지도 않은 소리 작작하라는 표정으로 방원은 한눈만 팔고 있었
다.

"이렇게 된 바에야 차라리 정도전 그 자들이 먼저 덤벼들기라도 했으

면 좋겠구먼."

민무구는 민무구대로 엉뚱한 소리를 날렸다.

"이 기회에 아주 결판을 내는 편이 속시원할 게야."

"민공 말씀 아무래도 깊은 곡절이 있는 듯 싶은데, 무슨 좋은 수라도 생겼나요?"

박포가 조바심을 하며 물었다.

"갑자기 좋은 수가 생겼다기보다도, 만일의 경우를 염려하고 만반의 대비책을 강구해 놓았지요."

민무구는 거드름을 피우다가 문득 귀청을 돋우더니,

"마침 그 사람이 오는 모양이로구먼."

혼잣소리를 하며 방문을 열었다. 방문 밖엔 민씨네 막내동생 민무회와 그 뒤에 한 사나이가 떡 버티고 서 있었다.

유달리 위로 째진 눈꼬리를 한층 말아올리고, 두툼한 아랫입술을 잔뜩 내밀고 있는 꼴이 무척 감매가 사납고 오만한 인상을 준다.

"시생 이숙번(李叔番), 정안군 나리가 곤경에 처하셨다고 들었기에 힘을 보태고자 이렇게 득달하였소이다."

왕자대군에게 인사를 드린다면서 그는 고개도 숙이지 않고 뒷짐까지 지고 있었다.

방원으로선 뜻하지 않은 인물의 출현에 그저 어리둥절할 뿐이었다.

이숙번 그는 방원과 별로 자별한 사이도 아니었다. 그에 대해선 현재 안산군(安山郡) 지사(知事)로 있으면서 남달리 강력한 사병을 보유하고 있다는 정도의 소문만 듣고 있는 처지였다. 그러나 어쨌든 모처럼 자기를 돕고자 왔다고 자처하는 객에게 응분한 인사가 없을 수 없었다.

방안으로 청해 들였다. 지체로 따진다면 한쪽 구석에 물러앉아야 마땅할 형편이었지만, 이숙번 그는 뻔뻔스럽게도 방원의 옆자리에 털썩 앉더니 큰소리만 탕탕 쳤다.

"나리, 이젠 마음 턱 놓으시오. 내가 한번 주먹을 휘두르면 젓비린내

나는 세자의 도당쯤 박살을 내고 말테니까요."

"무슨 소리를 하는 거요."

듣다 못해서 방원이 호통을 지를 때였다.

"나리께 여쭙겠습니다. 상감마마 분부시라고 궁중에서 사람이 왔습니다요."

허둥지둥 소리치는 김소근의 목소리가 들려왔다. 궁에서 왔다는 사람은 좌부승지 노석주(盧石柱)였다.

"갈 길이 바쁘니 전할 말만 급히 전갈하겠소."

그도 정도전 일파에 속하는 인물이었던만큼, 방원의 집에서 오래 지체하는 것이 거북한 때문일까.

"상감의 환후 심히 위급하시니 여러 왕자님네들은 즉시 입궐하시라는 분부이시오."

그 한마디만 던지고는 총총히 나가버렸다.

방원은 경악했다. 노석주의 뒤를 대문까지 쫓아가며 증세의 구체적인 상황을 물으려고 했지만, 노석주는 대기하여 둔 승교를 잡아타고 도망치듯 사라져버렸다.

——아버님의 환후가 얼마나 위급하시기에 우리네 형제를 급히 부르시는 것일까.

다른 문제라면 회의도 할 수 있고 망설이기도 하겠지만, 그 문제만은 방원에겐 절대적이었다. 그는 즉시 입궐할 채비를 서둘렀다.

"아무래도 수상합니다, 나리."

민무구가 주먹코를 벌름거리며 고개를 꼬았다.

"상감의 옥체 비록 미령하시다고는 합니다만, 오늘 따라 갑자기 그토록 악화되었다는 얘기, 곧이 들리지 않습니다그려."

"더더구나 노석주란 그 자, 정도전의 패거리가 아닙니까."

언제나 그러하듯 오만상을 잔뜩 찡그린 얼굴로 민무질도 한마디 했다.

"이건 혹시 정도전 일파가 무슨 흉계를 꾸미고 농간을 부리는 수작이 아닐까요."

당장 터질 것 같은 눈총을 매부 형제들에게 쏘아붙이며, 방원은 의관을 정제하기에만 바빴다.

그 기색을 힐끔힐끔 흘겨보고 있던 민무회가 형들과 몇마디 소근대더니 내실로 들어갔다.

잠시 후 민씨부인이 달려나왔다.

"상감의 환후가 위독하시다면서요?"

근심스런 얼굴로 물었다.

"그렇다는 기별이요."

이젠 의관을 다 정제한 방원은 무뚝뚝하게 대답하고는 마굿간을 향하여 걸음을 재촉했다.

웬만한 일로 입궐할 경우라면 승교에 몸을 싣고 구종별배를 거느리고 가야만 왕자된 위신도 서고 그것이 또 예도이기도 했다. 그러나 방원은 숨이 턱에 닿게 조급했다. 그런 한가로운 절차를 밟을 마음의 여유가 없었다.

여러 승마들 중에서도 준족을 자랑하는 응상백에 채찍을 가하여 한달음에 치달릴 생각이었다.

그 뒤를 따라가며 민씨부인은 하소했다.

"그래서 입궐하시겠다면 저도 데려가 주시어요. 시아버님께서 위독하시다고 하는데, 며느리된 몸으로 어찌 한가로이 앉아만 있겠어요."

그 말엔 아무런 복선도 없는 듯했다. 며느리의 도리를 다하겠다는 마음을 느끼긴 했지만, 지금의 방원으로선 그것도 귀찮았다.

"왕자들만 입궐하라는 분부이시라고 하는데, 부인네들까지 나설 것은 없지 않겠소."

매정하다 싶도록 쏘아주고는 말을 잡아탔다. 그리고는 뒤도 돌아보지 않고 치달렸다.

그악스런 눈알을 부라리며 방원이 나간 대문쪽을 쏘아보고 있던 민무구가 쓴 입맛을 다셨다.

"어째서 사람이 저 모양일까. 때로는 남의 말도 들을 줄 아는 아량이 있어야 어른 노릇을 할게 아닌가."

"그러게도 말입니다, 형님. 아무래도 일은 벌어지는 것만 같은데, 매부가 저렇게 고집을 부리니 어떻게 하지요?"

더욱더 구겨진 상을 하고 민무질도 옹알거렸다.

"글쎄 내가 뭐라고 합디까. 천기가 심상치 않으니 큰 변이 일어날 것이라고 예언한 내 말이 불행히도 적중하는가 싶소이다그려."

박포는 박포대로 입버릇 같은 천기 타령을 또 씨부려댔다.

"허허, 답답한 군들이로고……"

이숙번이 오만스런 조소를 흘렸다.

"사태가 다급하게 됐으면 적절한 대응책을 강구할 일이지, 부질없이 입방아만 찧는다고 뾰족한 수가 생긴답니까."

"이 지사 어른, 그 말씀 잘 하셨습네다."

민무회가 약삭빠르게 그 말꼬리에 매달렸다.

"그래서 이렇게 지사 어른을 모셔온 것이 아니겠습니까."

"그렇습니다. 이제 믿고 의지할 수 있는 것은 오직 이 지사께서 보유하고 계신 정병(精兵)들 뿐이외다."

민무구도 매달렸고,

"언제 쓰자는 비장의 이검(利劍)입니까. 한번 크게 활용하시어 회천의 꿈을 펴보시지 않겠습니까."

민무질도 추근추근 달라붙었다.

"글쎄, 세상 일이란 말로만 되는 것이 아니라니까."

구지레한 턱수염이 덥수룩한 턱을 치켜들고 이숙번은 거드름만 피웠다.

"큰일을 치르자면 말이요, 선은 이렇고 후는 이러니 어느 몫에 무슨

그물을 치고 어느 고비에 무슨 말뚝을 박는가 정확하고 면밀한 작전을
세워야 할 것이 아니겠소."

"고맙소이다. 이 지사가 그토록 적극적으로 우리를 도와주실 의향이시
라니 태산이 우리를 받쳐 주는 것 같습니다."

민무구는 우선 얼레발부터 쳐놓고는 말을 이었다.

"일전에 왕자들의 사병을 폐하라는 분부가 내렸을 때 다른 왕자들은
모두 다 그 지시에 순명하였습니다마는, 세자의 형 방번(芳蕃)만은 아직
도 장졸들과 병기들을 고스란히 보유하고 있다고 합니다. 그 자들이 난을
일으킬 경우 첫번째로 공격할 목표는 누구보다도 눈에 가시처럼 여기는
이 집 정안군 나리의 사제가 될 거올시다. 그러니 장졸들을 동원하여
이 집을 호위하여 주십시오. 그렇게만 해주신다면 젖비린내나는 방번의
졸개쯤 늦가을 파리새끼 잡아죽이듯이 뭉개버릴 수 있을 것이 아니겠습
니까."

"그야 내 자랑은 아니오만, 내가 기른 녀석들은 일기당천의 용골(勇
骨)들이란 칭찬이 자자하긴 하외다. 그러나 난감한 문제가 있소이다."

큰소리를 탕탕 치면서도 막상 문제의 핵심에 접어들자 이숙번은 꼬리
를 사렸다.

"아직 내놓고 일이 벌어지지도 않은 이 마당에 국가에서 가장 경계하
는 사병을 동원해서 남들의 눈에 거슬리게 한다면, 오히려 맷돌을 목에
걸고 물속으로 뛰어드는 격이 되지 않겠소? 우리 편에서 먼저 난을 일으
켰다는 트집을 잡힐 수도 있을 것이 아니겠소?"

이숙번이 능청맞게 사리는 꼬리를 민가네 형제들은 놓치지 않고 물고
늘어졌다.

"그까짓 청맹과니만도 못한 인간들의 눈이 문제이겠습니까. 철통 같은
경비망을 치기는 치되, 남들의 눈을 가리는 방법은 얼마라도 있겠지요."

민무질이 하는 말이었다.

"가릴 수 있는게 따로 있지 부정한 수천 장정들을 무엇으로 가린단

말이요. 보따리에 싸서 들고 다닐 수도 없을 게고, 자루에 넣어서 걸머지고 다닐 수도 없는 노릇이 아니겠소."

이숙번은 투정만 부렸다.

"글쎄 염려 마시라니까요."

민무구가 격에 맞지도 않게 선 웃음을 치면서 소리를 죽였다.

"바로 저 건너집 말씀입니다요."

대문쪽을 턱짓했다.

"그 집으로 말할 것 같으면 후원에 동산 하나가 고스란히 들어앉았으니 사람 수천 명쯤은 숨기고도 남습니다. 또 거리가 아주 가까우니 여차하면 연락하기도 쉽고 행동하기도 쉽습지요."

"누구의 집이요?"

"상장군 신극례(申克禮)의 집이올시다. 우리 매부를 상전처럼 섬기는 사람일뿐더러 우리네 형제들과도 자별한 사이이니, 한 마디 지시만 하면 견마지로를 다할 거올시다."

그제서야 이숙번도 다소 마음이 동하는 눈치였지만, 그래도 망설이는 꼬리를 아직은 끌고 있었다.

"그건 그렇다치더라도 무기는 어떻게 하오? 내 수하 녀석들이 창검이니 궁시를 번득이며 몰려들었다간, 오는 도중에 이미 남의 의혹을 살게 아니겠소."

"그 점도 과히 염려할 필요는 없습니다. 그 집엔 미리 적지 않은 병기를 감추어 두었으니까, 이 지사의 휘하 장졸들을 적당히 변복(變服)이나 하고 맨손으로 모이게 하면 그만입니다."

민무구가 이렇게 말하고 의미 깊은 눈길을 민씨부인에게 보내고 있는데, 대문밖에서 떠들썩한 소리가 날아든다.

"이놈! 이 댁이 어느 어른의 댁이라구 함부로 엿보는 거냐. 요 턱주가리에 수염 한 올 없는 새파란 애녀석아."

그것은 입궐하는 방원을 전송하고자 따라 나갔던 김소근의 목소리였다.

잠시 후 김소근은 머리에 수건을 칭칭 감은 한 총각을 끌고 들어왔
다. 어디서 어떻게 다쳤는지 총각은 피투성이가 된 한쪽 발을 질질 끌고
있었다. 아는 사람이 본다면 원궁인의 변장이라는 것을 이내 간파할 수
있었겠지만, 지금 이 집 마당에 모인 누구도 원궁인을 만나본 적이 없는
사람들이었다.

"이놈아, 바른대로 대란 말이다. 어떤 꿍꿍이속이 있어서, 어느 놈이
시켜서 이 댁을 기웃거렸지?"

총각의 덜미를 쥐어지르며 김소근은 족쳤다. 그러나 총각차림을 한
원궁인은 의심에 찬 눈으로 그 자리에 모인 사람들을 쓸어보더니, 눈길이
민씨부인에게 멈추자 비로소 입을 열었다.

"이댁 옹주마마를 만나 뵙고 급히 아뢸 말씀이 있어서 찾아왔노라고
여쭈어라."

그 말에 민씨부인은 긴장한 눈으로 원궁인을 마주 보았다.

"내가 이 집 안주인인데, 무슨 말을 전하겠다는 거냐."

민씨부인은 물었다.

"틀림없는 옹주마마이신가요?"

다짐하는 원궁인의 시선이 착잡하게 술렁거렸다. 정말 야릇한 감정이
었다.

우선 부러움이 앞섰다. 물론 원궁인 자기는 지금 이 나라의 절대적인
권력자 국왕의 총애를 한몸에 지니고 있는 처지였다. 어느 면으로 따진다
면 여자로선 누구도 부러울 것이 없는 행복의 절정에 있다고 할 수도
있다.

하지만 한 가정의 주부의 자리를 의젓하게 지키고 있는 여인의 듬직한
자신(自信)을 자기는 영영 갖지 못할 것이라고 느껴진다. 비록 고대광실
에서 거처하더라도 그것이 한낱 곁방살이에 지나지 않는 처지라면, 오막
살이라도 어엿하게 자기 집을 쓰고 사는 집 주인이 부러울 수도 있다는

말과 같은 심정일까.

그런 선망과는 또다른 감정이 마음 한 구석에선 작용하고 있었다. 일종의 유대감이라고나 할까, 친동기와 같은 정이 가는 것이다. 칠점선이나 다른 후궁들에겐 가져보지 못한 감정이었다.

그런 감정이 지금의 경우는 더욱 절박했다.

──그러기에 나는 위험을 무릅쓰고 이렇게 달려온 것이 아닌가.

민씨부인에게서 방원을 느끼기 때문에 이 집안에 들어서자 먼저 부인을 찾은 것이었고, 방원에게서 자기를 느꼈기 때문에 죽음의 고비를 넘기며 달려왔던 것이다.

정말 아슬아슬한 고비였다.

경복궁 담장을 넘어 뛰려고 할 때였다. 화살 한 대가 날아와서 발 뒤꿈치에 꽂혔다. 그 근처를 경비하던 친군위(親軍衛) 갑사들이 쏜 것이었다.

화살의 뒤를 이어 이 편으로 달려오는 발소리가 들려왔다.

정상적인 길로 도망치자면 발꿈치에 상처를 입은 몸이니 그들의 추적을 끝끝내 모면할 수는 없을 것이라고 판단했다. 그래서 담장밖 계곡으로 뛰어내렸다. 지금의 삼청동(三淸洞) 골짜기였다.

갑사들이 허탕을 치고 돌아가는 것을 확인한 후에야 조심조심 몸을 움직였다. 발을 다쳤으니 제대로 걸을 수도 없었다. 오랜 시간을 고생하고 방황한 끝에 겨우 지금에야 이렇게 방원의 집을 찾아온 것이다.

"옹주마마께만 은밀히 여쭈어야 할 말씀입니다만, 들어주시겠습니까."

원궁인은 다시 입을 열고 이렇게 말했다.

무엄한 소리였다.

왕자대군댁 정실 부인에게 미천한 시골 총각차림을 한 젊은 녀석이 조용히 얘기를 나누고 어쩌고 하겠다는 수작은 용납될 수 없는 망언이었다. 그러나 민씨부인은 무엇인가 짚이는 데가 있었던지 개의치 않고 허리를 굽혔다. 할 말이 있으면 귀엣말로 속삭이라는 눈치였다.

어쩌면 민씨부인의 예리한 통찰력이 비록 남복을 하였지만 원궁인의 정체를 여성으로 간파한 때문일는지도 모른다.

모두들 어처구니 없다는 듯이 바라보는 시선을 받으면서도, 원궁인은 상당히 긴 말을 소리 죽이고 속삭였다. 민씨부인의 표정에 더할 수 없는 경악이 파도쳤다.

민가네 형제들은 말할 것도 없고 이숙번도 박포도 궁금스런 눈길을 보냈지만, 무시하고 김소근이만을 눈짓으로 민씨부인은 불렀다.

"무슨 일이십니까요, 옹주마마."

잘 길이 든 사냥개처럼 김소근이는 굽실거리며 다음 지시를 촉구했다.

"너, 급히 예궐하여 나리를 모셔오도록 하라."

다른 말 제쳐놓고 민씨부인은 이렇게 지시했다.

"글쎄올시다요."

김소근이는 고개를 외로 꼬고 난처한 얼굴을 했다.

"상감마마 병환이 위중하시다고 해서 입궐하셨으니, 우리 나리께서도 여러 왕자님네들과 한 자리에 계실텐뎁쇼. 무슨 핑계를 대고 나리를 모셔온단 말씀입니까요."

지극히 소박하면서도 당연한 반문이었다.

민씨부인은 입술을 깨물고 생각에 잠길 수밖에 없었다.

김소근이에게 방원을 모셔오라고 서두르는 것은 원궁인이 전한 급보 때문이었다. 물론 정도전 일파가 국왕이 위독하다는 핑계를 내세우고 무심코 입궐한 왕자들을 해치려는 움직임이 엿보인다고 밀고한 때문이었다.

그러나 그 자리엔 방원의 친형제들 뿐만 아니라 세자 측에 속하는 왕자 왕족들도 모여 있을 것이다. 요소 요소엔 정도전 일파의 밀정들과 자객들도 잠복하여 있을 것이다. 섣부른 소리를 입밖에 냈다간 오히려 화를 재촉하는 결과가 될는지도 모른다.

제삼자는 전혀 눈치채지 못하도록 자연스런 이유를 대야만 했다.

"이렇게 여쭈도록 해라."

겨우 어떤 묘안이라도 생각난 것일까, 민씨부인은 다시 입을 열었다.

"내가 갑자기 가슴앓이가 도져서 죽을 지경이니 즉시 귀가하시라고 여쭌다면, 다른 사람들도 의심하지 않을 것이며 나리께서도 지체않고 달려오실 게다."

김소근은 말을 몰고 경복궁으로 달려갔다.

그때 방원은 근정문(勤政門) 밖 서쪽 행랑에서 대기하고 있었다.

그 자리에는 방의(芳毅), 방간(芳幹) 두 형과 청원군 심종(淸原君 沈棕), 상당군 이백경(上黨君 李伯卿), 의안군 화(義安君 和), 홍안군 이제(興安君 李濟) 등 왕자, 왕족, 부마(駙馬)들이 참집하여 있었다.

그 중에는 방원 측에 속하는 인사들도 섞여 있었지만, 이제와 같이 세자 편의 핵심적 인물도 도사리고 있었다.

민씨부인과 김소근이가 우려했던 그대로였다.

거기 김소근이가 헐레벌떡거리며 뛰어들었다.

"옹주마마께서 갑자기 발병하시어 숨도 못쉬실 뿐만 아니라 정신을 잃으시고 꼼짝도 못하십니다요."

민씨부인이 지시한 내용에 야단스런 수선을 곁들여 보고했다. 방원으로선 예기치 못했던 소식이니만큼 몹시 난처했다.

한편에선 부왕의 병세가 위독하다고 야단이고, 한편에선 부인이 급병을 얻어 위급하다고 설치고 있다.

이럴 수도 없고 저럴 수도 없어서 더운 한숨만 몰아 쉬고 있는데, 의안군 화가 한마디 거들었다.

"정안군은 잠깐 집에 다녀오도록 하게. 아직 침전에선 아무런 기별도 없는 것을 보니 상감의 환후도 다소 차도가 계신듯 싶으이."

그 말에 이제는 초조한 얼굴이 되며 창밖만 자꾸 내다보았다.

아직도 해는 인왕산 마루에 걸려 있었다.

그들 정도전 일파의 거사 예정 시각은 날이 저물고 어둠이 덮힌 이후로 내정되어 있었지만, 뜻하지 않은 사고가 그들의 계교에 차질을 초래하게 했으며, 그것이 또 조선왕조의 역사를 뒤바꾸어 놓는 계기도 되었던 것이다.

사연은 이렇다.

그날 아침 나절 원궁인의 방을 찾아가서 단단히 당부를 한 김사행은 유구국에서 망명한 산남왕이 거느리는 무사들을 잠복시킬 처소를 정한 다음, 원궁인이 침전에 오기를 기다렸지만 좀처럼 나타나지 않았다. 애가 탄 그는 다시 원궁인의 방을 찾아갔다.

물론 원궁인은 없었다. 행방을 수소문해 보았지만 종적이 묘연했다.

다만 친군위 도진무 박위가 부하의 보고를 받았다고 하면서, 수상한 괴한이 궁장을 넘어 도주하였다는 사실을 전하였다.

그것이 바로 원궁인일 것이라는 추측까지는 못하였지만, 어떤 변고가 단단히 났을 것이라는 짐작은 갔다. 만일 그 변고가 자기네들의 기밀의 누설을 의미한다면, 큰일이라고 김사행은 지레 겁을 먹었다.

조급한 나머지 일을 서둘렀고 예정 시각을 앞당겨 왕자들을 불러들인 것이다. 그렇다고 환한 대낮에 일국의 왕자들을 네 명씩이나 때려 죽일 수도 없는 일이었다.

또 하수(下手)를 의뢰한 산남왕 휘하의 역사들은, 날이 어두운 이후에 예정된 처소로 잠복하기로 되어 있었다.

그런 내막을 이제 역시 잘 알고 있었던만큼 날이 어둡기를 초조히 기다리고 있었던 것이며, 모처럼 그물에 걸려든 방원이 귀가할 기색에 애를 태우고 있는 것이다.

"어서 가보게나."

의안군 화는 거듭 종용하며 약낭에서 환약 두어 알을 꺼내주었다.

"이것은 일전에 상감께서 특히 하사하신 신약이라네. 중국에 사신으로 갔던 사람이 구해온 것이라던가. 청심환(淸心丸)과 비슷한 성질의 약이

지만 약효가 월등해서 복용하는 즉시로 가슴앓이 같은 병은 당장에 쾌유
할 걸세."

그렇지만 방원은 망설이기만 했다.

"서숙께선 나 혼자만 불효 자식이 되라시는 겁니까. 처도 소중하긴
합니다만, 죽으면 또 얻어들일 수도 있지 않습니까. 아버님은 단 한분
뿐이십니다. 그렇게 할 수는 없습니다."

그 말에 김소근이가 답답해 못견디겠다는 눈길을 보내더니, 갑자기
아랫배를 움켜쥐고 죽는 시늉을 했다.

그것은 그가 어떤 긴급하고 비밀스런 정보를 입수했을 때 남의 이목을
피할 수 있는 자리로 옮기자고 연출하는 연기였으며 신호이기도 했다.

"왜 그러느냐, 이놈아. 못먹을 것을 처먹어서 배탈이 났으면 곱게 나가
서 토하기나 할 일이지, 이 자리가 어느 자리라고 수선을 떠느냐."

입으로는 퉁명스럽게 꾸짖으면서도 자못 노복을 아끼는 상전답게 방원
은 그를 끌고 밖으로 나갔다.

22. 8월 26일의 女人들

"눈치도 없으십니다요, 나리."

사람들의 이목이 먼 낭각(廊閣) 밖으로 나가자 김소근은 투덜거렸다. 물론 배가 아프다고 수선을 떤 것은 멀쩡한 속임수였다.

"혹시 누가 어떻게 눈치를 챌는 지 몰라서 거기서는 말을 못했습죠만."

소리를 죽이고 몇마디 속삭였다. 그리고는

"어유 배야, 어구구구. 나 죽습니다요, 나리. 어구구구, 소인 소근이 인제 고댓골로 가나봅니다요, 나리."

다시 수선을 떨기 시작했다.

그때 방원의 집 내실에선 민씨부인과 김씨와 그리고 자신의 정체를 다 밝힌 원궁인, 이렇게 세 여인이 둘러앉아서 조바심을 하며 방원을 기다리고 있었다.

"소근이가 과연 나리를 모셔올 수 있을는지 걱정스럽구먼."

민씨부인이 그렇게 말하자,

"나리께서 돌아오신다고 하더라도 그 다음 일이 걱정이 아니겠어요. 나리를 다시 금중(禁中)으로 불러들일 수도 있을테니까요."

김씨는 또다른 근심을 한다.

"오늘밤 정도전 일파가 우리 나리랑 여러 왕자님네들을 해치려고 한다는 흉계는 원궁인의 말을 들어 짐작이 가지만, 어떠한 손을 써서 무슨 농간을 부릴는지 자세한 내막을 알 수 없단 말예요."

"나도 그 점이 궁금하구면요."

민씨부인의 말을 받아 원궁인도 무거운 한숨을 흘렸다.

"내가 보고 짐작한 바로는 산남왕인가 유구왕(琉球王)인가 하는 괴상한 인간과 무슨 결탁을 하고 있는 것만은 사실인 듯 싶지만요, 그 이상 어떤 계략을 세우고 있는지 거기 대해선 캄캄하기만 합니다."

세 여인이 제자리만 맴돌며 안타까워하고 있는데, 기척도 없이 방문이 열렸다.

방원이었다.

"부인이 빈사의 지경에 빠졌다는 소식을 듣고 허겁지겁 달려왔거니와 이건 어찌된 일이요? 멀쩡하기만 하구료."

능청을 떨다가 거기 있는 원궁인을 보고 놀란다. 아직도 남장을 한 채 그대로 앉아 있던 원궁인은 급히 일어나서 절을 한다. 사적으로는 부왕의 총애를 받는 후궁이지만, 공적으로는 아직 이렇다 할 관직을 받지 못한 원궁인이었다.

왕자대군에게 그만한 예도는 당연한 것이었지만, 방원은 절을 받기가 민망스러웠다. 어쨌든 부친과 정을 나누고 있는 여인이니 다른 각도에서 따지자면 서모뻘이 된다.

어색하게 마주 허리를 굽히며,

"이건 뜻밖이외다. 원궁인이 우리 집을 다 찾아주다니."

인삿말만이 아닌 진정한 심정으로 물었다.

"그 동안 벌써 안면이 있으셨나요?"

민씨부인이 가볍게 비꼬았다. 그 말에 원궁인은 귀밑을 붉히며 고개를 외로 꼬았다.

"언젠가 근정전 후원 연못가에서 만난 적이 있소만, 무슨 일이 있기에 그런 심상치 않은 복장으로 내 집을 찾아주셨소?"

그 동안의 경의를 모르고 있는 방원은 무엇보다도 그 점이 궁금했다.

"실은 원궁인께서 아주 다급한 소식을 알려주셨어요. 굉장한 위험을 무릅쓰고 말이에요."

원궁인이 전하여 준 정보와 궁중을 탈출하느라고 겪은 고생을 민씨부인은 간추려 전달했다.

착잡한 감정이 방원의 가슴 속을 회오리쳤다.

정도전 일파가 자기네 형제를 모해하고자 칼날을 뽑아들었다는 그 정보에 대해서도 충격이 없을 수 없었지만, 그보다도 원궁인의 의도가 궁금했다.

──저 여성은 왜 그토록 나에게 호의를 베풀려고 하는 걸까.

궁중 후원 연못가에서 만났을 때, 신변을 조심하라고 귀띔을 해주던 그 태도부터가 심상치 않다. 그 후 칠점선을 통해서 정도전 일파의 음모의 일단을 제보해 주기도 했고, 오늘은 또 변복까지 하고 직접 자기 집을 이렇게 찾아주었다.

"내가 알기엔 원궁인은 정도전 일파와 가깝다는 소문인데, 여러 모로 어려운 일을 당하면서까지 나를 두둔하려는 이유가 무엇이오."

까놓고 캐물었다. 방원으로선 응당 품을 수 있는 회의였으며 물을 수 있는 질문이었지만, 원궁인에겐 무척 섭섭한 말이었다.

야속하다. 눈물이 날 것 같다. 그러나 그런 감정을 원궁인은 내놓고 밝힐 수 있는 입장에 있지 못하다. 또 그와 같은 분별을 가릴만한 총명도 있었다.

그리고 또 민씨부인이랑 김씨에 대한 자긍심도 작용했다. 허세에 가까운 강변(强辯)을 입에 담을 수밖에 없었다.

"정안군 나리께선 어떻게 보실는지 모르겠습니다만, 나는 어느 파당에도 속해 있지 않다고 자처하고 있습니다. 굳이 내가 마음을 기울여야 할 분이 계시다면, 상감마마 한 분 뿐이올시다. 오늘 이렇게 나리댁을 찾아 온 이유를 물으신다면, 오직 상감을 위하는 충정에서 취한 행동이라고 답변할 수밖에 없습니다."

진실과는 사뭇 거리가 있는 겉도는 소리라고 자각하면서도 원궁인은
역설했다. 그렇게 해야만 비참하게 허물어질 것 같은 자신의 내부의 무엇
을 겨우 지탱할 수 있을 것만 같았다.

"만일 여러 왕자님네들이 해를 입었을 경우, 상감께선 얼마나 비통히
여기시겠습니까. 언젠가도 말씀하시지 않았습니까. 열손가락 깨물어 아프
지 않은 손가락이 있겠느냐고 하시던 그 어른에게, 그런 고통을 안겨드리
지 않으려는 정성뿐입니다."

말의 액면은 지극히 상식적인 것이었지만, 그 상식 속에 숨겨져 있는
애달픈 메아리 같은 것이 야릇하게 방원의 가슴을 흔들었다. 물론 그것이
구체적으로 어떤 성질의 것인지 의식할 수는 없었지만, 거의 본능적으로
그런 충격을 받았다.

방안에는 잠시 서먹한 침묵이 흘렀다. 그 침묵을 깬 것은 뜻하지 않은
방문객이었다.

"옹주마마 계시오?"

음성만 들어도 여느 여성과는 다른 깐깐한 성깔이 느껴지는 소리가
날아들었다.

"저건 바로 계림군(鷄林君)댁 부인의 목소리 같구만."

민씨부인이 놀라며 방문을 열었다. 거기엔 한 초로의 부인이 서 있었
다. 머리엔 이미 흰 것이 섞여 있었지만, 야릇한 생기와 박력을 발산하는
부인이었다.

그 부인의 얼굴을 보자, 방원도 급히 자리에서 일어나 허리를 굽혔다.
웬만한 여성에겐 보인 적이 없는 공근한 태도였다.

"앉아 계십시오, 나리. 과공은 비례라고 하지 않습니까. 변변치도 않는
과부를 지나치게 예대하시면 오히려 몸둘 곳을 찾을 수 없습니다."

깐깐하게 핀잔을 주는 말에 방원은 겨우 좌정하였지만, 그의 자세는
여전히 공손했다.

방원이나 민씨부인이 그 부인을 그렇게 예대하는 데엔 사연이 있었

다.

그 부인의 남편은 정희계(鄭熙啓), 전 왕조 고려 때엔 최영의 막관(幕官)으로 있다가 밀직사(密直使)에 승진한 인물이었지만, 최영이 이성계와의 싸움에서 패하여 죽은 후에는 이성계와 은연한 선을 대고 있었던 까닭에 별로 서리를 맞지 않았을 뿐만 아니라 이성계 혁명에 적극 가담하여 개국공신 일등에 오르기도 했다. 정2품 좌참찬을 거쳐 수도(首都)의 최고 장관인 판한성부사(判漢城府事)를 지내다가 태조 5년 7월 11일에 사망한 인물이었다.

그러나 그런 원훈의 미망인이라고 해서 방원이 이토록 쩔쩔매는 것은 아니다.

얘기는 잠시 소급한다.

방석을 세자에 책봉하였을 당시였다. 그 부인은 강비(康妃)를 찾아가서 강경히 충고하였다는 것이다.

──정안군을 세자로 삼아야 옳았을 것입니다. 만백성의 인망이 그분에게 기울어 있으니 말입니다. 그러한 민심의 동향을 무시하고 의안군(宜安君 : 방석)을 책립하였으니 앞으로 반드시 좋지 않은 일이 일어날 거올시다.

강비 앞에서 그와 같은 직언을 할 수 있었던 이유를 태종실록 총서(叢書)에는 그 부인이 강비의 삼촌 조카딸이 되는 때문인 것처럼 기재되어 있지만, 그렇다면 그 부인의 성씨도 강씨이어야 할텐데 실록의 같은 대목에는 신극례(辛克禮)의 누이동생이었다고 밝히고 있다. 혹 강비의 외가가 신씨가 아니었나 하는 추측도 할 수 있지만 그렇지도 않다. 현종실록(顯宗實錄) 11년 정월 25일조를 보면 윤성부인(允成夫人), 즉 강비의 모친은 진주 강씨(晋州姜氏)로서 강은(姜誾)이란 사람의 딸이라는 대목이 있다.

그렇다면 정희계의 처 신씨는 강비와는 별다른 척분도 없었을 것이라고 보아야 할 것이다. 오직 국가의 장래를 우려하는 나머지 서슬이 푸른 강비의 앞에서도 그와 같은 대담한 충고를 했을 것이라고 해석할 수밖에 없다.

또 그렇다면 신씨부인이란 여성은 여간한 남성도 따를 수 없는 강직한 성격의 소유자였을 것이라는 추측이 간다.

방원이 그 부인을 존중하는 이유도 바로 그 점에 있었던 것이다.

"아무래도 무슨 변이 일어날 모양이로군요."

신씨부인은 이런 식으로 말을 이었다.

"우리 집에서 부리는 몸종아이 하나가 있는데, 그 아이의 소꿉동무가 의성군(宜城君) 남대감의 소실댁에서 종노릇을 하고 있다나요? 몸종아이가 어쩌다가 그 소꿉동무를 만났더니, 오늘밤 안으로 난리가 일어난다는 기밀을 엿들었다는 거예요. 궁중에선 세자측 휘하의 역사들이 신의왕후님 소생의 왕자님네들을 타살할 계획이며, 한편 친군위 도진무 박위가 거느리는 장병들이 정안군 나리댁을 급습할 흉계를 꾸미고 있다는 것이어요."

신씨부인의 뜻하지 않은 제보에 좌중은 숨을 들이켰다. 이제서야 정도전 일파의 음모에 대한 윤곽이 대충 들어난 셈이었다.

그 정보의 출처가 다름아닌 적당들의 비밀 장소인 남은의 소실집 하녀의 입이었다는 점으로 미루어도 의심할 나위가 없었다.

또 매사에 지나칠 정도로 정확한 신씨부인의 성격을 생각하더라도, 여간한 확실성이 없이는 그와 같은 엄청난 정보를 발설하지는 않을 것이다.

일찍이 느껴보지 못한 격분에 방원은 으스러지게 어금니를 씹었다.

그야 처남 형제들을 위시하여 여러 사람의 입을 통해서 정도전 일파가 자기를 해치려고 한다는 풍문을 듣지 않은건 아니었다. 하지만 그것은 어디까지나 믿을 수 없는 뜬소문에 지나지 않을 것이라고 흘려버린 방원이었다.

정도전 일파가 아무리 방원 자기네 형제들을 미워한다고 하더라도 창업의 뿌리도 제대로 박히지 않은 신생국가를 내란의 도가니로 몰아넣는 망동까지는 부리진 않을 것이라고 자위하여 왔다.

그러나 이제 그들은 일방적으로 칼날을 뽑아들고 마지막 발악을 꾀하고 있었다. 사병을 파하라는 부왕의 지시를 빙자하여 방원 형제들의 무장을 교묘하게 해제시켜 놓고는, 맨주먹이나 다름없는 무방비 상태에 몰아넣은 다음 단숨에 잡아먹겠다고 비열한 이빨을 드러내고 있다.

왕세자 책봉 이후 갖은 굴욕을 참으며 양보에 양보를 거듭하여 온 자신의 고충을 새삼 내세우지 않아도 좋다. 적당들의 비열한 술책이 무엇보다도 미운 것이다.

"버러지만도 못한 인간들……"

방원은 씹어 뱉었다.

"우리 형제는 지존하신 상감의 아들들이야. 제놈들에게 호락호락 잡혀먹힐 것 같은가?"

분한 김에 그런 소리를 곱씹자니까 묘한 명분과 논리의 틀이 잡혀간다.

조금 전에 원궁인이 하던 말과 같이 자기네 형제들이 정도전 일파의 더러운 칼날에 쓰러진다면 부왕 이성계의 심경은 어떠할 것인가. 한편의 손가락이 모조리 잘린 것 같은 아픔에 몸부림칠 것이다.

더더구나 부왕은 지금 중병을 앓고 있다. 적당들이 떠들어낼 정도로 위급하진 않을는지 모르지만, 자기네 형제들이 피살된다면 그 충격만으로도 간당간당한 수명이 단축되는지도 모른다.

——떨어지는 불똥은 제거해야 한다. 누구보다도 아버님을 위해서 그렇게 해야 한다.

당장 사병들을 동원하고 싶었다. 집합 명령을 내리고 병기를 점검하라고 하고 싶었다. 그러나 다음 순간 방원은 쓰디쓰게 입술을 깨물었다.

——지금 나에겐 변변한 창검도 궁시도 없는 형편이 아닌가. 내 손으로 모조리 불태워버렸으니 말이다.

새삼 자신의 성급한 마음이 뉘우쳐진다.

그런 방원의 표정을 이윽히 지켜보고 있던 신씨가 방원이 듣기엔 엉뚱한 소리를 했다.

"아무리 봉화백 일당들이 역란을 일으키더라도 제 손으로 무덤을 파는 것이나 다름없겠지요. 정안군 나리께선 만반의 대비책을 강구하고 계시지 않습니까."

"무슨 말씀을 하시는 겁니까?"

방원은 불끈했다. 신씨가 마치 자기를 조롱하는 것 같기만 했기 때문이었다.

"내가 나리댁엘 오기 전에 길 건너 오라버니댁을 들르지 않았겠어요?"

방원의 반응엔 개의치 않고 신씨는 딴소리를 꺼냈다.

"만일 나리댁을 숱한 군사들이 습격할 경우, 우리 오라버님댁에도 화가 미칠까 염려해서 문단속이라도 단단히 하라고 귀띔해 드릴 생각이었지요. 그랬더니 옹주마마 오라버님네들이 우리 오라버니와 실랑이를 벌이고 있질 않겠습니까."

"내 처남들이 말씀입니까?"

방원은 이맛살을 찌푸렸다. 경망스런 민가네 형제들이 또 무슨 말썽을 일으켰나 싶었던 것이다.

"사연을 들어보니 심상치 않은 얘기들이더군요. 불원간 정도전 일파의 군사가 공격해 올 염려가 있으므로 안산군 지사를 지내고 있는 이 장군의 사병들을 동원해서 대비할 생각이지만, 그 사병들을 숨겨둘 장소가 마땅치 않다는 것이 옹주마마 오라버님들의 얘기이더군요. 아직 내막을 모르는 사람들은 태평한 세월인 줄만 믿고 있는데, 정안군 나리댁에 군사들을 주둔시켰다간 오히려 적당들에게 되잡힐 염려가 있으니, 그 군사들을 우리 오라버님댁에 숨겨 달라는 것이었어요."

민가네 형제들과 이숙번 사이에 그와 같은 논의가 오고 간 것은 방원이 입궐한 다음이었으므로, 방원으로서는 까맣게 모르는 일이었다.

그런만큼 새삼스런 소식이기도 했지만, 지금으로선 반가운 얘기가 아닐 수 없었다.

——하지만 찬밥 더운밥 가리고 있을 형편은 아니다.

우선 적당들의 공격부터 막아놓고 볼 일이었다. 그러자면 정예를 자랑하는 이숙번의 사병들을 이용하는 길이 유일한 활로였다.

"그래 신 장군께선 뭐라고 하십디까."

하고 물었다.

"정안군 나리께서 친히 청하시는 일이라면 모르지만, 다른 사람들의 말만 듣고는 가타부타 대답할 수 없다는 얘기던데요."

이젠 더 망설이고 있을 수는 없었다. 방원은 즉시 신극례의 집으로 건너갔다. 그 집에선 아직도 민가네 형제들과 이숙번을 상대로 신극례가 실랑이를 하고 있었다.

"얘기는 계림군 부인으로부터 소상히 들었소이다. 나 방원이 이렇게 머리를 숙이고 간청하겠으니, 우리네 소청을 들어주시오."

방원이 깊이 허리를 숙였다.

"왜 이러십니까, 나리. 나리께서 죽으라고 하시면 당장에 죽기라도 할 이 사람에게 절을 하시다니 벼락이라도 맞을까 두렵습니다."

이런 말로 신극례는 쾌히 승낙했다.

"얘기가 그쯤 됐으니 나는 당장 내 휘하 무골(武骨)들을 불러오겠소이다."

거드름만 피우던 이숙번도 사태가 긴박함을 느낀 것일까, 지체않고 달려 나갔다. 그러나 방원에겐 또 하나의 해결할 문제가 있었다.

"신 장군의 호의로 이 지사의 휘하 무변들을 숨겨둘 수는 있게 됐지만, 병기는 어떻게 하지? 아직은 평온한 서울거리를 창검을 번득이며 몰려들 수도 없는 노릇이고."

자신이 소각해 버린 병기를 다시 아쉬워하며, 방원은 답답한 한숨만 씹었다.

"병기라니요?"

신극례가 반문하며 뜻하지 않은 소리를 건넸다.

"벌써 며칠 전에 우리 집에 맡겨두시질 않았습니까."

방원은 도깨비라도 홀린 기분이었다. 분명히 자기 손으로 무기고를 태워버렸는데, 그 무기를 신극례의 집에 맡겨두었다고 하니 무슨 얘긴지 종잡을 수가 없었다.

그저 어리둥절한 눈만 두리번거리고 있는데,

"아둔한 아녀자의 소견으로 저지른 당돌한 죄를 용서해 주시어요."

어느 새 뒤따라 온 민씨부인이 이런 말을 한다.

"죄가 있다면 저에게 있습니다. 형님에겐, 아니 옹주마마껜 아무 허물도 없습니다. 저를 책하여 주시어요."

역시 뒤따라 온 김씨가 가로막고 나섰다.

"뭐가 어떻게 됐다는 얘기요?"

갈피를 잡지 못하고 있는 방원에게,

"우선 물건이나 먼저 점검하시지요."

신극례가 종용하면서 후원 곳간으로 방원을 인도했다.

그가 곳간문을 열어젖히자 방원은 더욱더 무엇에 홀린 것 같은 기분이었다. 창두(槍頭)가 넉량(四兩)이나 되는 화식(華式) 장창이 수백 자루나 세워져 있다. 길이 15척이나 되는 기창(騎槍)도 백 자루는 넘을 게다. 보기만 해도 적들이 기급을 할 요란스런 장식이 달린 낭선(狼筅)도 아쉽지 않게 비치되어 있었다.

한번 휘두르면 적의 허리통을 두 동강을 내고도 남을 육중한 월도(月刀)도 있었다. 보졸(步卒)들이 적의 기병을 공격할 경우 없어서는 아니될 날이 석자나 되고 자루가 일곱자나 되며 무게가 너근이나 되는 협도(挾刀)만 해도 근 천 자루는 됨직하다.

마상에서 후려치면 적장의 머리통을 투구째 박살을 낼 수 있는 편근(鞭棍), 적의 화살과 창검을 막아내는 등패(籐牌)도 있었다.

그리고 무기의 기본이 되는 장검(長劍), 예도(銳刀), 궁시(弓矢) 등은
말할 나위도 없다. 모두 다 하나같이 눈에 익은 물건들이었다. 과거 십여
년간 방원 자신이 수집하고 손질하여 온 손때 묻은 비장의 이기들이었
다.

"어떻게 이것들이 상하지도 않고 없어지지도 않고 고스란히 이렇게
보관되어 있을까."

꼭 죽은 줄로만 알았던 자식들이 살아서 돌아온 것 같은 반가움에
설레이며 방원은 그 무기들을 어루만졌다.

"이제서야 말씀입니다만, 모두 다 우리 누님의 내조의 공입지요."

민무구가 주먹코를 벌름거리며 신바람을 피웠다. 민씨부인이 당황한
눈짓을 보냈지만, 민무구는 상관 않고 수다를 떨었다.

"나리가 무기고에 불을 지르시던 바로 그 전날 밤이었습지요. 상감의
분부만 내리시면 즉각 병기들을 소각해 버리겠다는 나리의 말씀을 전해
들은 우리 누님은, 앞길을 생각하고 여간 초심한게 아니었습네다. 그날밤
은 마침 천둥과 벽력이 천지를 뒤엎는 것 같았고, 폭포 같은 폭우가 퍼붓
고 있었지만, 우리 누님은 손수 병기들을 날라다가 신 장군 댁에 맡겨두
었던 것입지요."

그러니까 그날밤 김씨를 종용해서 사령들이 주둔해 있는 진문으로
달려갔던 것은 바로 그런 조처를 취하기 위해서였다.

"나는 그런 내막도 모르고 빈 무기고를 불태운 셈이구먼."

방원은 멋적은 웃음을 흘렸지만, 그 웃음 속엔 벅찬 감동이 맺혀 있었
다.

"그때 만일 우리 누님이 병기를 감추지 않고 버려두었다면 어찌 되었
겠습니까. 지금 이런 사태를 당하고도 속수무책, 적당들의 칼날 아래
꼼짝도 못할뻔 하지 않았습니까."

민무질도 간죽간죽 맞장구를 쳤다.

여느때 같으면 그렇게 쌍지팡이를 짚고 설치는 처남들이 밉살스러웠겠

지만, 지금의 방원의 감동은 그런 감정까지도 흩날려 버릴만큼 강했다.

거의 반사적으로 민씨의 손목을 잡았다.

"고맙소, 부인."

진심으로 치하했다.

그가 그런 말을 입밖에 낸 적은 단 한번도 없었을 것이다. 처남들과는 달리 민씨는 새색씨처럼 수줍은 얼굴을 하다가 겨우 입을 열었다.

"꾸중을 하신다면 저 혼자 달게 받을 생각입니다만, 칭찬을 하시겠거든 비 엄마에게 하시어요. 비 엄마의 수고가 누구보다도 컸으니까요."

한때는 이를 갈고 죽이려고까지 했던 김씨에게 공을 돌리려는 그 태도에 방원은 감탄하지 않을 수 없었다.

그러나 그와 동시에 가슴 아픈 무엇이 그의 심골을 누비고 흘렀다.

한 여성이 그토록 높고 크게 성장하자면 얼마나 피나는 자기와의 투쟁을 거쳐야 했을까.

"무슨 말씀을 하시는 거예요, 형님."

이제는 형님이란 칭호를 거침없이 입에 담으며 김씨도 한마디 했다.

"모든 일은 형님께서 주선하시고 형님께서 앞장서서 처리하셨으면서 그러시어요. 저는 그저 형님의 뒤만 따라다니며 잠깐 거들어드렸을 뿐이지 뭐예요."

흐뭇하다.

한 집안에 처첩을 거느리는 사나이만큼 팔자 사나운 놈도 없다는 말이 있다지만, 그리고 방원 자신도 민씨부인과 김씨와의 갈등으로 갈기갈기 신경이 찢어진 적도 없지 않지만, 이제 그 두 여성이 하나로 뭉쳐서 자기를 감싸주고 밀어준다.

더더구나 지금은 자신의 운명을 판가름하는 결정적인 순간이 아닌가.

정말 든든하다.

어디 민씨부인이나 김씨 뿐인가. 죽은 강비도 설매도 칠점선도 원궁인까지도 방원 자기를 위해서 여러 모로 진력해 왔다. 힘이 솟는다.

때로 방원은 견딜 수 없는 고독의 수렁에서 허우적거리는 수가 많다.

비록 정치적으로 그의 편을 드는 당료들은 적지 않다. 그러나 그들은 대개가 다 자기네들이 처해 있는 어쩔 수 없는 당색(黨色) 때문이 아니면, 이악스런 계산알을 퉁긴 나머지 방원 자기를 지지해 줄뿐이었다.

처남 민가네 형제들은 더 말할 나위도 없다. 진심으로 인간 방원을 자기네 자신처럼 아끼고 위해 주는 동지란 좀처럼 찾아보기 어려웠다.

그러나 지금 이 여인들은 자기네 자신들보다도 오히려 방원을 더 소중히 여기고 살뜰히 감싸주려고 한다. 아마 방원을 대신해서 죽으라고 한다면 죽음도 서슴지 않을 것이다.

——이 여인들의 간절한 정을 위해서라도 나는 싸워야 한다. 그냥 죽을 수는 없다.

그는 김소근을 불렀다.

"내 즉시 재입궐할 것이니, 네놈은 응상백이나 끌고 오도록 하라."

그런 다음 민무구를 돌아보며 다짐했다.

"이 지사가 수하들을 거느리고 오거든 단단히 일러두게. 내게서 기별이 있을 때까지는 절대로 경거망동하는 일이 없도록 하라고 말일세."

방원의 집 마굿간으로 달려갔던 김소근이 응상백을 끌고 왔다.

어느새 응상백도 나이를 먹어 노마(老馬) 측에 드는 형편이었지만, 오늘밤은 주인이 회천(回天)의 결판을 내는 중대한 시기라는 것을 직감한 탓일까, 코를 불며 앞발을 굴러댔다.

"참말로 입궐하실 작정이어요?"

불안스런 소리를 던지며 민씨부인이 달려와서 방원의 소맷자락을 잡았다.

"여러 가지 소식으로 미루어 금중(禁中)에선 지금 나리를 해치려는 무리들이 칼을 갈고 있을 것이 아니어요? 그런 움직임을 잘 알고 계시면서도 왜 구태여 입궐하시겠다는 것이어요?"

"부인답지도 않은 말을 하는구료. 내가 가는 것은 죽고자 가는 것이 아니라 살기 위해서 가는 거요."

방원은 점잖게 타일렀다.

"적당들은 지금 내 앞과 뒤에 다같이 음흉한 함정을 파놓고 기다리고 있소. 내가 궁중에 들어가면 부인의 말과 같이 적당들의 칼날이 날아들는지 모르오만, 그렇다고 꽁무니를 빼면 어찌되겠소. 아버님의 위중하심을 기화로 역란을 도모하려 한다고 적당들은 틀림없이 모해할 게요. 그런 오명을 뒤집어 쓰고 비루하게 죽느니보다는 사내 대장부답게 칼날 속으로 뛰어드는 편이 깨끗하고 떳떳하지 않겠소."

그리고 그는 덧붙여 말했다.

"지금 궁중에는 아무 것도 모르는 형님들이 계시오. 만일 형님들이 죽고 나 혼자만 살아남는다면 아버님의 슬픔은 얼마나 크시겠소."

그 말에 민씨부인은 힘없이 소맷자락을 놓는다.

"가자!"

방원은 애마에게 채찍을 가했다. 응상백도 늙은 몸에 스스로 채찍을 가하며 준족을 날렸다. 그 뒤를 김소근이 달렸고, 다시 그 뒤를 민씨부인이 좇으며 외쳤다.

"조심하시어요, 부디 조심하시어요."

김씨도 문기둥을 부여잡고 흐느끼며 같은 소리를 흘렸다. 그리고 원궁인은 원궁인대로 방원의 집 대문 앞에 지켜 서 있다가 차마 입밖에는 내지 못하는 슬픈 소리를 곱씹었다.

"조심하시어요."

한양 거리에는 이미 어둠이 깔려 있었다.

그 어둠을 뚫고 응상백은 쉬지 않고 달렸다. 저만큼 무사석(武砂石)을 높이 쌓아 올린 삼궐(三闕)의 석축 홍예문이 어둠 속에서도 그 위용을 나타냈다.

경복궁의 정문이었다.

훗날(세종 7년)에는 광화문이라고 개칭되는 것이지만 그 당시엔 그렇게 불렸으며, 정문의 칭호는 다름아닌 적당의 괴수 정도전이 명명한 것이기도 했다.

그 문을 정도전 그 인간처럼 쏘아보며 말을 몰고 있는데, 문득 한 옆 길목으로부터 누군가 뛰어나와 길을 가로막았다. 무엄한 방해자였다.

지금의 방원은 적진을 향하여 돌진하는 장수와 같은 기부림에 떨고 있다. 앞길을 가로막는 자가 있으면 가차없이 짓밟고 넘어갈 심정이었지만, 그러나 응상백은 고삐를 당기지 않았는데 걸음을 멈추었다.

반가운 사람에게나 보내는 콧소리를 피웠다. 그제서야 방원도 심상치 않은 것을 느끼며 그 방해자를 눈여겨 보았다. 그것은 설매였다.

뜻밖이었다. 하필이면 이런 길목에서 기다리고나 있었던 것처럼 뛰어나온 까닭은 무엇일까. 그런 궁금증에 대해서 설매는 짧은 말로 설명을 대신했다.

"칠점선 언니의 전갈이어요. 나리댁에 직접 사람을 보내고 싶어도 김사행 일당이 눈을 부라리고 있기 때문에 저의 집으로 연락을 취한 거예요. 저 역시 나리댁엘 갈까 싶었지만, 길이 어긋날까봐 여기서 기다리고 있었던 거예요."

"무슨 전갈이더냐."

방원은 그저 조급하기만 했다.

"오늘밤 궁중 여러 문에 여느날이나 다름없이 등불이 밝혀져 있으면 입궐하셔도 좋겠지만, 불이 꺼져 있으면 되돌아 가시라는 얘기예요."

"그 까닭은?"

"불이 꺼지는 것을 신호로 정도전 일파가 여러 왕자님네들을 일제히 공격하기로 되어 있다는 비밀을 탐지했다는 거예요."

방원은 또 묘한 감동을 느낀다.

오늘 8월 26일날, 이날 따라 자기와 인연이 있는 여인들이 일제히 궐기하여 자기를 내조하고 있다는 든든한 마음에 또한번 가슴이 훈훈해진 것이다.

경북궁 정문쪽을 바라보았다. 상당한 거리가 있어서 확인하기는 어려웠지만, 그 방향에 가무락거리는 불빛이 있는 것 같았다.

방원은 다시 말을 몰았다. 설매에게 살뜰한 말 한마디쯤 남기는 것이 인정이겠지만, 그럴 마음의 여유도 없었다.

정문에 다가가 보니 과연 불은 켜져 있었다. 우선 마음이 놓인다. 여러 궁문들을 바라보았다. 역시 불은 켜져 있었다. 칠점선의 정보가 잘못된 것이 아니라면 정도전 일파에게 어떤 차질이 생겨 계획을 변경했을는지도 모를 일이었다.

방원이 정문 안으로 들어가고 난 잠시 뒤였다.

아직도 길 한복판에 서서 멍하니 그쪽을 지켜보고 있는 설매 앞에 몇몇 왜무를 거느린 평도전이 나타났다.

"우리 왕자님 못보셨소?"

지금 막 궁중으로 들어갔다고 설매가 대답하자,

"아이야!"

평도전은 비명같은 소리를 지르며 입술을 깨물었다.

"늦었구나."

평도전이 달려온 것도 설매와 비슷한 이유에서였다.

침전에서 국왕 이성계의 치유를 맡아보고 있던 평원해가 적당들의 기밀을 탐지하고 평도전의 거처로 몰래 사람을 보낸 것은 오늘 해질 무렵이었다.

평도전은 즉시 몇몇 수하들을 거느리고 방원의 집으로 달려갔지만 방원이 이미 집을 떠난 후였다. 그래서 허겁지겁 이제야 여기까지 달려온 것이다.

"유구왕의 수하들, 여간 지독한 놈이 아니라던데, 어떻게 하지?"

그는 난처한 눈길을 경복궁 쪽으로 던져보내다가 수하들에게 턱짓을 하더니 어둠 속으로 잠적하여 버렸다.

그때 방원은 근정문 서쪽 낭각 앞에서 말을 내리고 있었다. 그 낭각
안엔 아직도 왕자들과 종친들이 그대로 남아서 국왕의 병세를 염려하고
있었다.

"말은 어떻게 할깝쇼?"

김소근이 물었다.

궁중에 들어왔을 경우, 타고 온 말을 돌려보내는 것이 통례였기 때문이
었다. 과연 다른 왕자들이나 부하들은 다 그렇게 했는지, 낭각 문앞엔
마필이란 한 필도 보이지 않았다.

"글쎄 말이다."

방원은 어쩐지 응상백을 돌려보내는 것이 허전했다.

일종의 예감이라고나 할까.

"그놈이 급히 달려 오느라고 목이 마를테니, 우선 마굿간에 가서 물이
나 먹이도록 하라."

이렇게 지시하고 있는데 세자의 동복형인 방번(芳蕃)이 근정문 안으로
들어오더니 곧장 침전을 향해 가려고 한다. 그 태도가 방원의 비위에
몹시 거슬렸다.

"이것봐, 무안군(撫安君)."

이렇게 불러 세웠다.

"아버님 환후를 염려하기는 우리 형제가 다 매한가지거늘, 어째서
너 혼자만 분부도 계시지 않은데 입내(入內)하려는 거지?"

방번은 뒤통수를 긁으며 우물쭈물하다가 그러나 아무런 해명도 하지
않고 그냥 들어가버렸다. 그러한 행동이 괘씸하다기보다도 방원에게
야릇한 불안을 안겨주었다.

방번이 입내하고 난 잠시 후였다. 침전으로부터 한 내관이 달려 나오더
니 소리쳤다.

"상감마마 환후가 한층 위급하시어 피병(避病)코자 하시니 여러 왕자
님네들과 종친들은 급히 입내하시라는 분부이시오."

낭각에서 대기하고 있던 왕자들과 종친들 중에서 의안군 화(義安君
和)와 청원군 심종(淸原君 沈悰)과 홍안군 이제(興安君 李濟)가 허둥지
둥 뛰쳐나와 침전으로 향했다.

방원도 그들의 뒤를 따르려고 하다가 멈칫했다. 그때 여러 궁문에 환히
켜져있던 외등이 일제히 꺼진 것이다.

더 이상 망설이고만 있을 수는 없었다.

형들과 매부와 생사를 같이 하기 위해서 뛰쳐나가느냐, 아니면 자기
한 몸만 살리기 위해서 그냥 숨어 있느냐, 어느 한가지 길을 택해야만
했다.

방원은 겨우 마음을 굳혔다.

형들과 같이 죽음을 당한다면 그것도 천운일 것이라고 생각했다. 비열
하게 혼자 목숨을 보전하고 싶지는 않았다.

밖으로 뛰쳐나갔다.

"왜들 그리 떠드시오. 뒤도 마음놓고 볼 수 없구료."

일부러 넉살을 떨면서 괴한들의 움직임을 예의 주시하였다. 서랑각을
에워쌌던 괴한들은 소리도 없이 형들과 매부에게로 육박하고 있었다.

방원은 몸을 날렸다. 김소근이 고삐를 잡고 있는 응상백을 잡아탔다.

"어서들 궐문 밖으로 도망치시오. 늦으면 죽습니다."

소리치고는 괴한들을 향하여 돌진했다. 그제서야 괴한들의 모습을
발견한 방의, 방간, 이백경 세 사람은 허겁지겁 근정문 밖으로 달려나갔
다.

예기치 않던 작전에 당황한 것일까. 괴한들은 잠시 허둥거리다가 한덩
어리로 뭉치더니 일제히 방원을 향하여 쇄도하였다.

"상아, 믿는 것은 오직 너의 준족 뿐이다."

애마를 고무하고는 한번 채찍을 가하였다. 응상백은 크게 코를 불더니
달려오는 괴한들을 향하여 몸을 돌렸다. 그리고는 뒷발을 높이 들었다.

한 괴한이 비명을 지르며 치솟았다가 거꾸로 떨어졌다. 응상백의 발길

에 챈 것은 물론이었다. 그러나 특수한 훈련을 받은 괴한들은 조금도
당황하지 않았다.

누가 별다른 지시도 내린 것 같지 않은데, 신속하게 작전을 변경했다.
한덩어리가 되어 몰려들던 진형을 바꾸어 두 패로 갈라졌다. 응상백의
뒷발질을 피하며 옆구리를 빠져나오더니 전면을 에워싼 것이었다.

그것은 방원의 퇴로를 차단하는 진세인 동시에 응상백의 헛점을 노리
기에 가장 유리한 위치였다.

"랴랏"

괴상한 굉호를 지르며 한 괴한이 몸을 날렸다. 응상백의 앞가슴을 향하
여 총알처럼 돌입했다.

다음 순간 응상백은 처절한 비명을 지르며 앞으로 푹 고꾸라졌다. 팔뚝
만한 나뭇가지를 동강낸다는 그 가공할 당수가 응상백의 앞발을 꺾어버
린 것일까. 방원은 땅바닥에 굴러 떨어지면서도 겨우 자세를 고쳐잡았
다.

김소근이 달려와서 그의 앞을 가로막았다.

"이놈들아."

맨손을 휘두르며 엄포를 놓았다.

"너 이놈들, 우리 나리께 손끝 하나 대봐라. 당장에 박살을 내줄테다."

괴한들은 마치 움직이는 돌덩이들 같았다.

김소근이의 엄포엔 아무런 반응도 보이지 않고, 한마디 말도 입밖에
내지 않은 채 조용히 그러나 필살의 살기를 피우며 한걸음 한걸음 포위망
을 좁혔다.

방원은 조용히 눈을 내리깔았다.

이상하게 마음이 잔잔하다.

아무리 바둥거려 보았자 헤어날 수 없는 절망의 밑바닥에 떨어진 때문
에 오히려 무거운 체념이 그렇게 찍어누르고 있는 것일까.

"랴랏."

그 괴상한 굉호와 함께 한 자객이 몸을 솟구쳤다. 두 발을 허공에 띄우고 방원의 옆가슴을 향하여 날아들었다. 만일 그 발길을 정면으로 받는다면 방원의 흉골은 산산조각으로 으스러질는지도 모를 일이었다.

그러나 방원은 여전히 눈을 내리깐 채 미동도 하지 않았다. 다만 김소근이가 두 손을 내저으며 어색한 방어를 시도할 뿐이었다.

그렇다면 필살의 그 발길은 김소근이의 팔목부터 꺾어버렸어야 할 것이었지만 결과는 딴판이었다.

허공에 치솟았던 그 자객이 맥없이 땅바닥에 떨어지고 만 것이다. 그의 어깨쭉지엔 단검 한 자루가 꽂혀 있었다.

자객들도 어둠 속에서 날아든 예기치 않은 비검(飛劍)에 당황한 것일까.

잠시 방원과 김소근이를 버려두고 단검이 날아왔음직한 방향을 찾느라고 수런거렸다.

팔월 스무엿샛날 밤이었다. 그믐이 가까운 달이 뜨기엔 까마득한 시각이었고, 그밤따라 먹구름이 뒤덮인 하늘엔 별 한점 없었다.

어디를 보나 짙은 암흑일뿐 비검을 날려보낸 장본인은 발견되지 않았다. 자객들은 그저 두리번거리고만 있었다. 그러한 그들에게 제이, 제삼의 단검은 계속 날아들었고, 그럴적마다 자객들은 속속 쓰러져 갔다.

그리고 잠시 후 십여 명의 자객들은 한 명도 남기지 않고 칼에 맞아 전멸되었다. 그 동안 어느 자객도 구원을 요청하는 말 한마디 입밖에 내지 않은 것은 그만큼 하수인으로서의 훈련이 철저한 때문일까.

어쨌든 자객들이 전멸하고 나자, 어둠 속으로부터 또다른 괴한들이 방원을 향해 달려왔다.

"왕자님, 졸자올시다."

맨 앞에 서서 달려온 괴한이 속삭였다. 평도전이었다.

방원을 호위하려고 달려왔다가 한 걸음 늦었던 그는, 그 즉시 수하들과 함께 궁궐에 잠입하여 만일의 경우에 대비하고 있었던 것일까. 방원으로선 신의 이적(異跡)과도 같은 구원의 손길이었다.

치하의 말도 쉽게 나오지 않았다. 그저 평도전의 손목만 굳게 잡았다.

"급히 이 자리를 피하셔야 하겠소이다. 왕자님을 해치고자 하는 적당들은 유구놈들 뿐만이 아닐 것이외다. 제 삼진이 어디선가 왕자님을 노리고 있을 거올시다."

평도전이 서둘러댔다. 듣고 보니 있을 수 있는 우려였다. 그때까지 땅바닥에 꿇어엎드려 있는 응상백에게로 방원은 다가갔다.

"어떠냐, 상아. 아직은 나를 태우고 갈만한 여력이 있느냐."

유구 무사의 공격을 받았을 때 앞발이라도 부러지지 않았나 하는 의심이 들지 않는 것은 아니었지만, 행여나 싶어 방원은 물었다. 응상백은 조용히 머리를 들었다.

어둠 속에서도 눈물이 글썽한 것 같은 눈으로 방원을 응시하다가 한번 코를 불었다. 그리고 다음 순간 해괴한 행동을 취하였다. 앞발을 높이 들고 목덜미를 사납게 떨더니, 어둠 속을 향하여 미친듯이 달려간 것이다.

정말 해괴한 행동이었다.

주인이 매질을 하며 쫓아도 곁을 떠날 응상백은 아니었다. 그런데 무엇 때문에 그렇듯 갑자기 도망을 친 것일까.

방원이 의아스러워 하고 있는데,

"말은 또 있소이다. 서문 밖에 몇필 매두었으니 어서 가십시다."

평도전이 재촉하며 앞을 인도하여 궁성 서문(西門)으로 향했다. 서문 밖에 나서보니 먼저 도망쳤던 방의와 방간과 이백경이 후들후들 떨면서 기다리고 있었다.

평도전은 부하들을 시켜서 말 세필을 끌어오게 했다. 방원을 위시한 세 왕자가 말에 오르려고 할 때였다.

"이제야 큼직한 고기가 걸려들었구먼."

어둠 속으로부터 비웃는 소리가 날아들더니, 수십명의 군사들이 주위를 에워쌌다.

불행하게도 평도전의 예언이 적중하고만 것이다. 용의주도한 정도전 일파가 배치하여 놓은 제이의 암살단은 방원이 나타나기만 기다리고 있었던 것일게다.

"지독한 놈들."

웬만한 난관엔 굽힐 줄 모르는 평도전도 절망의 비명같은 소리를 흘렸다.

이번에 나타난 적들은 유구의 무사들과는 비할 바가 아니다. 우선 수적으로 엄청나게 우세하다. 평도전의 수하들은 십여 명에 불과하지만, 적들은 눈에 보이는 자들만 해도 오륙배는 넘는 듯 싶었다.

또 장비도 어마어마하다. 어둠 속에서도 번득이는 창검들이 마치 숲을 이루고 있는 것 같다.

"이젠 죽었구면."

마음 약한 방의는 그 자리에 엉덩방아를 찧고 만다.

"내가 뭐라고 합디까, 형님. 우리만이라도 속히 도망을 치자고 했더니, 정안군을 기다려야 하느니 어쩌느니 꾸물거리다가 이 꼴을 당했지 뭐요."

방간이 독살을 피웠다. 이런 위급한 경우데도 그의 이악스런 성격을 여실히 노출시키는 소리였다.

"살고 죽은 것은 왕자님네 운수에 달렸소이다. 이제 와서 누구를 원망하겠소."

평도전이 듣다 못했던지 한마디 핀잔을 준다.

"끝까지 싸워볼 뿐이외다. 비겁하게 도망칠 구멍만 찾는 자는 오히려 죽는 법이며, 죽음을 두려워하지 않고 싸우는 자에겐 살길이 열릴 수도 있소이다."

평도전은 즉시 부하들을 지휘하며 세 왕자와 이백경을 호위할 태세를 취하게 하고 적의 움직임을 예의 주시하였다.

──아무래도 하늘은 나를 버리시려는 것인가.

평소의 방원답지도 않게 신불(神佛)에게라도 매달리고 싶은 절박한 심정이었다.

그때 민씨부인도 신불을 찾고 있었다. 대문 밖에 꿇어앉아서 빌고 있었다. 누구에게인지 뚜렷한 대상은 의식하지 못하고 있었지만, 그저 초자연적인 힘에 매달려 애소하고 있었다.

──제발 우리 나리의 신변을 보우하여 주시어요. 만일 원하신다면 나리를 대신하여 저의 목숨을 거두어 가시어요.

그러자 어둠을 뚫고 달려오는 말굽소리가 있었다. 귀에 익은 말굽소리였다. 민씨부인은 소스라쳐 일어났다. 말굽소리가 나는 쪽을 향하여 마주 달려갔다. 하다가 숨을 들이쉬며 그 자리에 주저앉아버렸다.

어둠을 헤치고 시야에 뛰어든 말은 바로 남편의 애마 웅상백이었지만, 그 말 등에 방원은 물론 없었다.

민씨가 주저앉은 바로 앞에까지 웅상백은 달려오더니, 고개를 길게 뽑고 밤하늘을 향하여 처절하게 울었다. 그리고는 앞발을 꺾고 절명하였다.

유구의 자객의 일격을 받았을 때부터 웅상백은 치명상을 입었던 것일 게다. 그러면서도 주인이 한고비 위기를 넘기자 영물의 육감으로 제이의 위기를 예감했고, 그 위기에 대비할 구원의 손길을 하소하려고 여기까지 사력을 다하여 달려왔으나, 마침내 기진하여 죽어 넘어졌는지도 모른다.

어쨌든 웅상백은 빈몸으로 돌아왔다. 그 등에 마땅히 있어야 할 남편이 없다는 사실에 민씨부인은 절망했다.

남편이 죽었다면 자기도 살아있을 수는 없다고 다짐했다. 미친 사람처럼 궁궐을 향하여 달려가려고 했다.

"고정하시어요, 형님."

역시 말굽소리에 놀라 뛰어나왔던 김씨가 민씨부인의 옷자락을 잡고 말렸다.

"마음을 진정하고 기다려봅시다. 가부간에 기별이 있을 것이 아니겠어요."

"가부간에 기별이라구?"

근자엔 좀처럼 입에 담지 않는 거친 소리가 민씨부인의 입에서 터져나왔다.

"마치 남의 얘기하듯 하는구만. 비 엄마는 그럴 수 있을는지 모르지만 나는 그럴 수 없어."

김씨의 손길을 뿌리치고 다시 달려가려는데,

"옹주마마, 웬일이시어요."

한 노파가 길을 가로막았다.

방원의 집 이웃에 사는 노파였다.

거의 광란 상태에 빠져 있는 민씨를 바라보다가,

"염려마시어요, 옹주마마."

노파는 엉뚱한 소리를 했다.

"필시 정안군 나리의 안부가 심려되시어 그러시는 모양이지만, 마음 턱 놓으시어요. 내 눈으로 똑똑히 보았으니까요."

그 말에 민씨는 노파의 양어깨를 움켜잡았다.

"우리 나리께서 무사하신 모습을 보았다는 거요?"

"글쎄 내 눈으로 똑똑히 보았다니까요."

수다스럽게 노파가 늘어놓은 얘기의 내용은 이러했다.

그날 노파는 궁궐 서문 밖에 있는 딸의 집을 찾아갔다던가. 저녁을 먹고는 한참이 지났을 때였다. 갑자기 밖에서 어수선한 인마(人馬)의 수렁거림이 들려왔다.

무슨 일인가 싶어서 담 너머로 내다보았더니, 어둠 속에서도 몇몇 귀인이 수십명 군졸들에게 에워싸여 있는 것이 보였다.

"다른 사람 다 놓쳐도 정안군만은 놓치지 말라고 군졸들이 떠들어대고 있질 않겠어요. 그래서 그 귀인들 중에 정안군이 계신 줄 알았습지요."

창검을 휘두르며 군졸들은 포위망을 좁혔다. 하지만 다음 순간, 또 다른 인마가 몰려들더니 방원을 에워싼 군졸들을 격퇴하였다는 것이다.

제이의 위기에 빠져있던 방원을 구출한 것은 얼마 전에 충청도 관찰사에 임명되어 임지로 떠났던 하륜(河崙)과 그의 휘하 장졸들이었다.

그러니까 지난 7월 19일 저녁나절이었다.

하륜이 임지로 떠나기에 앞서 방원은 작별 인사를 겸하여 그의 집을 찾아갔다. 하륜과는 별로 빈번한 왕래는 없었지만, 방원이 누구보다도 믿고 의지하는 지기였다.

하륜의 집은 그의 영전을 축하하러 몰려든 객으로 몹시 붐비고 있었다.

여러 객들이 하륜에게 술잔을 돌렸다. 방원도 술 한 잔을 따라서 권하려고 할 때였다. 하륜은 술에 몹시 취했던지 비틀비틀 일어나서 술잔을 받는 체하다가 그만 방원의 앞에 놓인 상을 엎어버렸다. 음식물이 방원의 앞가슴에 온통 쏟아졌다.

좌중은 경악하였다.

하륜이란 인물은 누구보다도 점잖고 신중하기로 정평이 있었다. 제아무리 술에 취하여도 한마디 실언을 하는 일이 없었고, 근엄한 자세를 허무는 일도 없었다. 그러한 그가 그와 같은 실수를 저질렀으니 모두들 놀랄 수밖에 없었고, 따라서 방원은 몹시 불쾌하였다.

자리를 차고 밖으로 나가버렸다.

"왕자대군께서 저토록 노하셨으니 그냥 있을 수는 없구료. 간곡히 사죄를 해야 하겠소이다."

멋적은 웃음을 흘리며 하륜은 방원의 뒤를 쫓았다.

방원의 노여움은 컸다. 평생의 지기로 믿고 있던 그가 만좌 중에서 자기를 모욕한 저의가 야속하기만 했다.

제놈이 이제 남들이 부러워하는 요직에 영전했다고 나를 그토록 업신여기는가 하는 고까운 생각까지 들었다.

"저기 하대감께서 따라오십니다."

그날도 방원을 따라갔던 김소근이 귀띔을 해주었지만, 그는 들은 체도 하지 않았다. 자기집 대문 앞에 이르러 방원이 말에서 내리자 하륜도 따라서 내렸고, 방원이 중문을 거쳐서 안문으로 들어오자 하륜도 따라들어왔다.

그제서야 방원도 그의 행동이 심상치 않음을 깨달았다. 겨우 그를 돌아보며 물었다.

"나에게 그만큼 욕을 보였으면 족할 터인데, 무엇 때문에 짓궂게 따라오는 거요."

"시생이 어찌 나리를 욕보이고자 그런 짓을 했겠습니까. 다 까닭이 있어서이지요."

소리를 죽이고 하륜은 속삭였다.

"까닭이라니?"

"시생이 듣자 하니 나리의 신변이 심히 위태롭다고 합니다. 시생이 상을 엎은 이유는 장차 그 술상처럼 세상이 발끈 뒤엎힐 만한 화란이 일어날 전망이기에, 그것을 미리 알려드리려는 뜻에서였습니다. 하지만 나리께선 그 뜻을 헤아리지 못하시고 자리를 차고 돌아오시니, 하는 수 없이 이렇게 따라왔습지요."

그리고는 정도전 일파의 음모와 그들의 움직임을 자세히 제보해 준다음 말을 이었다.

"시생은 이미 왕명을 받았으니 금명간 임지로 떠날 수밖에 없습니다만, 위급한 일을 당하시게 되거든 지체말고 불러주십시오."

그런 일이 있은 지 열흘 남짓한 8월 2일, 국왕이 친히 수여하는 교서(敎書)와 부월을 받고 하륜은 임지로 떠났던 것이다.

"임지로 내려가면서도 시생은 마음이 놓이지 않더군요."

백 명은 넘음직한 휘하 장졸들의 호위를 받고 방원과 나란히 궁궐 서문 앞을 떠나면서 하륜이 꺼낸 말이었다.

"믿을만한 첩자 몇몇을 정도전과 남은의 주변에 잠복시켜 두었습지요. 바로 어제 아침 나절이었습니다. 한 첩자가 달려와서 고하질 않겠습니까. 오늘밤 정도전 일파가 왕자님네들을 도모할 흉계를 꾸미고 있다는 거올시다. 급한대로 가까이 거느리고 있던 장졸들을 휘동해서 달려왔습니다만, 한 걸음만 늦었더라면 큰일 날뻔했습니다."

하륜의 어조는 담담하였지만, 방원의 감격은 더할 수없이 컸다.

"고맙소, 정말 고맙소."

겨우 그런 말만 되풀이할 뿐이었다. 그때 저편으로부터 수백 명의 인마가 달려왔다. 이숙번과 그의 휘하 장졸들과 민무구 형제들이었다. 뒤늦게나마 방원을 호위하려는 때문일 것이다.

"역시 이 지사를 기용하였습니다그려."

하륜은 말하면서 빙긋이 웃었다.

그가 임지로 떠나기 직전, 이숙번을 천거한 바 있었던 것이다. 다급한 사태를 당해서 자기에게 연락할 시간적 여유가 없을 경우엔 이숙번의 사병을 이용하도록 종용했었지만, 방원은 그저 흘려 듣기만 했었다. 그런데 지금 이숙번이 그렇게 나타나는 것을 보니, 운명의 야릇한 작희에 절로 웃음이 나는 것일게다.

이숙번은 마상에 높이 앉아 잔뜩 거드름을 피우며 방원의 곁으로 다가왔다.

"시생이 조금만 일찍 기별을 들었어도 나리께선 그와 같은 곤욕을 당하지 않으셨을걸 그랬소이다."

그 동안의 경위를 전해 들은 이숙번은 투덜거렸다. 자신이 독차지할뻔했던 공훈을 하륜에게 빼앗긴 것이 못내 아쉬운 구기였다.

"몇몇 자객을 물리쳤다고 그게 뭐 그리 대단하겠소. 큰일은 이제부터 치러야 하오. 그리고 그 일은 오직 이 지사의 힘이라야 감당할 수 있을 게요."

하륜은 좋은 말로 이숙번을 무마했다.

"큰일이라니요?"

이숙번은 좋아라고 하얀 이빨을 드러내며 물었다.

"적당들이 우리 맹주(盟主)께 칼날을 들이댔으니, 이번엔 우리 측에서 적의 괴수들을 무찔러야 할 것이 아니겠소."

"그러니까 적에게 보복을 가하자는 게요?"

석연치 않은 구기로 방원은 물었다.

이때까지 그는 적의 공격을 방어하는 데에만 신경을 써왔다. 발등에 떨어지는 불똥을 끄자는 마음뿐이었다. 이 편에서 적극적으로 적을 공략할 생각은 별로 갖지 않았었다. 그런만큼 지금 하륜이 던진 말은 중대한 의미를 내포하고 있다.

"적의 함정을 모면했으면 그것으로 그칠 일이지, 그들이 괘씸하다고 보복을 가한다면 우리 손으로 내란을 일으키는 거나 다름이 없지 않겠소."

방원은 덧붙여 말했다.

"그런 것이 아니올시다."

하륜은 무겁게 고개를 가로저었다.

"이것은 사사로운 감정의 보복도 아니며 공연히 세상을 시끄럽게 하자는 내란도 아니올시다. 이 나라를 화란의 도가니로 몰아넣으려는 화근을 미연에 뿌리째 뽑아버리는 수술이올시다."

"그렇다 뿐이겠습니까. 이 기회를 놓치지 말고 적의 세력을 일소해야 합니다."

이숙번도 역설했다.

"이제 와서 무엇을 망설이십니까, 나리."

민무구도 핏대를 올렸다.

"얼마나 참고 기다려 온 절호의 기회입니까. 이 기회를 놓치면 다시는 햇볕을 볼 날이 없을 거올시다."

민무질도 지지 않고 한마디 했다.

그러나 방원은 그런 소리들을 아득히 먼 곳에서 술렁이는 파도소리처럼 흘려들으며 자기 생각만 쫓고 있었다.

정도전 일파의 소행은 백번 천번 괘씸하다. 그들만이 상대라면 당장에 주먹을 휘둘러 박살을 내고 싶다. 발길을 들어 짓밟아 뭉개고 싶다.

하지만, 이제 그들과 정면으로 맞붙는다면, 피비린내나는 불길은 거기서만 멈추지는 않을 것이다. 필연적으로 이복동생 방번과 방석에게까지도 비화할 것이다. 그리고 그 결과는 어느 편이 지고 이기든간에 부왕 이성계에게 심한 충격과 아픔을 안겨줄 것이다.

그와 같은 결과를 우려한 때문에, 방원은 단을 내리지 못하고 있는 것이다.

"어서 영을 내리십시오. 군사 행동이란 모름지기 신속해야 합네다. 촌각이라도 늦으면 그만큼 불리해지는 법이외다."

이숙번이 또 재촉했다. 그제서야 방원은 입을 열었다.

"세자와 방번에게 먼저 귀띔을 하고 싶구료."

그 말에 모두들 아연한 기색이었다. 방원은 상관않고 한마디 더했다.

"비록 배다른 형제라고는 하지만, 또 어찌어찌하다가 우리와 틈이 벌어졌다고는 하지만, 그 애들 역시 내 형제들임엔 틀림이 없지 않소. 죽음의 구렁으로 몰아넣을 수는 없구료."

"무슨 말을 하는 건가, 정안군."

방간이 발끈하며 소리를 질렀다.

"따지고 보면 그놈들은 첩의 자식이나 다름이 없는데, 어째서 우리들과 형제가 된단 말인가. 정안군은 우리 형제들 중에서 누구보다 글을 많이 읽었으니, 적서의 구별쯤은 할 줄 알아야 할 것이 아닌가."

"그렇지. 그 애들은 서출이것다."

혜식은 소리나마 방의도 한마디 했다.

"내가 생각하는 건 오직 아버님의 심정뿐입니다. 적자건 서자건 아버님께서 보실 적엔 다같이 피를 나눈 아들들이 아닙니까."

그런 실랑이를 벌이고 있는데, 박포가 헐레벌떡 달려왔다.

"역시 천기는 속이지 못하는 거올시다그려. 이쪽 방향에 왕기(王氣)가 서리어 있기에 정안군 나리께서 계실 것으로 알고 달려왔더니 틀림이 없소이다그려."

또 천기 타령을 늘어놓은 다음,

"이곳에 왕기가 서리어 있는가 하면, 저기 저곳엔 요기가 잔뜩 덮여 있소이다그려."

그는 손을 들어 송현(松峴)쪽을 가리켰다.

"여러분의 눈에는 어떻게 보일는지 모르겠소이다만, 내 눈엔 똑똑히 보입네다. 저곳 남은의 첩의 집에선 지금쯤 적당의 괴수들이 한자리에 모여 있을 거올시다."

액면 그대로 천기를 보고 짐작하는 소린지 어떤 정보를 입수하고 하는 소린지 아리송하였지만, 박포가 그렇게 노닥거리고 있는데 또 한 사나이가 달려왔다.

그는 연전에 대마도 정벌 당시 도제찰사(都提察使)가 되어 출전한 바 있던 이무(李茂)였다. 민무구 형제들과는 가까운 인척이었지만, 방원 측과 정도전 측에 양다리를 걸치고 왔다갔다 하는 위인이었다.

이무(李茂)는 방원에게로 다가오다가 걸음을 멈춘다.

요모조모 뜯어보는 것 같은 자세를 취하다가, 그런대로 어둠을 통해서나마 그가 틀림없는 방원이란 것을 확인한 때문일까, 넙죽이 허리를 굽히더니 노닥거렸다.

"나리께서 끔찍한 화를 당하신 줄로만 알고 허둥지둥 달려왔습니다만, 이렇듯 건승하신 모습을 뵈오니 적이 마음이 놓입니다그려."

그가 충실한 방원의 당료였다면 그의 말도 액면대로 받아들여질 수 있을 것이다. 하지만 양 다리를 걸치고 왔다갔다 하는 위인이니만큼, 어쩐지 겉도는 소리로만 방원의 귀에는 들렸다.

이무는 다시 방원을 호위하고 있는 인사들과 장졸들에게 눈길을 돌렸다. 그 눈길이 이숙번에게 멈추자 그에게로 다가가며 얼레발을 쳤다.

"역시 이 지사께서 크게 활약하셨습니다그려. 용명 높은 이 지사 휘하 정병들 앞엔 어떠한 강적이라도 맥을 못추었을 것입니다."

그 말을 귓전으로 흘리며 이숙번은 씹어 뱉었다.

"나는 한걸음 늦었소이다."

그리고는 시새움에 타는 곁눈질을 하륜에게 던졌다. 그제서야 하륜의 존재를 알아본 이무는, 이번엔 또 하륜을 향해 꼬리를 쳤다.

"금백(錦伯 : 충청도관찰사의 별호) 대감 하공께선 얼마 전에 금영 (錦營) 임지로 떠나신 걸로 알고 있거니와, 어느 새 이렇듯 신속한 손을 쓰셨습네까."

그리고는 이숙번과 하륜이 거느리는 장졸들을 하나하나 세어보는 것 같은 눈알을 굴리다가, 갑자기 활기를 띤 어조로 수선을 떨었다.

"이만한 병력이라면 어떠한 대군이라도 능히 무찌르고 남을 거올시다."

그러니까 이 때까지는 어느 편에 서야 유리할 것인가를 이무 그는 이악스럽게 계산알을 퉁기고 있었던 것일 게다.

지금 이 자리에 달려온 것도 방원의 안부를 확인하고 그의 힘이 얼마나 되는가를 저울질한 다음 태도를 정할 속셈이었는지 모른다. 그러다가 형세가 결정적으로 방원에게 유리하다는 것을 확인하자, 비로소 마음을 굳힌 것일 게다.

이젠 사뭇 핏대를 올리며 떠들어댄다.

"불은 먼저 그 자들이 질렀고, 이 편엔 이렇듯 막강한 병력이 집합해 있으니 일을 서두르셔야 할 것이 아니겠습네까. 이 기회에 정도전 일파를 말끔히 밟아 뭉개버려야 할 것이 아니겠습네까."

"그렇지 않아도 그렇게 하시도록 입이 쓰게 진언을 했소만, 나리께선 망설이기만 하시는게 아니겠소."

민무구가 볼멘 소리로 투덜거렸다.

"안될 말씀이지요. 지금이야말로 절호의 기회올시다. 촌각도 지체말고 적당의 소굴을 엎어버려야 합네다."

상제보다 복재기가 더 서러워한다지만, 이무는 어느 누구보다도 설치고 야단이었다.

"나리께서 단을 내리지 못하시는 것도 답답한 노릇이요만, 지금 적당들이 어디서 무슨 수작을 하고 있는지 그놈들의 소굴을 캐내야 손을 쓸 것이 아니겠소."

이숙번이 조바심을 치자,

"방금 시생이 점친 바를 말하지 않았던가요. 송현(松峴)에 있는 남은의 소실집에 요기가 잔뜩 서려 있다고 하지 않았던가요?"

박포가 또 천기 타령을 늘어놓는다.

"우리가 알고 싶은 것은 그런 허망한 얘기가 아니외다. 확실하고 구체적인 정보를 듣고 싶은 거요."

핀잔 섞인 한마디를 하륜이 던졌다.

"확실한 소식을 전하라 그 말씀이것다."

암흑에 덮인 주위를 그래도 불안스러웠던지 한번 휘둘러보고 나서, 이무는 잔뜩 음성을 낮추었다.

"방금 박공께서도 말씀하셨습니다만, 남은의 첩의 집에 그 일당이 거의 다 모여 있습지요. 남은은 말할 것도 없고 봉화백 정도전(奉化伯 鄭道傳), 부성군 심효생(富城君 沈孝生), 흥성군 장지화(興城君 張至和), 성산군 이직(星山君 李稷), 판중추 이근(判中樞 李懃), 그밖에 적당의 모모한 자들은 모조리 모여 있습지요."

"이공은 어떻게 그와 같은 기밀을 잘 알고 계시오."

하륜이 날카롭게 캐물었다.

"바로 나 자신이 조금 전까지 그 집에서 그 자들과 어울려 술잔을 나누고 있었으니까요. 그러다가 봉화백 그 사람이 지금쯤은 정안군을 위시한 여러 왕자님네들이 떼죽음을 당했을 것이라고 너털웃음을 치기에 기급을 해서 달려온 거지요. 물론 그 자들에겐 우리 집에 희귀한 명주(銘酒)가 있으니 가져오겠노라고 둘러대고 말입네다."

"아직도 그 놈들이 그 집에 그냥 있을까?"

이숙번이 불안스러워했다.

"아직은 그냥 있을 줄로 아오만, 여기서 도망친 자들의 보고를 접한다면 물론 사태는 달라지겠습지요. 그러니 촌각을 지체말고 서둘러야 합네다."

하륜은 잠깐 고개를 들고 밤하늘을 응시하다가, 돌연 허리에 찬 장검을 뽑아들었다.

"나리, 이 칼을 잡으십시오. 회천(回天)의 용단을 내리십시오."

그리고는 그 칼을 방원의 손아귀에 쥐어주었다. 그래도 방원은 단을 내리지 못하고 묵묵히 서 있는데, 계속 동지들이 몰려들었다. 참찬문하부사 이거이(李居易), 지난날 선죽교에서 정몽주를 격살할 때 한몫 단단히 맡은 바 있는 조영무(趙英茂), 방원의 앞집에 살며 이번 일에 중대한 역할을 하고 있는 신극례(辛克禮), 대장군 심귀령(沈龜齡) 등이 모여들었다. 또 일개 졸병 출신이면서도 창을 잡으면 천하에 당적할 자가 없는 명수라 해서 방원이 전부터 휘하에 거두어둔 서익(徐益)이 방원의 사병들을 거느리고 역시 달려왔다.

"나리, 어서 단을 내리십시오."

하륜이 거듭 독촉했다.

"나리께서 주저하시는 이유는 세자 형제 때문이 아닙니까. 그러시다면 과히 염려하실 것은 없습니다. 그 분들은 지금 궁중에 있으며·정도전 도당은 남은의 첩의 집에 있다고 하지 않습니까. 우선 그 집을 급습해서 정도전 일당부터 소탕한 연후 세자 형제의 문제는 뒤로 미룬다면, 나리께서 염려하시는 골육상잔의 비극도 회피할 수 있을거 올시다."

"하대감의 말씀이 옳소이다."

이숙번은 몰아쳤다.

"물은 이미 엎질러졌소이다. 이제 와서 물러선다고 주워 담을 수는 없습지요. 아니 우리가 이대로 주저앉는다면 정도전 일당은 모든 허물을 우리에게 뒤집어 씌울 겁니다. 진세를 정비하고 우리를 공격한 다음, 우리가 먼저 난동을 일으켰기에 소탕하였다는 등 엉뚱한 평계를 둘러댈 것이 아니겠습니까."

하륜이 쥐어준 장검을 잡은 손이 부르르 떨렸다. 하다가 그것이 밤하늘을 뚫고 높이 치솟았다.

주사위 아닌 장검을 방원은 하늘 높이 던졌다. 최후의 결의를 굳힌 것이었다.

"가자!"

말고삐를 고쳐잡았다.

여러 당료들과 장졸들은 용약하여 그 뒤를 다르려고 했다. 그러자,

"잠깐만 기다리십시오, 나리."

이숙번이 제법 거드름을 피우며 제지했다.

"야밤중에 적을 기습하려면 먼저 군호(軍號)를 정해야 합지요. 그것이 용병(用兵)의 상식이올시다. 그러지 않는다면 적당과 아군을 판별하기 어려워 아군끼리 서로 해치는 사태가 없지 않습지요."

군 지휘에 관해선 저 혼자만 아는 체 설치는 꼴이 아니꼽기는 했지만, 현실적으로는 타당한 의견이기도 했다.

"그렇다면 뭐라고 정하는 것이 좋을까."

방원은 물었다.

"군호란 원래 전군을 지휘하는 총수(總帥)께서 정하는 법입니다. 정안군 나리께서 말씀해 주십시오."

하륜이 한마디 거들었다.

마음을 정하기 전엔 여러 가지로 번민도 하고 주저도 하였지만, 일단

각오를 굳히고 나니 방원의 머리는 민첩하게 돌았다.

"산(山)과 성(城), 두 자로 군호를 삼을 터이니, 그렇게 휘하 장졸들에게 주지시키도록 하라."

"모두들 듣거라."

방원의 영을 받아 이숙번이 시달했다.

"군호는 산성, 한편에서 산이라고 부르면 즉각 성이라고 응답해야 하느니라. 만일 응답이 없거나 암호를 잘못 사용하는 자는 적당으로 간주하고 가차없이 해치워라."

"군호도 물론 필요하겠습니다마는 적을 무찌르자면 빈틈없는 작전을 세워야 할 것이 아니겠소이까."

박포도 자기 존재를 과시할 생각이었던지 한마디 끼여들었다.

"하대감, 의견을 말해보시오."

방원은 우선 하륜에게 대책을 물었다. 지금 이 자리에 모인 막료들 중에서는 실력으로나 인격으로나 가장 신뢰가 가는 인물이었기 때문이었다.

그러나 하륜은 그 물음에 곧장 대답을 하지 않고 딴 소리를 했다.

"이 지사, 말씀하시오."

그리고 꼬리를 달았다.

"지금 적당들이 아무런 경비 태세도 갖추지 않고 있다면 이 지사 휘하 장졸들만으로도 넉넉할 게요. 나는 차라리 이곳에 남아서 궁중의 숙위병(宿衛兵)들의 움직임을 감시하는 편이 좋을 것 같소."

그러지 않아도 자기에게 공을 빼앗겼다고 토라져 있는 이숙번의 감정을 무마해 보려는 신중한 배려에서 하는 말일 게다.

새삼 하륜의 도량에 탄복하면서 방원은 다시 이숙번에게 물었다.

"이 지사의 의견은?"

"대책이야 미리부터 강구해 두었습지요."

사납고 그악스러우면서도 단순한 구석이 있는 이숙번은, 이내 좋아라고 떠들어댔다.

"적당들이 모여 있는 소굴에 당도하는 즉시로 그 집을 포위하는 것이 외다. 그런 다음에 불을 지르는 것입지요. 불길에 놀라 도망쳐 나오는 자들을 나아가 잡아죽인다면, 독안에 든 쥐를 잡는 것이나 다름이 없지 않겠소이까."

인간적으로는 덜 돼먹은 위인이었지만 작전은 제법 쓸만했다.

"모처럼 적당을 소탕하는 이 마당에, 나도 가만히 있을 수는 없습네다."

맨주먹을 휘두르며 이무가 나섰다.

"그 자들이 무슨 눈치를 채고 경계를 한다면 큰 낭패를 볼 우려도 없지 않으니 내가 먼저 돌아가서 그 자들의 동태를 감시하는 한편, 되도록이면 그 자들이 움직이지 못하도록 손을 쓰겠습네다."

이렇게 자청하고는 타고 왔던 말을 몰아 먼저 달려갔다.

방원이 거느리는 기습부대가 송현 남은의 소실집 동구(洞口)에 도착한 것은 밤도 이경(二更 : 하오 10시)이 넘어서였다.

방원은 동구 앞에 말을 세우고 심복 김소근을 위시하여 보졸 십여 명에게 지시했다.

"너희들이 먼저 가서 그 자들의 동태를 살펴오도록 해라."

이무의 제보를 전적으로 믿을 수 없기 때문에 취한 조치였다. 겉으로는 무방비를 가장하고 있으면서도 어디엔가 음흉한 함정을 파고 기다리고 있는 것이 아닌가 하는 의심이 들기도 했던 것이다.

김소근을 선두로 척후병들은 즉각 동구 안으로 잠입하였지만, 한참이 지나도 돌아오지 않았다.

방원은 불안했다.

우려했던대로 적의 함정에 빠져버린 것일까. 이숙번도 조바심을 하며 제자리를 빙글빙글 돌다가 무슨 생각이 든 것일까, 적의 소굴을 향하여 화살 세 대를 연거푸 쏘아댔다.

"무슨 짓을 하는건가."

방원은 힐문했다.

만일 적들이 방심하고 있는 형편이라면 그것은 공연히 적들에게 경계심만 일깨워 주는 부질없는 장난으로 여겨진 때문이었다.

"두고 보십시오, 나리. 이런 일엔 나리보다는 내가 더 경험이 많소이다."

이숙번은 제법 뱃심 좋게 유들거리면서도 역시 불안스러웠던지 동구 안을 초조히 주시했다.

그러자 잠시 후 김소근을 위시한 척후병들이 돌아왔다.

"어떻게 된 노릇이냐?"

방원은 조급히 물었다.

"그집 앞엘 가보았더니 문밖에 말 너댓필이 매여 있질 않겠습니까요."

무엇이 불만스러웠던지 김소근은 볼멘 소리로 투덜거렸다.

"그리고 말을 지키는 종놈들은 문기둥에 기대서 코를 골고 있구요."

그 보고가 사실이라면 적당들은 아무런 경계도 하지 않고 방심하고 있음이 분명했다.

"정도전이랑 남은 등은?"

무엇보다도 그 점이 궁금했다.

"그집 사랑방에 불이 환히 켜져 있기에 살금살금 들어가서 몰래 들여다 보질 않았겠습니까요. 그랬더니 정도전이랑 남은, 심효생이랑 이근이랑 장지화 등이 모두 모여 앉아서 시시덕거리고 있더군요. 당장에 뛰어들어 그놈들의 모가지를 뎅겅뎅겅 베어버리려고 했는데, 글쎄 난데없는 화살이 그 사랑방 지붕에 떨어지질 않겠습니까요."

"그래서 돌아왔단 말이냐?"

이숙번이 싱글거리며 물었다.

"그러문입죠. 어둠 속에서 화살이 자꾸 날아오는데, 꾸물거리고 있다간 개죽음을 당할 게 아닙니까요."

"어떻습니까, 나리. 내가 화살을 쏘지 않았더라면 어리석은 놈들이 분별없이 날치다가 적당들을 놓칠뻔 하지 않았습니까."

방원을 돌아보며 이숙번은 이죽거렸다.

"이번엔 어김없이 내 지시대로 움직여라."

이제 이숙번 그는 방원을 제쳐놓고 혼자서 총지휘자 행세를 하고 있었지만, 방원은 쓴웃음만 흘릴뿐 버려두었다.

"모두들 그 집을 에워싸되 그 주위에 불을 지르도록 하라. 그리고 도망쳐 나오는 자가 있거든 한 놈도 남기지 말고 목을 베도록 하라."

김소근과 이무 그리고 수십 명으로 증원된 장졸들이 남은의 소실집으로 쇄도하였다.

그러자 안에서 한 사나이가 황급히 달려나왔다.

"산이요."

김소근이 군호를 불렀다.

그 사나이는 허둥거리기만 할뿐 아무런 응답도 못했다.

"이놈 죽었다."

김소근이 달려들어 목을 쳤다.

땅바닥에 뒹구는 목을 불빛에 비춰보니, 그는 바로 세자 방석의 장인 심효생(沈孝生)이었다. 그 뒤를 이어 이근(李懃), 장지화(張至和)가 달려나왔지만, 장졸들의 칼날 아래 목이 달아났다.

이젠 방원도 동구 밖에 머물러 한가롭게 기다리고 있을 수만은 없었다. 동구 안으로 달려들어갔다.

"정도전은 어찌 되었느냐? 남은은 어찌 되었느냐?"

초조히 물었다. 만일 그들 두 적괴를 놓쳐버린다면 오늘의 거사는 전혀 수포로 돌아가고 만다.

그때 남은의 소실집과 나란히 붙은 집에서 한 사나이가 뛰쳐나오더니 방원의 발아래 무릎을 꿇었다.

국가의 제사와 시호(諡號)에 관한 사무를 맡아보던 봉상시(奉常寺)

에서 관원 노릇을 하고 있는 민부(閔富)라는 사람이었다.

"저의 집에 이상한 놈이 도망쳐 들어왔습니다. 남달리 배가 불룩한 놈입지요."

후들후들 떨면서 민부는 고해 바쳤다.

"배가 불룩한 놈이라면……"

그 자가 바로 정도전일 것이라고 방원은 추측했다.

돈푼이 생기거나 권세를 얻게 되면 피둥피둥 몸이 나는 인간이 있다. 정도전도 그러한 부류에 속했다.

방원은 김소근을 향하여 턱질을 했다. 피묻은 칼날을 휘두르며 김소근은 당장 뛰어들어갔고, 그 뒤를 몇몇 군졸들이 따라 들어갔다.

그집 안방 방문 앞에 정도전은 버티고 서 있었다.

한 손엔 단검 한 자루를 뽑아들고 있었지만, 심한 취기 때문일까, 금방 쓰러질 것처럼 헐떡거리고 있었다.

김소근이 마루 끝으로 다가가자 정도전은 점잖게 꾸짖었다.

"뉘놈이냐?"

"정안군 나리댁에서도 첫손가락으로 꼽히는 장사 소근이를 몰라보느냐. 이제 나리의 분부를 받고 네놈의 목을 베고자 왔으니 꼼짝 말고 게 섰거라."

피묻은 칼날을 빙글빙글 돌리며 김소근은 마루 위로 뛰어오르려고 했다.

"무엄하다, 종놈이."

정도전은 나지막히 꾸짖었다. 비록 나지막한 소리였지만, 하잘것 없는 노복 따위를 위압할만한 힘은 있었다.

김소근은 주춤했다.

"내 묻겠는데, 정안군도 이 곳에 왔느냐?"

그렇게 말하고 정도전은 한걸음 앞으로 나섰다.

"오시다 뿐이겠느냐? 지금 문밖에서 네놈의 모가지를 기다리고 계시단 말이다."

입으로는 큰소리를 치면서도 김소근은 저도 모르게 한두걸음 뒷걸음질
을 치고 있었다.

"좋다."

손에 잡고 있던 단검을 정도전은 마루바닥에 던졌다.

"내가 내 발로 걸어서 나갈 터이니, 길을 비키도록 하라."

한번 크게 게트림을 하면서 마당으로 내려섰다.

김소근과 다른 군졸들이 비실비실 물러서는 사이를 누비고, 정도전은
비틀비틀 밖으로 나갔다.

제아무리 술에 만취한 인간이라도 다급한 경우를 당하면 말끔히 깨어
버리는 것이 통례라고 하지만, 아직도 그는 술 취한 걸음이었다. 그런만
큼 오히려 그 걸음 속엔 정도전의 녹녹치 않은 배짱이 감추어져 있는지도
모른다.

"정안군, 어디 계신고. 나 정도전이 이렇게 나왔으니 할 말 있거든
퍼뜩 해 보이소."

역시 취기 때문일까, 좀처럼 쓰는 일이 없는 고향 사투리까지 섞어가며
정도전은 흐물거렸다.

그의 고향은 경상도 봉화(奉化)였다. 그러니까 봉화백이란 작호도
그의 고향의 명칭에서 딴 것일까. 예기치 못한 당돌한 태도였다.

"아니 저 놈이!"

이숙번이 칼을 휘두르며 달려들려는 것을 방원이 점잖게 제지했다.

비록 여러 해를 두고 이를 갈아온 숙적이었지만, 이와 같은 궁지에
몰려 있으면서도 비굴하지 않고 당당한 언동이 신통하게 여겨졌다.

"나 정안군 바로 여기 있다마는, 이제 와서 새삼스럽게 너에게 할
말이 무엇이 있겠느냐. 네가 자객을 밀파하여 우리네 형제들을 죽이고자
했기에 네 목을 베고자 달려왔을 뿐이다."

군소리 제쳐놓고 방원은 잘라 말했다. 그 날짜 태조실록이나 다른 야승

(野乘)을 보면, 그때 정도전은 목숨만 살려달라고 애걸복걸하였다고 기재되어 있다. 그러나 정도전의 성격이나 그의 경력으로 미루어 그와 같은 비루한 태도는 취하지 않았을 것으로 짐작된다.

"핫핫핫핫!"

안반만한 배를 두드리며 정도전 그는 홍소를 터뜨렸다.

"내가 사람을 잘못 보았구먼. 남쪽 섬나라서 쫓겨온 하잘것 없는 만족 (蠻族)에게 대사를 맡겼더니 마침내 이렇듯 일을 그르쳐 놓았구먼."

그것은 산남왕 온사도(山南王 溫沙道)를 두고 하는 말일 게다.

"어쨌든 장부가 한번 싸움에 패하였으면 깨끗이 죽기는 죽어야 하되, 한가지 청이 있으니 들어주겠소?"

또 한번 퀴퀴하게 게트림을 하면서 말했다.

그 때였다. 두 젊은이가 고꾸라지듯 달려오더니, 정도전을 얼싸안고 매달렸다. 정도전의 아들 유(游)와 영(泳)이었다.

부친이 위급하다는 기별을 받고 허겁지겁 달려온 것일 게다.

"어리석은 놈들."

정도전은 침통한 소리를 흘리다가 다시 방원을 향해 말했다.

"어떻소. 내 청을 들어주겠소?"

"청이라구?"

방원은 착잡한 눈길을 정도전에게로 던졌다.

"이제 와서 무슨 청이지? 네 입으로 방금 깨끗이 죽겠노라 양언을 했으니, 그 혀끝이 마르기도 전에 설마 목숨을 살려달라고 애걸하겠다는 것은 아니겠지?"

시선을 돌려 정도전에게 매달린 두 아들을 뜯어보았다. 혹시 아들들의 목숨만이라도 살려달라는 청이 아닌가 여겨졌던 것이다.

키득키득 게트림 섞인 웃음을 정도전은 웃었다.

"별로 대단하게 생각할 것은 없소이다. 오늘밤 일이 잘 되어갈 줄로만 믿고 성급하게 김칫국 아닌 모주를 들이켰더니 조갈이 나서 견딜 수가 없구먼. 그래서 마지막으로 냉수 한 대접 떠다 달라는 거요."

잔뜩 긴장을 해서 기부림을 쓰는 허청다리를 호되게 얻어맞은 느낌이었다. 절대절명의 사지(死地)에 빠져 있으면서도 흐물흐물 여유를 과시하는 정도전에게서, 방원은 새삼 거대한 무엇을 느꼈다.

이 마지막 순간의 인간적 대결에서 자칫 잘못하다간 패배의 쓴잔을 들이켜지 않을까 하는 우려조차 든다. 섣불리 옹졸한 적의(敵意)에만 흥분했다간 이기고도 지는 창피를 당할 것이라고 여겨졌다.

그는 힘들여 입가에 미소를 새기며 김소근이를 돌아보고 턱짓을 했다.

정도전의 요청대로 냉수를 떠다 주어 자기 나름대로의 아량을 과시하자는 생각이었지만, 잔뜩 흥분한 사냥개처럼 기부림만 쓰고 있던 김소근에겐 전혀 다른 의미로 받아들여진 모양이었다.

"주제넘은 배불뚝이, 그 놈의 배떼기가 터져야 알겠냐?"

소리치더니 장검을 휘둘러 정도전의 아랫배를 깊이 찔렀다.

방원은 아차 했지만 제지할 겨를이 없었다.

"쿡쿡쿡쿡."

정도전은 허리를 꺾으며 웃었다.

"그 상전에 그 종놈…… 그따위 밴댕이만도 못한 소갈머리로 군국의 대권을 감히 넘본다? 국가의 대사를 경륜해 보겠다? 가당치도 않은 허욕!"

그는 계속 웃다가 절명하였다. 물론 웃음소리도 그쳤다.

그러나 방원의 귀청엔 그 웃음소리가 그대로 꼬리를 끌고 있었다.

──죽어가는 사람에게 냉수 한 그릇 떠 줄만한 아량도 없는 졸장부.

웃음의 여운은 이렇게 조롱하고 있는 것만 같았다.

정도전의 두 아들은 부친의 시체에 매달려 꺼이꺼이 호곡했다.

"역도의 씨알머리."

이번엔 이숙번이 칼날을 휘둘렀다. 정도전의 두 아들의 목을 한 칼에 끊어버렸다.

방원은 거의 반사적으로 몸서리를 쳤다.

흔히 역도(逆徒)라는 욕설로 불리는 정쟁(政爭)의 패배자는 구족(九族)까지 멸살당하는 것이 상례다. 정도전의 아들들이 피살되었다고 해서 놀랄 것은 없는지 모른다. 하지만 방원은 자기가 헤어날 수 없는 깊은 피의 구렁 속으로 빠져들어가는 것 같은 역겨움을 지울 수가 없었다.

"이제 남은 놈은 남은(南誾) 그놈뿐!"

피에 젖은 칼날을 이숙번은 다시 휘둘러댔다.

"그놈이 어디 숨어 있기에 보이질 않는 거지?"

그때였다. 불길에 싸인 남은의 소실집으로부터 한 사나이가 뛰쳐나왔다.

"이제야 기어나오는구먼."

이숙번은 급히 화살을 재서 퉁겼다.

"에구구!"

외마디 소리를 지르며 그 사나이는 한번 고꾸라졌다가 고개만 들고 손을 휘둘렀다. 너무 다급했던지 입만 벙긋거리는 꼴이 불빛에 환히 보였지만, 그것이 말이 되어 입밖에까지 나오지는 못했다.

이숙번이 제이의 화살을 재려고 하자, 방원이 그 팔꿈치를 끌어당겼다.

"저건 이 참찬이 아니오."

그는 바로 이무(李茂)였다. 이무는 엉금엉금 기어서 이숙번의 발밑까지 다가오더니 주먹질을 하면서 악을 썼다.

"여보 이 지사, 눈이 멀었소? 정작 적괴 남은은 버려두고 생사람만 잡기요?"

이숙번은 쓴 입을 다시며 뒤통수를 긁다가,

"도대체 그 불여우같은 놈이 어디 숨었는지 알 수가 있어야지."

이무는 한 손을 들어 남은의 소실집 지붕을 가리켰다. 그 지붕 위에선

노복 차림을 한 사나이가 불을 끄려는 것인지 물동이 같은 것을 들고
서성거리고 있었다.

"저 놈이 바로 남은이란 말이요. 저렇게 변장을 하고 흉측을 떨고 있는
거요."

"그 말이 틀림없소?"

한번 생사람을 잡을뻔 했던 실수를 저지른 때문인지, 이숙번은 거듭
물었다.

"동지에겐 함부로 쏘아대고 적괴에겐 신중을 기하는구료."

이무는 비아냥댔다.

"저 놈이 남은임에 틀림이 없다면?"

이숙번은 화살을 재어 잔뜩 당겼다가 쏘았다. 그러나 그 화살은 남은이
들고 있는 물동이만 깼다. 기급을 한 남은은 허겁지겁 지붕 너머로 뛰어
내렸다.

"누구 없느냐. 저놈을 놓치지 말고 잡아오도록 하라."

그때껏 방관만 하고 있던 방원이 지시했다.

"염려마십시오, 나리. 소인이 당장 잡아 대령하겠습니다."

장칼을 휘두르며 서익(徐益)이 나섰다. 그는 말 한 필을 잡아타더니
남은의 소실집 담을 돌아 사라졌다. 그리고 잠시 후 서익은 장창 끝에
남은의 목을 꿰어들고 돌아왔다.

"이 놈이 글쎄 미륵원 원두막 속에 엎드려 있질 않겠습니까. 당장 목을
잘라 이렇게 대령했습니다."

서익은 자랑스럽게 남은의 수급을 들이댔지만, 방원은 이맛살을 찌푸
렸다. 지금의 경우 어쩔 수 없는 유혈을 보아야 했지만 역겨웠다.

정도전도 남은도 그밖의 어느 누구의 피도 흘리지 않고 사태를 수습했
으면 하는 감정만이 절실했다.

유혈(流血)의 역겨움을 방원이 곱씹고 있는데, 어둠을 뚫고 하륜이
나타났다. 그는 말에서 뛰어내려 방원에게 깍듯이 군례(軍禮)를 올리더

니, 정도전의 시체와 남은의 수급을 뜯어보고 무겁게 고개를 끄덕이다가 다시 꼬았다.

"이제 첫번째 난관은 돌파한 셈입니다마는, 아직도 여러 고비의 난관을 더 넘어야 하겠습니다."

이런 말을 했다.

"이미 두 놈의 적괴를 처치하였거늘, 앞으로 무슨 난관이 또 있단 말이요."

모처럼 자기네들이 이룩해 놓은 공에 재라도 치는 것 같은 기분이 들었던지 이숙번은 볼멘 소리로 반박했다.

그에게 하륜은 냉랭한 곁눈질을 던지다가, 다시 방원을 향하여 말했다.

"시생이 사람을 놓아 정탐한 바에 의하면, 금중(禁中)에는 상당한 수의 숙위갑사(宿衛甲士)들이 배치되어 있다고 합니다. 급히 손을 써서 그들의 무장을 해제시키지 않는다면, 적의 잔당들이 그 틈을 이용하여 어떠한 난동을 부릴는지 알 수 없습니다. 금중엔 또 세자와 방번과 이제(李濟) 등도 남아있습니다. 그들이 죽기로 최후의 발악을 한다면, 정안군 나리께서 무엇보다 우려하시는 골육상잔의 참극을 모면할 길이 없게 될 거올시다."

빈틈없는 하륜의 배려에 이숙번도 더 할 말을 찾지 못하는 모양이었다.

"또 한가지 문제는 상감마마의 성려를 덜어드리고, 아직 측근에 머무러 있는 간신배들의 모함을 어떻게 배제하느냐 그 점이올시다."

그것은 방원 역시 무엇보다도 심려하고 있는 문제점이었다. 그리고 아직 해결책을 찾지 못하는 답답한 벽이기도 했다.

"어떻게 하면 좋겠소. 하대감의 의견을 기탄없이 말해 주시오."

매달리듯 종용했다.

"우선 숙위갑사들의 무장을 해체시키자면, 그들을 지휘하는 친군위 도진무(親軍衛都鎭撫)를 우리 편에 끌어들여야 합니다."

"무슨 말씀을 하시는 거요, 하대감."

겨우 반박할 꼬투리를 찾았다는듯이 이숙번이 재를 쳤다.

"친군위 도진무 박위(朴威)로 말할 것 같으면 내놓고 정도전의 편을 들어온 인간이 아니오? 그런 자를 어떻게 지금 갑자기 우리 편으로 끌어들일 수 있단 말이요."

그러나 하륜은 그 항변을 가볍게 물리쳤다.

"친군위 도진무는 한 사람뿐이 아니외다. 한천군 조온(漢川君 趙溫) 그 사람 역시 도진무에 재임 중이니, 정안군 나리께서 지시만 하신다면 견마지로를 다할 것이 아니겠소."

그야 그렇다. 조온으로 말할 것 같으면, 방원의 조력으로 큰 전공을 세우고 일약 군부에서 두각을 나타내게 된 바 있으니 말이다.

앞에서도 언급했지만 태조 2년 3월 조온이 서북면 도순문사(西北面都巡問使)로 있을 당시, 수주(隨州)땅에 왜구가 침공하리라는 정보를 입수한 방원이 앞질러 그에게 제보해 준 때문에 그는 왜구를 크게 섬멸 격퇴하였고, 왜구가 납치하였던 명나라 사람 이당신(李唐信)이란 인물까지 구출하여 명나라와의 국교에 크게 이바지한 바 있었던 것이다.

"좋소. 한천군을 불러서 부탁해 봅시다."

방원도 사뭇 밝아지는 마음으로 찬동했다.

그날밤 조온은 궁중에서 숙직을 하고 있었다.

"네가 가서 넌지시 조 진무를 불러오너라. 다른 말 말고 밖에서 내가 기다리고 있노라고만 해."

김소근에게 이렇게 지시한 다음, 하륜을 향해서 방원은 다시 물었다.

"또 한가지 문제는 어떻게 할 요량이오? 이번 일에 대해서 상감께 해명을 하자면 어떠한 조치를 취하는 것이 상책이겠소."

"오늘의 거사가 사사로운 원혐에서 빚어진 한낱 사투(私鬪)가 아니라는 점을 천명해야 합니다. 국가의 안태를 위협하는 난신들을 조정과 종친

들의 총의에 의해서 소탕하였노라는 명분을 사실로 밝혀야 합지요. 그러
자면 우선 조정의 수신(首臣)인 좌우 양 정승을 설득하여 우리 편에
서도록 손을 쓰는 거올시다."

하륜의 대책은 명쾌했다.

"그러니까 좌정승 조준(趙浚)과 우정승 김사형(金士衡)을 만나보아야
하겠구려."

그 문제라면 과히 어렵지는 않을 것이라고 방원은 안이하게 생각했
다.

김사형은 처음부터 방원을 지지해 왔고, 조준 또한 여러 모로 방원에게
호의를 베풀어왔으니 말이다.

"내가 만나서 잘 얘기하면 들어줄 만한 사람이지만, 지금의 형편으로
그 사람들을 찾아갈 수도 없는 일이구, 결국 사람을 보내서 불러오는
수밖에 없겠구려."

"글쎄올시다."

방원과는 달리 하륜은 불안스런 구기였다.

"사소한 일이라면 쉽게 응할는지도 모릅니다마는, 이번 일만은 그
사람들 역시 운명을 걸고 결단을 내려야 할 회천(回天)의 대사(大事)
가 아닙니까. 사람을 보내시겠으면 양 정승을 충분히 설득할만한 인재라
야 하겠습니다."

"시생을 보내주시오."

그때까지 별로 하는 일이 없던 박포가 나섰다.

"시생이 비록 구변은 없소이다마는, 기필코 양 정승을 설득하여 모셔
오겠소이다."

입가에 만만한 자신을 보이며 양언(揚言)했다.

"나도 보내주시오, 나리."

민무질이 따라 나섰다. 두 사람 다 인간적으로는 달갑지 않은 위인들이
었지만, 그렇다고 그들을 대신할만한 적임자도 없었다.

"우리의 일이 유종의 미를 거두느냐 아니냐는 오직 양 정승의 거취에 달렸으니, 십분 조심해서 모셔오도록 하게."

이렇게 다짐하고 그들을 파견했다. 그러나 한참이 지나도 두 정승은 나타나지 않았다.

처음에는 마음 턱놓고 기다리고 있던 방원도 차차 불안스러워졌다.

"여기서 이렇게 기다리고만 있을 것이 아니라, 두 정승의 거처 가까운 데까지 마중을 가는 것이 어떻겠습니까. 오는 길에 예기치 않은 변을 당할 수도 있을 테니 말입니다."

하륜이 종용했다.

"그렇겠구려. 내 아무리 왕자대군이라도 일국의 수신들을 멀리 앉아서 오라 가라 하는 것도 예가 아닐는지 모르지."

방원은 말을 몰고 가회방(嘉會坊) 쪽으로 향했고, 하륜과 이숙번 등 여러 막료들과 장졸들도 그 뒤를 따랐다.

조준과 김사형 사제는 바로 그 가회방에 있었던 것이다.

가회방 동구 앞에 이르렀을 때였다.

저편 언덕으로부터 민무질이 혼자서 덜레덜레 내려왔다.

"어찌된 일인가?"

불길한 예감이 방원의 가슴을 흔들었다.

"일이 다급하니만큼 박공은 우정승 김대감의 집으로 갔고, 나는 좌정승 조대감의 집을 찾아가지 않았겠습니까."

다급하다고 하면서도 민무질의 어투는 언제나 다름없이 끈적거리고만 있었다.

"그래서 어쨌다는 건가?"

짜증이 치미는 것을 누르고 방원은 거듭 물었다.

"정안군 나리께서 급히 만나고자 하시니 모시러 왔노라고 전갈했습지요."

하나마나한 소리만 민무질은 늘어놓았다.

"그랬더니?"

"조대감 조 정승은 꾸물거리기만 하면서 좀처럼 방에서 나오질 않더군요. 아직 잠이 덜 깨서 그러나 싶어 몰래 방안을 엿보았습지요. 그랬더니 그 양반 점서(占書)를 펴놓고 뒤적거리고 있질 않겠습니까."

"점을 치더란 말인가?"

"아마 그런 모양입니다만, 한동안 웅얼웅얼 혼잣소리를 씨부렁거리다가 자리에 벌떡 나자빠져 코를 골지 않겠습니까."

예기치 못했던 소식이었다. 조준은 아마 자신의 거취를 정하기 어려워 점괘에 의존하여 보았고, 그 점괘가 방원의 편을 들면 불길한 것으로 나타났는지도 모른다. 방원은 새삼 자기의 기대가 얼마나 안이하였는가를 깨닫지 않을 수 없었다.

또 인간의 호의라는 것이 중대한 고비를 당하였을 때 얼마나 무력한가도 생각하게 된다. 조준의 성격이나 식견으로 미루어 단순한 점괘 때문에 망설이고 있지는 않을 것이다. 냉정히 사태를 분석하고 계산한 결과, 신중을 기해야 하겠다고 판단했을 것이다.

조준, 그 사람의 지금의 위치는 어떠한가. 만조백관 중에서도 최고의 권좌를 차지하는 좌정승, 상위(上位)에는 오직 국왕이 있을 뿐이니, 아무리 버둥거려보았자 그 이상의 영달은 바랄 수 없다.

다시 말하면 가만히 앉아 있어도 최고의 영화를 누릴 수 있는 처지인데, 무엇이 답답해서 위험한 불장난을 할 것인가.

이렇게 저렇게 곱씹고 보니, 조준이 자기 편에 들어올 공산은 자꾸 희박해지기만 했다.

"변변치 못한 군이로고."

이숙번이 민무질을 흘겨보다가,

"내가 끌고 오겠소이다. 만일에 그 노물(老物), 끝끝내 꾸물거린다면 고삐를 꿰서라도 끌고 오겠소이다."

핏대를 올리더니 말을 몰고 달려가려고 했다. 그때 언덕 위로부터 숱한 인마소리가 들려왔다.

조준과 김사형이 수십 명의 종자들을 거느리고 나타난 것이다.

"내 잠깐 몸이 불편해서 지체했습니다만, 왕자대군께서 예까지 영접해 주시니 황송합니다그려."

그 동안 어떤 계산알을 다시 튕기고 마음을 고쳐먹었는지는 알 수 없지만, 조준은 점잖게 한마디 변명하고는 말에서 뛰어내려 방원의 발 앞에 무릎을 꿇었다.

김사형도 그렇게 했다.

아직도 섭섭한 감정이 꼬리를 끌고 있기는 했지만, 방원도 말에서 뛰어내려 두 정승의 손을 잡아일으켰다.

친군위 도진무 박위(朴葳)는 근정문 앞에 버티고 서서 소리소리 지르고 있었다.

"이놈아, 목구멍에 옴이라도 붙었느냐? 더 세차게 불지 못할까."

소라를 불어대는 조라치를 향해서 지르는 소리였다.

그의 옆에는 내시 김사행과 세자의 형 방번이 서서 초조히 발을 구르고 있었다.

처음에 산남왕 온사도의 휘하 역사들을 시켜서 방원 형제를 기습하였다가 실패로 돌아가자, 서문 밖에 배치하여 두었던 갑사들을 지휘해서 재차 공격을 시도한 것은 바로 박위였다. 뜻하지 않은 하륜의 출현으로 제이차 공격에도 실패를 하자, 그는 일단 궐내로 후퇴하여 사태를 관망하고 있었다.

얼마 후엔 정도전 일당이 모여있던 송현 남은의 소실집 쪽에서 불길이 올랐다. 자세한 연락은 없었지만, 정도전 일당이 당했을 것이라고 짐작할 수밖에 없었다.

만일 사태가 그렇게 돌아갔다면 방원 일파의 다음 목표는 궁중에 남아있는 세자와 그의 측근들일 것이라고 박위도 김사행도 방번도 겁을 먹었다.

　그래서 거기 대비하려고 숙위갑사들을 소집하려는 것이었다.

　"이놈들이 왜 이리 꾸물거리고 있을까."

　박위는 조바심을 쳤다. 아무리 소라를 불어대도 그의 곁에 모여든 갑사들은 궐내에 숙위하고 있던 병력의 절반도 못되었던 것이다.

　그때 한 갑사가 달려 와서 숨가쁘게 보고했다.

　"큰일났습니다, 도진무 어른. 근정문 이남에 배치되었던 숙위병들이 모조리 밖으로 도망쳐 버렸습니다."

　"무슨 소리를 하는 거냐?"

　박위로서는 곧이 들리지 않는 소리였다.

　"그놈들이 무엇 때문에 갑자기 도망을 쳤단 말이냐."

　"조 진무의 지시로 모두들 갑옷을 벗고 창검을 버리고 뿔뿔이 흩어졌습니다."

　그것은 사실이었다.

　김소근을 파견해서 조온을 불러낸 방원은 예정대로 숙위군의 무장 해제를 지시했고, 조온은 그 지시를 따라 즉각 손을 쓴 것이다. 조온 휘하의 숙위군은 근정문 이남에 배치되었던 갑사들이었다.

　"근정문 이남의 갑사들이 해산됐다면 우리의 병력은 반으로 줄어든 셈이 아니겠소, 박 진무."

　입술을 깨물고 토달거리는 김사행의 말이었다.

　"적의 병력은 얼마나 될까. 바깥 형편은 어떻게 돌아가고 있을까. 그것을 알아야 손을 쓸 수 있을 것이 아니겠나."

　방번이 어른스럽게 한마디 했다.

　나이 겨우 십팔세밖에 안 되는 소년이었지만, 그는 곧잘 어른의 태도를 내기 좋아했다.

　박위는 한동안 생각에 잠기다가,

　"우선 적의 동향을 살펴봐야 하겠습니다. 그런 다음에 대책을 강구하도록 합지요.”

그는 칼자루를 움켜잡고 대궐 밖으로 달려나갔다. 대궐문 밖에 나서서 어둠 속을 둘러본 박위는 동남쪽 운종가(雲從佳 : 지금의 종로) 쪽으로 걸음을 옮기었다. 그 방면에 많은 횃불이 보였던 것이다.

운종가 방면에 많은 횃불이 밝혀져 있다면 방원과 그의 수하 장졸들이 그 곳에 모여있을 것이라고 박위는 판단한 모양이었다.

그 판단은 틀리지 않았다.

그에 앞서 방원은 일단 그리로 물러가서 진을 치고 있었던 것이다. 경복궁 가까이 붙어 있다가는 아직도 궁중에 남아있는 박위 휘하 갑사들의 기습을 받지 않을까 염려한 때문이었다.

박위가 나타나자 방원을 호위하고 있던 위병들이 우르르 달려들었다. 그들을 박위는 흰 눈으로 흘겨보다가 운종가 네거리 한복판에 쳐 있는 장막으로 시선을 돌리며 무겁게 한마디 던졌다.

“정안군 나리를 뵙고자 친군위 도진무 박위가 찾아왔노라고 여쭈어라.”

환히 횃불이 밝혀져 있는 장막 안에는 교자들이 마련되어 있었다. 큰 교자에는 방원이 앉아 있었으며, 약간 작은 것에는 하륜이 앉아 있었다.

“박위가 제 발로 걸어왔다구?”

하륜을 돌아보며 방원은 고개를 꼬았다.

“이제 와서 우리에게 투항을 하려는 것은 아니렸다?”

“글쎄올시다.”

하륜도 잠간 고개를 꼬다가,

“어쨌든 제 풀에 찾아온 이상 과히 꾸중은 마시고 잘 달래 보시는 것이 좋을 듯합니다.”

그렇게 조언했다.

위사들에게 둘러싸여 박위가 다가왔다. 그 얼굴을 가까이 대하자 우선 방원의 가슴에 치미는 감정은 분노였다.

그로 말할 것 같으면 적당들 중에서도 무력 행동대의 핵심적 분자였다. 정도전 일파가 무력을 행사해서까지 방원 형제들을 제거하려고 결단을 내린 것은, 박위가 거느리는 친군위 갑사들이란 병력을 믿은 때문일 것이다.

또 오늘 저녁만 해도 그렇다. 산남왕(山南王) 휘하 역사들의 기습을 모면한 방원 형제들이 서문으로 달려나갔을 때, 재차 공격을 가해 온 무리들은 다름아닌 박위 휘하의 장졸들로 추측된다. 어느 모로 따지거나 용납할 수 없는 적이었지만, 하륜은 좋은 말로 달래라고 한다.

그리고 방원 자신도 감정을 누르고 그를 영접했다.

"이거 누구보다도 반가운 손님이구료. 조금 전엔 조 진무가 찾아와서 나를 도와 주더니 이번엔 박 진무까지 내 편을 들어주다니 적이 든든하외다그려."

넘겨짚으면서 얼레발을 쳤다.

방원이 그렇게 감정을 죽이고 너그러운 태도를 취할 수 있는 데엔 또다른 이유가 있었다.

태조 3년 정월이었다. 그때 참찬문하부사(參贊門下府事)를 지내던 박위가 순군옥(巡軍獄)에 구금된 옥사가 발생했다.

밀성(密城)땅에 사는 이흥무(李興武)란 소경에게 조선왕조의 장래와 고려조의 왕족들의 명운(命運)을 점치게 하였다는 혐의였다.

여론이 비등했다.

이미 창업 이후 3년째나 되는 새 왕조의 장래를 의심한다는 것도 용납될 수 없는 노릇이었지만, 전 왕조의 왕족들의 운명까지 점을 치려고 한 저의엔 은근히 고려 왕실에 미련을 둔 흑심이 숨어 있을 껏이라고 규탄했다.

그러나 그때 국왕 이성계는 파격적인 관용을 박위에게 베풀었던 것이다. 박위를 석방하고 그에게 주식(酒食)까지 하사하며 이성계는 말했다.

"지난날과 다름없이 맡은 바 임무를 다 하도록 하라. 비록 천만인이 경을 공박하더라도 여는 경을 믿어 의심치 않으리라."

그리고는 박위의 처형을 주장하는 형조 관원들에게 이런 말까지 했다.

"적과 대진하여 싸우다가 적장이 투항할 경우, 지난날의 원험을 잊고 용납하여 신하를 삼는 것이 왕자(王者)의 금도(襟度)가 아닌가. 하물며 박위는 얻기 드문 장재(將才)이거늘, 어찌 경경히 처단하겠느냐. 박위가 만일 우리 왕조의 앞날을 의심하고 전 왕조를 흠모한다면 여가 그에게 베푼 은총과 이득이 그의 마음에 흡족하지 못한 때문일 게다. 오히려 그를 후하게 대한다면 어찌 딴 마음을 품겠는가."

부왕의 그와 같은 너그러운 가슴을 방원은 새삼 되새기게 된 것이었으며, 자기 자신도 회천의 대업을 성취하자면 그와 같은 금도를 본받아야 한다고 다짐한 것이다.

또 현실적인 계산을 하더라도 그렇다. 지금 방원의 세력과 대결할 수 있는 세자 측의 유일한 병력은 아직 무장해제를 시키지 못한 박위 휘하의 친군위 갑사들이다.

박위를 포섭해서 그들 갑사들까지 해산할 수 있다면 방원의 가장 역겨워하는 유혈의 참극을 회피할 수 있을 것이다.

"이것봐요, 박 진무."

방원은 손목을 잡았다. 그의 손은 얼음장같이 찼지만, 방원은 따뜻이 말을 이었다.

"박 진무도 잘 알고 있겠지만, 이번 일은 정도전 일파가 빚어낸 참사가 아닌가. 온갖 불만과 불평과 수모를 참아가며 오직 국가의 안태만을 바라는 일념에서 조용히 살아온 우리 형제들을, 정도전 그 자들이 모살하고자 설친 때문에 부득불 발등에 떨어지는 불똥을 끈 것에 지나지 않는단 말야. 내가 원하는 것은 이 이상 피를 흘리지 말자는 그 점 뿐일세. 그러니 박 진무도 우리를 도와주어야 하겠네."

　그러나 박위는 방원의 말을 듣는 둥 마는 둥 빈틈없는 눈알을 굴리며 방원 휘하의 진세만 살피고 있었다. 그래도 방원은 꾹 참고 종용했다.

　"박 진무가 도와줄 수 있는 일이란 지극히 간단한 걸세. 조금 전에 조 진무가 그렇게 했듯이 박 진무 휘하 갑사들의 병기를 거두고 해산을 시키면 그만인 거야."

　역시 박위는 아무런 대답도 하지 않고, 마음은 딴 곳에 있는 것 같은 표정만 짓고 있었다.

　"어떤가, 박 진무. 그렇게 해주겠지?"

　그의 손목을 잡은 손에 더욱 힘을 주며 방원은 매달리듯 졸라보았다.

　"글쎄올시다."

　박위는 겨우 입을 열었지만, 한다는 소리가 엉큼했다.

　"이미 밤도 깊지 않았습니까. 매사는 날 밝기를 기다려서 처리하는 것이 좋을듯 싶습니다그려."

　"날 밝기를 기다려야 한다구?"

　참고 참던 울화가 터졌다.

　박위의 속셈은 뻔했다. 날이 밝으면 세자 편을 드는 장졸들이 모여들 것이며, 그렇게 되는 경우 지금의 방원 측의 병력을 무찌를 계산을 하고 있을 것임에 틀림없었다.

　"고이얀 사람!"

　방원이 그의 손목을 뿌리치자 옆에 대기하고 있던 서익(徐益)이 장창을 휘둘러 박위의 앞가슴을 깊이 찔렀다.

23. 回天의 아침

근정문(勤政門) 앞에서 서성거리며 박위의 하회를 고대하고 있던 방번과 김사행은, 아무리 기다려도 소식이 없자 더욱 더 초조한 빛을 띠웠다.

"필시 박 진무가 변을 당한것 같습니다요. 우리대로 무슨 손을 써야 할 것이 아니겠습니까요."

김사행이 발을 구르며 안달을 했다.

그때 군사예빈소경(軍士禮賓少卿) 봉원량(奉元良)이란 관원이 근정문 안으로부터 나왔다.

"여보게, 반란군의 병력이 얼마나 되나 알아보게나."

김사행이 지시했다.

봉원량은 근정문 지붕 위로 기어 올라가서 한동안 사방을 두리번거리더니 급히 뛰어내려왔다. 부들부들 떨면서 보고했다.

"정남문(正南門 : 광화문)으로부터 남산에 이르기까지 횃불이 꽉 차 있습니다. 아마 한양 바닥이 정안군의 군사로 메워져 있는 듯싶습니다."

어둠 속에서 보는 불빛이란 사실보다 과장되게 눈에 비치게 마련이지만, 겁에 질린 봉원량은 그런 계산도 할 여유가 없었던 모양이다.

"이거 큰일 났구만요."

김사행은 호들갑을 떨었다.

방번도 와들와들 떨면서 어찌할 바를 몰라 했다.

"이젠 별 수 없습니다요. 상감께 아뢰고 상감의 어명으로 군사를 동원해서 역도들을 소탕하는 수밖에 없습니다요."

그때 이성계는 피병차 서소량정(西小凉亭)에 옮겨가 있었다. 귀인의 병세가 위급해질 경우 병석을 옮기는 것이 그 당시의 풍습이었다.

서소량정에는 세자 방석과 홍안군 이제, 의안군 화, 도승지 이문화(李文和), 우승지 김륙(金陸), 좌부승지 노석주(盧石柱), 우부승지 변중량(卞仲良), 그리고 조순(曹恂)을 위시한 내관들과 칠점선 등 후궁들이 시립하여 있었다.

이성계는 침상에 누워 지그시 눈을 감고 있었다.

"상감마마, 큰일 났습니다요. 큰 난리가 벌어졌습니다요."

그 자리에 뛰어든 김사행은 손짓 발짓 섞어가며 떠들어댔다.

"정안군이 역란을 일으켰습니다."

김사행을 따라 들어온 방번도 숨가쁘게 소리쳤다.

그러나 이성계는 여전히 눈을 감은 채 한마디 대꾸도 하지 않았다.

김사행은 다시 정도전, 남은 등이 피살된 경위와 숱한 병력이 궁성 밖에 집합하였다는 상황을 사실보다 몇 갑절 과장하여 고해 바쳤다.

그래도 이성계는 석상(石像)처럼 미동도 하지 않았다.

"영을 내리십시오, 상감마마. 상감께서 직접 분부하신다면 상감께 충성을 다하는 장졸들이 일제히 궐기하여 역도들을 소탕할 거올시다마는, 만일 이대로 방치하신다면 역도들은 마침내 궁중까지 돌입하여 어떠한 난동을 부릴는지 알 수 없습니다요."

김사행은 입이 쓰게 졸라댔지만, 이성계는 역시 말이 없었다.

"상감, 어서 한 말씀 하십시오. 국가의 원훈들을 개잡듯 살해한 역도들을 이 기회에 소탕을 하지 않는다면, 신은 말할 것도 없고 세자 형제와 숱한 종친들까지 끔찍한 화를 면치 못할 겁니다."

이제가 장검을 뽑아들고 외쳤다. 그는 유독 국왕의 병석에까지 칼을 차고 들어와 있었던 것이다.

"너희들이 죽는다구?"

이성계는 겨우 눈을 떴다. 그러나 곧 이어 다시 그 눈을 감아버렸다.

"정안군은 그런 사람이 아니야."

의안군 화(義安君 和)가 한마디 했다.

"동기간에 피를 흘리지 않기 위해서 정안군은 마지못해 궐기한 것이니 조용히들 기다리면 사태는 저절로 평정될 걸세."

이제는 여전히 칼을 휘두르며 핏발이 잔뜩 선 눈으로 의안군을 쏘아보았지만, 그렇다고 그 이상 어쩔 도리도 없었다.

그렇게 날이 밝았다.

좌정승 조준(趙浚)과 우정승 김사형(金士衡)이 대신들을 거느리고 서소량정 계하로 몰려들었다.

그때까지도 이성계는 침상에 누운 그대로였다. 조준은 계하에 꿇어엎드린 채 큰 소리로 고하였다.

"정도전, 남은, 심효생 등이 결당을 하고 종신들과 원훈(元勳)들을 해치고자 음모하였으며 또한 국가의 안녕질서를 어지럽혔사온데, 사세가 급박하여 신 등은 미처 주상께 아뢰지 못하고 그들을 주살 제거하였사온즉, 전하께서는 과히 놀라우심이 없으시기 바랍니다."

그 어투는 마치 처음부터 양 정승과 여러 대신들이 공동전선을 펴고 정도전 일당을 소탕한 것 같은 구기였다. 그리고 그것은 방원의 거사를 공적으로 정당화하려는 수사이기도 했다.

내관은 즉시 그 말을 이성계에게 전갈했다. 그래도 이성계는 두 눈을 내리깐 채, 아무런 반응도 보이지 않았다.

정자 안에 시립한 종친들과 승지들과 후궁들, 내관들 그리고 정자 밖에 부복한 여러 대신들은 숨을 죽이고 그저 기다릴 수밖에 없었다.

서로 입장을 달리하는 파벌들이 함께 모여 있었지만, 앞으로 이성계의 입에서 떨어진 한마디가 그들 각자의 운명을 결정적으로 좌우할 것이었다.

이성계가 겨우 입을 연 것은 마침 해가 상당히 높이 치솟은 연후였다.

"방원은 게 있느냐? 방과는? 방의는? 방간은?"

"영안군(永安君) 나리는 아직 거처를 알 수 없습니다만, 다른 왕자님 네들은 궐문 밖에서 어명을 기다리고 계십니다."

조준이 다시 아뢰었다.

"그렇다면 그 놈들을 불러들이도록 하라."

이성계는 짤막히 지시하고 다시 눈을 감아버렸다. 잠시 후 방원과 방의와 방간이 정자 안으로 들어섰다.

"아버님 환후가 이렇듯 위중하신 터에 소란을 피워서 황공합니다."

방원은 사과부터 했다. 그 얼굴을 이성계는 이윽히 노려보다가,

"어디를 누르면 그 따위 뻔뻔스런 소리가 나오지?"

호되게 꼬집었다.

"네놈의 속마음인즉, 내가 중병을 앓고 누워 있기에 다행이라 여기고 그렇듯 피바람을 피운 것이 아니냐?"

미리 예기치 못했던 것은 아니었지만, 그 한두 마디 말만으로도 이성계의 노여움이 얼마나 극심한가를 짐작할 수 있었다.

방원을 위시한 그의 당료들의 표정은 굳게 긴장되었고, 세자 측에 선 일당들의 안색은 생기를 되찾았다.

한번 입을 연 이성계의 혀끝은 계속 불을 뿜었다.

"내가 누누이 얼마나 타일렀더냐, 피를 보지 말라고. 피를 흘리지 말자고 얼마나 곱씹었더냐. 나의 반평생은 피바람 속에서 보낸 것이나 다름이 없다. 그러기에 내 아들놈들에게만은 아비가 밟아온 길을 밟지 않도록 고심하여 왔거늘 네놈은 또 피를 뿌렸다."

그것은 이성계로선 피부로 사무치게 느껴온 아픔일 것이다. 그리고 방원도 충분히 공감할 수 있는 아픔이었다.

방원은 외쳤다.

"저 역시 피를 보고 싶지 않기에 어쩔 수 없어 칼을 잡은 겁니다, 아버

님."

남의 귀엔 역설처럼 들리는지 모르지만 진정이었다.

"정도전 일파를 제거하지 않고 버려둔다면 그들의 농간은 마침내 우리 형제들을 골육상잔의 구령으로 몰아넣었을 겁니다. 형은 아우를 의심하고 아우는 형을 미워하고, 그러다가 살이 살을 뜯고 피가 피를 빨아먹고 뼈가 뼈를 긁고 저미는 참극이 벌어졌을 겁니다."

"그래?"

이성계는 일그러진 웃음을 씹으며 이윽히 방원을 주시하였다.

"그게 거짓없는 너의 진심이란 말이지?"

"그렇습니다, 아버님."

방원은 자신있게 잘라 말했다.

"그밖엔 아무런 야욕도 없단 말이지?"

이성계의 추궁은 집요했다.

"이미 정도전이나 남은 등을 제거했으니 세자 형제나 다른 사람에겐 손을 대지 않겠단 말이지? 더더구나 너 자신이 세자 자리를 넘보는 그런 욕심은 꿈에도 갖지 않겠단 말이지?"

"그렇습니다, 아버님. 저는 저와 저희 형제들에게 떨어지는 불똥을 꺼보려는 마음 뿐이었습니다."

방원으로선 역시 진심으로 한 말이었지만, 다른 두 동복형에겐 귀에 거슬리는 소리였던 것 같다. 특히 방간의 안색이 일변했다.

"제가 한말씀 드리겠습니다."

그는 핏대를 세우며 나섰다.

"정도전과 그의 도당들이 앞장서서 저희들 형제를 죽이고자 날뛰었으며, 그 때문에 그 자들을 제거한 사실은 정안군이 아뢴 그대로입니다만, 따지고 보면 화근은 따로 있습니다. 제아무리 정도전 일당이 야욕에 눈이 뒤집혔다고는 하지만, 믿는 구석이 없이는 그런 짓을 저지르지는 못했을 겁니다. 세자를 등에 업지 않고서는 생심조차 못했을 겁니다."

이성계는 냉랭한 눈길을 방간에게 잠깐 던지고는 반문했다.

"세자를 등에 업었으면 그것만으로 태산처럼 든든할 터인데, 구태여 난을 일으킬 이유가 무엇이었지?"

"이유는 간단합니다. 세자가 태산처럼 든든하지 못한 때문입니다. 방석의 지금 나이 몇살입니까?"

이젠 세자란 경칭까지 던져버리고 곧장 이름을 부르며 방간은 역설했다.

"또 서열로 따지면 몇째 아들입니까? 적서의 신분으로 말하더라도 한낱 서얼(庶孼)에 불과하지 않습니까. 어떻게 정도전 도당이 마음을 놓을 수 있었겠습니까."

이성계는 입술을 떨며 방간을 노려보고만 있었다.

"서열을 엄격히 고집하자면 너의 맏형 방우(芳雨)가 가장 적격이겠지만, 방우는 이미 죽고 없으니 방과(芳果)의 차례가 되겠구나."

순리를 따져서 하는 말 같지만, 거기엔 이성계의 무서운 독침이 숨겨져 있다는 것을 귀가 밝은 사람은 깨달을 것이다.

이번 사건의 주동자는 물론 방원이다. 그러나 그는 생존한 네 동복 형제들 중에서도 서열로 제 4위에 속한다. 지금 한창 핏대를 올리고 있는 방간 역시 3위에 불과하다.

그리고 첫번째로 꼽힐 수 있는 방과는 지난밤 어떠한 행동을 하였는가. 이성계의 완쾌를 비느라고 소격전에 가 있다가 어디론지 자취를 감추었다고 하지 않는가. 목숨을 걸고 날뛴 아들들을 제쳐놓고 홀로 피신을 한 방과에게 대위 계승권을 안겨준다면, 결국 방원이나 방간은 닭쫓던 개처럼 군침만 삼키게 될 것이다.

그들 두 형제에 대한 형벌치고도, 그보다 더 뜻밖의 일이고 잔인한 것은 없을 것이었다.

"영안군 형님은 생사조차 모르는 형편이올시다."

방간이 볼멘 소리로 투덜거리는 것을 이성계는 일갈했다.

"있는 곳을 알 수 없다면 찾아야 할 것이 아니냐. 적어도 일국의 왕위를 계승할 귀한 몸이 아니냐."

그리고는 이성계는 껄껄껄 웃었다. 그러다가 비꼬인 눈총을 방원에게로 던지며 짓궂게 물었다.

"네 의향은 어떠냐? 너는 아무런 야심도 없다고 했고 방간은 왕통의 서열을 바로잡아야 한다고 떠들어대고 있으니, 방과 그 애에게 세자 자리를 돌려주는 것이 가장 타당하겠지? 그렇지?"

"그렇습니다, 아버님."

방원은 서슴지 않고 승복했다.

"영안군 형님을 세자에 책봉하신다면 진실로 국가의 장래를 위해서 경하하여 마지않을 일인 줄로 압니다."

입에 발린 소리가 아니었다. 그때만 해도 그것은 방원에게 있어 가장 적절한 지식이었다.

"그런 눈으로 나를 보지 말라."

이성계는 괴롭게 뇌까렸다.

방과를 세자에 책봉하겠다는 언질을 받자, 방원 형제들은 일단 물러갔다. 정자 밖 계하에 대기하고 있던 대신들도 물러갔고, 서소량정 임시 병실에는 방석 형제와 이제(李濟)만이 남아 있었다.

"이 애비가 못마땅하지? 원망스럽지?"

여간한 일을 당해도 구차한 넋두리 같은 것은 입밖에도 내는 법이 없는 이성계가, 지금은 혼자 부르고 쓰면서 입을 쉬지 않는다. 가슴 속에 묻어두기엔 그의 고뇌가 너무나 벅찬 때문일는지도 모른다.

"너희들을 위해서 아무런 힘도 못쓰는 내 꼴이 못내 답답하겠지만, 나는 이미 늙고 병든 몸이란 말이다. 별 수 없는 게야."

그러다가 문득 엉뚱한 방향으로 화제를 돌렸다.

"내 나이 아직 젊고 기력도 왕성해서 산야를 질주하며 사냥을 즐기던 무렵이었느니라. 그때 태백(太白) 산중에 나의 좋은 적수가 되어 주던

맹호 한 마리가 있었어. 비록 짐승이긴 했지만 왕자의 풍모를 지닌 놈이
었지. 그래서 사냥꾼들은 그놈을 태백산의 대왕이라고들 불렀느니라."

지금 이 자리에서 꺼낼 화제치고는 너무나 거리가 먼 얘기였지만, 이성
계의 표정은 무겁고 진지했다.

"나는 그놈을 어떻게 해서든지 잡아보려고 벼렀고 그놈은 그놈대로
나를 잡아먹으려고 노리는 모양이었지만, 서로 힘과 꾀가 막상막하했다
고나 할까 좀처럼 결판이 나지 않더군. 그러는 동안에 그 짐승과 나 사이
엔 묘한 우정 같은 것이 생겼어. 내가 다른 짐승의 기습을 받아 위험한
지경에 몰리면 그놈이 그 짐승을 쫓고 나를 구해 주었으며, 그놈이 다른
사냥꾼이 파놓은 함정에라도 빠졌을 때엔 내가 건져주곤 했느니라."

이성계는 지그시 눈을 감았다. 젊고 발랄하던 시절의 꿈이 못내 아쉬운
것일까.

"어느 해였던가. 남도에 왜구가 창궐해서 소탕하느라고 여러 해 동안
사냥을 못하다가 오랜만에 태백산을 찾아가지 않았겠느냐. 무엇보다도
그 대호를 만나고 싶은 때문이었어. 대호는 살아있었지만, 그러나 산송장
이나 다름이 없었더니라. 이미 늙고 병이 들었던 때문인지 동굴 앞에서
햇볕을 쬐며 졸고만 있더군. 보잘것없는 다람쥐가 등에 기어 올라가서
장난을 쳐도 군소리 한번 칠 기력조차 없는 것 같았어. 그 꼴을 보고
아직도 젊고 기력이 왕성하던 나는 비웃었지. 내가 만일 늙고 병이 들어
서 저 꼴이 된다면 차라리 혀를 깨물고 죽어버리겠노라고 다짐을 했었
지. 하지만 지금의 내 꼴이 너희들 눈엔 어떻게 비치느냐?"

이성계의 어조가 다시 괴롭게 떨렸다.

"늙고 병든 그 호랑이와 추호도 다를 것이 없다고 너희들은 비웃을
거다."

텅 빈 동굴 속에서 흘러나오는 늙은 대호의 신음 같은 웃음을 이성계
는 흘렸다.

"비웃어도 어쩔 수는 없는 게야. 나는 늙고 병든 몸이야. 지난날의

이성계는 아니란 말이다. 다람쥐가 기어올라도 큰 소리 하나 못치던 그 대호처럼 내가 낳고 내가 기른 아들놈들조차 제어할 힘이 없는 걸 어찌 하겠느냐."

이성계의 눈꼬리를 한 방울의 눈물이 적셨다.

"차라리 혀라도 깨물고 죽어버릴까? 지난날 그 대호를 보고 다짐했듯 이 말이다."

눈물에 젖은 두 눈을 이성계는 활짝 떴다. 그러나 다음 순간 그것을 다시 내리깔며 한숨을 몰아쉬었다.

"막상 이 꼴을 당하고 보니 죽기도 수월치 않구나. 늙고 병들었던 그 대호처럼 말이다. 치사한 욕심이라고나 할까, 구차한 미련이라고나 할 까. 이런 몰골을 하고 있으면서도 목숨만은 부지하고 싶구나. 그야 핑계 를 대자면 얼마라도 있지. 천신만고 끝에 모처럼 창건한 이 나라 이 왕조 의 앞날을 좀더 지켜보고 싶다. 아들놈들로 하여금 더 이상 골육상잔의 피를 흘리는 일이 없도록 단속해야 한다. 또 너희들 형제의 목숨도 지켜 주어야 한다. 하지만 그것도 궁색한 자기 변명에 지나지 않을 게야. 그저 목숨이 아까와서 꾸물거리고 있는 거지."

"그만하세요, 아버님."

방석이 울부짖었다.

"저는 오히려 홀가분해진 것 같아요. 세자 자리에 앉게 되고부터 저는 그저 힘들고 지겹고 귀찮기만 했어요. 말 한마디 제대로 못하고, 하고 싶은 일이 있어도 제맘대로 못하는 그런 짐은 전 조금도 아깝지 않아요."

부왕의 괴로움을 위안하려는 충성도 있었겠지만, 방석으로선 진정이기 도 했을 것이다.

귀염둥이 막내아들로 태어나서 어리광만 피우며 자라오다가 한창 놀기 좋아할 선머슴 때에 세자라는 굴레 속에 갇혀온 그로서는, 영광의 자리라 기보다도 숨막히는 속박의 뇌옥(牢獄)처럼 여겨졌을 것이었다.

"이럴 때 어머님이라도 살아계셨더라면……"

방번도 한마디 했다.

"어머님께서 생존하여 계신 동안엔, 어느 놈도 감히 우리 형제들에게 손끝하나 댈 엄두도 못내지 않았습니까. 어머님의 대상을 치르고 나자 기다리고나 있었던 것처럼 그놈들이……"

그는 앙칼지게 입술을 깨물었다.

"그렇지. 네 어머니가 지금까지 살아만 있더라도 사태는 달라졌겠지."

이성계는 이성계대로 가슴 아프게 공감했다.

"요즘 와서 새삼 더 절실히 느끼는 터이지만, 내가 혁명을 하고 새 왕조를 건설하여 나라의 기틀을 이만큼 잡게 된 것은 오직 네 어머님의 힘이었느니라. 네 어머니가 세상을 떠나자 나의 심신에 충만했던 힘이 하루 아침에 폭삭 사그라지는 것 같더군. 병석에 자주 눕게 된 것도 그때부터이구."

"심약하신 말씀 그만 두십시오."

그때까지 노기에 찬 얼굴로 말이 없던 이제가 버럭 소리를 질렀다.

"전하는 아직도 이 나라의 주상이십니다. 이 나라 강토, 이 나라 백성들, 어느 것치고 전하의 소유가 아닌 것은 없습니다. 정안군과 그 형제들도 그렇습니다. 사적으로는 전하의 아들들이요, 공적으로도 전하의 신하가 아닙니까. 전하께서 마음만 굳게 다잡으시고 엄하신 결단만 내리신다면, 그 자들이라고 감히 어쩌겠습니까."

"쓸데없는 혈기……"

이성계는 쓸쓸히 고개를 가로저었다.

"전 왕조 때 모니노(牟尼奴 : 우왕)나 최영이 비참한 최후를 당하게 된 것이 무엇 때문이었느냐. 제 힘을 자각하지 못하고 섣불리 날뛴 때문이었단 말이다."

방원은 퇴궐하는 즉시로 사람을 풀어 영안군 방과(永安君 芳果)를 찾도록 했다.

방과가 경복궁 남문(南門) 밖에 나타난 것은 그날 해질 무렵이었다.

이성계의 완쾌를 빌기 위해서 소격전(昭格殿)에 있던 방과는, 병란이 발발했다는 기별을 듣자 노복 한 명만을 거느리고 그 곳을 도망쳤다.

도보로 풍양(豊壤 : 경기도 양주군)땅까지 달려가서 김인귀(金仁貴)란 사람의 집에 숨어 있었다는 것이다.

방원은 그의 손을 잡고 간곡히 권유했다.

"형님이 계시지 않은 동안에 정도전 일파는 모조리 소탕했습니다. 조신들의 공론이 적장왕자(嫡長王子)를 세자에 옹립해야 한다는 것이며, 아버님의 의향도 그러하신 듯 하니 형님께서 그 자리를 맡아주셔야겠습니다."

방과는 쑥스러운 웃음을 씹으며 뒤통수만 긁다가 멋적게 말했다.

"아우님이 목숨을 걸고 차려 놓은 밥상을 겁에 질려 도망쳤던 내가 무슨 염치로 받아먹겠는가."

그리고는 다시 방원에게 세자 자리를 양보하려고 역설했다는 그의 말을 그 날짜 실록은 이렇게 전하고 있다.

"애당초 우리 이씨왕조를 창건하게 된 공이나 오늘 간당(奸黨)들을 물리친 공이나 오로지 정안군 자네에게 돌아가야 할 것이 아닌가."

방원은 펄쩍 뛰었다.

"내가 정도전 일파를 소탕한 것은 세자 자리가 탐이 나서도 아니었으며, 어떤 권세욕 때문도 아니었습니다. 나이어린 서제(庶弟)를 세자에 책봉한 것을 기화로, 정도전 일파가 가지가지 농간을 부리다가 마침내 우리 형제들을 모해하려고 하기에 이른 때문이 아니겠습니까. 그러니 이 기회에 왕통(王統)의 질서를 바로잡아 대대손손 골육상잔의 참극이 일어나는 일이 없도록 해야 합니다. 또 그러자면 왕위는 반드시 적장왕자가 계승하여야 한다는 전통을 세워놓아야 하지 않겠습니까."

"정안군이 그렇게까지 말하니 내 할 말이 없네만, 그렇다고 나에게 과한 짐을 지우지는 말게. 나는 원래 짐이라는 것은 질색이니 말일세"

흐릿한 말꼬리를 달면서도 결국은 세자되기를 방과는 승낙한 셈이었다.

방과의 말이 떨어지자 그를 세자에 책봉하는 실질적인 사무를 방원은 조급히 서둘렀다. 자기 자신이 사사로운 야욕을 품고 그런 분란을 일으켰다는 비난을 두려워하는 그런 째째한 마음 때문이 아니었다. 세자 자리를 방과한테 물려줄 경우, 필연적으로 야기될 잡음과 부작용을 미연에 방지하기 위해서였다.

지금 방과와 대화를 나누고 있는 그의 주변에는, 정도전 일파를 숙청하는데 있어서 가장 활약이 컸던 당료들이 잔뜩 긴장한 얼굴로 둘러 서 있다.

하륜(河崙)도 있고, 이숙번(李叔番)도 있고, 박포(朴苞)도 민무구 형제들도 모두들 서 있다.

사태가 어떻게 낙찰될 것인지 확실치 않은 때문에 그들은 아직 입을 다물고 있지만, 누구의 표정에도 방과를 책립하려는 방원의 언동에 불만스런 기색이 역력했다.

그들이 방원을 돕게 된 경위는 각각 다르지만 목적은 하나뿐일 것이다. 방원이 대권을 장악한다면, 그 그늘에서 자기네들 나름의 영달을 꿈꾸고 침을 삼켜왔을 것이다.

정부 대신들은 영안군 방과(永安君 芳果)를 세자에 책립하기를 간청하는 상소문을 작성했다. 물론 방원의 강력한 지시에 따른 것이다. 좌정승 조준(趙浚)이 백관을 거느리고 다시 입궐하여 상소문을 바쳤다.

도승지 이문화(李文和)가 그 상소문을 대독하였고, 이성계는 자리에 누워 지그시 눈을 감은 채 듣고 있었다.

"적장왕자로서 세자에 책립한다는 것은 만세의 경기(經紀)올시다. 하오나 전하께선 장(長)을 버리시고 유(幼)를 세우신 탓으로 정도전의 무리들이 세자를 끼고 여러 왕자들을 해치고자 책동하여 그 화(禍)가

헤아릴 수 없는 지경에 이르렀습니다. 천행으로 종사지령(宗社之靈)이 굽어보시어 난신들은 복주(伏誅)된 바 있사오니, 전하께선 마땅히 적장 왕자 영안군을 세워 세자로 삼으시기 바랍니다."

상소문을 다 읽고나도 이성계는 눈을 감은 채 한참 말이 없다가, 겨우 입을 떼고 한마디 했다.

"모두 다 내 아들들이야."

지극히 모호한 소리 같았지만 굳이 해석을 한다면 방석이건 방과건 다 자신의 아들이니 누가 세자가 된들 어떻겠느냐, 그런 체념의 술회로 풀이할 수도 있을는지 모른다.

그리고는 그때껏 머리맡에 서 있는 세자 방석을 돌아보며 덧붙여 말했다.

"너도 이제 편하게 됐구나."

겉으로 보기엔 이 때의 언동은 사뭇 담담하고 조용한 듯했다. 그러나 그것은 일국의 국왕으로서의 체통을 지켜보려는 피나는 위장에 불과했던 것일까. 그의 가슴 속에는 견딜 수 없는 심화가 소용돌이치고 있는 것일까.

잠시 후 대신들이 물러가자 그는 고개를 들더니 말했다.

"답답하구나. 나를 일으켜다오."

방석이 그를 부축하여 상반신을 일으켰다. 그러나 이성계는 앞으로 꼬꾸라지듯 침상에 머리를 틀어박더니, 무엇인가 토하려고 애를 썼지만 토하지는 못하고 몸부림만 쳤다.

"마치 내 목구멍에 큼직한 핏덩이가 막혀 있는 것만 같구나. 답답하다, 답답해."

"아버님!"

방석은 그에게 매달려 꺼이꺼이 울었다.

"기운을 차리십시오, 아버님. 아버님이 돌아가시면 소자도 죽습니다."

부왕의 고충을 아파하는 울음이라기보다도, 자신의 앞날에 대한 두려움이 앞서는 하소였을 것이다.

"어리석은 자식."

이성계는 괴로운 손을 들어 방석의 등을 쓸어주었다.

"너희 형제는 죽지 않는다. 방원은 그런 애가 아니야. 세상 사람들은 흔히 그 애를 오해하고 있지만 여간해선 사람을 죽이는 애가 아니야."

그것은 방원의 인간성에 관한한 정확한 말이었지만, 그러나 방석 형제의 운명은 이성계가 예언한대로 돌아가진 않았다.

그때 궐문 밖에선 방원이 아닌 방간이 핏대를 올리고 있었다.

"어서 방석과 방번을 끌어내도록 하라. 이미 세자 자리에서 쫓겨나게 된 그 놈들을 무엇 때문에 상감 곁에 붙어 있게 하는 거냐. 그대로 버려 두었다간 간교한 주둥이를 놀려 상감의 뜻을 어지럽게 할 것이 아니냐."

방간의 말에 정부 대신들도 동조하였다. 그들은 일단 방석을 멀리 유배하기로 합의를 본 다음, 국왕을 졸라댔다.

"아버님, 소자를 살려주십시요. 아버님 곁을 떠나면 소자는 죽습니다."

방석은 애걸했다.

"내 누누히 말했거니와 방원은 너를 죽이지 않을 게다. 더구나 이미 세자 자리에서 쫓겨난 네가 아니냐. 무엇 때문에 그 이상 너를 해치겠느냐."

이성계가 달래는 말에 방석도 하는 수 없이 궁성 서문 밖으로 나갔다.

방석의 최후에 대해선 자세한 기록이 없다. 다만 그 날짜 실록에 기재된 바를 보면, 이거이, 이백경, 조박 등이 정부 대신들과 의논을 하고 사람을 시켜 중로(中路)에서 살해하였다고만 전하고 있다.

방석의 죽음은 방원이 그토록 꺼리던 골육상잔극의 서막이었다.

방간과 정부 대신들은 다시 방번을 쫓아내도록 국왕을 괴롭혔다. 방석이 살해되었다는 사실을 아직 모르고 있던 이성계는, 역시 울며 매달리는 방번을 달랬다.

"책임이 있다면 세자에게 있지 너에게는 무슨 허물이 있겠느냐. 얼마 동안 귀양살이나 하면 살아 돌아올 수 있을 거다."

방번은 풀이 죽은 걸음으로 궁성 남문으로 향했다.

그때 방원은 꺼림직한 육감이 들었다. 자기도 모르는 어느 구석에서 자기 의사에 반하여 잔인한 숙청극이 벌어지고 있지 않을까 하는 생각이었다.

그는 방번에게로 다가갔다. 그의 손목을 잡고 간곡히 말했다.

"지금 비록 외방으로 쫓겨가더라도 오래지 않아 돌아올 수 있게 될 터이니 잘 가거라, 잘 가라."

그것은 비단 방번을 위무하는 말이었을 뿐만 아니라, 피를 보자고 설치는 강경파들에게 자신의 의향을 밝히고 그들의 살육 행위를 견제하기 위해서였다. 그러나 방원의 충정은 결국 관철되지 못했다.

방번은 통진(通津)땅에 안치하기로 결정이 나 있었다. 그래서 양화나루를 건너려다가 날이 저물어 도승관(渡承舘)에 묵게 되었다. 그러나 그날밤 방간과 이백경 등이 보낸 자객의 손에 의해 방번 역시 살해되었다.

방원이 그들 형제가 피살되었다는 사실을 알게 된 것은 그 이튿날 아침이었다. 그때 마침 곁에 있던 이숙번을 향하여 입술을 떨며 말했다.

"유만수(정도전 일파)와 같은 인간의 목숨까지 살려주려고 애를 쓰던 내가 아닌가. 하물며 피를 나눈 골육에 대해서는 더할 나위 없지. 이거이 등 몇몇 사람이 나에게는 알리지도 않고 내 동기를 무참히 죽였다. 분통이 터질 지경이지만, 내가 그들을 꾸짖고 나무라지 못하는 것은 아직 나라가 안정되지 못한 판국이라 참고 있을 뿐이야."

그와 같은 말로 방원의 감정을 간단히 표현하고 있지만, 그의 심곡은 보다 복잡하고 괴로웠을 것이다.

방원은 이제(李濟)에게도 너그러웠다.

그 역시 축출되어 궁문 밖으로 나가려고 하자, 방원은 귓속말로 속삭였다.

"집에 돌아가 있도록 하게(可歸本家)"

그렇게 하면 살길이 열릴 것이라는 뜻을 언외에 비친 말이었다.

그러나 이제는 증오에 찬 눈총을 방원에게 쏘아던지고 총총히 걸음을 옮겼다. 그가 자기 집으로 돌아가자, 그의 부인 경순옹주(慶順翁主)는 울면서 권했다.

"나하고 같이 정안군 오빠 집으로 가십시다. 그 집에 몸을 의지한다면 누구도 우리를 해치지는 못할 거예요."

그러나 이제는 앙칼지게 쏘아붙였다.

"죽으면 내 집에서 곱게 죽을 일이지, 적괴의 소굴에까지 기어들어 추한 꼴을 보인단 말이요?"

그날밤 역시 방원이 모르는 동안에 과격파들이 파견한 군사들의 손에 이제도 죽음을 당했다.

뒤미처 이 사실을 알게 된 방원은 탄식했다.

"그게 아니라니까, 내 뜻은 결코 그렇지 않다니까."

그는 두 손으로 얼굴을 가렸다. 몸서리가 쳐지는 피바람을 보지 않으려는 것이었지만, 그의 망막 속에선 견딜 수 없는 참경이 난무하고 있었다.

그가 뽑아든 칼날이 그의 손을 벗어나서 제 멋대로 설치고 날친다. 칼날은 마침내 변고에 시달리고 있는 부왕 이성계의 팔과 다리를 난도질한다.

이성계는 분노하면서도 어쩌지를 못한다. 괴로워하지만 한다. 그 아픔이 방원 자신의 아픔으로 옮아진다. 심리적인 고통을 넘어서 거의 생리적인 통증처럼 괴롭다.

"괴로우시지요, 나리."

이렇게 속삭이는 소리가 있었다.

하륜(河崙)이었다.

"어떠한 변혁이건 변혁에는 반드시 진통이 따르는 법입니다. 사람의 몸에 몹쓸 종기가 생겼을 경우, 아프고 괴롭다고 그것을 방치해 두어야 하겠습니까. 도려내야 합니다. 그래야 그 사람이 삽니다. 어느 나뭇가지를 벌레가 좀먹었을 때, 그 가지를 제거하는 것이 애석하다고 해서 버려두어야 하겠습니까. 그렇게 값싼 인정에만 빠져들다간, 그 나무의 뿌리까지 속속들이 썩히고 맙니다."

하륜의 이론은 정연하였다.

그는 말을 이었다.

"조야(朝野)에는 아직도 방석 측에 줄을 대고 있는 무리들이 많습니다. 말하자면 썩은 가지에 매달린 이파리들이라고나 할까요. 그 썩은 가지를 버려둔다면 어찌 되겠습니까. 숱한 이파리에 독한 벌레들이 모여들 겁니다. 그 벌레가 독을 피우면 이 가지나 저 가지나 다같이 죽고 맙니다."

하륜의 말은 은근하고 따뜻했다. 방원은 그에게서 새삼 스승(師)을 느끼기도 했다. 그러나 그의 논조에 쉽게 동조할 수는 없었다.

"세상 일이란 그렇게 야박스런 이치만으로 돌아가는 것은 아니오. 벌레먹은 가지를 치는 것이 옳다고 척척 끊어버린다면, 그 결과 어떠한 전통을 남기겠소? 호정(浩亭 : 하륜의 호)선생은 생각해 본 적이 있으시오? 벌레먹는 가지를 제거한다는 평계로 성한 가지까지 무참하게 끊어버리는 전례를 남기지 않을까 나는 두려운 거요."

영안군 방과(永安君 芳果)를 세자에 책봉한다는 교명이 내려졌다.

그것은 국왕이 새로 세자를 세우게 된 이유를 천명하고 앞으로 세자가 취할 자세를 훈시하는 문면으로 이루어지는 것이 상례였지만, 그 날짜 실록에 기재된 것을 보면 부자연스런 문구들이 신경에 거슬린다.

"너의 아비(즉 이성계 자신)가 일찍이 개국한 이후 장(長)을 버리고 유(幼)를 세워 방석으로 하여금 세자를 삼은 것은 오로지 그를 편애한 나머지 저지른 허물만은 아니다. 정도전, 남은 등도 역시 그 책임을 면할 수는 없다. 그 당시 만일 그들에게 나라를 사랑하는 마음이 있어서 간(諫)하였더라면 여가 어찌 따르지 않았겠는가. 그러나 정도전 등은 방석을 세우지 않을까 두려워한 나머지 아무 말도 없었더니라."

방석을 세자에 책립했던 과오를 정도전 일파에게 돌리고 있는 것이다.

이성계의 성격으로나 그 당시의 그의 심경으로나 그런 비루한 책임 전가의 언사를 과연 그 교명문(敎命文)에 담았을 것인가.

또 있다.

"방석이 스스로 화(禍)를 초래하였기에 국도(國都)에 머물러 둘 수 없으므로 그를 추방하였다."

이 대목에 이르러서는 이성계의 진의와는 너무나 거리가 먼 듯싶다. 짐작컨대 정부 대신들이 자기네들 좋을대로 작성한 교명문을 국왕 이성계는 제대로 검토하지도 않고 버려둔 것에 지나지 않을 게다.

어쨌든 방과는 정식으로 세자에 임명되었고, 달이 바뀌어 9월 1일에는 거처도 궁중 동침실(東寢室)로 옮겼다.

방과의 정실부인 김씨는 덕빈(德嬪)에 봉하였다. 또한 이번 정변에 활약이 컸던 인사들에 대한 논공행상(論功行賞)도 즉각 베풀어졌다.

우선 방원을 위시한 왕자들과 왕족들이 국가 요직에 참여하게 되었다. 의안군 방의를 중군절제사(中軍節制使)에, 회안군 방간을 좌군절제사에, 정안군 방원을 우군절제사에 임명하였다. 그 시점에 있어서 가장 중요한 군부의 실권을 방원 삼형제가 장악하게 된 것이다.

전부터 방원을 지지하여 온 방원의 서숙 의안군 화(和)는 판문하부사에다 영의흥삼군부사(領議興三軍府事), 이렇게 둘씩이나 한꺼번에 벼슬자리를 취득하였다.

한때 두 파벌 사이를 왔다갔다 하다가 결정적인 시기에 방원 측으로 돌아선 이무(李茂)는 참찬문하부사, 판례조사(判禮曹事), 의흥삼군부좌군절제사(義興三軍府左軍節制使) 등 문무의 중직을 세 자리나 한꺼번에 땄다.

이번 인사 조치에서 누구의 눈에나 기이하게 비친 특징이 있다. 정변 당시 선두에서 뛰던 민무구 형제들이나 이숙번 그리고 박포에 대한 요직 안배가 없었다는 점이다. 또 주체 중의 주체였던 하륜은 정당문학(政黨文學)이란 한직에 밀려나게 된 형편이었다.

보는 사람에 따라서는 전혀 예상도 못했던 사후 처리였다. 혁명이나 정변을 치르고난 맹주(盟主)가 가장 골치를 앓게 되는 문제 중의 하나가 당료들의 요직 안배다.

방원의 경우도 예외는 아니었다.

그는 의흥삼군부 참사에 자리를 잡고 정변의 뒤처리에 골몰하고 있었다.

국왕 이성계는 신병도 신병이지만, 그런 일에 관여할 심정은 물론 아니었다. 세자 자리에 올라앉게 된 방과 역시 적극적으로 개입할 위치에 있지는 않았다. 동생들이 피를 뿌려 앉혀준 그 자리나 감수하는 것이 고작이었다.

모든 안건은 자연 방원에게로 몰려들기 마련이었다. 정변의 전위대(前衛隊)로서 뛰었던 인간들은, 그 정권 쟁탈전에서 승리를 거두면 엉뚱한 야욕에 들뜨기 마련이다.

하루 아침에 천하가 자기네들 것이 된 것처럼 착각한다. 당장에 엄청난 권좌에 뛰어오를 꿈들만 꾼다. 그러나 그러한 행동대원들은 무력 행사에나 능한 무변들이다. 그들이 정변 과정에서 발휘한 지략(智略) 같은 것도 폭이 좁은 권모술수에 지나지 않는다.

그들의 경력으로 보거나 능력면에서나 고도의 행정적 수완이 요청되는 국가의 요직을 떠맡기기엔 부적당할 경우가 허다하다. 굳이 그와 같은 위인들을 등용한다면 국가의 경륜이나 행정력의 질(質)은 엄청나게 저하될 것이다. 또 정변 이전에 그들이 처해 있던 직위의 고하도 까다로운 문제거리로 대두될 것이다.

어제까지 미관말직에 처져 있던 자가 일약 대신에 발탁되어, 그의 상급자였던 고관들을 지휘하려들 경우 거기서 야기될 복잡한 마찰은 어찌할 것인가.

방원 휘하의 행동대원들 역시 그러했다. 민무구 형제들도 이숙번도 박포도 조온(趙溫)도 어느 누구도 장상(將相)자리를 맡길 만한 인재들은 아니었다. 안심하고 맡길 수 있는 유자격자라면 하륜(河崙) 한 사람 정도를 꼽을 수 있겠지만, 그렇다고 그 한 사람만 유별나게 기용한다면 다른 당료들의 반발이 극심할 것이었다.

"호정 선생에겐 심히 죄송하게 됐소이다."

방원은 진심으로 미안스러워 했다.

"무슨 말씀을. 시생이 언제 벼슬자리가 탐이 나서 나리를 도왔습니까. 그렇게 하는 것이 국가의 앞날을 위해서 피치 못한 일이라고 생각했기에 조그만 힘을 보탰을 뿐이었습지요."

하륜의 태도는 어디까지나 소탈했다. 방원은 고마왔다. 그러나 그밖의 당료들은 달랐다. 특히 민무구 형제들, 박포, 이숙번 등은 노골적으로 불평을 터뜨리고 다니는 형편이었다.

"그렇다고 그 사람들에게 아무런 포상도 없을 수는 없지 않겠소."

방원이 애를 태우자,

"각각 격에 맞는 자리를 주고 무마할 수밖에 없겠습지요. 그보다도 시생은 다른 문제가 적이 염려됩니다."

말하면서 하륜은 우울한 그늘을 피웠다.

"다른 문제라니요."

"상감께선 아직 방석 형제가 피살되었다는 사실을 모르고 계십니다. 그 사실을 아시게 되었을 때 얼마나 진노하실는지 그 점이 더 큰 문제올시다."

그것은 방원 역시 무엇보다도 염려하고 두려워해 온 문제였다.

하륜의 우려는 불과 이틀만에 사실로 나타났으며, 그것은 이씨 왕실에
또 하나의 크낙한 풍파를 불러일으켰다.

9월 2일 밤, 국왕 이성계는 늦도록 잠을 이루지 못하고 있었다. 그의
머리맡에는 원궁인 혼자만이 지키고 있을 뿐이었다.

"그 애들은 무사할까? 어린 것들이 먼 귀양길을 가느라고 지나친 고생
은 하지 않았을까?"

방번과 방석 형제를 근심하는 말이었다. 물론 그들 형제가 이미 피살되
었다는 사실을 모르고 하는 소리였다. 그리고 원궁인이 은근히 방원 편을
들어왔다는 비밀도 이성계는 알지 못했기에 무심코 흘린 물음이었다.

원궁인은 어떻게 대답을 해야 좋을는지 그저 괴롭기만 했다. 방번,
방석 형제의 죽음에 대해선 후궁들이나 궁녀들 누구도 대개는 다 알고
있었지만, 그 사실이 이성계의 심신에 끼칠 타격을 배려해서 모두들 입을
다물어 왔던 것이다.

"불쌍한 것들. 내가 이렇게 병이 들어 누워있지만 않았던들, 그 애들
어미가 살아만 있었던들 그 꼴은 당하지 않았을 터인데."

이성계가 거듭 이런 넋두리를 곱씹고 있는데, 그 병실 방문이 소리없이
열렸다. 한때 종적을 감추었던 김사행이 고개를 들이밀었다.

이성계는 반가웠다.

방석 형제의 편을 들던 인물들이 거의 다 숙청되었거나 종적을 감추어
버린 때이니만큼 더욱 그러했다.

"이놈! 그 동안 어딜 싸돌아다니다가 이제야 기어드는 거냐?"

그런 허물없는 욕지거리가 나오는 것도, 그 반가움의 반작용이었다.

"말씀 마십쇼, 상감마마."

겁에 질린 눈으로 방문 밖을 둘러본 다음, 김사행은 바싹 이성계의
머리맡으로 다가붙었다.

"그 동안 신이 죽음을 무릅쓰고 얼마나 고생을 했는지 아십니까요."

"그 알량한 목숨 하나 부지하고자 수채구멍에라도 코를 박고 있었더란

말이냐?"

김사행의 옷자락에 코를 가까이 댔다가 찡그리며 이성계는 비꼬았다. 김사행이 입은 옷은 홍건이 젖어 있었는데, 거기서 고약한 냄새가 풍기고 있었던 것이다.

"이 냄새 말씀입니까요?"

그는 자기 옷자락을 한번 펄럭여 보고는 수선을 피웠다.

"기막힌 곡절이 있습지요. 유배 길을 떠나시는 동궁마마 형제분 신변이 아무래도 염려스러워, 신 김사행 죽음을 각오하고 그 뒤를 밟지 않았겠습니까요."

정말인지 거짓말인지 이런 엉뚱한 소리를 그는 꺼냈다. 어쨌든 이성계로서는 가장 궁금한 얘기였다.

"그래 그 애들이 어떻게 됐느냐. 유배지에 무사히 당도하였느냐?"

"신도 그 점을 확인하고자 미행을 해보았습니다만요, 글쎄 동궁마마도 무안군(撫安君 : 방번) 나리도 잔인무도한 역도들의 손에……"

그는 말끝을 맺지 못하고 오열을 터뜨렸다.

"뭣이? 그 애들을 어느 놈이 어떻게 했다는 거냐."

외치면서 이성계는 상반신을 벌떡 일으켰다.

"어떻게 됐다는 거냐?"

이성계는 다시 외쳤다.

김사행은 꺼이꺼이 흐느끼고만 있었다.

"왜 말을 못하는 거지, 이놈아."

주먹을 들어 김사행을 후려치려고 하다가, 이성계는 그만 침상에서 굴러 떨어졌다. 놀란 김사행과 원궁인이 급히 다가가서 부축해 일으키려는 손을 호되게 뿌리쳤다.

"죽었단 말이냐? 그렇지? 그 애들은 죽은 거지?"

그제서야 김사행은 겨우 울음을 그치고 어금니를 바드득 갈았다.

"이 원수를 어떻게 갚아야 하겠습니까요, 상감마마. 동궁께선 한강을

건너시자마자 역도들이 보낸 자객의 손에 무참히 시해되셨고, 무안군
나리는 양화진 나루터 도승관에서 밤을 보내시다가 역시 그 자들 손에
해를 입으셨습니다요."

그 말이 떨어지자마자 이성계의 입에서 맹호의 비명 같은 외마디 소리
가 터지더니 그는 실신하고 말았다. 기급을 한 김사행은 방바닥에 엉덩방
아를 찧고 할딱거리고만 있었고, 원궁인은 급히 달려나가 의원을 불러들
였다.

의원은 평원해(平原海)였다.

그는 침 몇대를 놓아 응급 치료를 한 다음, 한 내관(內官)을 시켜서
그 사실을 방원에게 연락하도록 했다. 새파랗게 질린 김사행은 안절부절
을 못하다가 살금살금 침전을 빠져나가려고 했다. 방원이 나타나기만
하면 김사행 그의 목숨은 무사하기 어려울 것이었다.

"어딜 가시려는 거요, 가락백."

평원해가 불러 세웠다.

"대왕님의 환후가 이렇듯 위중하신데, 누구보다도 대왕님의 은총을
극진히 받으신 귀공께서 곁을 떠나시려는 거요?"

그 말에 김사행은 주춤했다. 그렇다고 그 자리에 남아 있자니 불안해서
못견디겠는 모양이었다.

"내 잠깐 밖에 볼 일이 있어서 그러는 거야. 이내 다녀올 테니 염려
말라니까."

속이 빤히 들여다보이는 핑계를 대고 다시 나가려는 그의 앞을 이번엔
원궁인이 가로막았다.

"누구 탓이요? 어째서 상감께서 이렇게 혼절하셨소? 가락백 당신이
있는 소리 없는 소리 떠들어댄 때문이 아니오. 이제 와서 그 죄책을 모면
해 보려고 도망을 치겠다는 거요?"

김사행의 입이 딱 벌어졌다. 아직도 원궁인은 자기네들 편인 줄로만
알고 있는 그였다.

"잠깐만 더 기다려 봐요. 이제 곧 정안군 나리랑 여러 왕자님네들이 들어오실 것이니, 그 분들의 처분을 받아야 할 것이 아니겠소?"

원궁인은 야멸차게 못을 박았다.

뉘우침과 절망으로 김사행의 얼굴이 얼어붙었다. 비로소 원궁인이 방원 측으로 돌아섰다는 사실을 깨달은 것일 게다.

그는 한동안 독살스런 눈으로 원궁인을 쏘아보다가,

"좋아, 기다리지. 자기네들이 설마 나를 어쩔라구. 상감께선 아직도 승하하시지 않았단 말야."

앙칼지게 뇌까리고는 방바닥에 주저앉아버렸다. 그리고 잠시 후 방원을 앞세우고 방의, 방간 형제가 들이닥쳤다. 아직도 실신한 채 침상에 누워 있는 이성계의 머리맡에 방원은 무릎을 꿇었다.

뜬 숯처럼 빛을 잃은 눈으로 부왕의 얼굴만 응시하다가, 한참만에 그 눈길을 돌려 원해와 원궁인을 바라보았다. 그 때까지도 김사행의 존재 같은 것은 그의 안중엔 없었다.

"갑자기 심한 충격을 받으신 모양입니다."

원해가 설명하자, 방원은 비로소 입을 떼었다.

"충격이라니? 누가 어찌했기에 여한한 일엔 놀라시는 일이 없으신 아버님께서 이토록 혼절하셨단 말이냐?"

"저 사람에게 물어보시어요."

김사행을 눈짓하며 원궁인이 말했다.

"저 내시놈이?"

김사행을 쏘아보는 방원의 두 눈에 독한 핏발이 섰다.

"내겐 아무 죄도 없습니다요. 사실을 사실대로 아뢰었을 뿐이니까요."

이제 단단히 배짱을 굳힌 것일까, 수염 한 올 없는 턱주가리를 바짝 추켜들고 김사행은 노닥거렸다.

"사실이라니? 무슨 사실이지?"

"의안군과 무안군이 피살되는 것을 자기 눈으로 보았다나요."

원궁인이 가로막아 부연했다.

"그 얘기를 수선스럽게 떠들어대자, 상감께선 대경하시어 저렇듯 기절하신 것이어요."

방원의 전신이 무섭게 경련했다. 그의 변발 하나하나가 남김없이 곤두서서 떨렸다. 그만큼 그의 분노는 극에 달하였다.

그는 아주 느릿느릿 김사행에게로 다가갔다. 그것이 오히려 보는 사람의 눈엔 무시무시하게 비쳤다.

두 어깨를 움켜잡았다. 그리고는 끌어 일으켰다.

"저를 어쩌자는 겁니까요. 죽일 작정입니까요."

도전하는 것 같은 눈길로 방원의 두 눈을 김사행은 파고 보았다.

"오냐, 죽이겠다. 네놈만은 내 손으로 죽이고 만다."

마치 신이라도 들린 사람의 저주 같은 소리를 방원은 던졌다.

"어디 죽여보시지요. 세자 형제분이 살해되었다는 얘기만 들으시고도 저렇게 실신을 하신 상감께서, 나까지 죽음을 당했다는 사실을 아시게 되면 댁들을 그냥 두실 것 같으시요?"

"닥쳐라, 이놈!"

그의 양 어깨를 방원은 바짝 추켜들었다. 그리고는 침전 밖으로 멀리 던져버렸다. 째는 듯한 비명이 어둠 속에서 울려퍼졌다. 평원해가 밖으로 달려나갔다. 잠시 후 다시 돌아온 그는 소리를 죽이고 보고했다.

"죽었습니다. 댓돌에 머리통을 박고 숨이 끊어졌습니다."

"암, 그래야지. 내 일찍이 누구도 죽이려는 마음을 먹은 적은 없었지만, 그놈만은 죽이고 싶었다."

김사행에 대한 방원의 증오심은 철저했다.

그 이튿날 이른 새벽, 김사행의 목을 베어 방원이 집무하고 있는 의흥삼군부 청사 문기둥에 높이 매달았다고 그 당시 실록은 전하고 있다.

이런 정변이 발생하면 어느 누구 누구에게도 가혹한 보복이 뒤따르게 마련이다.

이성계가 깨어난 것은 기절한 지 사흘째되는 9월 5일 새벽녘이었다.

그의 머리맡에는 새로 세자에 책봉된 방과를 위시하여 방의, 방간, 방원이 지켜 서 있었다. 특히 방원은 부왕이 졸도한 이후 그 자리를 떠나지 않고 꼬박 사흘을 보냈다.

"네놈들, 무엇을 기다리고 있었느냐?"

이성계가 꺼낸 첫마디가 그것이었다.

"언제 내 숨통이 끊어지는가 침을 삼키며 고대하고 있었지?"

뜻하지 않은 이성계의 독설에 세자 방과도 방원도 그리고 다른 왕자들도 기가 막혔다. 한마디 대꾸도 못하고들 있었다.

"나도 차라리 그대로 죽어버리는 편이 훨씬 좋았을 게다. 형이 아우를 죽이고 아들놈들이 아비의 죽음을 기다리는 그런 더러운 꼴들을 보느니보다, 차라리 영영 눈을 감아버렸으면 좋았을 게다."

방과도 방원도 방의도 그리고 여느 형제보다도 앙칼진 방간도 그저 고개만 숙이고 있었다.

이성계는 눈을 내리깔고 한동안 무슨 생각에 잠기는 듯 하더니, 그 눈을 다시 뜨고 무겁게 말했다.

"기다릴 것은 없느니라. 너희들이 원하는 것을 아낌없이 안겨줄테니 말이다."

아까와는 달리 착 가라앉은 음성이었다. 그의 노여움이 그만큼 누그러진 것은 아니었다. 오히려 속으로 응결되어 그런 소리를 자아내는 것일 게다.

"상서윤(尙瑞尹)을 불러라."

그는 다시 이렇게 말했다. 역시 착 가라앉은 음성이었다.

상서윤이 속해 있는 상서사(尙瑞司)는 국왕의 도장이며 그 권한의 상징이라고도 할 수 있는 옥새 등을 관리하는 관청이었다. 그런만큼 상서윤을 부르는 이유가 무엇인지 누구에게나 짐작이 갔다.

아무도 왕의 명령을 전갈하지 못하고 서 있기만 했다.

"어서 부르라니까."

이성계는 마침내 언성을 높였다. 그래도 누구 하나 움직이지 않으니까 그는 또 독설을 꼬아 던졌다.

"이젠 나의 지시도 듣지 않겠다는 거냐? 나에겐 너희들을 움직일 권한도 없다는 거냐?"

"그런 뜻이 아니올시다, 아버님."

방원이 목멘 소리로 겨우 한마디 했다.

"그렇다면 어서 부르란 말이다."

방원은 하는 수없이 한 내관에게 눈짓을 했다.

잠시 후 도승지 이문화(李文和)가 들어왔다. 그는 상서윤을 겸직하고 있었던 것이다.

"너 즉시 옥새를 가져오도록 하라."

이문화 역시 기막힌 얼굴을 하고 움직이질 못했다.

"아니 네놈까지 내 영을 무시하려 드느냐?"

이성계는 주먹을 휘둘렀다.

"옥새란 누구의 것이지? 나 국왕의 소유가 아니냐. 내 것을 내가 가져오라고 하는데 왜 그리 꾸물거리는 거냐."

그래도 이문화가 움직이질 않자, 이성계는 벌떡 몸을 일으켰다.

"오냐, 좋다. 네놈들이 가져오지 않겠다면 내 손으로 가져오겠다."

이문화는 당황했다. 제대로 몸도 추스르지 못하는 병든 노왕(老王)이 몸소 옥새를 가져오겠다고 설치고 있는 것이다. 그리고 이성계의 성격으로 미루어 그대로 내버려둔다면 기어서라도 자기 고집을 관철할 것임엔 틀림이 없다.

"전하, 고정하십시오. 신이 분부대로 거행하겠습니다."

이문화가 꺾일 수밖에 없었다. 황급히 침전 밖으로 달려나갔다.

얼마 후 그는 인궤(印櫃)를 받들고 들어왔다. 그 뚜껑을 열게 한 다음, 이성계는 직접 손을 넣어 큼직한 금인(金印) 하나를 꺼내들었다.

흔히 새보니 국새(國璽)니 혹은 옥새(玉璽)라고 부르는 국왕의 인신(印信)에도 여러 종류가 있었다.

자료면에서 분류하자면, 새(璽)는 옥(玉)에 새긴 도장을 말하며 보(寶)는 금(金)에 새긴 것을 의미한다던가.

용도면에서도 여러 가지가 있었던 모양이다. 후세의 얘기지만 영조(英祖)때엔 외교 문서에 사용했던 대보(大寶)를 위시하여 시명지보(施命之寶), 이덕보(以德寶), 유서지보(諭書之寶), 과거지보(科擧之寶), 동문지보(同文之寶), 규장지보(奎章之寶), 준철지보(濬哲之寶), 준명지보(濬明之寶), 흠문지보(欽文之寶), 명덕지보(命德之寶), 광운지보(廣運之寶) 등 많은 종류의 인신을 사용했다고 한다.

이성계 생존 당시엔 어떠한 것을 사용했는지 분명치 않지만, 어쨌든 그때 이성계가 인궤에서 꺼낸 도장은 국왕의 권한을 상징하는 가장 귀한 인신이었을 것이다.

"이거지? 이게 탐이 나서 네놈들은 동기들까지 죽이며 으르렁댔지?"

그는 아들들을 한바퀴 둘러보다가,

"받아라, 이놈아."

방원을 향하여 그것을 던졌다.

인신은 방원의 가슴을 때리고 떨어지려는 것을 얼떨결에 두 손으로 받아들었다.

아프다. 거의 주먹만한 금덩이에 맞았다고 해서 느끼는 통증은 아니었다. 부왕의 그런 노여움이 방원에겐 견딜 수 없이 아팠던 것이다.

국새를 던지고 난 이성계는 침상 위에 도로 누워버렸다.

"아버님."

외치면서 방원은 부왕 머리맡으로 다가가려고 했다. 국새를 돌려주려는 마음에서였다.

그때 곁에 서 있던 세자 방과가 방원의 옷소매를 잡아 끌었다. 그리고 나지막한 소리로 속삭였다.

"잘 맡아 두게나. 모처럼 아버님께서 자네에게 주신 대보가 아닌가."

그렇게 말하는 방과의 속셈을 방원은 얼핏 이해할 수 없었다.

예로부터 국왕이 왕위를 물려주려고 할 경우엔 유감없는 절차를 거치고 간곡한 언사로 권고하더라도, 대위를 이어받게 될 당사자는 한사코 고사(固辭)하는 것이 상례였다.

모처럼 혁명을 일으켜 고려 왕조를 타도한 이성계 역시, 막상 왕위를 이어받을 때엔 굳이 사양을 한 일이 있지 않았던가.

속마음이야 어떻든 그것이 응당 왕위 계승자가 취할 예도일 터인데, 방과는 그 국새를 받아두라고 종용하고 있는 것이다.

방과 그는 지금 무슨 계산을 하고 있는 것일까. 그의 말을 액면대로 받아들인다면, 이왕 굴러 떨어진 대권(大權), 사양할 필요는 없다는 뜻으로 해석할 수 있다.

그런 심보 자체도 뻔뻔스럽고 역겹게 느껴지지만, 하필이면 방원 자기더러 국새를 맡아두라는 저의는 무엇일까.

정변을 일으키고 정도전을 타도하고, 세자를 쫓아내어 아버님이 양위하시도록까지 만든 주동 인물이 나 방원이니, 국새도 아예 날더러 차지하라는 뜻일까.

그렇다면 더더구나 그냥 있을 수는 없다. 이번 일은 오직 발등에 떨어지는 불을 끄기 위해서였으며 부왕의 마음을 조금이라도 편하게 하기 위해서였고, 일그러진 왕통을 바로잡기 위해서가 아니었던가. 자기 자신의 야망을 채워보려는 생각은 아직도 갖고 있지 않은 방원이었다.

방원이 국새를 인궤 속에 도로 넣으려 하자 방과가 또 속삭였다.

"정 그것을 맡아두기 거북하다면 이렇게 함세. 내 곧 자네를 상서사(尙瑞司)의 판사에 임명함세."

국새를 관리하는 공식 직책을 부여하겠다는 말이었다. 그렇다면 방과의 의도는 다소 분명해진다.

부왕이 내던진 대보를 돌려보낼 것은 없다. 그것을 방원에게 던졌으니 방원이 간수하되 일개 담당관의 자격으로 맡아두라는 뜻일 거다. 다시 말하면 부왕이 대위를 내놓는다면 방과 자신이 서슴지 않고 계승하겠노라는 뜻으로 해석할 수도 있다.

그리고 방과의 그 말은 그날 안으로 현실화하게 되는 것이다. 그는 즉위하는 즉시로 방원에게 판상서사사(判尙瑞司事)를 겸직하는 발령을 내리게 되는 것이다.

──내가 방과 형님을 잘못 알아온 것이 아닐까.

떨떠름한 무엇이 목구멍에 걸려 내려가지 않는 것 같은 꺼림직함을 새삼 방원은 느끼지 않을 수 없었다.

항상 욕심이 없고 소탈한 인간으로만 여겨온 방과의 가슴 속에도, 녹녹치 않은 야망의 불길이 이글거리고 있었던 것이다.

그날로 이성계는 양위를 서둘렀다. 잠시 숨을 돌리자, 도승지 이문화를 머리맡으로 부르더니 지시했다.

"여가 질병으로 늙게 된 고로 오래도록 국정을 보살피지 못하였느니라. 단 하루인들 만기(萬機 : 임금의 여러가지 정무)를 폐할 수 있겠는가. 그 일을 심려하니 병고는 한층 더해지는 것만 같으니라. 이제 세자에게 전위(傳位)하고 마음 편히 요양하여 하루라도 더 살기를 원하는 터인즉, 너는 마땅한 문신(文臣)에게 내 명을 전하고 교서를 작성하도록 하라."

이것은 그 날짜 실록에 기재된 이성계의 말을 옮긴 것이지만, 어쨌든 조금 전과는 딴판으로 점잖은 언사였다.

훗날 실록 편찬관들이 그럴싸하게 윤색한 말이 아닌가 의심할 수도 있지만, 소박하게 액면대로 받아들이는 편이 온당하지 않을까.

한때는 격정을 참을 수 없어서 욕설을 퍼붓고 국새도 던져 보았지만, 이 나라 이씨왕조는 다름아닌 이성계 자신이 심혈을 기울여 창건하고 육성해 왔던 것이다.

그리고 그것을 물려줄 상대는 정적도 아니며 원수도 아니다. 자신의 피를 나눈 혈육이다. 격정이 가라앉자, 창업주다운 체통을 지키자는 심정이 들게 된 것일 게다.

교서는 이조전서 이첨(李詹)이 작성하여 바쳤다.

그리고 그날, 9월 5일날 전위의 절차는 지체없이 치러졌다.

영삼사사(領三司事) 심덕부(沈德符)에게 명하여 그 사실을 대묘(大廟)에 고하게 하는 한편, 이성계는 친히 세자 방과에게 교서를 수여하였고 국새도 정식으로 전수하였다.

새로 왕위에 오른 방과는 이름도 국왕답게 경(曔)이라 개명하고 부인 김씨(金氏)를 덕비(德妃)에 봉하였다. 부왕 이성계에겐 상왕이란 존호를 올리고 북량정(北涼亭)에 거처하도록 했다.

정란(政亂)의 사후 수습은 그럭저럭 일단락지어진 셈이었지만, 방원은 울적하기만 했다. 모든 일이 자기 의사와는 사뭇 다른 각도로 돌아가고만 있는 것이다.

그가 바라던 개혁의 한계는 세자 자리를 교체하자는 정도였다. 부왕 이성계의 양위 소동 같은 것은 상상조차 못했었다. 이 나라 이 왕조는 전적으로 부왕 이성계의 소유라고 방원은 믿고 있었다. 신조라기보다도 생리적인 감정이었다.

비록 적통(嫡統)을 찾고 그럴싸한 절차를 밟아 교체된 왕위이기는 하지만, 이성계 아닌 다른 사람이 그 자리에 앉게 된다는 것은 부당하고 부자연스럽게만 여겨졌다. 물론 형 방과에 대한 시새움이 작용한 것은 아니었다. 한마디로 요약한다면 이성계에 대한 절절한 애정이었다.

방과가 즉위하고 나자 의흥삼군부 집무처를 떠나 자기 집으로 돌아갔다. 혼자서 조용히 쉬고만 싶었다. 그러나 아직도 꼬리를 끌고 있는 정치 파동의 후유증은 그를 편하게 버려두지 않았다.

9월 6일 저녁 나절이었다. 뜻하지 않은 객이 그를 찾아왔다. 정변이 일어나자 행방을 알 수 없던 남재(南在)였다.

그는 정도전 일파의 부두목 격인 남은의 친형이다. 후환을 두려워하고 은신하고 있었던 것으로 알고 있었던만큼 그의 돌연한 내방은 의외였다.

그러나 남재가 꺼낸 말은 더욱 더 의표를 찌르는 소리였다.

"시생이 오늘 입궐하여 한바탕 호통을 치고 나왔습니다. 대위를 계승할 분은 오직 정안군 나리 한 분 뿐일터인데, 그 자리를 당치도 않은 영안군 그 분이 차지했다는 그 사실만도 참을 수 없는 일입니다마는, 설혹 서열을 따져서 어쩔 수 없이 그렇게 되었다손치더라도 세자 자리만은 나리께 드려야 할 것이 아니겠습니까. 하지만 나리께 내려진 벼슬이란 것이 무엇입니까. 하잘 것 없는 우군절제사에 판상서사사가 당치나 한 얘깁니까. 그래서 따끔한 한 마디를 던지고 왔습지요. 지금 당장에 정안군 나리를 세자에 책봉해야 한다고 말씀입니다."

방원은 기가 막혔다. 그런 말을 처음 들어서가 아니었다. 처남 민가네 형제들이나 이숙번 같은 당료들로부터 귀가 따갑게 떠들어온 소리였다.

하지만 그 말을 다른 사람도 아닌 남재가 장소도 대궐 안에서 거침없이 공언하였다는데 충격이 컸다.

자칫 잘못하다간 역적의 도당에 몰려 죽음을 당할 공산이 농후한 그가 그런 대담한 발설을 한 진의는 무엇일까.

다른 당료들이라면 치사한 속셈으로 간주할 수도 있다. 저희네들의 영달을 위해서 방원을 두둔하는 소리로 들을 수도 있다. 그러나 남재 그는 여건이 다르다. 오직 방원을 아끼는 우정이 폭발해서 그런 위험한 방언(放言)을 터뜨리게 한 것일 게다.

그 마음이 고마웠지만, 방원은 안색을 굳히고 꾸짖었다.

"귀정(龜亭 : 남재의 호) 선생까지 그런 소리를 하다니 정말 답답하구료. 형님이 대위를 계승하셨으면 세자도 마땅히 형님의 아들을 책봉해야 할 것이 아니겠소. 나 방원이 당치나 한 얘기요?"

그렇게 말하는 방원을 남재는 오히려 서운한 눈으로 바라보았다.

"서열도 좋고 법통도 좋습니다마는, 그것은 어디까지나 국가가 평온한 태평성세에나 적용되는 법도올시다. 지금과 같은 난국을 당했을 경우엔 어지러운 종묘사직을 바로잡을 만한 능력이 있는 분이 국권을 장악해야 합니다. 번거로운 고사를 들추지 않더라도 찾아볼 수 있지 않습니까."

"우리 조선왕조, 오늘 하루만 있다가 없어질 성질의 것은 아니오. 지금 당면한 불란을 수습한다는 짧은 안목에 얽매어 법통을 무시한다면, 대대로 왕통 계승에 혼란이 거듭될 거요."

입이 쓰게 되풀이해 온 상식론을 곱씹는 방원의 말꼬리를, 그러나 남재는 끈질기게 물고 늘어졌다.

"좋습니다. 법통을 따지고 그것을 고집한다고 합시다. 그렇다고 정안군 나리를 세자에 책봉할 명분이 없는 것은 아닙니다. 새 주상 전하의 어느 아드님이 세자에 책봉될 수 있겠습니까. 적장왕자 계승의 원칙을 고수하자면 말입니다."

방과는 어느 왕자보다도 소생이 많았다. 《준원계보》를 보면 아들 열다섯 형제에 딸 여덟 형제나 두었다고 기록되어 있다. 그러나 그 아들들은 하나같이 후실 소생의 서자들이었다. 정실 김씨는 아들은 고사하고 딸 하나도 두지 못한 석녀(石女)였던 것이다.

"어디 그뿐입니까."

이런 때엔 예외없이 끼어드는 민무구가 어느 새 나타났는지 나풀나풀 주둥이를 들이밀었다.

"신왕(新王)의 서자 십오 형제가 오늘 아침 모조리 머리를 깎고 중이 되었다는 소식이 올시다. 그러니 세자 자리는 정안군 나리께로 돌아올 공산이 더욱 농후해지지 않았습니까."

민무구는 하늘의 별이라도 딴 것처럼 신바람을 피우고 있었지만, 방원에겐 또 하나의 충격이었다.

"상감의 아들 형제들이 무엇 때문에 속세를 버렸단 말인가."

우선 그 이유가 궁금했다.

"이유야 뻔하지 않습니까요. 상왕께서 저지른 전철을 밟지 않겠다는 뜻에서이겠지요."

일단 그럴싸한 풀이였다.

이런 골육상잔의 원인은 이성계가 적통을 무시하고 서얼을 존중하였다는 실책에 있는만큼, 새 왕 자신은 그와 같은 잘못을 저지르지 않겠다는 의향을 행동으로 표명한 것일 게라고 간주할 수도 있다. 하지만 방원의 가슴엔 그런 기계적인 해석이 아닌 검은 불안이 피어오르고 있었다.

——형님은 아직도 나를 믿지 못하는 것이 아닐까.

방원의 불안은 꼬리를 이어 자꾸 피어올랐다.

——나 방원을 피에 굶주린 흡혈귀로 알고 있는 것일까. 나는 방석 형제들조차도 끝까지 살펴보려고 애를 썼지만, 형님은 내가 언제 당신의 서자들을 해치지 않을까 두려워하고 있는 것이 아닐까. 그래서 일찌감치 불문 깊숙이 피신을 시킨 것이 아닐까.

정말 섭섭하다. 견딜 수 없는 허탈감이 엄습한다.

——이번 정변의 결과, 내가 얻은 것이 무엇인가.

시답지 않은 벼슬자리 두 자리가 겨우 걸려들었을 뿐이다.

우군절제사(右軍節制使)는 한낱 지방의 군사령관, 판상서사사(判尙瑞司事)란 허울좋은 심부름꾼에 지나지 않는다.

——그와 반대로 잃은 것은 얼마나 많은가.

무엇보다도 소중히 여겨온 부왕 이성계의 사랑을 송두리째 상실했다. 이복 동생이라고는 하지만 정신의 모성(母性)이었던 강비의 혈육을 죽음으로 몰아넣었다.

세 친형들 중에서 방의는 워낙 흐릿한 사람이니 예외로 치더라도, 방간과의 감정은 정변 이전보다도 오히려 냉랭해진 형편이다.

그래도 형제들 중에서 가장 믿고 의지하여온 방과까지 자기를 경계하고 의심하다니.

쓰거운 뉘우침이 방원의 가슴을 후볐다.

——차라리 정변을 일으키지 말았어야 옳지 않았을까.

산남왕(山南王)이 거느리는 역사들의 기습을 모면하고 박위의 휘하
갑사들의 공격을 격퇴하였을 때, 발등에 떨어진 불을 끄는데에 만족하고
조용히 물러갔더라면, 지금의 이 아픔은 없었을는지도 모른다.

그러나 그의 아픔을 쑤시고 터뜨려 주는 일이 꼬리를 이었다.

조영무(趙英茂)가 찾아와서 불쾌한 소식 하나를 더 전하는 것이었다.

지난날 정몽주를 타도할 때부터 방원을 도와온 고우(故友)였던 그에겐
정변 직후 판중추원사(判中樞院事)와 의흥삼군부좌군동지절제사(議興三
軍府左軍同知節制使) 자리를 얻어 주었던 것이다.

"박포 그 사람, 그냥 내버려 두었다간 큰일 나겠습니다, 나리."

워낙 성미가 팔팔한 조영무는 노발대발하고 있었다.

"제놈의 주제에 그만한 벼슬자리라면 감지덕지해야 할터인데, 글쎄
엉뚱한 불평 불만을 터뜨리고 다닌다고 하지 않습니까."

한때 요직 안배를 보류하고 있던 주체(主體)들에게도 방과가 즉위한
즉시 적당한 벼슬자리를 나누어 주었던 것이다. 그들의 불만을 무마하려
는 의도에서였다.

민무구 형제들의 부친이며 방원에겐 장인이 되는 민제를 삼사우복야
(三司右僕射)에 임명하였다. 민무구 형제들의 벼슬탐을 봉쇄하기 위해서
였다.

조온(趙溫)을 상의문하부사(尙懿門下府事)에, 이숙번(李叔番)을 우부
승지(右副承旨)에, 그리고 박포 그 사람에겐 지중추원사(知中樞院事),
의흥삼군부우군동지절제사(義興三軍府右軍同知節制使), 이렇게 두 자리
나 벼슬자리를 안겨 주었던 것이다.

"불평의 이유는?"

벌써부터 울화가 치미는 것을 겨우 누르고 방원은 물었다.

"이무(李茂) 그 사람보다 벼슬이 낮은 것이 무엇보다도 못마땅하다는
겁니다."

조영무는 말하고 가래침을 칵 뱉었다.

앞에서도 언급했지만 이무에겐 의흥삼군부좌군절제사 자리를 주었다. 박포에게 안겨준 동지절제사에 비하면 상관임엔 틀림이 없다. 그렇지만 두 사람의 경력이나 능력을 고려한다면 오히려 박포에게 후한 편이었다.

"주제넘은 점장이."

방원의 입에서 절로 거친 소리가 터져나왔다.

갈수록 불쾌한 일만 들이닥친다. 부왕은 미워하고 형제들은 멀어져가고 당료들은 으르렁거리며, 방원 자기는 발 붙일 곳도 없는 외톨박이가 된 느낌이었다.

"그런 놈은 따끔한 맛을 보여줘야 정신을 차릴 게요."

씹어뱉듯 말했다. 그리고 며칠 후 박포는 정말 따끔한 맛을 보게 된다. 죽주(竹州)로 유배를 당하게 되는 것이다.

이젠 만사가 귀찮다. 방원은 자리를 차고 뛰쳐나갔다. 보기 싫은 꼴, 듣기 싫은 소리가 미치지 않는 먼 곳으로 훌쩍 떠나고 싶었다. 그러나 결국 그의 발길이 향한 곳은 한참동안 뜸하던 설매의 집이었다.

9월도 음력으로 열흘이 가까웠으니 완연한 중추(仲秋), 하늘은 한껏 푸르고 높기만 해야 할텐데, 오늘따라 답답하게 찌푸리고만 있다.

옷깃을 스쳐가는 바람도 스산하다. 아직 떡잎도 지지 않은 자귀나무 잎을 무더기째 쥐어뜯어 흩날리곤 했다. 게다가 굽은 비마저 곁들여, 울적한 방원의 심회를 한층 어둡게만 한다.

설매의 집 문전에 이르렀을 때, 방원의 심회를 한층 어둡게만 한다. 다른 때 같으면 그런 몰골에 따끔한 독설 한 마디쯤 없을 수 없는 설매였지만, 방원의 기색이 하도 심각한 때문일까 근심스런 눈으로 지켜보기만 했다.

"한잠 푹 자고 싶구나. 만일 누가 냄새를 맡고 찾아오더라도 없다고 따돌리도록 해."

방원은 무뚝뚝하게 한마디 던지고 방안으로 들어섰다. 설매는 군소리

않고 갈아입을 의복부터 내주었다.

언제 찾아줄는지도 기약할 수 없는 사나이, 한낱 과객(過客)으로 돌리기는 뭣하지만, 그렇다고 살뜰한 정랑(情郎)이라고도 할 수 없는 방원을 위해서 갈아입을 옷가지까지 장만해둔 설매의 정이 오늘 따라 고맙다.

그러나 치하하는 말 한마디 건네지 않고 옷을 갈아입자마자 방원은 벌렁 나자빠졌다.

"날씨가 제법 쌀쌀하네요. 군불이라도 지피겠어요."

설매는 부엌으로 내려갔다. 귀찮게 감돌지 않고 적당히 내버려두는 배려도 지금의 방원으로선 마음 편했다.

방바닥이 서서히 더워 온다. 그것은 확실히 아늑한 쾌감이었다.

방원은 네 활개를 활짝 펴본다.

"고작 여섯자 사방."

그만한 터전이면 자족할 수도 있을 터인데, 무엇이 더 탐이 나서 그토록 피를 뿌리며 으르렁댔는지 지난 일이 아득한 악몽처럼 여겨진다.

"방이 더웠나요?"

설매가 살며시 들어와 머리맡에 앉는다.

구수한 동백기름 냄새가 허전한 창자에 싫지 않게 스며든다.

24. 胎動의 가을

설매의 태도는 깔끔했다. 일단 머리맡에 앉았다가 도로 일어났다.

"감기라도 드시면 어쩌실라구."

혼잣소리를 흘리더니 누비이불 한 채를 꺼내다가 살포시 덮어준다. 그리고는 이번엔 다리께로 내려가 앉는다.

"퍽 곤하신 모양인데, 다리라도 주물러드릴까요."

담담히 물었다.

그러지 않아도 심신이 노곤한 방원에겐 고마운 소리였다. 잠자코 고개를 끄덕였다.

설매의 손길은 발목에서만 맴돌고 있었다. 그것도 누비이불을 사이에 두고였다. 지난날의 설매라면 그렇지 않았을 것이다. 처음부터 이불 자락을 들추고 속살 깊이 파고드는 숫기쯤은 예사였는데, 오늘 따라 왜 그리 서먹하게 구는 것일까. 방원은 의아한 생각이 들었다. 그렇다고 그 손길이 깊어지기를 원하고 있는 것도 아니었다. 지칠대로 지친 몸과 마음엔 그런 짙은 접촉이 기름기 많은 음식처럼 부담이 될 수도 있을 것이었다.

설매의 손길이 언제까지나 그렇게 담담하기만 했더라면, 방원은 그저 노곤히 잠이 들어버렸을는지도 모른다. 하지만 그 손길이 차차 열을 띠기 시작한 것이다.

여전히 누비이불을 사이에 두고 주무르는 손길이었고 여전히 발목 언저리만 맴돌고 있는 것이었지만, 피부와 피부로 정을 나누어 본 남녀에게는 전류처럼 통하는 열기였다.

——그렇구만.

설매의 서먹서먹한 태도는 그 열기를 은폐하여 보려는 위장에 불과했던 것이라고 생각된다. 아마 지나치게 피곤해 보이는 방원의 심신을 배려하느라고 자신의 끓는 욕정을 제어하고 있는 것일 게라고 해석도 해본다.

그러고 보니 설매에 대해서 측은하고 미안한 마음이 고개를 든다. 오고 가는 행인의 발길에 차여도 어쩔 수 없는 한낱 노류(路柳)나 장화(墙化)와 같은 천기에 지나지 않는다고 업수이 보면 그만이지만, 설매와의 사이를 그렇게 생각해 버릴 수는 없다. 서로의 신분이 어떠하건 정신의 깊은 내면에선 굳게 맺어진 지기였다.

그리고 설매가 여성으로서는 자기에게 얼마나 살뜰한 정곡(情曲)을 품고 있는가도 잘 알고 있다.

하지만, 방원 자신은 설매의 정에 어떻게 응답하여 왔는가.

아쉬울 때는 끌어당기고 그러지 않을 때엔 냉랭히 방치하여 오지 않았던가. 그뿐이 아니었다. 한때는 비(裨) 엄마 김씨를 그 집에 묵게 하고, 시끄러운 정사(情事)의 뒤치다꺼리까지 떠맡긴 일도 있다. 방원에게 깊이 정을 둔 여인으로선 참을 수 없는 고역이기도 했고 모욕일 수도 있을 것이다.

실제적인 행동면에서 놀이개나 이용물 이상의 어떠한 처우도 설매에게 베풀어준 적이 없다. 지금도 그렇다. 심신이 피곤하다는 이유만으로 설매의 정을 외면하려는 이기(利己)에 잠겨들려고만 한다. 설매의 손은 지금 저토록 뜨겁게 타고 있는데 말이다.

방원은 그 손등을 넌지시 잡았다. 설매의 손끝이 날카롭게 격렬한다.

"나리의 손이 몹시 차가우시군요."

아마 설매로선 참다 못해 던진 원망의 소리였을 게다. 아픈 데를 찔린 방원은 더욱더 미안해진다.

"싫은가?"

방원은 멋쩍게 되물었다.

"내 손이 찬게 싫다면 불이라도 질러서 덥히면 될게 아닌가."

아직 서른두 살의 젊은 방원이었다. 어떠한 냉각 상태에 있더라도 약간의 불씨만 던지면 언제라도 활활 불길을 올릴 정유(情油)는 흥건하다.

설매의 잔허리에 팔을 감았다.

"그것이 아니어요, 나리."

설매는 허리를 꼬며 빠져나갔다.

"갈증에 타는 목구멍이 찬물 더운물을 가리겠어요?"

정말 타는 것 같은 바삭바삭한 목소리가 되어 있었다.

"하지만 앞일이 두려운 것이어요."

어세는 뜨거웠지만 말의 내용은 엉뚱했다.

"두렵다니, 뭐가?"

"요즘 이상한 불씨가 제 몸 속에서 이글거리는 것 같아요. 나리를 가까이 모시기만 하면 그 불씨가 당장에 피어나고 열매를 맺을 것만 같아요."

그것도 설매의 말답지 않은 완곡한 표현이었지만, 바꾸어 말하면 임신할 위험성을 느낀다는 소리였다.

"그것이 두렵다니, 설익은 풋살구도 아닐 터인데."

이제 근질근질 달아오르는 욕정까지 느끼며 방원은 반문했다. 설매는 문득 몸매를 고쳐잡고 정색을 하더니 침통하게 말했다.

"제 몸에서 만일 나리의 아기를 낳게 된다면 어찌 되겠어요. 옹주마마 소생의 아기님네들과는 물론 비할 바도 못되고 비 엄마 소생보다도 더 천대를 받는 서자가 아니겠어요? 나리께 이런 말씀을 드리는 것은 뭣하지만, 저는 이번 난리를 통해서 서자라는 것이 얼마나 불쌍한 존재인가를 뼈아프게 느끼게 되었어요."

방석(芳碩) 형제의 말로를 두고 하는 말일 게다.

서자라고는 하지만 그들 형제는 어엿한 국모로 위세가 등등하던 강비 소생이었다. 또 그들 형제는 창업주 이성계의 극진한 총애를 독차지하기도 했었다. 하지만 오직 서자라는 이유 때문에 그토록 비참한 말로를 겪게 된 것이 아닌가. 방원은 할 말이 없었다.

쓰겁고 아픈 침묵이 한동안 흘렀다. 그 침묵을 깬 것은 뜻하지 않은 취객의 고함이었다.

"여봐라, 설매 있느냐. 내가 왔다, 내가 찾아왔어."

소란을 피우며 대문을 두드리고 있었다. 그 소리를 듣자 심각하게 얼어 붙어 있던 설매의 표정이 활짝 피었다.

"어쩌면 그 분이!"

거의 반사적으로 자리를 차고 일어섰다. 설매를 알게 된 후 처음 보는 표정이었다.

"누군데?"

못마땅한 소리로 방원은 묻지 않을 수 없었다. 오늘 이 집을 들어오면 서 누가 찾아오더라도 절대로 집안에 들이지 말라고 못을 박아 놓은 터였 다. 아니 그런 다짐을 하지 않았더라도 자기 이외의 남성을 반가워하는 태도가 유쾌하지는 않았을 게다. 설매는 잠깐 난처한 얼굴을 하다가,

"어떻게 하나? 정말 오랜만에 찾아주시는 분인데."

꼭 불러들이고 싶어하는 기색을 감추지 못하고 있었다. 사뭇 조바심이 술렁이는 눈길을 설매는 밖을 향해 던지고 있었다.

"샛서방이냐?"

떨떠름한 입으로 묻는 말에,

"원, 나리두 참!"

설매는 눈을 흘겼다.

"제가 아무리 시들어빠졌기로 환갑 진갑 다 지난 상노인을 기둥서방으 로 삼겠어요."

"그럼 누구지?"

약간 풀리는 기분으로 방원은 다시 물었다.

"석간 선생이시어요."

"석간이라?"

곱씹으면서 고개를 꼬았다.

"그 기인(奇人)이 무슨 일로 너를 찾아왔누."

석간(石磵)선생 혹은 석간 서하옹이라고 흔히 불리는 그 인물의 성은 조(趙)가, 이(利)를 외면하고 초연히 살아온 일종의 은사였다.

공민왕 6년 문과에 급제하여 안동서기(安東書記), 형부원외랑(刑部員外郎), 국자직강(國子直講), 전라서해양광삼도안렴사(全羅西海楊廣三道按廉使), 전법총랑(典法摠郎) 등 여러 벼슬을 지내다가, 공민왕 23년, 즉 국왕이 살해되던 그 해 세상이 어지러워지자, 벼슬을 버리고 상주(尙州) 노음산(露陰山) 기슭에 은거하면서 일부러 미친 사람 시늉으로 나날을 보냈다. 물론 어지러운 정변으로 말미암아 입게 될 재앙을 미연에 회피하여 보려는 위장술이었다.

그 후 우왕(禑王)이 등극하자 좌간의대부(左諫議大夫)에 기용되고 판전교시사(判典校寺事)를 지냈지만, 다시 벼슬을 버리고 광주(廣州) 고원 강촌(古垣 江村)으로 은거하였다.

그 당시 이인임(李仁任) 등에 의하여 전횡되던 부패한 정권하에서 벼슬하는 것을 수치스럽게 여긴 때문이었다.

이인임 일파의 세력을 타도하고 최영(崔瑩) 등이 국정 쇄신을 도모하게 된 우왕 14년에 또다시 기용되어 전리판서(典理判書)에 임명되었고, 그 후 여러 벼슬을 거쳐 조선왕조가 개국한 후에는 강릉부사(江陵府使)로서 선정(善政)을 베푼 바도 있지만, 한 해가 지난 태조 2년엔 또 벼슬을 버리고 은퇴하여 다시는 관계에 나타나지 않았다. 은퇴 이유로 신병을 빙자하였지만, 모처럼 기대를 걸었던 새 왕조의 움직임이 그에게는 못마땅했을 것이라는 공론이 자자했다.

그와 같이 국가를 위해서 필요성을 느낄 때엔 적극 참여하면서도 그것을 못마땅하게 여기게 되면 미련없이 초야에 묻혀버리는 경골한이기도 했다.

"그 사람이 무엇 때문에 이런 기방을 찾아왔지?"

속세를 등진 은사의 기방 출입이란 얼른 이해되지 않는 행동이었다.

"한양에 볼 일이 있어서 올라오실 적에는 늘 찾아주시는 분이어요. 저희 집 술이 입에 맞으신다나요?"

설매는 그 정도로만 설명했다. 그리고는 다시 물었다.

"어떻게 할까요? 그냥 돌려보내도록 할까요?"

그러면서도 그 어투는 아쉬운 꼬리를 끌고 있었다.

"좋아, 들어오라고 하지."

방원은 겨우 이렇게 말했다. 설매가 그토록 아쉬워하는 늙은 처사(處士)라면,, 한 잔 술을 나누며 정담(情談)을 하는 것도 무익한 일은 아닐 것이라고 고쳐 생각한 것이다.

설매는 좋아라고 밖으로 뛰쳐나갔다.

——어떠한 위인인고.

창문 틈으로 내다보았다. 이름은 들었어도 직접 만나 본 적은 없는 사이였다.

어스름한 저녁 햇살 아래 한 노옹이 황소 등에 올라 앉아 있었다. 사모관대는 고사하고 갓도 쓰지 않은 맨머리에 수건을 질끈 동여맸으며 옷은 동저고리 바람이었다. 잠깐 황소에게 풀을 뜯기다가 길가 주막에라도 들른 것 같은 촌로(村老)의 행색이었다.

한때 두 왕조에서 요직을 역임한 현관(顯官)의 후신이라고는 도무지 보이지 않았다. 그런만큼 방원은 허물없는 호감을 느꼈다.

마중 나간 설매와 두어 마디 나누더니 노옹은 황소 등에서 내렸다. 애우(愛牛)의 엉덩이를 두어번 툭툭 치고는 고삐도 매지 않고 안으로 들어섰다.

설매가 방원을 소개하였지만 일국의 왕자이며 이번 정변의 맹주(盟主)격인 방원도 그의 안중엔 없는 것일까. 숭굴숭굴한 미소를 씩 웃어보이고는 아무렇게나 자리를 잡고 앉는다.

술상이 들어왔다.

방원은 먼저 그에게 술 한 잔을 따랐다.

그것도 조운흘이란 인물의 인덕인 것일까, 보기에 따라서는 방약무안한 그의 태도가 신경에 거슬리지는 않았다. 오히려 고향의 고로(故老)를 대하는 것 같은 친근감을 느끼며 자연스럽게 채워지는 술잔이었다.

술은 텁텁한 막걸리, 한숨에 쭉 들이켜더니 쩍쩍 입맛을 다셨다.

"이 집 술은 언제 마셔도 좋단 말야."

그리고는 잔을 방원에게로 건넸다. 방원이 받아 마시는 것을 거슴츠레한 눈으로 건너다 보다가,

"나리, 몹시 곤하신 모양입니다그려."

툭 그런 말을 던진다.

"술맛이란 원래 간사해서 마음이 편할 때 마시면 입에 쩍쩍 붙도록 달지만, 괴로울 때는 소태처럼 쓰기만 하단 말씀야."

어수룩한 체하면서도 관찰은 예리했다.

몇잔 술이 다시 오갔다. 그 동안 조운흘은 아무 소리 않고 술만 들이키다가 어지간히 거나해진 것일까, 손등으로 입 언저리를 쓱쓱 문지르더니 또 한마디 했다.

"몸이 곤한 것은 지나치게 수족을 놀리는 때문이고, 마음이 곤한 것은 못볼 것을 많이 보는 때문이올시다."

"못볼 것을 보기 때문이라구요?"

지금의 방원에겐 가장 절실히 먹혀드는 말이었다.

정변 이전에도 그러했지만, 정변 이후에는 특히 눈에 거슬리는 것이 너무나 많다. 본의 아니게 이복 형제들을 참살한 칼부림, 부왕의 격노하던 모습, 방간의 표독한 시새움, 새 임금 방과의 능글맞은 연막술, 처남 형제들을 위시하여 박포, 이숙번 등 당료들의 이악스런 권세욕 등등 보기 싫은 꼴들 뿐이다.

그러기에 이렇게 설매의 집을 찾아와서 그런 꼴들을 외면하려는 것이

아닌가.

"보기 싫다고 보지 않을 수 있어야지요. 두 눈을 멀쩡히 뜨고 말입니다."

절로 푸념 섞인 소리가 나간다.

"눈이란 것은 반드시 뜨고만 있으란 법은 없습지요."

기인이란 평을 듣는만큼 조운흘의 말은 엉뚱하기만 했다.

"세상판을 보기 싫으면 감아버릴 수도 있지 않습니까요."

그러다가 그는 술 한 잔을 더 들이킨 다음,

"시생이 한 토막 옛날 얘기를 할까요."

슬며시 화제를 돌렸다.

"옛날이라고 과히 오래지 않은 시절입네다. 시생이 사십 고개를 두어 살 넘었을 무렵이었으니까요. 그때 한 관원이 있었습네다. 공민왕께서 홍윤(洪倫), 최만생(崔萬生) 등 역도들의 손에 시해되던 시절이기도 해서 세상은 역하고 더러워 차마 눈뜨고 볼 수 없는 형편이었지요. 그래서 그 관원 벼슬을 버리고 산골에 파묻혀 살면서, 일부러 실성한 사람 행세를 했을 뿐만 아니라 멀쩡한 눈을 가지고도 청맹 시늉을 했습지요."

그것은 바로 조운흘 자신의 체험담이었지만, 그는 마치 남의 얘기라도 하듯이 덤덤했다.

"눈뜬 장님노릇을 하고보니 세상이 전연 다르게 보이더라는 거올시다. 더러운 것, 꼴 사나운 것, 추악한 것, 그런 것은 눈에 띄지 않는 반면, 정말 보아야 할 것만이 마음의 눈에 환히 비치더라는 거올시다."

조운흘의 얘기는 차차 깊은 곬으로 접어들고 있었다. 방원도 설매도 정중히 귀를 기울였다.

"가난한 농사꾼들이 쌀 한 되박, 채소 한 포기를 얻기 위해서 얼마나 고생을 하는가, 나무꾼들이 한 짐 나무를 하자면 얼마나 힘이 드는가, 말단에서 심부름을 하는 노복들이 얼마나 고되게 시달리는가, 그러면서도 여차하면 상전들로부터 얼마나 구박을 받는가, 조당(朝堂)에 앉아서

거드럭거리며 눈알을 부릅뜨고 있을 때보다도 훨씬 잘 보이더란 말씀입
니다."

그것 역시 조운흘이 피부로 느낀 체험담이었다.

그가 재차 하야(下野)하던 우왕 6년이었다. 고원 강촌에 살고 있을
때에도 단순한 도피책인 은둔 생활만을 한 것은 아니었다.

사평(沙平), 판교(板橋) 두 원(院)이 피폐한 것을 보고 충간하여 스스
로 원주(院主)가 되었던 것이다. 원(院)이란 공무(公務)를 이행하는
관리들에게 숙식의 편의를 제공하기 위해서 각 요로나 인가가 드문 곳에
설치되었던 일종의 여관이었다. 말하자면 조운흘은 여관 주인 노릇을
자청하여 한 셈이었다.

그때 그는 헌 누더기에 짚신을 끌고 노파들과 어울려 노역에 종사하였
지만, 아무도 그가 높은 벼슬을 지내던 달관(達官)임을 알지 못했다는
것이다.

"그러다가 신왕(新王)이 등극하고 세상이 조용해졌다는 소식이 전하
여졌답니다. 그 관원 그대로 소경 노릇이나 했더라면 아무 일도 없었을
터인데, 다시 눈을 뜨고 관계에 나가 보려는 부질없는 욕심을 먹게 됐습지
요. 그래서 의관을 정제하고 상경할 작정으로 한 비실(婢室)의 방엘 들어
가지 않았겠습니까. 그랬더니 그 방에선 첩년과 그 관원의 친아들놈이
서로 끌어안고 뒹굴고 있더라는 겁니다. 아들놈과 첩년은 그 관원이 정말
장님이 된 줄로만 알고 있었기 때문에, 그대로 끌어안은 채 떨어지려고
하지 않더랍니다."

여기까지 얘기한 조운흘은 옛상처를 더듬는 것 같은 아픈 얼굴을 했
다.

"공연히 눈을 떴기 때문에 보지 말아야 할 것을 본 셈입지요."

조운흘은 신음 같은 소리로 다시 말을 이었다.

"나는 소경이 아니다, 일부러 청맹과니 노릇을 했을 뿐이다 하고 그
관원이 소리쳤더니 첩년은 사색이 돼서 오들오들 떨다가 마침내 강물에

뛰어들어 죽었고, 아들놈 역시 부끄러움을 견딜 수 없었던지 그 뒤를 따라 죽어버렸다나요? 관원에겐 자식이라곤 그 아들놈 하나 뿐이었지요. 그래서 지금도 혈혈단신 외로운 나날을 보내고 있습지요."

말을 마치고는 손수 술병을 기울여 너댓 잔을 연거푸 들이마셨다.

늙은 은사(隱士)의 회억담은 방원에게 야릇한 충격을 주었다. 부질없는 속안(俗眼)을 감아버리고 차라리 심안(心眼)을 밝혀야만 사물을 옳고 바르게 볼 수 있다는 말이 그의 가슴에 깊이 남았다.

"이거 늙은 것이 쓸데없는 푸념을 늘어놓았나 봅니다. 이제 어지간이 술도 취했으니 그만 물러가겠소이다."

아직도 쓸쓸한 꼬리를 끌면서 조운홀이 자리에서 일어났다.

"이렇게 날도 저물었는데 어딜 가시려구요."

설매가 매달리듯 말했다.

조운홀이 은거하고 있는 광주 고원 강촌은 한양서 줄잡아 사십리는 된다. 늙은 몸이 지금부터 돌아가자면 고된 여정(旅程)이 아닐 수 없었다.

"내 언제 몸둘 곳이 없어서 마음을 쓴 일이 있었던가."

그는 허허롭게 웃더니 한가락 시구라도 읊조리듯 중얼거리며 방문 밖으로 나섰다.

"내 일찍이 인수(印綬)를 띠고 오주(五州)를 편력하였으며 사도(四道)의 풍광(風光)을 마음껏 즐겼으니, 비록 크게 성명(聲名)은 떨치지 못하였을지언정 한 올의 진루(塵陋) 없음을 자랑하노라. 일월(日月)로써 주기(珠璣 : 보석)를 삼고 청풍명월(淸風明月)로써 경(鏡)을 삼아 장차 세상을 하회하는 날이면 공자(孔子)의 행단(杏壇 : 학문을 닦는 곳) 위나 석가(釋迦)의 쌍수(雙樹) 아래 묻히리라. 고금의 성현이 어찌 그들뿐이리오."

그것은 훗날 그가 스스로 작성한 묘지(墓誌)와 흡사한 글귀였지만, 세속에 초연하면서도 만만치 않은 기백이 넘치고도 남는 소리였다.

방원이 설매의 집을 찾아왔을 땐 열흘이고 스무날이고 푹 파묻혀 있을 작정이었지만, 그는 그날 밤만 묵고 이튿날 새벽 그 기방에서 물러나왔다.

눈을 감되 옳고 바른 것은 밝혀 보아야 한다는 조운흘의 말이 하나의 계시가 되었던 것이다. 그리고 옳고 바른 것은 권력 쟁탈에 여념이 없는 조정이나 정계에는 있지 않을 것이다. 가난하고 학대 받으면서도 진실되게 사는 민초(民草) 속에서만 그것은 캐낼 수 있을 것이라고 깨닫게 된 것이다.

새벽이면 가장 많은 백성들이 드나드는 남대문으로 향하였다.

태조 4년에 성곽의 축성과 함께 기공하여 태조 7년 2월, 그러니까 이번 정변이 일어나기 반년 전에 낙성된 남대문은 사대문 중에서도 가장 교통이 붐비는 요지였다. 숱한 행인들이 드나들고 있었다.

남대문 밖엔 특히 술집이 많았다.

지방으로부터 몰려드는 영세 상인들, 가난한 선비들, 노복들 혹은 촌부들이 잠깐 걸음을 멈추고 피로를 풀어보는 간편한 휴식처였다.

그리고 또 그러한 주막들은 천시와 억압 속에서 기를 못폈던 서민들이 한 잔의 술기운을 빌어 자기 나름대로의 기염을 토해 보는 광장이기도 했다.

그 중에서 가장 사람들이 들끓는 주막을 방원은 찾아 들어갔다. 자욱한 연기와 퀴퀴한 음식 냄새가 뒤범벅이 된 속에서, 그들 가난한 서민들은 와글대고 있었다.

"나라님이 바뀌었으니 어떻다는 거야? 마치 새 세상이라도 된 것처럼 떠들썩한 모양이지만 달라진게 뭐지?"

술기운에 벌겋게 달아오른 주먹코를 벌름거리며 봇짐장수가 핏대를 올리고 있었다. 화제의 중심은 역시 이번 정변에 관한 것인 듯했다.

방원은 한구석에 비켜서서 귀를 기울였다.

"아버지가 차지하고 앉았던 용상을 아들에게 물려준 데 지나지 않는걸

가지구 우리네 백성들까지 들뜰 것은 뭔가."

"아무렴. 한낱 왕실의 집안 싸움에 지나지 않는 거지. 자기네들끼리
치고 받고 물고 뜯고 하다가 거꾸러진 자는 거꾸러지고 기어오를 자는
기어올랐다, 그저 그런 얘기 아니야."

꾀죄죄한 선비차림을 한 젊은이가 맞장구쳤다.

"달라졌다면 자기네들 권력 안배나 달라졌지, 우리네 약한 백성들에겐
밥 한 솥이 더 생기나 술 한 잔이 더 생기나. 이번 정변은 고사하고 말
야, 연전에 고려왕조를 타도하고 새 왕조가 들어섰을 때 역시 매한가지가
아니었나."

얼굴이 온통 검붉은 수염으로 뒤덮인 사냥꾼 차림을 한 사나이가 한마
디 했다.

그들의 화제는 갈수록 대담하고 과격한 열을 띠어갔다.

"그야 개국 당초엔 백성들을 위함네 떠들어대긴 했지만 말야."

태조 원년 7월 28일 반포된 이른 바 편민사의(便民事宜)를 두고 하는
말일 게다.

"고례(古例)에 따라 종묘의 제도를 개정한다. 전조 왕씨(王氏)의 후예
를 은우(恩遇)한다, 좌주(座主) 문생(門生)의 폐단을 바로잡고 과거법을
고친다 ──"

보기와는 달리 약간의 식자쯤은 든 어투로 텁석부리 사냥꾼은 평민사
의의 조문을 줄줄 외었다.

"관혼상제법을 새로 개정한다. 수령의 임용을 신중이 한다, 도대체
그런 것들이 우리네 백성들이 살아가는 데 얼마만한 도움을 주었나."

"이런 대목도 있었지. 충신, 효자, 의부, 절부(節婦)를 표창한다."

선비 차림을 한 사나이가 비꼬인 소리로 받아 외었다.

"말씀도 마슈. 충신이나 효자가 몇몇이나 된답니까. 공연한 생색이나
내보자는 수작이지. 그날그날 입에 풀칠하기도 어려운 백성들이 무엇으
로 나라에 충성을 바치고 무엇으로 부모에게 효도를 하겠누."

주먹코 보따리 장수가 입맛을 다셨다.

"우리네 백성들을 위함네 어쨌네 번드레한 소리는 작작하고, 차라리 그대로 내버려두기나 했으면 좋겠소이다. 공연히 들볶고 괴롭히지나 말았으면 고맙겠쉬다."

보따리 장수가 이런 비둥그러진 결론을 내리자, 그것이 술꾼들에겐 절실하게 먹혀드는 모양이었다.

"차라리 그래 주었으면 오죽이나 좋겠나."

"연전에 세도가들이 강탈한 토지를 옛 주인에게 돌려준다고 했을 땐 금시 발복이라도 한 것 같이 좋아들 했지만, 그 결과는 어떻게 됐지. 모처럼 몇 마지기 논이라도 부치게 된 소작인들은, 상전이 바뀌고 보니 그것마저 뺏기고 굶어죽게 됐지 뭔가."

"한양 천도라는 것도 그렇지. 수백년 뿌리를 박고 살아온 정든 개경(開京)땅을 버리고 생소한 고장에 서울을 옮기게 되니 곯는 것은 역시 백성들 뿐이었단 말야. 경복궁을 지을 때 얼마나 많은 사람들이 죽을 고생을 했나. 나라님이나 대신들은 굉궐한 새 궁전에 들어앉아 거드럭거리니 신바람이 났겠지만 말일세."

"부처님 섬기는 것은 왜 말리는 거지? 이승에선 버러지처럼 짓밟히기만 하는 우리네들이, 저승에 가서나마 극락이라도 찾아보겠다고 마음을 붙이는 것이 왜 나쁘다는 거지?"

하나같이 방원의 귀엔 따가운 소리들 뿐이었다.

따지고 보면 개국한 지 벌써 7년이 넘었지만, 대다수의 약한 백성들을 위해서 조정에선 무엇을 베풀어 주었던가.

"아따, 그래도 주둥이만은 살았다구들 나불대는구먼."

그 때까지 한 구석에서 술만 들이켜고 있던 노복 차림을 한 사나이가 소리를 질렀다.

귀에 익은 목소리였다. 방원은 그 편을 주시하였다.

—아니 저놈은?

한번 보면 누구의 인상에나 남는 얼굴이었다. 다른 곳도 아닌 콧마루에 콩알만한 검은 점이 박혀 있었다.

지난날 방번(芳蕃)이 부리던 노복이었다.

이런 일이 있었다.

언젠가 방원이 밖에서 돌아와 보니까 대문 밖에서 김소근이가 어떤 종놈과 싸움질을 하고 있었다. 김소근이가 기운깨나 쓴다고 우쭐대는 놈이었지만, 그 노복도 녹녹지 않았다. 치고 받고 피투성이가 되어 으르렁거리다가, 두 놈이 다 기진맥진해서야 떨어졌다.

콧마루에 박힌 그 점 때문인지 이름도 박두언(朴豆彦)이라고 하던 기억이 난다.

"이불 속에서 활개를 친다고 어느 놈이 눈썹 하나 까딱 할라구."

그는 핏발이 잔뜩 선 눈으로 주막 안을 둘러보았다. 그리고는 부들부들 입술을 떨었다. 뭔가 엄청난 소리를 터뜨리려고 잔뜩 기부림을 쓰는 것 같은 그런 얼굴이었다.

"이것 봐요. 술집에 왔으면 술이나 들어야지."

그의 곁에 서 있던 한 사나이가 허둥지둥 잔을 채워 박두언에게 내밀었다.

방원의 귀가 다시 번쩍 띄었다. 그 사나이의 어투가 심상치 않았던 것이다. 이방인 특유의 억양이 짙었다.

곁눈질로 뜯어보았다. 의복은 박두언과 비슷한 노복차림이었지만 어쩐지 어색하다. 그렇게 보여서 그런지 그 사나이의 얼굴 생김도 예사롭지 않게 보였다.

이방인으로 여겨지는 그 사나이는 소리를 죽이고 더 몇마디 수군대더니 박두언을 떠다밀다시피 하며 밖으로 몰고 나갔다. 그들 두 사나이의 행동이 야릇하게 방원의 신경에 거슬렸다. 음모의 그늘이라고나 할까, 그런 것을 그들의 뒷모습은 강렬히 풍기고 있었다. 뒤를 밟아보기로 했다.

뚜렷한 이유가 있는 것은 아니었다.

박두언이란 그 노복이 방원 일당을 저주하며 죽어갔을 방번의 하인이
란 점이 이유가 된다면 될 수도 있는 것이었지만, 꼭 그런 때문만도 아니
었다. 똑떨어지게 설명은 할 수 없는 어떤 힘이 그를 유인하고 있었다.

두 사나이를 따라 방원이 주막 밖으로 나가자, 그 주막 구석방으로부터
조운홀이 기지개를 켜며 나타났다.

발걸음 내키는대로 정처없이 떠돌아다니는 이 늙은 방랑객은 어젯밤을
여기서 묵었던 것이다.

"참, 이상한 사람이란 말야. 가까이서 마주 대할 적엔 속된 세사(世
事)에 신물이 난 처사처럼 여겨지는데, 지금 저렇게 걸어가는 뒷모습을
보니 무서운 피바람을 몰고 올 살기가 서려 있단 말야."

혼잣소리를 중얼거리며 그도 주막을 나섰다. 박두언과 이방인 같은
그 사나이는 남대문으로부터 남산 쪽으로 뻗은 성벽을 끼고 올라가고
있었다. 얼마를 가다가 그 사나이는 문득 고개를 돌렸다. 방원은 급히
성벽에 몸을 붙이고 그의 시선을 피했다.

그저 우연히 고개를 돌려본 데 지나지 않는 것일까, 사나이는 다시
앞을 보며 걸었다.

그들이 정작 수상한 행동을 취한 것은 해묵은 소나무가 우거진 숲속에
서였다. 축성 공사에 어떤 결함이 있었던지 그 지점의 성벽이 십여보
가량 무너져 있었다.

박두언이 큰 암석 하나를 번쩍 들어 옮겨 놓았다. 굉장한 힘이었다.
그 자리에 사람 하나쯤은 드나들 수 있을 만한 구멍이 드러났다. 그러자
그 속으로 두 사나이가 기어 들어갔다.

방원의 궁금증은 더욱더 자극되었다. 구멍 앞으로 다가가서 기웃거리
지 않을 수 없었다.

구멍 속은 꽤 깊이 뚫려 있는 것 같았지만, 그저 캄캄할뿐 아무 것도
보이지 않았다. 방원은 묘한 호기심과 미묘한 기분에 빠진 채 태도를

정하지 못하고 있었다.

그 굴 속으로 뛰어들자니 꼭 그런 모험을 감행해야 할만한 이유가 없었다. 그렇다고 그냥 발길을 돌리기엔 궁금증의 미련이 강하게 꼬리를 끈다. 이러지도 못하고 저러지도 못하며 서성대다가 돌연 옆구리에 불덩이 같은 충격을 느끼며 그는 쓰러졌다.

"왕자면 왕자답게 신중히 처신을 해야지, 공연히 촐랑대다가 이 꼴을 당했지 뭐야."

사나이가 비웃고 있었다. 일단 굴 속으로 들어간 그는 다른 출구로 빠져나와서 방원의 배후를 습격한 것일까.

"대단한 솜씨올시다, 산남왕 어른."

어느 새 박두언도 그 자리에 나타나서 이죽거렸다.

방원이 이방인의 냄새를 느낀 그 사나이는 유구국(琉球國)의 망명객 산남왕 온사도(溫沙道)였다.

정변이 일어나던 날 밤 그는 방원을 습격하는 부하들을 먼 발치에서 지휘하다가, 사태가 불리하게 기울어지자 재빨리 종적을 감추었던 것이다.

"우리가 주막에서 나오자 뒤를 밟는 자가 있는 듯싶기에 돌아보았더니 바로 방원, 이 자더군. 그 자리에서 처치할까 했지만, 혹시 행인의 눈에라도 띌까 싶어서 버려두었더니 제발로 함정에 기어들었단 말야."

온사도는 소리 없는 웃음을 흘렸다.

"죽었을까요? 유구국의 권법(拳法)이란 한 번 치면 천하 장사라도 끽소리 못하고 숨통이 끊어진다는 얘기를 들었는뎁쇼."

노닥거리며 박두언은 방원의 얼굴을 내려다 보았다.

방원은 쓰러진 채 꼼짝도 하지 않았다.

"죽지 않을 정도로 쳤으니까 목숨은 붙어 있을 게야. 한동안 정신을 못차리겠지만."

온사도는 또 히죽이 웃었다.

"이왕이면 아예 죽여 버리시지 목숨은 붙여 둬서 무엇에 쓰자는 겁니까. 이놈은 우리 원수놈들의 괴수가 아닙니까요."

박두언이 볼멘 소리로 투덜거렸다.

"자네나 나나 원수를 갚자면 어디 이놈 뿐인가. 자네 상전 무안군을 죽인 방간이란 자도 아직 살아있고 내 부하들을 죽인 평도전이란 왜무도 있고 그밖에 하륜, 이숙번, 민무구 형제들, 많은 원수놈들이 남아 있으니 모조리 처치해야 할 것이 아닌가."

"그러니까 이놈을 미끼삼아 다른 놈들을 꾀어내겠다 그 말씀입니까요."

온사도는 잠자코 고개를 끄덕이더니 턱짓을 했다.

박두언은 방원을 끌고 굴 속으로 들어갔다. 온사도 역시 굴 속으로 들어가고 나자, 거기서 십어보쯤 떨어진 바위 뒤로부터 조운흘이 고개를 내밀었다.

"아니나 다를까, 정안군 그 사람 또 피바람을 일으켰군."

그는 입맛을 다시다가,

"자, 이 일을 어떻게 하지? 내 늙은 놈이 혼자서 그 사람을 구해낼 힘도 없구, 그렇다구 멀쩡한 사람이 죽어가는걸 그냥 버려두는 것도 도리가 아니구. 정안군과 가까운 사람들에게 연통을 한다?"

그는 혼자 부르고 쓰다가 고개를 가로 저었다.

"그것도 귀찮은 일이야. 이런 일에 공연히 말려들었다간 훗날 관가에서 오너라 가거라 시끄럽게 굴테니 그것두 싫구."

그때 저편 골짜기로부터 한 사나이가 다가오고 있었다. 산새라도 잡으러 나타난 참일까, 사나이의 허리춤엔 꿩 한 마리가 달려 있었다.

조운흘은 무릎을 쳤다.

"저 젊은이라면 이런 일을 떠맡기기엔 둘도 없는 적임자란 말야."

그는 바로 박자안(朴子安)의 아들 박실(朴實)이었다.

연전에 박자안이 억울한 죄를 뒤집어 쓰고 참형을 당하게 되었을 때,

방원의 주선으로 그의 부친 박자안이 겨우 죽음을 모면한 경위를 조운흘도 잘 알고 있었다. 그는 또 전 왕조 고려때 박자안과 함께 왜구 토벌에 종군한 일도 있고 해서 박실과도 안면이 있었던 것이다.

박실은 고지식한 청년이었다. 뜻하지 않은 장소에서 부친의 고우(故友)를 만나자 땅바닥에 엎드려 큰절을 했다.

"여보게, 정월 초하루도 아닌데 세배는 무슨 세밴가."

지나치게 야단스런 인사 치례에 조운흘은 흐물흐물 핀잔을 주고는,

"그보다도 자네 힘을 빌려야 할 일이 생겼네."

역시 농조로 말했다.

"어르신네께서 저 같은 위인에게 무슨 부탁이 계시겠습니까."

답답할 정도로 박실은 딱딱하게만 나왔다.

"다름이 아니야. 정안군 나리의 목숨을 건져야 하겠어."

"예?"

박실은 기급을 한다. 그에겐 신불(神佛)처럼 고마운 은인에 관한 얘기였다. 놀라지 않을 수 없었다.

"정안군께서 무슨 변을 당하셨기에 그런 말씀을 하십니까."

숨가쁘게 물었다.

"나를 따라오게나. 천천히 얘기함세."

박실의 어깨를 떠밀며 남대문 쪽으로 조운흘은 걸음을 옮겼다.

만일 그 자리에서 방원의 위급한 상황을 들려준다면, 직선적인 그 젊은이는 당장에 그 굴 속으로 뛰어들 것이다.

그 굴 속엔 얼마만한 패거리들이 숨어 있는지 알 수 없다. 설혹 온사도와 박두언 두 사람만을 상대로 하더라도, 박실 혼자의 힘으로는 대적하기 어려울 것이다. 결국 그도 죽고 방원의 죽음까지 재촉하는 결과가 되고 말 게다. 그런 우려를 재빠르게 계산한 나머지 조운흘은 그 자리를 뜬 것이다.

남대문밖 그 주막에 다시 들어선 다음에야 사실을 알려 주었다. 과연

박실은 당장 그 소굴로 달려가겠다고 허둥댔다.

"당치도 않은 소리! 자네에게 비록 날고 기는 용력이 있더라도 혼자 뛰어들었다간 개죽음을 면치 못할 걸세."

그러나 그런 충고가 박실에게 먹혀들 리 없었다.

"나 혼자만으로 어렵다면 우리집 하인놈들이라도 끌고 가면 될게 아니겠습니까."

이런 소리를 남기고는 허겁지겁 밖으로 달려나갔다.

"일이 점점 묘하게 꾀는걸."

조운흘은 입맛을 다셨다.

"그 우직한 젊은이가 몇몇 하인배들을 끌고 간다고 될 일은 아닌데."

이 때까지 흐물거리기만 하던 조운흘의 안색이 차차 굳어진다.

"어쨌든 이왕 내친 걸음이니 일이 되도록 마무리를 지어야 할게 아닌가."

중얼거리다가 그의 안색이 약간 밝아진다. 그때 한 노복이 그 주막으로 들어오고 있었다. 얼핏 보기에도 약삭빠르게 생긴 젊은이였다.

"이것봐, 가라적."

조운흘은 넌지시 그 노복을 불렀다.

"왜 그러슈? 술이라도 한 순배 사주실랍니까?"

가라적(加羅赤)이라고 불린 노복은 해롱거리며 다가왔다.

"술을 사라면 네 놈의 그 납작코가 삐뚤어지도록 사주겠다만, 그 대신 내 심부름 좀 해줄래?"

조운흘은 마주 흐물거리다가 그 노복의 귓전에 바싹 입을 대고 몇마디 속삭였다.

방원이 정신을 차렸을 때엔 그의 몸은 침침한 땅굴 속에 나뒹굴어 있었고, 그의 머리맡엔 박두언과 그 이방인 같은 사나이와 그밖에 험상궂은 낯선 얼굴들이 둘러앉아 있었다.

자기가 어떠한 경위를 거쳐 이런 꼴이 되었는지 방원도 대강 짐작이 갔다. 다만 그들이 무엇 때문에 자기를 기습하고 이 땅굴 속으로 끌여들였는지 그 이유가 궁금했다. 그렇다고 섣불리 따지고 물을 형편도 아니었다.

그들이 취한 소행으로나 지금 그들이 보이고 있는 험악한 표정으로나 자기에게 표독한 적의를 품고 있는 것만은 사실인 듯 싶었다.

좀더 상대편의 수작을 기다려보기로 마음을 정하고 잠깐 떴던 눈을 다시 감았다.

"이것봐."

박두언이 앉은 채로 한 발을 들어 방원의 어깨를 찼다.

"여기가 어디라구 응큼한 흉측을 떠는 게야. 정신이 들었으면 순순히 그런체 할 것이지, 너 아주 죽고 싶으냐."

박두언의 언사는 걸쭉했다. 바깥 세상에서라면 상상도 못할 폭언이었다.

이편은 하늘 같은 왕자대군, 박두언 제놈은 그 앞에선 벌벌 기는 버러지 같은 놈이 아닌가. 그러한 녀석이 감히 욕지거리까지 섞어가며 딱딱거리는 것만으로도, 자기를 얼마나 증오하고 있으며 따라서 자기가 얼마나 위험한 궁지에 빠져 있는가를 실감하지 않을 수 없었다.

"다시 묻겠는데, 너 살고 싶으냐 죽고 싶으냐."

군소리 제쳐놓고 박두언은 이렇게 을러댔다. 그제서야 방원은 다시 눈을 떴다.

"도대체 네놈들은 뉘놈들이며, 나를 누구로 알고 이와 같은 야료를 부리는 게냐."

하나마나한 소리였지만, 우선 점잖게 한마디 던졌다.

천한 인간들의 기를 꺾자면 이편의 위엄부터 보여야 한다고 계산한 때문이었다. 그러나 박두언은 콧방귀만 뀌었다.

"몰라서 묻는 거냐. 네놈의 눈깔이 별안간 뒤집히기라도 했다면 모르지만, 설마 내 얼굴을 잊어버리지는 않았겠지."

손짓으로 제놈의 콧마루의 검은 점을 툭툭 튀기며 이죽거렸다.

"설사 나같은 종놈의 얼굴을 잊어버렸다고 하자. 그렇다면 네놈은 무엇 때문에 내 뒤를 밟았지?"

만만치 않은 반격이었다. 그러나 방원은 굽히지 않고 한마디 더했다.

"네 말마따나 네놈의 낯짝은 내 기억하고 있거니와, 다른 놈들은 생판 처음보는 화상들이니 묻는 거다."

"뭐 이 자리에서까지 감출 것은 없으니 궁금하다면 속시원히 일러주겠다."

역시 천민이란 어쩔 수 없는 것일까, 성급하게 허세를 부리며 속을 드러내보였다.

"이 사람들은 나와 마찬가지로 돌아가신 무안군 나리를 모시던 사람들이구."

그렇게 다른 네 사람을 소개한 다음,

"저 분은 연전에 유구 나라에서 건너오신 산남왕 어른이셔."

이방인의 냄새를 풍기던 그 괴물의 정체까지 밝혀 주었다.

그 말에 방원은 등골이 싸늘해졌다. 하찮은 종놈들 몇이라면 어떻게 을르고 달래서 위기를 모면할 수도 있을 것이라는 희망을 가질 수 있겠지만, 지난날 자기를 암살하려고까지 했던 온사도가 이 자리에 끼어 있으니 샤태는 한층 심각했다.

절망에 얼어붙은 눈길을 온사도에게로 던졌다. 그 눈을 뜬 숯처럼 무표정한 눈으로 온사도는 마주받다가 서서히 입을 열었다.

"우리가 무엇 때문에 그대를 유인하고 이 속에 끌어들였는가 새삼 설명을 하지 않더라도 충분히 짐작이 갔을 게야."

그의 어조 또한 무겁게 가라앉아 있었다.

"나는 수족처럼 아끼던 부하들을 잃었고, 저 사람들은 하늘처럼 믿어오던 상전을 잃었다. 그대의 도당들을 어찌 그대로 버려두겠는가."

어투는 담담하면서도 그 말의 내용은 맵고 독했다.

"너를 미끼삼아 너의 패거리들을 하나하나 처치하자는 것이 우리의 보복의 방법이며 작전이기도 하다. 물론 마지막엔 너 역시 살려주진 않겠다는 것을 미리 말해 둔다. 네 목숨만은 살려줄테니 고분고분 우리 말을 들어달라고 꾀는 따위의 서투른 수작은 하지 않겠다. 속아 넘어갈 네가 아닐테니 말이다."

"바로 그렇다."

박두언이 이를 갈았다.

"네놈도 네놈의 패거리를 모조리 물어들일 때까지 바늘에 끼워두는 미끼에 지나지 않는 거야."

이를 갈면서도 그는 이빨 사이로 검은 웃음을 뿜었다.

"너는 둘 중에 하나를 택할 수밖에 없을 게다."

온사도가 다시 말을 이었다.

"우리의 요구를 들어주면서 얼마 동안이라도 목숨을 부지하다가 살길이 트이는 요행을 기대하던가, 아니면 지금 당장 죽음을 재촉하던가 어느 편이건 네가 원하기에 달렸다."

역시 일국의 왕노릇을 한 인물이라서 그런지, 협박치고는 온사도의 언사는 점잖았다. 하지만 그 점잖은 말 속엔 상대편에게 숨쉴 구멍도 주지 않는 빈틈없는 그물이 펼쳐져 있었다.

오래 망설일 것도 없었다. 여러 차례 사선(死線)을 넘어온 방원으로선 시간이라는 것이 얼마나 귀중한 것인가를 체험을 통하여 사무치게 실감해 왔다. 시간을 벌 수만 있다면 무슨 수를 써서라도 벌어야 한다.

"너희들이 요구하는 것이 무엇이냐?"

반문했다.

온사도는 박두언을 돌아보며 턱짓을 했다.

"삼남왕 어른의 요구도 따로 있으시겠지만, 먼저 내 요구를 말하겠다."

박두언이 나섰다.

"우리 집 어르신네 무안군 나리마마를 잔인하게 살해한 너의 형 방간이란 그놈에게 먼저 보복을 해야 한다. 그러니 그놈을 네가 꾀어내는 거다."

지금의 경우 그럴 수 있는 요구였지만, 방원으로선 물론 쉽게 반응을 보일 성질의 것이 아니었다.

그는 두 눈을 내리깔고 한동안 입을 열지 않았다. 무거운 침묵이 땅굴 속을 메웠다. 그것은 정신적인 저력이 빈약한 종놈에겐 견디기 어려웠던 것일까.

박두언은 누가 청하지도 않는 넋두리를 제풀에 늘어놓기 시작했다.

"우리집 마마께서 참변을 당하신 이후 나는 줄곧 방간이란 놈의 모가지를 노려왔다. 돌아가신 무안군(撫安君) 나리 마마가 얼마나 알량한 상전이기에 그토록 충성을 다하려 드느냐고 너는 비웃을는지 모르지만, 종놈의 신세라는 것이 어떤 것인가를 짐작도 못하는 네놈이 웃으면 얼마나 웃겠느냐. 상전이 정쟁에 몰려서 죽게 될 경우, 거기 매달려 목숨을 부지하던 종놈의 형편이 얼마나 비참해지는지 생각해 본 일이 있느냐."

박두언은 혼자 부르고 쓰기에 바빴다.

"원래 종놈이란 소나 돼지처럼 천대 속에 살게 마련이지만, 그래도 정이 든 상전 밑에선 마음만이라도 편할 수 있는 게야. 하지만 우리네들 같이 재앙을 당하면 어떻게 되지? 상전을 죽인 원수놈들의 집에 끌려가서 원수놈들을 새 상전으로 섬기며 종노릇을 할 수밖에 없어, 주인을 잃은 개 돼지처럼 말이다. 그래도 개 돼지는 좀 나은 편일 게야. 어느 주인 밑에서건 던져 주는 먹이나 주워먹고 피둥거리면 그만이니까. 우리는 개 돼지만도 못하단 말이다. 새 상전이 된 원수놈의 냉대는 말할 것도 없고 기왕에 원수놈들이 부려오던 종놈들까지도 이빨을 드러내고 으르렁거리며 못살게 구는 거야. 말하자면 종놈들의 종노릇을 해야 한단 말이다."

박두언의 푸념은 지루했지만 같은 노복들에겐 절절히 공감되는 설움 때문인 것일까. 그의 넋두리가 기복(起伏)할 적마다 노복들의 표정도 뜨겁게 술렁이고 있었다.

"쓸개빠진 비겁한 놈들은 그런대로 목숨만 부지하면 다행이라고 꼬리를 칠는지 모르지만, 우리는 다르단 말이다. 그렇지 않은가, 이 사람들."

동료들을 돌아보며 박두언은 주먹을 휘둘렀다.

"이를 말인가."

"원수놈들 밑에서 버러지처럼 짓밟히며 허덕거리느니보다 차라리 시원하게 직성이나 풀어야지."

"원수들에게 마음껏 앙갚음이나 하다 죽자는 거다. 모진 목숨 살아남거든 산속 깊이 도망을 쳐서 도적의 무리 속에라도 끼여들면 그만일테구."

그것은 어디까지나 종놈들 제놈들의 사정에 불과한 것이라고 외면을 하자면 그만이겠지만, 그러면서도 방원의 심골 깊이 야릇하게 스며드는 호소력 같은 것이 있었다.

"이가 갈리는 푼수로는 네놈의 일당을 몰살하고 싶다만, 까놓고 말해서 우리에겐 그럴 힘이 없다. 한놈 한놈 이 잡듯이 죽여 없앨 수밖에 없는 거야."

박두언의 넋두리는 마침내 본론으로 들어섰다.

"그래서 우선 방간이 그놈을 꾀어내자는 거다. 그러자면 네놈의 힘을 빌려야 하겠기에 네놈을 이렇게 살려두는 거다."

이렇게 말하더니 그는 토막난 촛가락에 불을 밝혔다. 그리고는 그것도 미리 준비해둔 것일까, 필묵과 한아름의 두루마리를 갖다 놓았다.

"그만하면 내 말을 알아들었을 테니, 어서 쓰는 거야. 네 형놈을 꾀어낼 만한 몇줄 글발이면 돼."

박두언은 이가 빠진 벼루에 가래침을 탁 뱉고 그것도 토막이 난 먹을 갈기 시작했다.

인간이 당면하게 되는 곤경 중에서도 죽음에 직면한 위기처럼 절박한 것은 없지만, 그렇다고 그 양상이 동일한 것은 아니다.

비록 서슬이 푸른 칼날 속에 에워싸여 있더라도 깨끗이 싸울 수도 있고 자랑스럽게 죽을 수도 있다. 그런가 하면 악취 분분한 오물 속에 빠져들어 허위적거리는 죽음도 있다.

살길을 찾으려고 버둥거리면 버둥거릴수록 눈이건 입이건 콧구멍이건 귓구멍이건 오물은 사정없이 파고 든다. 그러다가 숨이 끊어지면 사람들은 코를 가리고 그 시체조차 외면한다.

방원이 직면한 죽음이 바로 그것이었다. 살길을 찾자고 안간힘을 쓰자면 그 오물을 어쩔 수 없이 들이켜야 한다.

——나의 친형을 내 손끝을 놀려 죽음의 구렁으로 끌어들인다?

더럽고 치사하기로는 오물을 들이키는 유가 아니다.

——그것을 거절한다면?

갖은 모욕과 오욕에 시달리며 개처럼 죽고 말 것이다. 역시 너절한 죽음일 뿐이다.

"어서 쓰시지요, 정안군 나리."

온사도가 문득 정중한 말씨가 되며 종용했다. 그것이 지금의 경우는 오히려 더러운 욕설보다도 더 숨막히는 압박을 느끼게 한다.

"누구보다도 총명한 나리께서 지금 당신이 빠져 있는 처지를 판별 못하실 턱은 없을 테니까요. 저 사람들의 분노, 저 사람들의 원험, 단순하고 우직할이만큼 나리의 태도도 분명해야 합니다. 부질없는 회유나 속임수가 있을 수는 없단 말이외다."

"암, 지금 당장 태도를 밝히는 거야."

"네놈이 꾸물거리도록 내버려 둘만큼 우리는 배포가 유하지도 않고 한가하지도 않아."

노복들은 발을 굴러댔다.

방원은 마침내 붓을 잡았다.

그는 누구보다도 따뜻한 심정의 소유자이면서도 경우에 따라서는 우정도 우애도 야멸차게 외면할 수 있는 냉혹한 계산알을 겸하여 지니고 있었다.

그가 개국혁명(開國革命)의 주체가 되고 이번 정변의 맹주(盟主)가 된 마음의 저변엔 그런 비정(非情)이 흐르고 있었는지도 모른다. 자기 자신이 완전히 파멸될 절박한 위기에 직면하였으면서도, 남을 위해서 자기를 희생한다는 들큰한 감상 따위는 그의 생리와는 거리가 멀었다.

──내가 살고 보아야 한다.

정몽주를 타살했을 때만 해도 그러했다.

박두언이 내미는 두루마리에 방원은 단숨에 두어줄 갈겨 쓰고는 붓을 던졌다.

남산의 단풍이 하도 좋기에 소풍차 나와 있으니 지금 당장 와 주었으면 좋겠다는 사연이었다. 장소는 이 쪽지를 가지고 가는 하인이 인도할 것이라는 말도 덧붙여 적어 넣었다.

물론 그런 쪽지 한 장쯤을 받았다고 호락호락 응할만큼 자기에게 살뜰한 방간은 아닐 것이라는 자위도 없는 것은 아니었다.

그러나 박두언은 그 글발을 한번 훑어보더니 고개를 끄덕였다. 비록 노복이라고는 하지만 전혀 까막눈은 아닌 모양이었다.

그는 그 글발을 조두언(曹豆彦)이란 노복에게 넘겨주었고, 조두언은 그것을 움켜잡고 밖으로 뛰쳐나갔다.

방간에게 쪽지를 쓴 자기 행동이 성급한 짓이었다고 뉘우치게 된 것은 잠시 후였다.

갑자기 땅굴 입구가 소란하여지더니 4, 5명의 장정이 뛰어들었다.

"정안군 나리, 어디 계시오. 나리께 입은 태산 같은 은혜를 갚고자 제가 달려왔습니다."

앞장 서서 몽둥이를 휘두르며 떠들어대는 사나이가 있었다. 박실이었다.

그가 어떠한 경위를 거쳐 자기를 구출하러 달려왔는지 방원으로선 알 턱이 없었지만, 어쨌든 반가웠다. 이 오욕의 수렁 속에서 빠져나갈 수 있는 활로가 뚫리는구나 싶었다.

그러나 박실의 구출 작전은 지나치게 무계획하고 허술했다. 적의 인원이 얼마나 되는가, 적의 소굴의 구조가 어떠한가, 어떠한 대비책을 마련하고 있는가, 그런 기본적인 정보도 탐지할 여유를 갖지 못하고 무턱대고 뛰어들었으니 결과는 뻔했다.

지(地)의 이(利)를 점유하고 있을 뿐만 아니라, 무력면에서도 월등한 박두언 일당의 적수는 아니었다. 박실이 끌고 온 사나이들은 그가 조운흘에게 말한 것처럼 그의 집에서 부리던 하인들이었다. 그들은 모조리 온사도와 박두언의 주먹에 급소를 맞고 쓰러졌다. 박실도 역시 한구석에 쓰러져 움직이질 못하고 있었다.

"거, 알다가도 모를 일이야."

박두언이 씨근거리며 고개를 꼬았다.

"방원이 저 자가 여기 갇혀 있다는 비밀은 쥐도 새도 모를 터인데, 어떻게 저놈들이 냄새를 맡았지?"

"어쨌든 우리네들의 은신처가 탄로된 것만은 사실이니 속히 자리를 떠야 하겠어."

온사도는 좀더 현실적인 대비책을 서둘렀다.

"저놈은 어떻게 하지요?"

방원을 향해 박두언은 턱짓을 했다.

"소중한 미끼니까 어딜 가나 끌고 다녀야지"

박두언과 노복들이 달려들어 방원을 결박했다.

"밖에 나가면 남의 이목도 있고 하니 끌고가되 의심을 받지 않도록 해야 할 게야. 소리도 지르지 못하게 해야 할거구."

온사도의 배려는 치밀했다.

때묻은 수건으로 방원의 입을 틀어막았다. 그리고는 그들이 밤이면 덮고 자는 이불 대용으로 사용한 듯 싶은 큰 부대 속에 처넣었다.

"이렇게 해서 걸머지고 가면 설마 이 속에 왕자대군 나리가 들어 있으리라고는 귀신도 모를걸?"

이죽거리며 박두언은 그 부대를 걸머졌다.

"저놈들은 어떻게 할까요."

여기저기 쓰려져 있는 박실과 그의 노복들을 눈짓하며 물었다.

"그대로 내버려 둬. 그까짓 버러지 같은 놈들 시체까지 수습해 줄 수는 없지 않은가."

그들이 남김없이 절명한 것으로 판단한 때문일까, 온사도는 대수롭지 않게 말해 던졌다.

그들 일당이 땅굴에서 빠져나가자 꼼짝도 않고 엎드려 있던 박실이 꿈틀꿈틀 몸을 일으켰다. 이때까지 죽은 시늉을 하고 있었지만 목숨만은 아직도 붙어 있는 것일까, 모처럼 몸을 일으키다가 박실은 다시 쓰러졌다.

목숨은 겨우 건졌지만 적에게서 받은 타격이 너무 심했던 것일까.

——죽으면 안된다. 죽어도 나중에 죽어야 한다.

그는 사력을 다하여 다시 일어났다. 비틀거리며 박두언 일당의 뒤를 미행했다.

그리고 한참 후 요란스런 말굽소리와 함께 그 땅굴로 수십명의 관졸들이 몰려들었다. 그들 중에는 이숙번, 민무구 형제 등 방원의 당료들이 섞여 있었다.

조운흘의 지시로 가라적(加羅赤)이란 노복이 제보한 정보를 듣고 방원을 구출하고자 달려온 것이었다.

그들은 즉시 땅굴 속을 수색하였지만 허탕이었다.

"허어 참."

이숙번이 쓰거운 입맛만 다셨다.

"내가 무슨 팔자를 타고 났던지 정안군 나리 그 양반이 저지른 뒤치닥

꺼리만 하러 쫓아다니지?"

"어쨌든 그놈들이 나리를 끌고 간 행방을 알아야 손을 쓸 수 있을게 아닙니까."

민무구도 못마땅한 얼굴로 투덜거렸다.

그때 저편 등성이로부터 박실이 비틀비틀 나타났다. 그는 무엇인가 찾는 눈으로 두리번거리다가 관원들과 관졸들이 눈에 띄자 허겁지겁 달려왔다.

박실은 그 동안 박두언 일당을 미행하면서 그들의 새 비밀 거처를 확인해 둔 것이다. 마음 같아선 재차 뛰어들어 방원을 구출하고 싶었지만 혼자 몸으로는 엄두도 못낼 일이었다. 힘을 빌려줄 사람을 찾아 헤매던 참에 이숙번과 관졸들을 만났다는 것은 공교로운 요행이었다.

그는 즉시 앞장서서 길을 인도했고, 이숙번과 관졸들은 새 비밀 장소를 급습했다.

기습을 받은 박두언 일당은 허겁지겁 도망치기에 바빴다. 온사도 혼자 만 남아서 최후의 발악을 시도하였지만, 이숙번이 던진 투창을 맞고 마침 내 죽어 넘어졌다.

그의 최후에 대해서 태조실록 7년 10월 15일자엔 다음과 같은 간단한 기록이 남아 있다.

──망명 중이던 유구국 산남왕 온사도 사망하다.

노복들의 모주(謀主)격인 박두언은 도망을 치면서도 집요한 앙심을 버리지 못했다. 부대에 처넣은 방원을 걸머지고 달렸다. 그러나 관졸들의 맹렬한 추격을 받자 더 견딜 수 없었던 것일까, 마침내 방원을 던져버리 고 도주했다.

이숙번도 민무구 형제들도 여러 관졸들도 그 속에 방원이 있으리라고 는 상상도 못했던만큼, 부대는 거들떠보지도 않고 잔당들을 뒤쫓기에만 바빴다.

결국 마지막으로 방원을 구출해낸 것은 박실이었다. 부대를 찢고 꺼내주었다. 우둔한대로 서투른대로 방원에게 입은 은혜에 충분히 보답할 기회를 포착한 박실의 얼굴엔 희열이 가득했다.

그러나 방원의 심사는 침통하기만 했다.

"방원이 나를 만나자구?"

조두언이 전한 쪽지를 받아들고 방간은 의아스러워했다.

"단풍이 좋으니 단풍놀이를 하자?"

그는 떫게 웃었다.

"그놈이 언제적부터 나를 살뜰하게 여겨왔다고 새삼스럽게 이런 수작을 하는 거지?"

내키지 않는 얼굴로 망설이기만 하는데,

"회안군(懷安君) 이서방 계신가?"

수선을 피우며 한 내시가 뛰어들었다. 상의중추원사(商議中樞院事) 강인부(姜仁富)였다.

그는 원래 고려조의 환관이었다. 이성계가 혁명을 일으키고 개국할 무렵엔 그의 반대파로 몰려 이숭인(李崇仁), 이종학(李種學) 등 고려조의 유신들과 함께 유배된 일도 있었다.

그러다가 방간의 후취 황씨(黃氏)를 어려서 거두어 길렀다는 인연도 있고 해서 기용되어 지금의 벼슬을 누리게 된 것이다.

배짱이 두둑하다고나 할까 장난기가 심하다고나 할까, 아무리 양녀의 남편이라고는 하지만 서술이 푸른 왕자대군을 이서방 이서방 하며 그는 함부로 불러댔다.

방간은 이맛살을 찌푸렸지만, 그렇다고 못본 체할 수도 없는 형편이었다.

"어서 오슈."

고개를 외로 꼰 채 겨우 아는 체했다.

"이것봐요. 이서방."

넉살좋게 바싹 붙어앉더니 강인부는 자못 중대한 정보라도 전하는 투로 소리를 죽이고 말했다.

"이서방 아우님, 그러니까 정안군 그 사람이 큰일날 뻔했다지 뭔가."

방금 남산서 단풍놀이를 하고 있으니 놀러오라는 전갈을 보낸 방원의 얘기이니만큼 방간으로선 어리벙벙할 뿐이었다.

"큰일이라니, 남산 벼랑에서 실족이라도 했단 말이오?"

남산이란 말에 이번엔 강인부가 착잡한 얼굴을 했다.

"이서방도 벌써 소문을 들은 모양이로구면."

"소문이라니요? 단풍이 하도 좋으니 한 잔 나누자고 기별이 왔습디다."

"이거 내가 허깨비에 홀린 걸까. 자칫 잘못했다간 쥐도 새도 모르게 죽을 뻔했던 정안군이 단풍놀이가 당치나 한 얘기라구."

그리고는 박두언 일당들에게 감금되었다가 구출된 경위를 수선스럽게 전했다.

비로소 방간의 얼굴이 표독하게 굳어졌다.

"그렇다면, 그 글발은 어떻게 써보낸 거지?"

곱씹다가 급히 사람을 시켜 쪽지를 가지고 온 조두언을 끌어들이게 했다. 그는 아직도 밖에서 하회를 기다리고 있었던 것이다.

"너 이놈, 바른대로 대지 못할까."

호되게 문초했다. 물론 처음에는 입을 다물고 불지 않았지만, 가차없는 매질로 고문을 거듭하자 조두언은 마침내 입을 열었다.

방원이 그 쪽지를 쓰게 된 경위를 불었다.

"제놈이 목숨을 부지할 욕심으로 나를 사지로 꾀어내려 했다?"

방간은 이를 갈았다.

"버러지만도 못한 놈."

그의 얼굴엔 독한 살기가 깊이 맺혀들고 있었다.

그날밤 방원의 집엔 많은 객들이 몰려들었다. 박두언 일당의 함정에

빠져 절대절명의 궁지에 몰렸다가 요행히 살아나게 되었다는 소식을
전해 들은 당료들이었다.

민무구 형제들은 말할 것도 없고 하륜(河崙), 이무(李茂), 조영무(趙
英茂), 조온(趙溫), 신극례(辛克禮) 등 주체들이 뒤를 이어 들이닥쳤다.

그리고 이숙번은 방원 구출 작전에 앞장섰다는 사실을 코에 걸고 신바
람을 피우고 있었다.

"아무리 무지몽매한 종놈들이기로 하늘 높은 줄은 알아야지. 그래
제놈들 몇몇이 감히 우리에게 복수를 하겠다구? 어림도 없는 수작!"

그렇게 너덜거리는 말의 이면엔 자신의 공로를 과시해 보이려는 속셈
이 완연했다.

"이를 말씀이겠소. 우리 정안군 나리가 어떠한 분이시라구, 그토록
무엄하고 방자하게 굴다니."

이무가 맞장구를 치며 분개하는 시늉을 했다.

"이왕이면 그놈들을 모조리 잡아서 능지처참을 할 일이지, 그래 놓쳐
버렸단 말이오?"

조영무는 조영무대로 가시 돋친 한마디를 쏘아던졌다.

"어쨌든 나리께선 앞으로 각별히 신변을 경계하셔야겠습니다. 언제
어디서 어떠한 놈이 노리고 있는지 알 수 없으니까요."

민무구는 은근히 방원의 행동을 비난했다.

모두들 자기네들 나름대로의 잇속과 기분에서 지껄여대는 소리였다.
그런 말들이 방원에겐 시끄러운 소음처럼 귀찮기만 했다.

자기를 납치하고 감금해서 참을 수 없는 협박과 욕설을 퍼부어대던
박두언이나 온사도에 대해서는, 당료들이 떠드는 것처럼 증오감은 일지
않았다. 입장을 바꾸어 그들의 처지가 된다면 충분히 있을 수 있는 앙심
이며 보복행위라고 이해도 갔다.

상전이 정쟁에 몰려서 죽게 될 경우, 거기 매달려 목숨을 부지하던
종놈의 신세가 얼마나 비참해지는지 아느냐고 푸념을 하던 박두언의

넋두리가 되살아난다. 세력 있는 자들이 권세욕에 혈안이 되어 으르렁거리는 틈바구니에 끼여, 죄없이 우는 약한 백성들의 억울한 원성이 방원의 심골을 아프게 쑤시고 있었다.

남대문 밖 주막에서 듣던 술꾼들의 불평과 불만도 아울러 생각난다.

——나라님이 바뀌었으니 어떻다는 게냐.

——우리네 약한 백성들에게 밥 한술이 더 생기나, 술 한 잔이 생기나.

——차라리 내버려두기나 했으면 좋겠다. 공연히 들볶고 괴롭히지나 말았으면 편키나 하겠다.

귀에 아픈 소리들이었지만, 방원의 양심은 그와 같은 민성(民聲)을 외면할 수는 없었다.

——이번 정변은 무엇 때문에, 누구를 위해서 일으킨 것일까.

직접적인 동기는 자기와 당료들을 모해하려는 정적들의 독수(毒手)를 제거하기 위해서였다고 스스로 변명해 볼 수 있다.

발등에 떨어지는 불똥을 끈데 지나지 않는다. 떳떳한 정당방위다.

——하지만 그것만으로 한 나라의 정권이 교체되어야 할만한 이유가 될 수 있을까.

——몇몇 권력층의 보신책을 위해서 피를 뿌리고, 임금이 바뀌고, 정부 대신들이 경질되는 그런 파문을 치루어야 할 것일까.

방원은 거듭 곱씹고 있었다.

뒤늦게나마 내세운 명분은 있다. 적장왕자를 왕위 계승자로 삼는 전통을 남겨놓자. 왕통의 질서를 바로잡자.

그렇지만 그것이 일반 백성들에겐 무슨 상관인가. 어디까지나 왕실 내부의 문제가 아닌가.

국가의 주인은 백성이며 집권자는 그들에게서 인정한 권한을 위임받고 대행하는 존재에 지나지 않는다는 민주적인 사고방식까지는 방원은 물론 가지고 있지 못했다.

하지만 위정자란 백성에게 후(厚)하고 자기 자신에겐 박(薄)해야 하며,.백성의 부담을 덜고 백성의 생계를 보장하고 백성을 복되게 하는 덕치(德治)를·베풀어야 한다는 정치 이념쯤은 터득하고 있었다. 유교의 정치 이상인 왕도(王道)를 존중할 줄은 알고 있었다.

——이번 정변의 동기가 어디에 있건 어떤 경위를 밟았건, 기왕에 새 정권이 들어선 이상 백성들에게 무엇인가 크게 베푸는 것이 있어야 할 것이 아닌가.

누가 임금이 되건 누가 집권을 하건 자기네들과는 아랑곳이 없다는 무관심과 소외감 속에 백성들을 유리시키고 방치할 수는 없다.

——이번 정변이야말로 진정으로 백성들을 위하는 제2의 혁명이라는 명분을 백성들의 복리를 통해서 실증해야 한다.

여기까지 사념의 실마리가 막히지 않고 풀려나갔다. 하지만 구체적으로 어떻게 하는 것이 백성을 위하는 길인가에 생각이 미치자, 거대한 벽이 그 실마리를 끊고 가로막았다.

——내가 백성들을 과연 얼마나 알고 있을까.

그들의 절박한 사정, 그들의 간절한 소망, 그들의 애환의 갈피갈피는 자욱한 안개 속에 싸여 있는 것만 같다. 아무리 눈을 비벼도 보이지 않는다.

아직도 시끄럽게 지껄여대는 당료들 틈에 끼어서 덤덤히 앉아있는 하륜에게로 눈길을 돌려본다.

당료들 중에서 그런대로 깨우침을 받고 지도를 받을 수 있을만한 인물은 하륜 그 사람뿐이지만, 방원은 힘없이 마음의 고개를 가로저었다.

——그 사람도 모를 게다. 비록 고금의 사실(史實)에 정통하고 행정적 수완도 출중한 영재(英才)이긴 하지만, 저 사람 역시 나와 마찬가지로 백성들과 유리된 높은 계층에서만 살아왔으니 말이다. 백성들의 마음을, 백성들의 실태를 피부로 체험하진 못했을 게다.

아쉽다. 산 스승이 아쉽다. 백성들과 배꼽을 마주대고 울고 웃어본 체험이 있으면서도, 국가의 앞날을 거시적으로 내다볼 수 있는 그런 스승이 아쉽다.

때묻은 속안(俗眼)를 차라리 감아버리고 청결한 심안(心眼)을 밝혀야한다던 조운흘의 말이 문득 생각났다.

가난한 농사꾼들이 쌀 한 됫박, 채소 한 포기를 얻기 위해서 얼마나 고생을 하는가. 나무꾼들이 한 짐의 나무를 하자면 얼마나 힘이 드는가. 말단에서 심부름을 하는 노복들이 얼마나 고되게 시달리는가. 그러면서도 여차하면 상전들로부터 얼마나 구박을 받는가. 조당(朝堂)에 앉아서 거드럭거리는 위정자들에겐 보이지 않는 사연들이 자기에겐 환히 보이더라는 얘기도 생각났다.

——그 사람이라면 내 스승이 되어줄는지도 모를 게야.

방원은 자리에서 일어섰다.

"어디를 또 가시려구요."

민무구가 눈꼬리를 곤두세웠다.

다른 동료들도 의아스런 눈길을 보냈다.

"긴한 볼일이 있어서 다녀와야 할 곳이 있네."

그런 한마디만 던져놓고 훌쩍 집을 나섰다. 그보다 더 중요한 일이 어디 있겠느냐고 방원은 다짐하고 있었다.

한때 세상 돌아가는 꼴이 역겨워서 도피의 늪속에 깊이 잠겨들려고 하던 자신의 심사가 부끄러워졌다.

——좋건 궂건 내가 저지른 정변의 뒤치다꺼리를 내가 감당하지 않고 누구에게 맡기겠는가.

그리고 뒤치다꺼리 중에서도 가장 긴급을 요하는 문제가 백성들을 위한 정책의 수립이라고 마음을 굳힌 것이다.

마굿간에서 아무렇게나 끌어낸 말을 방원은 조급히 몰았다. 애절하게 죽어간 응상백을 잃은 이후엔 애착이 가는 말이 없었다.

목적지는 조운흘이 은거하고 있다는 광주땅 고원 강촌. 조운흘로부터

새 정책의 산 지침을 받아보려는 의도에서였지만, 인간적으로도 그를
찾아야 할 의리는 또 있었다.

이번에 자기가 사지(死地)에서 구출된 것은 누구의 힘이었나. 이숙번
보다도 어느 누구보다도 조운흘의 숨은 노력이 크게 작용하였다는 사실
을 박실을 통해서 잘 알고 있었다. 한마디 치하하고 싶은 마음도 간절했
던 것이다.

그가 고원 강촌에 당도한 것은 그날 밤이 거의 밝을 무렵이었다.

남으로는 한강수가 굽이치고 동서북에는 작은 송림이 삼태기처럼 에워
싼 조용한 지점이었다.

인가는 30여 채, 속세를 외면하고 숨어 사는 은사에겐 더할 수 없이
마음 편해 보이는 강마을이었다.

이른 새벽이라 아직은 모두들 잠이 들어있는 것일까, 마을은 조용하기
만 했다. 조운흘의 거처를 문의할 만한 사람의 그림자 하나 눈에 띄지
않았다.

방원은 무턱대고 마을 안으로 들어서 보았다.

아무래도 어느 농군과는 다르게 살 터이니, 누구에게 묻지 않아도 그의
거처쯤은 찾아낼 수 있을 것 같았다.

우선 기와집을 물색해 보았다. 하지만 고만고만한 초가들뿐 기와를
인 지붕이라고는 한 채도 보이지 않는다.

"너 이놈, 네놈이 도망치면 어딜 가겠다구."

문득 호통소리가 귀청을 때렸다.

싸리를 곱게 엮어 울타리를 두른 한 농가로부터 고양이 한 마리가
도망쳐 나왔고, 그 뒤를 한 노옹이 비를 휘두르며 쫓아왔다.

"이놈아, 그 물고기는 오늘쯤 찾아올 귀한 손님을 위해서 모처럼 낚아
온 술안주란 말이다. 네놈이 가로채면 나는 어쩌라는 거냐."

노옹은 계속 소리를 지르다가 방원과 얼굴이 마주쳤다.

바로 조운흘 그 사람이었다.

"나리께서 오셨습니다그려."

그는 구수한 웃음을 던졌다. 유달리 반색을 하는 기색도 아니었지만, 그렇다고 싫은 얼굴은 물론 아니었다.

"들어오시지요."

비를 던지고 싸리문 안으로 인도했다.

집안의 규모나 살림살이도 여느 가난한 농가와 별 차이가 없었다. 적당히 허술하고 적당히 옹색하고 적당히 지저분했다. 속세를 버렸지만 선비의 격을 내세우는 따위의 유별난 구석이라고는 찾아볼 수 없었다.

그런 생활 태도에서도 서민들의 수준으로 자기를 낮추고, 그들과의 밀착을 도모하려는 조운홀의 심지가 엿보였다.

"혹 당돌한 수작이라고 나무라실는지 모릅니다만."

이렇게 운을 뗀 방원은 자신의 의도를 솔직이 털어놓았다. 조운홀은 덤덤히 듣고만 있다가,

"진부한 소리 같습니다만, 백문(百聞)이 불여일견(不如一見)입지요."

툭 한마디를 던지고는 자리에서 일어섰다. 방원은 잠자코 그 뒤를 따랐다. 조운홀은 일단 헛간으로 들어가더니 양쪽 소매자락에 무엇인가 가뜩 채워가지고 나왔다.

"먼 곳을 찾아다니실 필요도 없을겝니다. 우리 마을만 한 바퀴 도시더라도 나리께서 아시고자 하시는 민정(民情)은 대강 보실 수 있으실 테니까요."

그가 앞장서서 인도한 곳은 그 마을 가난한 농가 중에서도 가장 초라한 오막살이였다. 싸리울타리는 다 썩어서 으스러져 있었고, 몇해째 이영을 잇지 못했던지 초가지붕엔 온통 골이 패었으며 게다가 잡초까지 제멋대로 헝클어져 있었다.

"손서방 있나."

부르면서 조운홀은 그집 방문을 열었다. 지독한 악취가 코를 찌른다. 침침한 그 방 속엔 한 사나이가 웅크리고 앉아 있었다. 머리는 쑤세미

처럼 산발을 하고, 몸에 걸친 것은 의복이라기보다도 너덜너덜한 누더기
였다.

"조반 아직 못먹었겠지?"

조운흘이 묻는 말에 사나이는 허연 눈알을 한번 흘겨보이고는 가래침
을 칵 뱉었다.

"조반 전이거든 이거나 까먹도록 하게."

조운흘은 소매 속에서 풋밤을 쏟아 놓았다. 그리고는 방원에게 눈짓을
하고 그 집에서 나왔다.

"그 사람을 나리께선 어떻게 보셨습니까."

그 집에서 얼마쯤 떨어진 송림 기슭에 이르자, 조운흘은 걸음을 멈추고
물었다.

"글쎄올시다. 성한 사람은 아닌 듯싶군요."

"앉은뱅이랍니다. 바깥 출입도 제대로 못하고 밤낮으로 그 방구석에서
만 뭉개고 있습지요."

"배냇병신입니까."

"배냇병신이라면 차라리 덜 억울할 겁니다. 연전에 경복궁 역사 때
끌려갔다가 돌담이 무너지는 바람에 그런 병신이 되고 말았습지요."

"가족은 없나요?"

그 침침한 방구석에서 혼자 꿈틀거리던 광경을 방원은 다시 되새겼
다.

"전에는 여편네도 있었고 떡두꺼비 같은 아들놈도 하나 두었습지요."

경복궁 역사에 동원되어 나가 있는 동안에 하나밖에 없는 아들아이는
염병인가 무슨 병인가 앓다가 죽고 말았다는 것이다. 가장이 없는 궁한
살림이라, 약 한 첩도 제대로 써보지도 못했다는 것이다.

"손서방이 병신이 돼서 돌아오자 처음에는 그 사람의 처도 하느라고
하는 모양입디다만, 삼년 구병에 열녀가 없다더니 어느날 밤 쥐도 새도
모르게 줄행랑을 치고 말았습지요."

나라에선 아무런 구호대책이 없었느냐고 물으려고 하다가, 그 말을 방원은 급히 삼켜버렸다. 물으나마나한 소리라고 생각한 때문이었다.

경복궁 역사 때 희생된 백성은 전국적으로 따진다면 엄청난 수가 될 것이다. 그 사람들에게 유감없는 구호의 손길을 뻗치지 못했다는 사실쯤은 누구보다도 방원 자신이 잘 알고 있었다.

다시 얼마를 걷다가 조운흘은 또 걸음을 멈추었다. 으슥한 송림 사이에 움집이 한 채 있었다.

그는 발소리를 죽이고 그리로 다가가다가 돌연 소리를 질렀다.

"불이야, 불야!"

그 움 속에서 오륙 명의 젊은이들이 허겁지겁 뛰쳐 나왔다.

"이놈들아, 불은 네놈들 꽁무니에 붙었다."

조운흘은 주먹을 휘둘러댔다.

젊은이들은 뒤통수를 긁으며 뿔뿔이 흩어졌다.

"아까 그 손서방 같은 억울한 인간도 있는가 하면, 저런 고얀 놈들도 있습지요. 밤낮으로 움 속에 틀어박혀 노름이나 하며 빈둥거리는 건달들입니다. 먹을 걱정, 입을 걱정 하지 않아도 되는 유족한 집 아들놈들입지요. 나라에서 부역을 시켜려거든 저런 놈들을 잡아가야 할 텐데, 그럴 적마다 저런 놈들은 용하게 빼돌리고, 그날그날 입에 풀칠하기도 어려운 가난뱅이들만 끌어가니 희한한 세상입지요."

그때 송림 속으로부터 한 나무꾼이 내려왔다. 새파란 생솔가지를 잔뜩 지고 있었다.

"이놈아, 땔 나무를 하겠거든 가랑잎이나 긁던지 죽은 삭정이나 꺾든지 하지, 그렇게 함부로 생솔가지를 베어온단 말이냐?"

조운흘이 나무라니까 나무꾼은 코웃음을 쳤다.

"관가에선 생나무를 통째로 베어다가 제멋대로 때는데, 내 손으로 가꾼 내 산에서 이만한 것도 못꺾으란 말씀이오?"

그리고는 하늘에 대고 가래침을 칵 뱉었다.

그 나뭇꾼이나 손서방이나 약한 백성들은 툭하면 퉤퉤 가래침을 뱉는다. 그것으로 겨우 울분의 토로를 대신하고 있는 것일까.

"더 보시자면 한이 없겠습니다만, 그만해 두시고 제 집으로 돌아가시지요. 밥은 깡조밥이겠죠만, 아이놈이 아침상을 차려놨을 겝니다."

돌아가보니 과연 아침 준비가 되어 있었다.

깡조밥에 된장찌게 그리고 짜디짠 김치 한 보시기 뿐이었지만, 밤새도록 말을 몰고 온 방원의 입엔 꿀맛이었다.

"보시다시피 자그마한 마을입니다만, 어느 집치고 나라에 한 마디씩 하고 싶은 말이 없는 집은 없을 겁니다."

상을 물리고 나자, 조운흘은 정색을 하며 말했다.

"일년 동안 비지땀을 흘려 농사 지은 수확물을 둔전(屯田)이라는 이유로 고스란히 나라에 빼앗기는 빈농도 있습니다."

둔전이란 원래 군졸이나 서리(胥吏)나 관노비(官奴婢)들에게 황무지를 개척케 하여, 거기서 나오는 수확물을 지방 관청의 경비라든지 군량에 충당케 하던 제도였다. 국토개발과 국가 수입 증대를 도모한 좋은 시책이었다.

그러나 나중에는 평민들을 사역하여 농사를 짓게 하고, 수확물을 관에서 고스란히 거둬가는 폐단이 비일비재하였던 것이다.

"물론 한 나라의 살림살이를 꾸려나가자면 백성들의 노력(勞力)을 동원할 필요도 있을 것이며 재물을 징수할 경우도 없지는 않을 겝니다. 하지만 거둬가는 것이 있으면 베풀어 주는 것도 있어야 할 것이 아니겠습니까."

조운흘의 논봉은 차차 날카로운 비판의 서슬을 번뜩이기 시작했다.

"시생이 이 마을에 파묻혀 지내는지도 여러 해가 지났습니다만, 관에서 거두어가는 것은 많이 보아도 백성들에게 베풀어 주는 것은 별로 보지못했습니다. 사사로운 개인간의 거래에선 쌀 한 되를 가져가면 하다못해 나무 한 단이라도 보내는 것이 상례가 아닙니까. 예로부터 국가가 어버이

라면 백성들은 자녀라고 합니다. 자녀들로부터 거둬만 가고 베풀어 주지
않는 어버이가 있을 수 있겠습니까."

"좀더 구체적인 실례를 들려주실 수 없을까요. 내 힘으로 당장 고칠
수 있는 폐단 말입니다."

방원은 종용했다.

"이렇게 외딴 마을에 어쩌다 도적떼라도 몰려들면 꼼짝없이 당하게
마련입니다. 관가에 연락을 하자면 워낙 거리도 멀뿐 아니라, 연락을
해보았자 골치 아픈 뒷말만 않게 됩지요. 도적들의 협박에 못이겨서 밥이
라도 지어주면 그것을 꼬투리삼아 도적들을 은닉하고 두둔했느니 어쨌느
니 도리어 끌려가서 늘씬하게 매나 맞기 일쑤입지요."

"그 말씀은 짐작이 갑니다만, 좀더 비근한 예는 없습니까."

"억울한 일을 당한 백성이 관가에 고발할 경우도 그렇습니다. 백성들
이 원하는 민원 사무를 신속하게 처리하는 것이 관리된 자의 책무임은
말할 나위도 없습니다만, 약한 백성의 고발 따위엔 코방귀도 꾸지 않습네
다. 가깝지도 않은 거리를 오라 가라 귀찮게만 굴뿐,제출한 서류는 낮잠
만 자고 있습지요. 개중에는 약삭빠른 백성이 있어서 금품이라도 쥐어
주면 그제서야 겨우 손을 대는 것이 공공연한 비밀입니다."

그밖에도 조운흘은 많은 실례를 들어 백성들의 억울한 심정, 괴로운
형편을 이야기해 주었다. 방원이 어렴풋이 짐작했던 일도 있었고, 전혀
처음 듣는 기막힌 사정도 많았다.

그날 저녁 집으로 돌아오는 즉시로, 새 정부가 발표할 편민사의(便民
事宜)의 기초에 착수하였다.

번드레한 원칙론이 아니라 사소한 조목이라도 백성들의 실정에 밀착한
공약(公約)이 되도록 노력했다.

──백성들을 함부로 동원하는 토목 사업은 즉각 정파(停罷)한다.

──각군의 군졸을 이번(二番)으로 나누어 윤번제로 교대한다.

──평민을 사역하여 둔전을 부치는 일을 금지한다.

——부득이 부역을 시킬 경우엔 신분 여하를 막론하고 균등히 한다.

——빈민(貧民)들의 부채의 이자를 경감한다.

——부유층의 사치를 금하고 금은주옥(金銀珠玉), 진채사화(眞彩絲花) 단자(緞子)의 사용을 억제한다.

——관가에서 거둬들이는 시탄(柴炭 : 땔나무와 숯), 곡초(穀草 : 벼짚) 등의 액수를 재조정하여 백성들의 부담을 덜어준다.

——관공서에 소속된 노비를 사사로운 일에 부리는 폐단을 일소한다.

일찍이 느껴보지 못한 사명감에 들뜬 손으로 그런 대목들을 적고 있는데, 뜻하지 않은 객이 찾아왔다.

무학대사 자초(自超)였다. 마음의 스승을 갈구하고 있던 방원에겐 누구보다도 반가운 방문객이었다.

"내가 오늘은 유덕(遺德) 자네에게 싫은 소리를 하러 왔어."

자초가 꺼낸 첫 마디가 그것이었다. 언제나 느긋한 여유를 두고 언동(言動)하는 평소의 그에게선 보기 드문 태도였다. 방원은 긴장을 느꼈지만 그것이 오히려 좋았다.

"저도 요즈음은 정신이 번쩍 들도록 엄한 훈계를 받고 싶던 참이었습니다."

"그래?"

자초는 시선을 돌려 방원이 기초하다 중단한 《편민사의》의 대목들을 훑어보았다.

"그것도 좋겠지."

혼자소리처럼 다시 입을 열었다.

"새로 장만한 그릇에 시원하고 맑은 새 물을 담으려는 의욕을 덮어놓고 반대할 수야 없겠지. 하지만 새 물이라고 다 좋은건 아니야. 자네 물고기를 길러본 적이 있나?"

문득 말머리를 비약시킨다.

"근자엔 없습니다만, 철 모르는 어린 시절엔 붕어나 미꾸라지를 잡아다가 항아리에 넣고 기른 적이 있었습지요."

자초를 대할 적이면 늘 그러하듯이 아무런 복선도 없이 순순히 마음의 문이 열리는 방원이었다. 티없는 소년처럼 말이다.

"물고기가 노는 항아리에 물을 갈아줄 적에 자네는 어떻게 했나? 묵은 물을 한 방울도 남기지 않고 쏟아버리고 생소한 새 물만 부어 주었던가?"

"그렇게 하지는 않았습니다. 말끔히 갈아주면 물고기에게 해롭다고 하기에 묵은 물을 반쯤 남겨두곤 했습지요."

"그러한 체험이 있으면서도 왜 버려두는 건가."

자초의 어세가 한풀 강하여졌다.

"묵은 물이라고 남김없이 쏟아버리려고 설치는 무모한 짓을 왜 방관만 하고 있나."

이렇게 말하면서 날카롭게 방원을 쏘아보았다.

"자세히 말씀해 주십시오, 대사."

방원은 어디까지나 겸허하였다.

"말하지. 내 입으로 따지기엔 낯간지러운 소리 같지만, 자네를 찾아온 목적이 그 때문이니 기탄없이 얘기함세. 요즈음 간관(諫官)들 중엔 승려를 왕사(王師)로 삼아온 전례를 폐지해야 한다고 주장하는 자들이 있다면서? 그 대신 재상 중에서 연고(年高)하고 덕망있는 인물로 대치하려 한다면서? 자네는 알고 있나?"

"그런 소식 듣기는 들었습니다."

방원은 솔직히 시인했다.

"그 점에 대해서 자네는 어떻게 생각하나."

무학대사 자초로 말할 것 같으면 조선왕조 개국 당초부터 부왕 이성계의 왕사로서 존중을 받아온 몸이었다. 그런만큼 왕사를 폐지한다는 움직임은 곧 그를 배척하는 것이나 다름이 없다. 불쾌할 것이다.

그러나 방원은 솔직히 말했다.

"전 왕조 고려때부터 있어온 가지가지 폐풍을 일소하려는 움직임으로 알고 있습니다."

"폐풍이라? 자네도 그렇게 생각하나?"

무거운 시선을 자초는 던졌다. 개인적으로 서운하다거나 괘씸하다거나 그런 성질의 것과는 달랐다. 보다 크고 깊은 곳을 응시하는 안광이었다.

"폐풍이라?"

자초는 거듭 반문했다.

"전 왕조 광종(光宗) 임금이 혜거대사(惠居大師)를 국사로 삼고 단문 대사(担文大師)를 왕사로 삼은 이후 역대 군왕이 그 제도를 계승하여 내려왔지만, 어느 국사, 어느 왕사가 어떠한 폐풍을 일으켰단 말인가."

왕사가 국왕의 스승이라면 국사는 국가의 사표(師表)로서 왕사보다도 한층 격이 높은 최고의 승직이었다.

"다른 예는 그만두더라도 공민왕때 신돈(辛旽)과 같은 인간도 있지 않았습니까?"

이 기회에 할 말은 다 하면서 기탄없는 의견을 주고 받아야 얻는 바가 있을 것이라고 다짐하면서 방원은 반박했다.

"또 그 소리."

자초는 입맛을 다셨다.

"유생이란 자들이 우리 불가(佛家)를 배척하고자 떠들어댈 때엔 예외 없이 예증을 드는 것이 편조(遍照)대사 그 사람이지만, 그 사람이 과연 그토록 지탄을 받아야 할 인물이었을까."

자초의 말은 또 상식의 테두리를 뛰어넘고 있었다.

"그야 인간적인 결함을 들추자면 없는 것도 아니겠지만, 크고 공정한 눈으로 편조대사 그 사람을 평가한다면 비난해야 할 면보다도 높이 사야 할 면이 더 크다고 나는 생각해."

방원은 놀라는 마음으로 귀청을 돋우었다.

조선왕조 개국 이후는 말할 것도 없고 전 왕조 고려 때에도 적어도 신돈이 실각한 이후, 그를 이렇듯 호의적으로 해석하는 말을 들어본 적이 없었던 것이다.

"조선왕조가 개국한 이후 내세운 정책 중에서 그런대로 백성의 복리와 가장 직결된 것이라고 볼 수 있는 토지 문제의 개혁만 해도 그렇지. 그게 어디 조선왕조나 말 많은 유생들이 창안한 정책인가. 조선왕조가 개국하기 근 30년 전에 벌써 편조대사 그 사람이 전민변정도감(田民辨正都監)을 두고 시도한 혁신적인 정책이 아니었던가."

그것은 사실이었다.

고려 중기 이후 권세가 비대하여진 귀족들과 중신들은 여러 가지 명목을 붙여 농민들의 토지를 강탈하고 독점했다. 농민들은 땅을 잃고 게다가 과중한 조세만 부담하게 되어, 결국은 권력층의 노비로 전락하지 않을 수 없었다.

공민왕 15년, 국정을 전담하게 된 신돈은 용단을 내렸다. 전민변정도감을 설치하고, 스스로 판사(判事)가 되어 빼앗긴 토지를 주인에게 돌려주었다. 양인(良人)이 되려고 소망하는 노비들을 서슴지 않고 해방하여 주기도 했던 것이다.

그와 같은 혁신 정책이 귀족들의 반발을 사서 그가 실각하는 요인이 되었지만, 훗날 이성계 일파가 손을 댄 토지 개혁은 그들이 가장 백안시하는 신돈의 정책을 답습한 것에 불과하다는 논리에 틀림은 없었다.

"천도 문제만 해도 그렇지 않은가. 조선왕조가 한양으로 천도한 이유보다도 편조대사가 도읍을 옮기고자 한 동기가 훨씬 더 국리민복(國利民福)과 일치되는 것이 아니었던가."

그때 편조대사는 공민왕에게 천도를 권하는 한편, 스스로 평양에까지 가서 도읍지를 물색하기도 하였다. 귀족 권신들의 썩은 세력을 뿌리 뽑자면 국도(國都)를 옮길 수밖에 없다고 판단했기 때문이었다.

"내 언젠가도 자네에게 말했지만, 편조대사 그 사람이 실각한 까닭은 지나치게 표면에 나서려고 서두른 때문이지, 그 사람의 시책 그 자체가 잘못되었던 때문은 아니었어."

이렇게 신돈을 변명하고 '난 자초는 또 말머리를 돌렸다.

"승려를 왕사로 삼는 전통을 뒤엎고 다른 중신들로 대치할 경우, 과연 국왕의 통치와 국가의 이익에 도움이 될 수 있을가? 왕사란 문자 그대로 국왕의 스승이지만, 그렇다고 국왕에게 까다로운 고사(故事)나 케케묵은 예론(禮論)이나 들추며 유식을 떠는 것이 목적은 아니야. 국왕의 눈이 미치지 못하는 민정(民情)의 구석구석을 국왕을 대신해서 살피고,나라와 백성들에게 복된 시책을 강구하도록 보필하는 것이 가장 긴요한 임무인 거야. 다시 말하면 국왕의 눈이 되고 귀가 되고 양심이 돼야 하는 게야."

자초의 논조는 돌고 돌아서 마침내 방원이 원하는 곬으로 접어든 셈이었다.

"백성들의 사정을 과연 어느 편이 더 자세하고 살뜰하게 그리고 정확하게 파악할 수 있겠는가. 책상머리에 앉아서 케케묵은 책장이나 뒤적거리는 늙은 관리들이겠나, 아니면 빈부귀천을 막론하고 고민하는 백성, 곤경에 빠진 백성, 비운(悲運)에 우는 백성들과 자주 접촉하고 그들과 한마음이 돼서 울고 웃는 체험을 한 승려들이겠나."

평범한 사실이었지만 방원으로선 미처 생각이 미치지 못한 말이었다.

정부 대신들이나 거창한 벼슬을 지낸 현신(顯臣)들이 민정에 어둡다는 사실은 방원 자신도 실감하고 아쉬워하던 참이었다.

그들에 비한다면 승려들이 오히려 민정에 밝을 수도 있을 것이다. 산사(山寺)에 파묻혀 꼼짝도 하지 않는 수도승(修道僧)은 문제 밖이지만, 신도들과 자주 접촉하는 화주승(化主僧)이나 전국 방방곡곡을 샅샅이 누비고 다니는 운수승(雲水僧) 출신이라면 누구보다도 백성들의 사정에는 밝을 것이었다.

"그렇다고 왕사의 임무가 보고 들은 사실을 그대로 옮기는 데 그치는 염탐꾼과 같은 것이 아니야. 보고 들은 바를 바탕으로 해서 국왕의 통치의 잘잘못이 무엇인지 공정히 판별할 줄 알아야지. 잘못이 발견되면 거침없이 직언해서 시정토록 할 책무가 있지만, 관직이나 지위에 연연한 벼슬 아치들이 과연 그렇게 할 수 있을까. 국왕의 노여움을 사고 쫓겨나거나 경우에 따라서는 죽음을 각오해야 할만한 기개가 있을까?"

그 점도 문제다.

그야 정부 대신들 중에도 생명을 걸고 충간(忠諫)하는 경골한이 없는 것은 아니지만, 환경이나 여건으로 따지면 승려가 몇 곱절 자유스러울 수 있을 것은 사실일 게다.

"아버님께서 그렇게 하셨듯이, 형님 역시 대사를 왕사로 모시도록 권고해 보겠습니다."

말했지만 자초는 씁쓸하게 웃었다.

"내 뜻을 아직도 곡해하고 있는 모양이로구먼. 국가를 위해서 승려 출신의 왕사가 필요함을 역설했을 뿐이야. 상왕께서 보위에 계실 적에도 몇 차례나 사의를 표명했던 내가 아닌가. 이제 상왕께서 양위하시고 한양을 떠나 한적한 산골에라도 파묻히시고자 하시는 판국인데, 내 어찌 그 자리에 연연하겠는가."

이런 말을 남겨놓더니 무학대사 자초는 자리를 차고 나가버렸다.

승려 출신의 왕사의 필요성을 역설한 자초의 말은 방원을 크게 계발시켜 주었지만, 그가 남긴 또 한 마디의 말, 부왕 이성계가 한양을 떠나 은둔 생활을 하고 싶어한다는 얘기엔 심각한 불안을 안겨 주었다.

그야 부왕의 심정이 짐작되지 않는 바는 아니다. 평생을 두고 갈망하였고 온갖 파란과 싸우며 쟁취한 왕좌를 본의 아니게 박차고 물러앉은 이성계였다.

얼마 전까지 병석에 누워서 신음하던 몸이라면 또 모른다. 요즈음은 건강도 많이 회복되었다. 국왕 노릇을 충분히 하고도 남을 체력을 지니고 있으면서도 소외당한 구석에서 빈둥거려야만 하는 요즈음의 생활은 견딜 수 없이 답답할 것이다. 못마땅하고 눈꼴 사나운 일들도 한두 가지가 아닐 것이다. 차라리 보지도 않고 듣지도 않는 후미진 산골에라도 파묻혀

버리고 싶다는 심정, 충분히 이해가 간다.

그러나 그렇다고 그대로 방치하여 둘 문제는 아니었다. 소외감의 패각 (貝殼)을 쓰고 도사리고 있으면, 그 패각을 깨고 끌어내야 한다. 그것이 부왕에 대한 아들된 도리라고 생각한다. 보다 크게 국가적인 견지에서도 그렇다. 비록 왕위를 내놓았다고는 하지만, 아직도 조선왕조의 마음의 대들보는 상왕 이성계다. 즉위한 지 얼마 안되는 신왕 방과는 아니다. 이성계가 한양을 떠나고 영영 국사를 외면한다면, 이 나라 사직은 몹시 동요할 것이다. 그날 밤이 새도록 곰곰 궁리에 잠겼던 방원은 이튿날 새벽 경복궁으로 향했다.

그러나 이성계가 거처하는 북량전(北涼亭)을 찾아가 보니 부왕의 모습 이 보이지 않았다.

"오늘 따라 몹시 답답하시다고 낚시질을 가셨어요."

북량정을 지키고 있던 화의옹주(和議翁主), 즉 칠점선의 말이었다.

"낚시질을요?"

일국의 창업주가 낚시질이란 너무나 어울리지 않는 얘기였다. 그런만 큼 부왕의 울적한 심화가 방원의 가슴을 아프게 했다.

"누가 모시고 갔습니까."

그렇지 않아도 호된 병고를 치르고난 이성계였다. 무리없게 편히 모실 종자들이라도 충분한가 어떤가 염려스러워 물은 말이었다.

"원궁인이 모시고 갔어요."

"원궁인 뿐입니까?"

"아무리 권해도 종자들을 물리치고 태상마마 혼자서만 가시겠다고 고집하시기에 원궁인이 억지로 따라나선 것이어요."

들으면 들을수록 방원의 불안을 부채질하는 사연뿐이었다.

"어디로 가셨는지 모르시겠습니까?"

"그 말씀은 없으셨지만, 넋이라도 건져보겠다는 그런 말씀을 무심결에 흘리시더군요."

낚시질과 방석 형제라, 방원의 뇌리를 번개처럼 스치는 것이 있었다.
방번이 피살된 장소였다. 방석이 죽은 장소는 아직도 분명치 않지만 방번
이 피살된 곳은 한강 하류 양화 나루터 도승관(渡丞舘)이라고 들었다.

그 곳이라면 이복동생의 죽음과 낚시질을 연결하여 볼 수도 있다. 방원
은 그리로 급히 말을 몰았다.

양화 나루터, 한양성 서쪽 15리 지점에 자리잡은 교통의 요지였다.

풍치도 수려하여 시인묵객(詩人墨客)들이 찬양하는 시편(詩篇)들을
많이 남겨놓은 명승지이기도 하다.

그러나 지금의 방원에게 그런 흥취가 깃들일 여백이 있을 리 없다.

그는 삼두봉(三頭峯)으로 달려 올라갔다. 일명 용두봉(龍頭峯)인데,
이 일대에서도 가장 조망이 뛰어난 위치였지만 방원은 그 속에서 오직
부왕 이성계의 모습만 찾고 있었다.

물론 이 곳에 당도하는 즉시로 도승관에 들러서 부왕의 행방을 수소문
해 보았다. 아무도 모른다는 것이다. 부왕이 본색을 밝히지 않은 때문인
지, 혹은 이곳 아닌 다른 곳으로 간 것인지 애가 타기만 했다.

한참을 바라보자니까 강심(江心) 가까운 수면에 조각배 한 척이 떠
있는 게 눈에 띄었다. 그것이 곧 이성계가 탄 배라고 단정할 수는 없었지
만, 어쨌든 부딪치고 볼 일이었다. 도승관에서 주낙배 한 척을 빌었다.
손수 노를 저어 그 조각배를 향하여 다가갔다.

어느 정도 접근해 보니 그 조각배엔 한 노옹과 한 여인이 타고 있었
다. 아직 얼굴을 판별하기는 어려운 거리였고, 노옹의 옷차림도 평소의
부왕의 그것과는 다르다. 일개 낚시꾼의 행색이었지만, 그 노옹이 부왕
이성계에 틀림이 없다는 것을 방원의 눈은 이내 식별할 수 있었다.

이성계는 강물에 낚싯줄을 드리우고 넋잃은 사람처럼 앉아 있었다.
그 모습이 쓸쓸하다기보다도 차라리 처량하게 여겨졌다.

"아버님."

방원은 외쳤다.

무엇에 그렇듯 넋을 잃고 있는 것일까. 한번 불러도 반응이 없었다. 두번 세번 거듭 불렀다. 그제서야 원궁인으로 여겨지는 그 여인이 주의를 환기시키는 기색이었다.

이성계가 고개를 돌렸다.

방원은 급히 노를 저어 다가갔다.

서로의 얼굴을 분명히 판별할 수 있을만큼 거리가 좁혀지자, 이성계의 입에서 싸늘한 한마디가 던져졌다.

"네놈이 무엇 때문에 여기까지 쫓아왔느냐."

방원은 그저 목이 멜뿐이었다. 새삼스럽게 할 말이 있을 리 없다. 부왕 이성계가 지금 이렇게 눈앞에 무사히 있다는 그 사실만 대견하고 다행스러울 뿐이었다.

그러나 곧이어 다시 던진 이성계의 말은 방원의 들큰한 감상을 냉혹하게 흩날렸다.

"아직도 직성이 덜 풀렸느냐? 바로 이곳에서 방번이 그 애를 무참히 죽여 놓고도, 그것만으로도 부족하단 말이냐? 이 아비가 그 애의 넋이라도 건져볼까 해서 이렇게 낚싯줄이나마 드리우고 있는 것이 못마땅하냐. 훼방을 놓겠단 거냐?"

"아니올시다, 아버님."

겨우 변명을 하려는 방원의 말문을,

"닥쳐라, 이놈!"

이성계는 질타하며 틀어막았다. 그뿐이 아니었다. 핏대가 선 눈으로 배 안을 두리번거렸다. 하다가 찾는 것이 좀처럼 눈에 띄지 않는 때문일까, 짜증스런 입맛을 다시고는 곁에 있던 원궁인의 머리에서 비녀를 뽑았다. 당황한 원궁인이 매달리는 것을 뿌리치고 그 비녀를 방원을 향해 힘껏 던졌다.

비록 하찮은 한 자루 비녀였지만, 신궁(神弓) 이성계의 손에서 투척된

쇠붙이였다. 가공할 이기(利器)가 될 수도 있을 것이다.

하지만 방원은 눈을 내리깔고 급히 피하려고 하지 않았다. 다음 순간 앞이마에 불같은 아픔을 느끼며 방원은 상반신을 꺾었다. 그리고 몽롱한 혼수상태 속으로 빠져들었다.

얼마만한 시간이 흘렀는지 모른다. 방원이 제 정신을 차리고 눈을 떠보니 자신은 뱃바닥에 쓰러져 있고, 머리맡엔 원궁인이 쭈그리고 앉아서 자기 이마의 피를 닦아주고 있었다.

"아버님은?"

물으면서 둘러보았다. 이성계는 아직도 저편 뱃머리에 앉아서 낚시줄을 늘어뜨리고 있었다.

"태상마마의 노여움이 좀처럼 풀리지 않으시어요."

원궁인이 속삭였다.

"세자 형제를 살해한 것은 정안군 나라가 아니라 다른 사람일 것이라고 몇 차례나 여쭈어도 믿어주시질 않으시어요."

그 말이, 원궁인의 그러한 배려가 고맙기는 했지만, 지금은 그것이 문제가 아니라고 방원은 생각한다. 아직도 후들거리는 몸을 가누며 노를 잡았다.

이성계가 타고 있는 배에 자기 배를 접근시켰다. 아들의 피를 보고 격정이 다소 누그러진 것일까. 이성계는 고개를 외로 꼬고 수면만 응시하고 있었지만, 그렇다고 방원의 접근을 거부하진 않았다.

"한 마디만 말씀드리겠습니다. 그 때문에 소자 예까지 이렇게 달려온 거올시다."

이성계는 여전히 고개만 꼬고 있었다.

"무학대사 그 분이 말씀하시더군요. 아버님께서 한양을 떠나실 의향이 있으신 것 같다구요. 이 나라의 백성을 버리시고 산골 깊이 운둔하실 것이라구요."

"그래서 어쨌다는 게냐?"

　겨우 반응을 보인 이성계의 어투는 냉랭했지만, 그래도 방원은 반가웠다. 역설했다.

　"이 나라 종묘사직은 아버님께서 세우시고 아버님께서 가꾸신 아버님의 소유올시다. 그것을 아버님께서 버리신다면, 이 나라 백성들은 누구에게 매달려 살아야 합니까?"

　"어느 주둥이로 그 따위 소리가 나오지?"

　이성계는 씹어뱉듯 질타했다.

　"네놈들이 주인 노릇을 할 욕심으로 숱한 피를 뿌리지 않았느냐? 이제 와서 날더러 어쩌라구? 너 이놈, 이젠 아비를 괴롭히다 못해 우롱하려 드는 거냐?"

　그는 낚시줄을 강물에 던져버렸다. 그런 다음 손수 노를 잡더니, 저편 강 건너를 향하여 저어 갔다.

　이 편에 등을 돌린 이성계의 뒷모습은 방원의 어떠한 충정도 용납하지 않는 찬바람을 피우고 있었지만, 그러나 방원에겐 그 모습이 가슴 아프기만 했다.

　──몰라주셔도 좋습니다. 떠나지만 말아주십시요. 아버님이 가까이 계시기만 하면 저는 그것으로 만족하겠습니다.

25. 流浪의 創業主

방석 형제를 잃고 왕권(王權)을 던져버린 상왕 이성계는 고독의 패각을 날로 굳히고만 있었다. 그 패각은 방석 형제에 대한 피맺힌 추억으로 다져진 것이기도 했다.

오랜 병고에 시달린 몸이니 충분한 영양이라도 섭취해야 건강 회복에 도움이 될 것이었지만, 이성계는 일체 육류를 입에 대지 않았다.

"그 애들은 지금쯤 험한 저승길에서 먹을 것도 못먹고 허덕이고 있을 터인데, 그 고깃덩이가 내 목구멍을 넘어가겠는가."

육류를 권하는 근신들에게 이렇게 말하곤 했다.

해가 바뀌어 정종 원년 정월 초하루, 신왕 방과는 여러 종친들을 대동하고 신년 하례차 태상전(太上殿)으로 이성계를 찾아갔다. 그러나 그는 굳게 문을 닫고 만나려고 하지 않았다.

내관을 통해서 전하여진 이유는 이러했다. 수륙재(水陸齋)를 위해서 목욕재계하고 있는 몸이니, 하례를 받을 수 없다는 것이었다.

수륙재란 바다와 육지의 모든 생물에게 재식(齋食)을 베풀어 평등하게 보시(普施)하는 것을 근본 의의로 삼는다든가.

일찍이 양(梁)나라 무제(武帝)가 꿈에 신승(神僧)의 계시를 받고 윤주(潤州) 금광사(金光寺)에서 법회를 가진 것이 시초였다고 한다.

우리나라에선 고려 광종(光宗) 22년 수원 갈양사(葛陽寺)에서 혜거(惠居)가 처음으로 시행한 후 해마다 거행하게 된 재회(齋會)였다.

이 재회에서 흔히 기원하는 것은 수(壽)를 누리게 해달라는 것과 복

(福)을 받게 해달라는 것이었지만, 패각 속에 숨어 사는 이성계가 새삼 장수를 바라거나 복운(福運)을 빌지는 않았을 것이다. 차라리 수륙재를 올리는 신앙이 염라대왕의 전설과 혼합되는 경우가 많다는 설이 있느니만치, 방석 형제의 명복을 빌기 위한 것에 틀림이 없을 게다.

그들을 위해서 목욕재계하는 몸이, 그들을 죽인 이복형제들을 만나 줄 수는 없는 일이었다.

그달 9월에는 역시 방석 형제의 명복을 빌기 위해서 대장경(大藏經)을 인쇄하겠다고 서둘렀다. 경상도 감사에게 명하여 인경승도(印經僧徒)들을 해인사(海印寺)로 모이게 했는데, 그 비용으로 콩과 조 540석을 보냈다. 동북면(東北面) 창고에 저축하였던 이성계 개인 소유의 곡식이었다.

방석 형제의 원수들이 다스리는 국가 재정에서 그 비용을 염출한다는 것은, 불결하고 불쾌하게 여겨진 때문에 사재를 털어냈을 것이다. 그런만치 그와 같은 조치에도 이성계의 사무친 한을 엿볼 수 있다.

그러한 감정을 그가 노골적으로 드러낸 것은 그달 19일이었다.

생전에 방번이 살던 집으로 이성계 자신이 이사를 하겠다는 말을 꺼낸 것이다. 가엾게 죽어간 아들의 옛집에 살면서, 그가 남긴 체취나마 기려 보자는 부정의 애절한 발로였을는지 모르지만 신왕 방과는 경악했다.

즉시 도승지 이문화를 부왕에게로 보냈다. 그리고 방번의 집으로 이사하는 일을 중지하여 달라고 간청했다.

이성계는 듣지 않았다.

놀란 것은 방과뿐만이 아니었다. 도평의사사(都評議使司 : 훗날의 의정부)에선 백관을 인솔하고 몰려와서 신왕에게 진정했다.

"지금 태상왕께서 무안군(撫安君)의 고제(故第)로 이어(移御)하고자 하신다는 말을 듣고, 대소 신료들은 경악하여 마지 않고 있습니다. 만일 태상왕께서 사저로 출거(出居)하시고 전하께서는 구중지상(九重之上)에서 편히 거처하시게 된다면, 얼마나 심신이 불편하시겠습니까. 바라옵

건대 전하께오서는 태상왕의 뜻에 순종하는 것만을 효도로 여기지 마시고, 태상왕께서 이어하시려는 뜻을 극구 만류하시어 큰 효도를 하시어야 합니다."

신왕은 그 장계를 도승지 이문화를 시켜 이성계에게로 보냈다.

이성계는 진노했다.

"무릇 호령(號令)이나 진퇴는 오직 인군의 한마디에 좌우되느니라. 너희들이 무슨 소리를 지껄인들 어찌 내 뜻을 가벼이 굽히겠느냐. 일찍이 늙은 아비의 말이라면 어기지 않겠다는 말을 상감이 한 적이 있다. 대간(臺諫) 백관(百官), 누가 떠들어도 나는 그 말을 듣지 않겠다."

그 이튿날 간관들이 입궐하여 거듭거듭 신왕을 졸라댔다. 방과도 하는 수 없이 환관 박영문(朴英文)을 보내어 자기 말을 권하도록 했다.

"아버님께서 만일 사저로 출거하신다면 나라사람들은 모두들 소자가 효성을 다하지 못한 탓이라고 욕하지 않겠습니까. 소자는 부끄러워 어찌 할 바를 모르겠습니다."

그 말에 이성계의 노여움도 다소 누그러졌던지 방번의 집으로 이사하는 일은 중지하였지만, 그 대신 경복궁 북문을 항상 열어놓게 하고 생각 날 때면 언제든지 드나들 수 있도록 했다.

이성계가 이렇게 한씨 소생의 아들들을 백안시하고 강씨 소생의 두 형제를 지나치게 생각하는 데엔 또다른 이유가 있었다.

왕위를 내놓은 이후 신왕이 취한 몇가지 조치가 그의 신경을 불쾌하게 자극하였던 것이다.

지난 11월 11일이었다. 생모 한씨를 신의왕후(新誼王后)로 추존하고 그 위패를 별전에 봉안하는 한편, 인소전(仁昭殿)이라 일컬었다.

그것은 좋았다. 이때까지 강비 측의 눈치를 살피느라고 소홀히 했던 생모의 격을 높인다는 것은 아들된 도리이며 당연한 감정일 수도 있다. 하지만 이성계 자신도 생각한 바가 있어서 방치하여 두었던 일을, 그가 왕좌에서 물러난 지금 새삼스럽게 들추어 손을 쓴다는 것은 이성계에겐 유쾌한 일로 받아들여질 수 없는 성질의 것이었다.

그달 26일, 이성계의 감정을 상하게 하는 조치를 신왕은 또 취했다. 강비가 묻혀 있는 정릉의 수호군 일백 명을 감원하여 버린 것이다.

자기네 형제들의 생모 한씨의 것은 최고로 높이는 반면, 방석 형제의 생모 강비의 능의 경비를 소홀히 하려는 그 심사가 이성계에겐 참을 수 없이 괘씸하였을 것이다.

그러한 이성계의 불쾌감을 극도로 돋우는 일을 방과는 다시 저질렀다.

정종 원년 2월 15일이었다.

신왕은 갑자기 생모 한씨가 묻혀 있는 제릉(齊陵)으로 성묘를 가겠다고 서둘러댄 것이다. 그때 참찬문하부사(參贊門下府事) 이거이(李居易)가 선영의 성묘를 가겠다고 청하자, 즉흥적으로 그런 생각이 들어 서두른 것이었다.

문하부(門下府)에선 상소를 올려 신왕의 그와 같은 행동을 저지하려고 했다. 한 나라의 임금이 거동을 하자면 때와 장소를 가려야 한다고 사리를 따져 충고하였지만, 방과는 듣지 않고 떠났다. 거기까지는 또 좋았지만 그 후의 언동이 문제였다.

제릉은 지금의 경기도 개풍군 상도면 풍천리(開豊郡上道面楓川里)에 있었다. 구도 송경(松京)과의 위치가 가까운 관계도 작용했겠지만, 그날 송경에 들른 방과는 수창궁 북원(北苑)에 올라가서 한 바퀴 둘러보고는 엉뚱한 소리를 흘렸다.

"전 왕조 태조의 슬기로서 이 자리에 국도를 세운 것도 우연은 아니야."

한양보다는 송경을 높이 평가하는 의향이 역력했다.

그달 21일은 마침 한식날이기도 해서 제릉에서 친히 제사를 지낸 방과는 24일에야 한양으로 돌아왔다.

그때 마침 서운관(書雲觀)에서 해괴한 건의를 했다.

"숱한 까마귀들이 궁성 북원에 몰려와서 시끄럽게 짖어대고, 들까치들이 근정전(勤政殿) 전각에 집을 지을 뿐만 아니라 천재지변이 자주 일어나는 형편이니, 수성(修省)하시고 소변(消變)하는 뜻에서 피방(避方)하시는 것이 좋을 듯싶습니다."

임금의 거처를 옮기라는 것이다. 그렇지 않아도 송경으로 다시 천도할 뜻을 은근히 품고 있던 방과였다.

환궁한 지 이틀이 지난 26일, 종친들과 공신들 및 좌정승 조준(趙浚)을 위시한 여러 재신들을 소집하였다.

서운관에서 올린 글을 제시하며 방과는 물었다.

"과연 피방을 해야 할는지 어떨지 가부를 말해 보오."

거의 대부분의 종친들과 신료들은 피방에 찬동했다. 불교를 배척하고 합리적인 정책을 수행하겠노라 마음먹고 있었던 것일까.

"피방을 한다면 어디로 하는 것이 좋을까."

방과는 다시 물었다.

"숙위(宿衛)하는 병사들이 묵을 만한 시설이 없습니다. 하오나 송도에는 궁궐도 아직 그대로 보존되어 있고 여러 신료들의 저택도 다 남아 있으니, 그리로 피방하시는 것이 좋을 듯싶습니다."

모두들 입을 모아 이렇게 제의했다. 결국 송도로 국왕의 거처를 옮기자는 안은 별다른 이의없이 가결되었지만, 방원 혼자만은 남모르게 입이 썼다. 까마귀가 어쩌고 까치들이 어쩌고 하는 미신적인 이유보다도, 종친들과 대신들이 송경으로 이도(移都)하는데 찬성한 이면엔 다른 곡절이 있을 것이었다. 며칠 전에 신왕이 그런 뜻을 입밖에 내지 않았던가.

즉위한 지 불과 다섯 달 밖에 되지 않았고, 보기에 따라선 실권 없는 허수아비 같으면서도 임금은 역시 임금이었다. 종친들과 제신들이 입을 모아 이도안(移都案)에 찬성한 것은 신왕에 대한 은근한 아부라고 볼 수도 있다.

그러나 방원의 입맛에 쓴 것은, 그런 얄팍한 인심에 대한 불쾌감이 아니었다.

——아버님은 어떻게 생각하실까.

방원이 우려한 것은 바로 그 점이었다.

명목은 피방(避方)이라고 했다. 국왕의 거처를 임시로 옮기는 데에
지나지 않는 듯하지만, 그렇다고 국가 원수의 그러한 거동이 간단할 수
만은 없다. 그를 가까이에서 섬기는 내관들이나 궁인들은 말할 것도 없
고, 각 관청의 관료들 역시 뒤따르지 않을 수 없다. 국왕의 재가(裁可)
를 받기 위해서 일일이 송경까지 왕래할 수는 없는 일이니 말이다.

국가에 불길한 조짐이 있다고 해서 국왕이 자리를 옮긴다면 상왕 역시
옮겨야 한다. 불길하다는 경복궁에 홀로 남겨둘 수는 없다.

——과연 아버님께서 송경으로 가시고자 하시겠는가.

한양 천도를 단행하게 된 가장 중요한 동기는 이성계가 송도를 혐오한
때문이었다. 구 왕조의 체취가 구석구석 스며있고 구 왕조에 대한 백성들
의 미련이 끈질기게 꼬리를 끌고 있는 그 땅에, 한시라도 머물러 있고
싶지 않은 때문이라고 했다.

그러기에 즉위하는 즉시로 서두른 국가적 대사가 바로 천도 문제였
다.

——그러한 아버님을 다시 그 곳으로 모신다?

어떠한 노여움을 살는지 불안스럽기만 했다.

그렇다고 송도에 피방하기로 한 결정을 뒤엎을 수도 없는 일이었다.
어쨌든 국왕과 정부 대신들이 공식으로 결의한 사항이었다.

굳이 반대를 한다면 정변의 주체자임을 코끝에 걸고 국왕과 정부 대신
들의 의향을 무시하려 한다는 비방을 받게 될 것이다.

방원이 이러지도 못하고 저러지도 못하고 번민만 하고 있는 동안, 송경
이도(移都)는 급진적으로 진척되었다.

3월 7일, 신왕 방과는 한양을 출발하여 송도로 향했다.

종친들과 공신들은 모두 따랐고, 각 관청의 관리들도 반수가 신왕을

따라 나섰다. 이성계 역시 한양을 떠나기로 했다. 방간을 위시한 왕자들과 관원들이 그를 뒤따랐다. 그 때까지 이성계는 개경으로 피방하는 일에 대해서 한마디도 언급하지 않고 있었다.

그러다가 강비(姜妃)가 묻힌 정릉(貞陵)을 지날 때, 주위를 둘러보며 비통한 한마디를 남겨놓더라고 그 날짜의 실록은 전하고 있다.

"당초에 한양으로 서울을 옮긴 것은 오직 나 혼자만의 뜻이 아니었으리라. 나라사람들과 더불어 충분히 논의한 연후에 결심한 일이 아니었던가."

그리고는 눈물을 머금었다.

이성계가 송경에 당도한 것은 3월 9일 이른 새벽이었다. 고려 왕조때 변안열(邊安烈)이 살던 집을 임시 숙소로 삼았다.

그리고 나흘이 지난 그달 13일, 고려조때 문하시중을 지낸 바 있던 윤환(尹桓)의 고제(故第)를 행궁으로 정했다.

처음 변안열의 집으로 들어간 때에도 그러했지만, 윤환의 집으로 옮기는 날도 이성계는 날이 밝기 전에 이사를 해야 한다고 서둘러댔다.

"여가 한양으로 천도하여 왕비와 두 자식까지 잃지 않았는가. 이제 무슨 얼굴로 송도 백성들을 대할 수 있겠는가."

날이 밝으면 백성들과 마주칠 터이니, 그들의 눈을 피하자는 것이었다.

이 고장 송도(松都)는 어떠한 곳이었던가.

일찍이 홍건적(紅巾賊)의 십만 대군에게 점령되었을 당시, 이성계 그가 탈환 작전의 선봉이 되어 침략군을 격퇴하였고, 죽음의 구렁에서 소생한 시민들의 뜨거운 환호성을 받던 그 곳이 아니었던가.

위화도(威化島) 회군을 계기로 우왕을 몰아내고 최영을 타도하고, 군국의 대권을 장악한 다음 창업의 기반을 굳힌 곳도 바로 이 송도였다.

그리고 마침내 문무 백관들의 추대를 받아 새 왕조의 군왕으로 등극한 것은 이곳 수창궁이었다.

가지가지 영광의 역사만이 새겨진 승리의 도시 송도 시민들의 눈을 피해 창업주 이성계는 도망꾼처럼 어둠을 타고 이사하겠다는 것이다.

그를 따라 이사 행렬에 끼여 가면서 방원은 소리없이 울었다. 부왕 이성계의 아픔이 그대로 자기 자신의 심곡(心曲)을 찢고 저미었다.

그리고 두려웠다. 송경 이도안이 결정된 이후, 겉으로는 한 마디 반대 의사도 표명하지 않는 이성계의 조용한 태도가 오히려 불안스러웠다.

——아버님의 마음 깊은 곳엔 지금 무엇이 맺혀 있을까.

비통한 피눈물일까, 가공할 독약일까.

이성계의 태도는 계속 조용했지만, 방원이 두려워하는 사태는 검은 안개처럼 서서히 기어들고 있었다.

송도 행궁에 자리를 잡자마자 이성계는 불쑥 엉뚱한 소리를 꺼냈다. 금강산 유점사(楡岾寺)에 들어가서 보살재를 지내겠다는 것이다.

신왕 방과는 당황했다. 내관 박영문(朴英文)을 보내어 간청했다.

"지난 해엔 수재와 한재가 겹쳐서 백성들은 크게 피해를 입고 기근에 허덕이는 형편입니다. 이제 농사철을 맞아 지난해의 흉작을 회복하고자 피땀을 흘리고 있는 터인데, 대가(大駕) 행행하면 농민들의 피해가 적지 않을 줄로 압니다. 얼마동안 기다리셨다가 농사일이 한가한 때에 거동하시기 바랍니다."

이성계의 반응은 역시 조용했다.

"아비는 아들을 위해서 어진 말을 해야 하고 아들은 아비를 위해서 착한 말을 해야 하거늘, 상감의 염려가 그러한 터에 내 굳이 떠날 수 있겠는가."

이런 말을 전하고 금강산행은 일단 보류했다.

방원도 그 얘기를 전하여 듣고 가슴을 쓸어내렸지만, 이성계의 그와 같은 조용한 동태는 폭풍우 전야의 정적과도 같은 것이었다.

폭약은 마침내 작렬하였다. 천둥 벽력이 방원의 언 가슴을 호되게 후려쳤다.

그달 26일 이른 아침이었다.

부왕에게 아침 문안을 드리고자 방원은 행궁을 찾아갔다.

양화나루터에서 호된 꾸지람을 들은 이후, 부왕 이성계는 단 한마디의 말도 방원에겐 건네지 않았다. 어쩔 수 없이 가까운 거리에서 마주치게 되더라도, 고개를 외로 꼬고 거들떠 보지도 않았다.

그런만큼 문안이라고는 하지만 방원의 일방적인 정성에 지나지 않았다. 그저 이성계가 거처하는 방문 밖에 꿇어엎드려 인삿말만 보내고는 물러나오는 것이 상례였다.

그 날도 그런 서글픈 문안차 행궁문을 들어선 것이었는데, 여느 날과는 딴판으로 어수선했다.

"무슨 일이 있었느냐?"

수문장을 향해 물어보았다.

"태상전하께서 종적을 감추셨습니다."

새파랗게 질린 얼굴로 수문장은 답변했다. 어젯밤에 틀림없이 침실에 드는 것을 보았는데, 새벽녘에야 알고 보니 행방이 묘연하다는 것이다.

"너희들은 뭘하고 있었느냐?"

상왕의 행궁이었다. 수문장들이 밤을 새우며 출입문을 지키고 있었을 것이다.

"저희들은 여느 날과 다름없이 밤새워 숙위하고 있었습니다만, 태상전하께서 거동하시는 걸 보지 못했습니다."

그렇다면 후문으로 빠져나갔거나 담을 넘어갔다고 추측할 수밖에 없다.

"어젯밤 어느 후궁이 아버님을 모셨느냐."

그 후궁이라도 심문하여 부왕의 행방을 짐작할 수 있지 않을까 하는 생각에서였다.

"제가 모셨습니다."

원궁인이 낯을 붉히며 다가왔다.

"축시(丑時 : 새벽 2시)가 지날 때까지도 틀림없이 침소에 계시었는데, 제가 잠깐 잠이 들었다 깨어보니 금침이 비어있질 않겠습니까."

"그 때가 어느 때쯤이었소?"

"그런지 한참 후에 첫닭이 울었으니, 인시(寅時 : 새벽 4시)쯤이 아니었던가 싶사와요."

사건이 중대한 만큼 담대한 원궁인도 몹시 겁이나는 모양이었다. 방원의 물음에 답변을 하는 동안에도 오돌오돌 입술을 떨고 있었다.

누구보다도 책임이 중한 것은 원궁인이었다. 그러나 지금은 그런 책임만 추궁하고 있을 계제는 아니었다. 어떻게 해서든지 부왕의 행방을 알아내는 것이 급선무였다.

"어젯밤 아버님께서 무슨 말씀이라도 하시지 않으십디까. 가령 누굴만나고 싶으시다든가, 어딜 가보시고 싶으시다든가 그런 말씀은 계시지 않았소?"

"글쎄올시다."

원궁인은 잠깐 기억을 더듬는 듯하다가,

"이런 말씀을 하시더군요. 죽은 세자 형제분의 명복이라도 빌고 싶어도 꼼짝을 못하게 하니 답답해서 견딜 수가 없다구요."

그 말에 한가닥 실마리는 잡히는 것 같았다.

――가까운 어느 사찰이라도 찾아가신 것이 아닐까.

그러나 이 송경 안팎에 사찰은 허다하다. 과연 어느 절을 찾아갔는지 막연한 얘기였다. 그렇다고 관졸들을 풀어서 사찰이란 사찰을 모조리 수색한다는 것도 문제였다. 상왕이 홀몸으로 종적을 감추었다는 소문이 퍼진다면, 민심에 미치는 영향도 적지 않을 것이다. 답답하기만 하다.

그때 평원해(平原海)가 다가왔다. 아직 이성계의 주치의 노릇을 하고 있는 그는, 어젯밤 행궁에서 숙직을 하고 있었던 것이다.

"저는 아까부터 이런 각도에서 추리를 해보았습지요."

말하는 투가 어느 정도 승산이 있는 기색이었다.

"자세히 얘기해 보게."

"비록 홀로 거동을 하시더라도 귀하신 태상마마가 아니십니까. 도보로 가시지는 않으셨을 터인즉, 그 점을 캐보면 어떨는지요."

타당한 추리였다. 바로 몇달 전까지만 하더라도 이 나라의 국왕으로 군림하던 지존이었다. 그리고 창업주였다. 터덜터덜 도보로 쏘다닐 것이 라고는 생각되지 않는다.

그러나 그렇다고 행궁 안 어디서 승교나 마필을 구득한 것 같지는 않았다. 그랬다면 누구인가가 이성계의 탈출을 알고 보고했을 것이 아닌 가.

"탈 것을 구하셨다면 행궁 밖에서일 걸세."

평원해를 대동하고 방원은 밖으로 나갔다. 우선 행궁 근처 대가집 마굿 간을 찾아다니며 수소문해 보았다. 아무도 모른다는 것이다.

그렇게 한낮이 가깝도록 허탕을 치고 다니다가 기진맥진하여 길가 수양버들에 몸을 기대고 있을 때였다.

"저게 뭡니까, 왕자님."

평원해가 놀라는 소리를 흘렸다. 저편으로 한 떠꺼머리 총각이 소를 몰며 오고 있었는데, 그 총각놈이 괴상한 물건을 가지고 있었던 것이다.

크기가 배만하게 생긴 공 같은 것을 공중에 던졌다간 받고 던졌다가 받곤 한다. 방원의 눈엔 대수롭지 않게 비쳤지만, 평원해는 거기서 어떤 심상치 않은 냄새를 맡은 것일까.

떠꺼머리 총각에게로 다가가더니, 그 공 같은 것을 뺏어들었다.

"왜 이래유? 이건 귀하신 어른이 상으로 주신건데, 왜 뺏는 거유?"

평원해의 옷자락에 매달리며 총각놈은 울상을 했다. 그 손을 뿌리치며 평원해는 방원의 곁으로 돌아왔다.

"이 물건을 잘 보십시오, 왕자님."

공 같은 것을 내밀었다.

"아니 이것은?"

방원도 놀라지 않을 수 없었다. 고라니 뿔을 둥글게 깎고 한가운데 구멍이 뚫린 물건이었다.

"태상마마께서 애용하시는 대초명적(大哨鳴鏑)에 다는 초(哨)와 비슷하지 않습니까."

대초명적이란 이성계가 즐겨 사용하는 화살의 일종이었다. 호목(胡木)으로 만든 살대에 백학(白鶴)의 깃을 달고, 살대 끝엔 지금 그 떠꺼머리 총각에게서 빼앗은 것과 같은 초를 달고, 다시 그 끝에 활촉을 꽂은 화살이다.

한번 쏘면 여느 화살과는 달리 굉연한 소리를 발한다. 그 소리만 들어도 적들은 신궁 이성계의 궁력에 지레 겁을 먹고 벌벌 떨곤 했다는 것이다.

"틀림없이 아버님의 물건이야."

방원의 안색이 밝아졌다.

대초명적의 초는 언제나 이성계 자신이 손수 만들었다. 항상 소매 속에 고라니뿔을 넣고 다니면서 틈만 나면 장도로 깎곤 했었다.

오늘도 그것을 소매 속에 넣은 채 행궁을 빠져나왔다가 어찌어찌해서 이 떠꺼머리 총각이 입수한 것이 아닐까.

"여봐라."

방원은 조용히 물었다.

"이것을 어디서 주웠지?"

"주운게 아니래두유."

총각놈이 펄쩍 뛰었다.

"귀하신 분이 상으로 주셨에유. 참말이에유."

"귀하신 분이라니 어떠한 분이더냐?"

숨가쁘게 방원은 다그쳤다.

"무슨 벼슬을 하시는 분인지 제가 무식해서 잘 모르겠지만유, 아주 점잖고 잘 나신 분이었에유."

이렇게 말하는 총각놈의 말에는 거짓이 없는 듯싶었다.

"네가 그 분에게 어떠한 일을 해드렸기에 이것을 상으로 주셨다는 게냐."

"제가 소를 몰고 가는디유, 그 분이 저를 부르시지 않것이유. 먼 길을 걸으셨는지 퍽 피곤해 보이셨어유."

"그래서?"

"제 소를 빌려줄 수 없느냐구 하셨에유. 다른 사람 같으면 콧방귀도 뀌지 않았겠지만, 그 분이 말씀하시니까 거역할 수가 없었에유. 네, 네, 그렇게 합쇼, 이런 말이 절로 나왔어유."

"그러니까 그 분이 네 소를 빌려 타고 가셨단 말이냐?"

"바로 그래유. 제가 고삐를 잡구요. 아무리 점잖으신 분이지만, 그냥 빌려드렸다간 돌려주지 않으실까봐 겁이 나서 그랬지유."

"어디루 모시구 갔느냐?"

이젠 부왕의 행방을 거의 탐지했구나 싶어, 절로 들먹이는 마음으로 방원은 물었다.

"박연폭포 그 위쪽이었에유. 거 뭐라는 절이 있지 않아유? 굴 속에 부처님을 모신 그절 말이에유. 거기까지 모셔다 드렸더니 이걸 주셨에유. 나중에 이걸 가지구 상왕님의 행궁을 찾아가면 큰 상을 주실거라구 그렇게 말씀하셨에유."

그 말만 들으면 충분했다. 방원은 고라니뿔 초를 총각에게 돌려주고 우선 행궁을 향해 발길을 돌렸다.

"이게 뭐지유? 그 분이 어떤 분이시지유? 정말 상을 주실까유?"

자꾸 물어대는 총각의 말을 흘려들으면서 걸음을 재촉했다.

행궁 마굿간에서 말 한 필을 끌어냈다. 지난날 방원에게 물려주었던 응상백과 더불어 이성계가 사랑하던 여덟 필의 준마 중의 하나였다.

검다 못해 푸른 광채를 발하는 터럭이 눈부시다. 체(體)는 노루처럼 늘씬하고 꼬리는 황소의 그것을 방불케하며, 앞이마는 이리(狼)같이 정한하고, 굽(蹄)은 말의 형상이라는 기린(麒麟), 모충(毛蟲) 360종의 장(長)이라 일컬어지는 그 기린을 닮은 놈이었다. 그래서 이름도 유린청(遊麟靑).

이성계의 출신지인 함흥에서 얻은 명마였다. 일찍이 오라산성(五刺山城)을 공략할 때에도, 해주(海州) 전투에서도, 황산대첩(荒山大捷) 그 당시에도 종횡무진으로 질주하여 이성계의 준족이 되어준 애마였다. 앞가슴과 양편 옆구리에 흉터가 셋이나 있다. 적의 화살을 맞으면서도 맹활약을 한 영예로운 상흔이었다.

그 말엔 또 후일담이 있다. 서른한 살까지 장수를 했는데, 죽게 되자 이성계는 그 유해를 석조(石槽)에 넣어 후히 장사를 지내주었다는 것이다.

그 유린청을 몰고 방원은 박연폭포로 향했다. 물론 이성계를 찾으면 태워 모시기 위해서였는데, 자기가 타야 할 말은 따로 준비하지 않았다.

── 아버님도 걷다 지치시어 농군의 소를 빌어 타고 가시었다고 하는데, 나 한몸쯤 걸어서 돌아오면 어떨까보냐.

이런 심정이었다. 부왕이 승낙한다면 그 고삐를 잡고 모실 생각도 했다.

박연폭포(朴淵瀑布), 천지를 진동하는 노성을 헤치고 그 벼랑 위로 수십보를 거슬러 올라가면 관음굴이라고 일컫는 석굴이 있다.

그 석굴 속엔 이구(二軀)의 석불을 모셨는데, 동쪽에 있는 것을 탄탄박박(坦坦朴朴)이라고 했고, 서쪽에 있는 것을 노혜부득(努肹夫得)이라고 했다.

《삼국유사(三國遺事)》가 전하는 박박과 부득의 설화와 관련을 시켜 미륵(彌勒)과 미타(彌陀) 양불의 석상으로 추정하는 설도 있고, 혹은 박연폭포의 연기 설화에서 따온 명칭이 아닌가 하는 측도 있다.

옛적 박진사(朴進士)란 풍류남아가 있어서 폭포 위 벼랑에 앉아 통소를 불고 있으려니까, 그 통소 소리에 매혹된 못 속의 용녀(龍女)가 남편을 죽이고 박진사를 끌어들여 새 낭군으로 삼았다는 전설은 유명하다. 그래서 탄탄박박은 박진사를, 노혜부득은 용녀를 뜻한다는 것이다.

어쨌든 그 관음굴은 이성계가 등극하기 이전부터 자주 찾아와서 불공을 드리던 원당(願堂)이었다. 그러기에 방원은 그 떠꺼머리 총각의 말을 듣는 즉시로 부왕의 행방을 이 석굴로 추정하고 달려온 것이다.

이성계는 과연 석불을 향해 정좌하고 있었다. 주인의 뒷모습을 보자 유린청이 먼저 코를 불고 발을 구르며 수선이었다.

방원도 반가운 나머지,

"아버님!"

하고 불러보았다. 그러나 이성계는 두 석불에 동화하여 화석이라도 된 것처럼 움직이지 않았다.

방원은 얼핏 다음 말이 나가지 않았다. 새삼 무슨 말이 필요하겠는가.

아무도 간섭하지 않는 호젓한 불당에서 방석 형제의 명복을 빌고 싶어하는 부왕의 애통한 심사, 알고도 남음이 있다. 부왕 스스로가 어떤 반응을 보일 때까지 기다리기로 했다.

그렇게 한참이 지났다. 돌연 이성계가 양어깨를 떨면서 몸을 일으켰다. 방원을 흘겨보더니 이맛살을 찌프렸다. 방원이 가까이 있기 때문에 잡념이 생겨서 묵념도 제대로 못하겠다는 그런 얼굴이었다.

유린청이 또 코를 불며 앞발을 굴러댔다. 애마에게 시선을 돌리자 이성계의 험악한 표정이 다소 누그러졌다. 그는 말의 등을 툭툭 치더니 훌쩍 몸을 날려 올라탔다.

방원은 놀라면서도 반가웠다.

"환궁하시겠습니까, 아버님. 소자 고삐를 잡겠습니다."

다가가는 그의 어깨를,

"귀찮다, 이놈!"

대갈하며 이성계는 발길로 찼다.

"네놈들 꼴이 보기 싫어 그 곳을 빠져나왔는 데, 또 돌아가?"

그리고는 말을 몰려고 했다.

"어디로 가십니까, 아버님."

방원은 고삐를 잡고 늘어졌다.

"행재소(行在所)로 환어하신다면 소자 기꺼이 모시겠습니다마는, 다른 곳으로 가시겠다면 이 말고삐 죽어도 놓지 않겠습니다."

"죽어도 놓지 않겠다구?"

이성계는 마상에 올라 앉은 채로 또 발길질을 했다. 방원의 입술이 찢어지며 붉은 피가 방울방울 맺혀 터졌다.

아프다. 부왕의 발길을 맞은 입술도 어깨도 아팠지만, 방원은 반가웠다. 양화나루에서 만난 이후 처음으로 자기를 향해 입을 열어주었으니 말이다. 그것이 비록 증오에 찬 욕설이라도 좋았다.

"가자!"

주먹을 채찍삼아 유린청의 엉덩이를 이성계는 후려쳤다. 준마는 또 코를 불며 발을 굴렀다.

방원은 고삐를 잡은 채 앞장서서 걸었다.

이성계가 어디를 향하던 우선 골짜기를 빠져나가야 할 것이었다. 골짝 밖에 나가서 방향이 달라지면 그때 다시 말리는 한이 있더라도, 거기까지는 내려가고 볼 생각이었다.

골짝 하류 약간 넓은 길에 접어들자 이성계는 박차를 가했다. 유린청은 달렸다. 그래도 방원은 고삐를 놓지 않고 따라서 뛰었다.

준마의 준족은 차츰 속력을 더했다. 방원의 걸음으로는 미칠 수 없는 속력이었다. 방원은 끌려가다시피 하면서도 끝끝네 고삐를 놓치지 않으려고 애썼다.

그러나 그와 같은 집념에도 한계는 있었다. 길 한가운데에 누가 베어놓았는지 해묵은 나무등걸이 굴러 있었다.

말이 그것을 뛰어넘는 찰라 고삐에 매달린 방원의 옷자락이 나뭇가지에 걸렸고, 그의 손도 고삐를 놓치고 말았다.

"아버님."

방원은 울부짖었지만 이성계는 뒤도 돌아보지 않고 사라졌다. 그렇다고 그냥 체념할 수는 없었다. 만나는 행인마다 붙잡고 물어서 유린청의 발자취를 더듬어 갔다.

처음에는 정신없이 그렇게 하다가 방원은 문득 반가운 의아심에 고개를 꼬았다.

그 발자취가 틀림없이 행궁 쪽으로 향하고 있는 것이다.

행궁으로 달려가서 수문장에게 들어보니, 얼마전에 이성계는 환궁하였다는 것이다. 그리고 얼굴은 피투성이, 의복은 흙투성이가 된 방원의 행색을 이상스런 눈으로 바라보았다.

그런 자기 행색을 방원은 창피하게 여길 여유조차 없었다. 그저 기쁘기만 했다.

——아버님이 돌아오셨다.

입 속으로 그 말만 곱씹고 자기 숙소를 향해 발길을 돌리려고 하는데,

"나리의 노고, 뭐라고 치하해야 할지 모르겠습니다."

다 기어드는 소리로 속삭이는 목소리가 있었다. 원궁인이었다.

"나리께서 극력 만류하지 않으셨더라면 태상마마께서는 아마 평주온천(平州溫川)으로 직행하셨을 것이어요."

"아버님이 그런 말씀을 하십디까?"

후끈하게 부풀어오르는 가슴을 느끼며 방원은 물었다.

"방원이 그놈, 어쩌나 극성을 떠는지 아무리 평주쪽으로 말머리를 돌리려고 해도 유린청이란 놈마저 듣지 않고 이리로 달려오더라고 그런 말씀을 하시지 않겠어요?"

"그런 말씀을 하셨다구요? 아버님께서 참말로 그런 말씀을 하셨다구요."

방원은 그저 땅바닥에 주저앉아 어린애처럼 꺼이꺼이 울고만 싶어졌

다. 아니 소리내어 울부짖고만 싶었다.

그 이튿날 아침, 방원은 예에 따라 문안차 행궁으로 갔다. 전과 같이 부왕의 거실 밖에 꿇어엎드려 아침 문안을 드렸다.

물론 아무런 반응도 없을 것을 각오하고 있었지만, 방안에서 이성계의 기침소리가 들려왔다. 우연이었는지 의식적으로 한 기침소리였는지는 판별하기 어려웠지만, 방원에겐 그것이 아침 문안에 대한 답례처럼 들렸다.

그 이튿날도 그 다음날도 문안을 할 적마다 기침소리는 거르지 않고 돌아왔다.

그렇게 그 달도 바뀌어 4월 초하룻날 아침이었다.

"소자 방원, 문안드립니다."

판에 박은 그 말을 보내자마자, 그날 따라 기침 소리 대신 방문이 활짝 열렸다.

이성계가 마루 끝으로 다가왔다. 놀란 얼굴로 우러러보는 방원의 어깨를 발끝으로 툭 차더니 말했다.

"너 이놈, 오늘도 내 말고삐를 잡고 늘어질 테냐? 오늘은 누가 뭐래도 평주온천엘 가야 하겠다."

그날 그의 평주온천행은 누구나 다 아는 기정 사실이었다.

이에 앞서 이성계가 단신 행궁을 탈출하여 관음굴까지 갔다 돌아온 사건이 발생하자, 신왕 방과는 공구 경악했다.

근신들을 모아놓고 선후책을 논의했다. 상왕이 그토록 온천행을 원한다면 군이 제지하지 않는 게 좋을 것이라는 데 의견을 모았다. 섣불리 만류하다가 또 어떤 불발사가 발생할는지 모르니, 길일을 택하여 모시도록 하는 것이 좋겠다고들 했다.

그래서 서운관(書雲觀)에 지시하여 택일토록 했더니, 이날 사월 초하루로 날짜를 잡았던 것이다. 그렇게 결정된 기정 사실인데도 이성계는 군이 그런 말을 던졌다.

방원에 대한 원혐의 빙벽(氷壁)이 사뭇 풀렸다는 증좌로 해석할 수밖에 없는 말이었다.

"아버님께서 분부하신다면 소자 몇번이라도 고삐를 잡겠습니다."

절로 가벼워지는 어투로 방원은 받아 말했다.

"그만 두어, 이놈아. 유린청이 또 말머리를 돌려 이집 마굿간으로 뛰어들면 어쩔라구."

결국 이성계는 둘째딸 경선공주의 남편 심종(沈淙)을 위시해서 맹종(孟宗), 조인경(趙仁瓊), 장사정(張思靖) 등 몇몇 근신들만 거느리고 평주로 떠났다.

그 일행을 서보통문(西普通門) 밖까지 나가 전송을 하고 방원이 자기 숙소로 돌아가자, 민무구 형제들이 기다리고 있었다.

"괴상한 사나이가 나리를 뵙겠다고 하기에 데리고 왔습니다."

민무구가 귀엣말로 속삭였다.

"괴상한 인간이라니? 눈이 셋이든가, 입이 둘이든가."

민무구 형제들만 대하면 절로 오만상이 찌푸려지던 방원이었지만, 오늘 따라 흐물흐물 농지거리가 나간다. 그만큼 그는 최고로 기분이 좋은 것이다.

"나리께서 직접 인견해 보시면 아실겝니다."

그리고는 한 젊은이를 끌고 왔다.

"이 젊은이의 신분이나 나리를 뵙고자 하는 의도는, 이 사람의 입으로 직접 말씀드리겠다고 하니 물어보시지요."

민무구는 이렇게 말하고 그 젊은이에게 눈짓을 했다.

"소인의 부모는 원래 조선 사람입니다만, 일찍부터 요동 밖에서 살고 있었기 때문에 소인은 동녕위(東寧衛) 군대에 속해 있었습지요."

그 사나이는 이렇게 자기 소개를 시작했다.

"바로 열흘 전이었습니다. 소인이 속해 있는 부대의 한 군관이 은밀히 소인을 부르더니 밀서 한 통을 주지 않겠습니까. 소인이 조선 사람이니 믿고 당부한다는 거올시다. 그 밀서를 조선 나라 정안군 나리께 전달하면 후한 상금이 있을 거라고 이렇게 말하질 않겠습니까."

그래서 부대를 탈출하여 압록강을 건너 국내로 잠입하였다는 것이다.

"밀서라?"

방원으로선 영문을 알 수 없는 얘기였다. 누가 자기에게, 더더구나 요동땅의 군인을 통해서 어떠한 밀서를 보냈다는건가.

"바로 이거올시다. 내용은 모르겠습니다만, 나리께 전하라는 부탁만 받았기에 그대로 가지고 왔습니다."

유지로 단단히 밀봉을 한 봉서 한 통을 내밀었다.

그 봉서를 받아들기는 했지만 방원은 얼핏 펴볼 마음이 내키지 않았다. 어쩐지 불길한 예감이 들었다.

"펴보시지요, 나리. 어떤 내용인지 우선 알고 봐야 할 것이 아니겠습니까."

민무구가 졸라댔다. 불안스러운대로 뜯어보니 사연은 이러했다.

"지금 유충하신 황상께서 간신들에게 현혹되시어 우리 형제에 대한 모해와 박해가 날로 더하여지는 형편이니라. 일찍이 태조께서 유훈(遺訓)하신 바에 의하면 조정에 옳은 신이 없고 간역(奸逆)한 무리들이 발호할 경우에는 마땅히 거병하여 토벌함으로써 군측(君側)의 악(惡)을 일소하라는 것이었느니라. 여는 이 유조(遺照)를 따라 너희들 병사를 이끌고 간신배들을 주살코자 하거니와, 천지신명의 도움으로 정란(靖亂)이 성취되는 날이면 옛적 주공(周公)이 성왕(成王)을 보필한 고사(故事)를 본받아 신제(新帝)를 섬길 생각이니라. 병사들이여, 여의 진심을 명심하여 분투하라."

그리고 그 글발 말미엔 연왕 주태(燕王 朱棣)의 서명이 있었다.

그 글의 내용으로 미루어 연왕이 휘하 장졸들에게 보낸 일종의 격문인 것 같았다.

　방원은 더욱 의아스러워질 수밖에 없었다.

　그야 들리는 소문에 의하면 명태조 주원장이 사망한 후 새로 제위를 계승한 황태손 윤문(允炆), 즉 건문제(建文帝)와 연왕(燕王) 형제들 사이엔 심한 암투가 계속되어 왔다고 한다.

　강성한 황숙(皇叔)들의 세력을 꺾기 위해서, 건문제 측에선 차례로 연왕의 동복 형제들을 숙청하는 칼날을 휘두르고 있다는 얘기도 들었다.

　민왕 주편(岷王朱鞭), 상왕 주백(湘王 朱栢), 제왕 주부(齊王 朱賻), 대왕 주계(代王 朱槭) 등이 뒤를 이어 숙청당했다는 풍문도 있었다.

　그러니 궁지에 몰린 연왕 주태가 반기를 들 수도 있는 일이었지만, 그렇다고 그가 휘하 장병들에게 보내는 격문을 이국의 왕자 방원 자기에게 누가 무엇 때문에 보낸 것일까.

──제 3 부 끝

소설 태종 이방원

제3부 회천의 아침

초　판　1993년 05월 20일
재　판　2016년 12월 20일

지은이　방 기 환

발행처　문 지 사
발행인　홍 철 부

등록일자　1978년 8월 11일
출판등록　제 3-50호

주소　서울특별시 은평구 갈현로 312
전화 | 영업부　02)386-8451(**代**)
　　　　편집부　02)386-8452
　　　　팩 스　02)386-8453

정가 15,000원

※잘못된 책은 구입하신 서점에서 교환해 드립니다.